btb

»Hawaiis uralte Geschichte und üppige Natur pulsieren in diesem Buch ... Ein aufrüttelnder, herzzerreißender Roman über Verlust und die Beständigkeit von Leben, Hoffnung und Güte.« *Daily Mail*

»Auf absolut originelle Weise mischt sich harte hawaiianische Realität mit einer Welt der Wunder und des Übernatürlichen.« *Vanity Fair*

»Dieser Roman beschert uns den Geist von Hawaii, von seinen duftenden Urwäldern bis zu seinen kulturellen Traditionen, und trotz unterschwelliger Traurigkeit das Gefühl tropischer Sonne.« *Minneapolis Star Tribune*

»Washburns Leidenschaft für seine Charaktere und die Landschaft seiner Heimat Hawaii sorgt für eine fesselnde Geschichte über Vermächtnis und Familienbande.« *Los Angeles Times*

»In diesem unvergesslichen Roman über Familie und Schicksal verwebt sich magischer Realismus mit den Legenden von Hawaii.« *USA Today*

»Washburns herausragender Debütroman zeichnet
ein lebendiges Porträt hawaiianischer Identität,
Mythologie und Diaspora.«   *Publishers Weekly*

»Washburns erster Roman ist eine Geschichte über
Hawaii und seine Kraft … Ein mehr als bemerkenswerter
Vorstoß in die Gegenwartsliteratur.«   *Kirkus Reviews*

»Ein wunderschön geschriebener Debütroman.«   *Vogue*

»Alte Mythen krachen gegen neue Realitäten,
Liebe ist nur mit Kummer zu haben, Glaube schrammt
an Magie, Komik verschmilzt mit Tragik …
Ein wildes Debüt.«   *Marlon James*

»Washburn ist ein außerordentlich brillantes neues Talent.«
          Tommy Orange

»Dieser leidenschaftliche Schriftsteller gibt alles dafür,
dass wir Hawaii als Ganzes sehen: seine stolzen Ahnen
und Götter und Geister, aber auch die in Auflösung
begriffenen Familien und Hoffnungslosigkeit und Armut.
Und Rätsel und Schönheit an jeder Ecke.«
          New York Times Book Review

Nainoa ist sieben Jahre alt, als er von einem Ausflugsboot in den Pazifik fällt und bald von mehreren Haien umkreist wird. Alle befürchten das Schlimmste, doch der größte Hai trägt ihn sanft im offenen Maul zu seiner Mutter zurück – ein Gunstbeweis der alten hawaiianischen Götter, wie alle Umstehenden beteuern. Seit diesem Unfall ist Nainoa in der Stadt eine Berühmtheit, doch die Freude darüber weicht mit der Zeit der harschen Realität – ein Hawaii, das durch den rücksichtslosen Vormarsch des Kapitalismus wirtschaftlich und kulturell zerstört wird. Nainoas Familie gehört ohnehin nicht zu den Reichen, und als die Zuckerrohrindustrie zusammenbricht, wachsen die finanziellen Probleme. Schließlich entscheiden sich Nainoa und seine beiden Geschwister Dean und Kaui dazu, aufs amerikanische Festland zu ziehen, um Abstand zu gewinnen und ihren eigenen Weg zu gehen. Doch Hawaii lässt sie nicht los, und Nainoas Kampf mit den Geistern seiner Vergangenheit zwingt bald alle drei zurück nach Hause …

Kawai Strong Washburn ist an der Hamakua-Küste von Big Island, Hawaii geboren und aufgewachsen. Er studierte Makroökonomie an der Columbia University in New York City, bevor er zur Literatur wechselte und Schriftsteller wurde. Heute lebt er mit seiner Frau und seinen Töchtern in Minneapolis. »Haie in Zeiten von Erlösern« ist sein erster Roman, für den er u. a. mit dem PEN/Hemingway Award ausgezeichnet wurde.

Kawai Strong Washburn

Haie in Zeiten von Erlösern

Aus dem Amerikanischen übersetzt
von Cornelia Holfelder-von der Tann

btb

Die englische Originalausgabe erschien 2020
unter dem Titel »Sharks in the Time of Saviors«
bei Farrar, Straus and Giroux, New York.

Penguin Random House Verlagsgruppe FSC® N001967

1. Auflage
Genehmigte Taschenbuchausgabe Juni 2024
btb Verlag in der Penguin Random House Verlagsgruppe GmbH,
Neumarkter Straße 28, 81673 München
Copyright © 2020 Kawai Strong Washburn
Copyright © 2022 der deutschsprachigen Ausgabe
im Luchterhand Literaturverlag, München
Umschlaggestaltung: buxdesign | Daniela Hofner
unter Verwendung eines Motivs von © plainpicture / Ludovic Mornand
Druck und Einband: GGP Media GmbH, Pößneck
MSP · Herstellung: sc
Printed in Germany
ISBN 978-3-442-71924-2

www.btb-verlag.de
www.facebook.com/penguinbuecher

Für Granny, die mich 80 Meilen hin und her gefahren hat, um das nächste Buch der Serie zu beschaffen.

ERSTER TEIL

RETTUNG

1

MALIA, 1995

Honokaʻa

Wenn ich die Augen schließe, sind wir alle noch am Leben, und es wird offenbar, was die Götter von uns wollen. Die Mythen, die die Leute über uns erzählen, mögen ja mit jenem türkisblauen Tag vor Kona und mit den Haien anfangen, aber ich weiß es besser. Unser Anfang war viel früher. *Dein* Anfang war viel früher. Das Königreich Hawaiʻi war schon lange zerstört – der atmende Regenwald und die singenden grünen Riffe zermalmt vom Haole-Kommerz der Beach-Resorts und Wolkenkratzer –, und so lange schon rief das Land. Das weiß ich jetzt durch dich. Und dass die Götter nach Veränderung hungerten und dass du diese Veränderung warst. In unseren ersten Tagen habe ich so viele Zeichen gesehen, aber ich habe nicht geglaubt. Das erste Zeichen kam, als dein Vater und ich nackt auf seinem Pick-up waren, im Waipiʻo Valley, und die Nachtmarschierer sahen.

Wir waren an einem Freitag ins Waipiʻo Valley gefahren, *pau hana*. Auntie Kaiki hütete zu Hause deinen Bruder, und dein Vater und ich wussten, dass wir diesen kinderfreien Abend nutzen würden, um uns um den Verstand zu vögeln, waren schon ganz kribblig, wenn wir nur dran dachten. Ist ja auch klar, oder? Unsere Haut dunkel von der Sonne und dein Vater damals noch mit seinem Footballspieler-Body, ich mit meinem vom Basketball, und die Liebe war für uns das Tollste überhaupt. Und da war das Waipiʻo Valley: eine wilde grüne Schlucht, zerteilt von einem silbrig braunen, spiegelglatten Fluss, dann ein breiter schwarzer Sandstrand, der in den schäumenden Pazifik führt.

Langsam runter auf den Talgrund im klapprigen Toyota Pick-up deines Vaters, Haarnadelkurve um Haarnadelkurve, rechts ein fast senkrechter Absturz, unter den Reifen geflickter Teer, die Straße so steil, dass sich die Kabine des Wagens mit dem Geruch des überhitzten Motors füllte.

Dann auf dem Talgrund ein holpriger Fahrweg aus Sand und taillentiefen Schlammpfützen, und wir waren am Strand und parkten direkt an den gesprenkelten schwarzen Steineiern, die den Sand säumten; dein Vater brachte mich zum Lachen, bis meine Wangen brannten und die letzten Schatten der Bäume lang in Richtung Horizont fielen. Der Ozean donnerte und knisterte. Wir rollten unsere Schlafsäcke aus der Ladefläche des Pick-ups aus, auf der nach Kies riechenden Schaumstoffmatte, die dein Vater extra für mich hingelegt hatte, und sobald die letzten Teenager gegangen waren und ihre wummernden Reggae-Bässe im Wald verklangen, zogen wir uns aus und machten dich.

Ich glaube nicht, dass du meine Erinnerungen hören kannst, nein, also ist das, was ich jetzt sage, nicht zu *pilau*, und ich erinnere mich einfach gern. Dein Vater packte eine Handvoll von meinem Haar, dem Haar, das er liebte, schwarz und hawaii-wellig, und mein Körper begann sich rhythmisch an sein Becken zu drängen, und wir stöhnten und keuchten, pressten unsere stumpfen Nasen aneinander, und ich schob uns auseinander und setzte mich rittlings auf ihn und machte weiter, und unsere Haut war so heiß, dass ich sie am liebsten aufbewahren wollte, für all die Momente, in denen ich je wieder frieren würde, und seine Finger streichelten meinen Hals und seine Zunge meine braunen Brustwarzen, die Zärtlichkeit war ein Teil von ihm, den niemand je sah, und unser Sex machte seine Geräusche, und wir lachten ein bisschen und machten die Augen zu und wieder auf und wieder zu, und das letzte Tageslicht verschwand, während wir immer weitermachten.

Wir lagen auf unseren Schlafsäcken, und in der kühlen Luft fühlte sich unsere feuchte Haut ganz frisch an, und plötzlich wurde das Gesicht deines Vaters ernst, und er rollte sich von mir weg.

»Siehst du das?«, fragte er.

Ich wusste nicht, was er sah – ich war immer noch dabei, aus einer Art Nebel aufzutauchen, rieb immer noch meine Schenkel aneinander wegen des Kribbelns dort, dem letzten Rest des Ansturms unserer Liebe –, aber dein Vater setzte sich jäh auf. Ich ging auf die Knie, immer noch trunken vom Sex. Meine Brüste schwangen gegen seinen linken Bizeps, und mein Haar fiel über seine linke Schulter, und obwohl ich erschrocken war, war mir immer noch nach Sex, und ich hätte ihn am liebsten wieder in mich hineingezogen, auf der Stelle, Gefahr hin oder her.

»Da«, flüsterte er.

»Ach, komm«, sagte ich. »Hör auf mit dem Quatsch, Lolo.«

»Da«, sagte er wieder. Und ich schaute hin, und was ich sah, machte mich schlagartig nüchtern.

Oben auf dem entfernteren Kliff war eine lange Reihe zitternder Lichter erschienen, langsam auf und ab wippend bewegten sie sich den Kamm entlang. Grün und weiß, flackernd, es mussten fünfzig Stück sein, und dann erkannten wir, was diese Lichter waren: Flammen. Fackeln. Wir hatten von den Nachtmarschierern gehört, waren aber immer davon ausgegangen, dass sie nur ein Mythos waren, Teil eines Hymnus auf das verlorene Hawai'i, diese Geister der längst verstorbenen *ali'i*. Aber da waren sie. Marschierten langsam das Kliff entlang zum hinteren Ende des Tals, was auch immer dort in der Feuchte und Dunkelheit auf untote Könige warten mochte. Die Kette der Fackeln arbeitete sich langsam voran, blinkte zwischen den Bäumen auf, mal tiefer, mal höher, und dann plötzlich erloschen die Flammen allesamt.

Ein lautes Ächzen hallte durchs Tal, überall um uns herum, das Geräusch, das in meiner Vorstellung ein sterbender Wal machte.

Was auch immer dein Vater und ich hätten sagen wollen, blieb uns in der Kehle stecken. Wir sprangen von der Ladefläche und zogen uns hastig an, die Zehen voller kratzigem, schwarzem Sand, hüpfend und keuchend, und nichts wie ins Auto, Motor anlassen, und dein Vater ließ den Motor aufheulen, als wir durchs Tal zurückrasten und die Scheinwerfer über Steinbrocken und Schlammpfützen und leuchtend grüne Blätter huschten, und die ganze Zeit wussten wir, dass diese Geister in der Luft hinter uns waren, um uns herum, und wenn wir sie auch nicht sahen, fühlten wir sie doch. Der

Pick-up sprang über die ausgefahrene, marode Teerstraße, mal Bäume und Himmel in der Windschutzscheibe, dann wieder der Boden, rauf und runter, alles schwarz und blau, bis auf das, was unsere Scheinwerfer erfassten, und dein Vater jagte den Wagen zwischen den lauernden Bäumen hindurch und die vielen Kehren zum Ausgang hinauf. Wir entfernten uns so schnell vom Talgrund, dass unten nichts mehr zu sehen war als die paar Lichter von Häusern weiter hinten im Tal, die Silhouetten der Taro-Wasserfelder, weiß jetzt mitten in der Nacht.

Erst am Aussichtspunkt hielten wir an. Die Kabine war voll von Panik und gequältem Metall.

Dein Vater atmete tief durch und sagte: »Großer Gott.«

Es war das erste Mal seit langem, dass er etwas sagte, was mit Religion zu tun hatte. Und da waren keine Fackeln mehr, keine Nachtmarschierer. Wir hörten unser Blut in unseren Ohren pochen, und es sagte *wir leben, wir leben, wir leben.*

Nur eins von diesen Dingen, sagten wir uns, dein Vater und ich, bald danach und viele Jahre lang. Schließlich hatten so viele Leute in Hawaii ähnliche Sachen gesehen; wenn es bei einem Strand-Barbecue oder auf einer *lanai*-Party so richtig *kanikapila*-mäßig zuging, hörte man oft solche Storys.

Die Nachtmarschierer – du warst in jener Nacht gezeugt worden, und deine ganzen ersten Jahre hindurch passierten noch seltsamere Sachen. Wie sich Tiere in deiner Gegenwart veränderten. Plötzlich ganz ruhig, stupsten sie dich mit der Nase und umringten dich, als wärst du eins von ihnen, egal, ob es Hühner, Ziegen oder Pferde waren. Es passierte prompt und unweigerlich. Dann gab es die Momente, in denen wir dich in unserem Garten beim Essen von Dreck, Blättern oder Blumen erwischten: eine Handvoll nach der anderen, zwanghaft. Weit mehr als die blinde Neugier anderer *keikis* in deinem Alter. Und manche Pflanzen – die Orchideen in den Hängetöpfen zum Beispiel – erblühten fast über Nacht in den unglaublichsten Farben.

Nur eins von diesen Dingen, sagten wir uns immer noch. Aber inzwischen weiß ich es.

Erinnerst du dich noch an Honoka'a 1994? Es war gar nicht so anders als heute. Die Māmane Street, auf beiden Seiten niedrige Holzhäuser aus den Anfangstagen des Zuckerrohrs, die Eingangstüren neu gestrichen, aber drinnen noch alles beim Alten. Die verwitterten Autowerkstätten, die Apotheke mit immer denselben Sonderangeboten im Fenster, das Lebensmittelgeschäft. Unser gemietetes Haus am Ortsrand mit seinen Schichten von abblätternder Farbe und seinen vollgestopften kahlen Räumen, die Dusche hinten an die Garage geklatscht. Das Zimmer, das du mit Dean geteilt hast und wo es anfing mit deinen Alpträumen, in denen es irgendwie um Zuckerrohr und Tod ging.

Diese Nächte. Du kamst leise an unser Bett, noch in den Laken verheddert, schwankend, die Haare total verklebt, dein Atem schniefend.

Mama, sagtest du dann, es ist wieder passiert.

Ich fragte dich, was du gesehen hattest, und aus dir heraus kam ein Schwall von Bildern – schwarze Felder, rissig und leer, Zuckerrohrhalme, die nicht aus der Erde wuchsen, sondern mir oder deinem Vater oder deinem Bruder oder uns allen aus der Brust, den Armen, den Augen, dann ein Geräusch wie in einem Wespennest – und während du sprachst, waren deine Augen nicht deine, dahinter warst nicht du. Du warst erst sieben, und die Sachen, die da aus dir herausströmten! Aber nach einer Minute warst du dann wieder da.

Das sind nur Träume, erklärte ich dir, und dann fragtest du, was ich meinte. Ich versuchte zu wiederholen, was ich von deinem Alptraum verstanden hatte – das Zuckerrohr, unsere Familie, die geerntet wurde, das Wespennest –, aber du wusstest nicht mehr, was du mir gerade erzählt hattest. Es war, als ob du gerade aufgewacht wärst und dich wundertest, warum du vor mir stehst und ich dir eine Geschichte von jemand anderem erzähle. Die Alpträume kamen alle paar Monate, dann alle paar Wochen, dann jede Nacht.

Die Zuckerrohrplantage gab es schon länger als uns, unsere ganze Seite der Insel war voller Zuckerrohrfelder, von *mauka* bis *makai*. Ich bin sicher, die Leute hatten immer schon von der letzten Ernte geredet, aber nicht geglaubt, dass sie je kommen würde. »In Hāmākua gibt's immer Arbeit«, sagte dein Vater und tat die Gerüchte mit einer Handbewegung ab. Aber dann, an jenem Septembernachmittag 1994, so bald schon, nachdem deine Alpträume ihren nächtlichen Rhythmus erreicht hatten, schallte das Hupen der Zuckerrohrlastwagen die Māmane Street entlang, und dein Vater war einer der Fahrer.

Wenn ich von oben auf unseren Ort hätte herabschauen können, würde ich es so beschreiben: Es kamen die Zugmaschinen, viele mit den vergitterten Anhängern, die jetzt leer waren wie Tiergerippe; schwankend fuhren sie vorbei an den Kirchen, den leerstehenden Läden, wo mal massenhaft billiges Importplastikzeug verscherbelt worden war, an der Highschool gegenüber der Grundschule, am Football-Baseball-Fußballfeld. Als die Trucks tutend vorbeifuhren, kamen die Leute aus der Bank und dem Lebensmittelgeschäft und versammelten sich auf den Bürgersteigen oder am Straßenrand. Selbst die, die nicht rauskamen, mussten es gehört haben: das klagende Hupen der Laster, das Jaulen der Druckluftbremsen, den Trauergesang einer Industriebeerdigung. Es war der Sound einer kommenden Leere. Weil sie nie wieder auf den Feldern sein würden, waren die Trucks spiegelblank poliert, keine Spur Arbeitsdreck, und all den portugiesisch-japanisch-chinesisch-hawaiianischen Familien, die die Straßen säumten, zeigte das Chrom ein waberndes Bild ihrer dunkelbraunen Gesichter und der neuen Wahrheit, die sich dort abzeichnete.

Wir waren unter den Zuschauern, ich, Dean, Kaui und du. Dean stand still und steif da wie ein kleiner Soldat. Er hatte mit neun schon so große Hände, und ich erinnere mich an seine trockene Hand um meine. Kaui presste sich zwischen meine Beine, das leichte Kitzeln ihres Haars an meinen Oberschenkeln, Finger, die von hinten dagegendrückten. Du warst an meiner anderen Hand, und im Unterschied zu Dean mit seinem steif gehaltenen Nacken und der Verwirrung und Angst, die in seinen Fingern pochten, im Unterschied zu Kaui mit ihrem verhaltenen Vierjährigen-Gedrängel, schienst du vollkommen im Frieden mit allem.

Jetzt erst kann ich erahnen, wovon du geträumt hast – wessen Tod es war, unserer oder der des Zuckerrohrs. Letztlich war es ja auch egal. Du hattest das Ende kommen sehen, vor uns allen. Das war das zweite Zeichen. Da war eine Stimme in dir, eine Stimme, die nicht deine war, du warst nur die Kehle. Sie versuchte, dir zu sagen – uns zu sagen –, was sie wusste, aber wir hörten ihr nicht zu, noch nicht.

Nur eins von diesen Dingen, sagten wir.

Die Zuckerrohrlaster bogen kurz vor dem Lebensmittelgeschäft ab, fuhren den steilen Hügel hoch, aus dem Ort hinaus, und kamen nie mehr zurück.

Ein paar Monate nachdem die Plantage dichtgemacht hatte, waren wir ziemlich am Ende. Alle suchten Arbeit, dein Vater auch. Er fuhr stundenlang über die Insel, auf der Jagd nach einem Job, der wie ein *obake* war: eben noch da und schon wieder weg. Sonntagmorgens, im orangefarbenen Licht, das unsere alten Holzböden zurückwarfen, stand er an der Arbeitsplatte in der Küche, die Hände um seinen Lieblingsbecher mit dampfendem Kona-Kaffee, und fuhr mit den Fingern über die Jobangebote in der Zeitung, und seine Lippen bewegten sich wie bei einem Beschwörungsgesang. Wenn er etwas fand, schnitt er es langsam aus, fasste es mit den Fingerspitzen und steckte es in einen braunen Briefumschlag, den er neben dem Telefon liegen hatte. Wenn er nichts fand, war das Geräusch der Zeitung, die er zerknüllte, wie von einem auffliegenden Vogelschwarm.

Aber das hielt ihn nicht davon ab zu lächeln, nichts konnte ihn davon abhalten. So war er schon gewesen, als alles seinen geregelten Gang ging, sogar in euren *hanabata-*

Tagen, als ihr rotzverkrustete Oberlippen hattet und gerade laufen lerntet und er euch in die Luft warf, dass euer Haar flog und eure Augen vor Vergnügen kleine Schlitze wurden und ihr in helles Kreischen ausbracht. Er warf euch so hoch, wie er konnte – bis an die Wolken, sagte er –, und wenn ihr wieder runterkamt, blieb mir das Herz stehen. Hör auf damit, sagte ich dann, vor allem, wenn er es mit Kaui machte.

Ich lass sie schon nicht fallen, sagte er. Außerdem können wir ja ein neues machen, wenn eins sich den Hals bricht oder was.

Manchmal blieb er auch morgens länger im Bett – er war die meiste Zeit ein Frühaufsteher gewesen und blieb es auch, als die Zuckerrohr-Trucks weg waren – und robbte an mich heran und kicherte durch seinen dünnen Schnurrbart, und dann versuchte ich, unter der Decke rauszukommen, bevor er einen fahren ließ und mich in der Deckenhöhle einsperrte, mit sich und mit dem käsig-bohnigen Gestank von dem, was gerade in seinem Darm gärte.

Schmeckt fast besser, wenn's rauskommt, als wenn's reingeht, oder?, sagte er dann und kicherte weiter, als ob wir wieder auf der Highschool wären und in der fünften Stunde nur noch Quatsch machten. Ich weiß noch, wie er einmal seine Furz-unter-der-Decke-Nummer machte und mir diese Frage stellte und ich sagte, weiß nicht, mal probieren, und den Zeigefinger unter seine Boxershorts schob und genau in sein Arschloch, und wie er quiekte und wegzuckte und sagte, he, das geht zu weit, das geht zu weit, und ich lachte und lachte und lachte. Irgendwie war da was an deinem

Vater und mir, an uns, an der Art, wie wir uns gegenseitig pushten, was gut zu den ruhigen Zeiten passte. Wie wir uns im Badspiegel gegenseitig beim Zähneputzen beobachteten oder mit dem einen Auto, das wir hatten, jonglierten (den klapprigen Pick-up hatten wir kurz nach deiner Geburt gegen einen klapprigen SUV eingetauscht), um euch alle zum Wissenschaftsprojekttag, zum Basketballtraining, zur Hula-Vorführung zu bringen.

Aber wenn wir unser Geld in eine Tasse getan hätten, wäre die Tasse halb leer gewesen. Dein Vater hatte Glück und fand einen Teilzeitjob in einem der Hotels, das, was alle wollten, aber er konnte nicht auf Vollzeit aufstocken und auch nicht im Restaurant arbeiten, wo es gutes Trinkgeld gab, sondern nur beim Zimmerpersonal, und wenn er heimkam, erzählte er mir von den kaum angerührten Tellern mit Ahi auf den Balkonen, wo Scharen von Mainas daran herumpickten, und von den Kleiderbergen auf den Hotelzimmerböden. Diese Haoles hatten zwei Garnituren Kleidung für jeden Urlaubstag, sagte er. Zwei für jeden *Tag*.

Und gefühlt war der Hoteljob, kaum dass er aufgetaucht war, auch schon wieder weg. Saisonale Umstrukturierung. Und meine Stunden im Macadamia-Lager wurden gekürzt. Unsere Mahlzeiten wurden schlichter, Ernährungspyramide hin oder her. Dein Vater tat, was er konnte, hier ein Haus streichen helfen, da ein bisschen Gärtnerarbeit, einige Tage gebückt auf der Farm von einem Freund. Ich ergatterte ein paar Spätschichten im Wipeouts Grill. Wir kamen kreuzlahm, mit schmerzenden Beinen und pochender Stirn nach Hause, und im Vorbeigehen übernahmen wir euch Kinder, wenn die Schicht des einen zu Ende war und die des anderen begann. Aber diese Schichten wurden immer seltener, bis wir plötzlich zu Hause mit dem Taschenrechner herauszufinden versuchten, wie lange wir noch durchhalten würden.

»So geht's nicht«, sagte dein Vater. Es war spät am Abend, und ihr schlieft schon alle. Ein Stück die Straße runter bellten Hunde, aber das Geräusch war leise, und wir waren es gewohnt. Im goldenen Licht der Schreibtischlampe sah unsere Haut aus wie mit Honig glasiert. Die Augen deines Vaters waren feucht. Er wollte mir nicht ins Gesicht sehen, und mir ging auf, dass ich schon lange keinen Witz mehr von ihm gehört hatte. Da bekam ich wirklich Angst.

»Wie lange noch?«, fragte ich.

»Vielleicht zwei Monate, bis es kritisch wird«, sagte er.

»Und was dann?«, fragte ich, obwohl ich die Antwort wusste.

»Ich ruf Royce an«, sagte er. »Wir haben schon geredet.«

»Royce wohnt auf O'ahu«, sagte ich. »Das sind fünf Flugtickets. Und es ist eine ganz andere Insel, eine *Großstadt*. Großstädte sind nicht billig.« Aber dein Vater war schon aufgestanden und auf dem Weg ins Bad. Das Licht ging an und die Lüftung, dann lief Wasser zischend und plätschernd ins Becken, und ich hörte sein Schnauben, als er sich das Gesicht wusch.

Ich wollte was kaputtschlagen, es war so still. Dein Vater kam wieder ins Schlafzimmer.

»Ich hab's mir überlegt«, sagte er. »Ich verkauf meinen Körper. Die *mahus* kriegen meinen *okole*, und die Ladys kriegen meinen *boto*. Ich würd's für uns tun.«

»Ich würd's für *dich* tun«, schob er nach einer kurzen Pause hinterher. Er hatte sein Hemd ausgezogen und betrachtete sich in unserem hohen Spiegel. »Ich mein, schau doch mal, wie viel Sex in diesem Body steckt.«

Ich kicherte und umarmte ihn von hinten. Ich betastete seine Brustmuskeln und ignorierte, dass sie schon ein bisschen zu Männertitten absackten. »Für die würd ich wohl schon was zahlen«, sagte ich.

»Wie viel?« Dein Vater grinste im Spiegel.

»Na ja«, sagte ich, »was ist denn inbegriffen?« Ich ließ meine linke Hand runtergleiten, schob sie in seine Hose.

»Kommt drauf an«, sagte er.

»Hmm«, sagte ich. »Was ich da fühl, ist wohl zwei, drei Dollar wert.«

»Hey!« Er zog meine Hand heraus.

»Ich würde pro Minute zahlen«, sagte ich achselzuckend, und dein Vater prustete los. Aber dann wurde er plötzlich ernst.

»Wir werden mehr verkaufen müssen als nur meinen Schwanz«, sagte er.

Wir setzten uns beide auf die Bettkante.

»Kaui und Nainoa tragen schon Deans alte Sachen«, sagte ich. »Sie kriegen das Schulessen kostenlos.«

»Ich weiß.«

»Was hatten wir gestern zum Abendessen?«, fragte ich.

»Saimin mit Dosenfleisch.«

»Und vorgestern?«

»Reis mit Dosenfleisch.«

Dein Vater stand wieder auf. Er ging an unseren Schreibtisch und legte die Hände darauf, als wollte er ihn verschieben.

»Fünfzehn Dollar«, sagte er.

Er richtete sich auf, seufzte und legte eine Hand auf die Kommode. »Fünfundzwanzig Dollar.«

»Vierzig«, sagte ich.

»Zwanzig.« Er schüttelte den Kopf.

Er ging umher und berührte alles, was er sah: eine Lampe, siebzehn Dollar, ein Bilderrahmen, zwei, ein Schrank voller Fünf-Dollar-Klamotten, die Summe unseres Lebens im besten Fall vierstellig.

Und obwohl ich nie gut in Mathe war, sah ich, was am Ende herauskam, nämlich abgestelltes Licht und Zahlungspläne und Eimerduschen. Darum stand ich drei Tage später, als ihr in der Schule wart, am Straßenrand, das Jagdmesser deines Vaters in der Umhängetasche, und hielt den Daumen raus, schaffte es zum Nulltarif die vierzig Meilen nach Hilo, nur um dort im schwülen Regen zur Wohngeldbehörde zu marschieren und unseren Antrag zu stellen. »Warum sind Sie hier?«, fragte die Frau am Tresen nicht unfreundlich, und mit ihren dunklen, sommersprossigen Armen, den extra Fleischfalten außerhalb der ärmellosen Bluse hätte sie meine Schwester sein können, war sie meine Schwester.

»Warum bin ich hier«, wiederholte ich. Wenn ich die Antwort gewusst hätte, hätte ich nicht dagestanden, nass im dampfenden Hilo, und um die Wohngutscheine gebettelt.

Und so war unsere Lage, als das dritte Zeichen kam. Wir konnten nirgends mehr sparen. Aber Royce hatte sich eingesetzt. Ein Anruf von ihm für deinen Vater und der Satz: »Ich glaub, ich hab was für dich, Cuz«, und plötzlich waren alle Weichen für Oʻahu gestellt. Wir hatten schon einen Teil unserer Sachen verkauft, und jetzt verkauften wir noch mehr, bauten das Zeug in Waimea am Straßenrand auf, beim Spielplatz gegenüber der katholischen Kirche, und jeder, der zum Strand wollte, musste dran vorbeifahren. Durch das Geld, das wir damit machten, und mit den Lebensmitteln von der Tafel und dem Wohngeld hatten wir ein kleines Polster, genug für fünf Tickets nach Oʻahu, und es blieb sogar noch was auf dem Konto.

Dein Vater hatte mit dem restlichen Geld was Bestimmtes vor: eine Tour mit einem Glasbodenboot vor der Kona-Küste. Ich weiß noch, dass ich sagte, nein, das geht nicht, wir müssen jeden Cent für Oʻahu sparen. Aber er fragte, was das denn für ein Vater ist, der seinen Kindern nicht mal eine Freude machen kann.

»Sie verdienen mehr, als sie zurzeit kriegen«, sagte er, das weiß ich noch genau, »und wir müssen sie dran erinnern, dass es wieder besser wird.«

»Aber wir brauchen keine Touristenbootstour«, sagte ich. »Die Art Familie sind wir nicht.«

»Tja«, sagte er, »vielleicht will ich ja wenigstens einmal die Art Familie *sein*.«

Darauf wusste ich nichts zu sagen.

Also Kailua-Kona, Aliʻi Drive, niedrige Steinmauern und geschwungene Gehwege vor Stränden aus zuckerfeinem

Sand und all die kleinen Touristenfallen-Shops, die zu den Beach-Hotels führen wie eine Spur von Brotkrumen. Dein Vater und ich standen am Kona-Pier, mit Tickets für uns und euch Kinder, und sahen zu, wie das Wasser wogte und all die blitzblanken Boote auf und ab schaukelten. Der Pier war lang und geteert und stachlig von Angelruten, und etwa auf der Hälfte warfen sich einheimische Jungen vom Rand ins Wasser, immer und immer wieder, hinein in den Schaum vom Sprung des Jungen davor, mit *Chee-hoo*, und patschten dann mit ihren nassen Füßen wieder die Holzstufen rauf.

Dann hatten wir den Pier von Kona hinter uns gelassen, saßen auf Plüschsitzen auf der *Hawaiian Adventure*. Ein Trimaran, einer wie die, die wir immer im Dunst vor der Kona-Küste sahen, vor allem bei Sonnenuntergang, Boote mit Rutschbahnen am Heck und schwatzenden hummerfarbenen Touristen auf dem überdachten Deck. Aber dieser hatte im mittleren Rumpf einen dicken Glasboden, durch den wir ins Meer schauen konnten, und während die Motoren immer wieder ein leichtes Vibrieren durchs Deck schickten, wurde die Farbe des Wasser von Blaugrün zu einem tiefen Fast-schon-Lila, und die Korallenriffe waren dicht und knorrig, und stellenweise wuchsen da Finger oder Gehirne oder die spitzen roten Fangarme von Seeanemonen, die sich im Wasser wiegten, als wäre es Wind. Ich roch, wie die Sonne das alte Salz am Boot erwärmte, roch den zu süßen Malolo-Sirup im Fruchtpunsch und die stechenden Dieselabgase, die die mahlenden Motoren ausrülpsten.

Die meiste Zeit saßen wir drinnen, alle fünf nebeneinander auf den Plüschsitzen in der vordersten Reihe, und guckten durch den Glasboden. Ich erzählte Geschichten darüber, welches Tier welcher Gott war und wie sie die ersten Hawaiianer gerettet oder bekämpft hatten, und dein Vater machte Witze darüber, wie seine Filipino-Vorfahren nur Dornhaie oder die schwarzen Fische mit den langen Nasen gegessen hatten, und die Sonne fiel schräg unter dem Dach herein, und der Motor ließ unsere Sitze vibrieren. Ich war in einem warmen, trägen Nirgendwo, und Kaui schlief in meinen Armen, als ich plötzlich aufwachte, ohne zu wissen, warum.

Du und Dean und dein Vater wart weg, ja, es war überhaupt niemand in der Aussichtskabine. Von draußen auf dem Deck kamen laute Stimmen. Die Stimmen waren abgehackt, gaben kurze Kommandos: wenden, weiter hinzeigen, Rettungsring! Ich weiß noch, dass ich das Gefühl hatte, die Stimmen kämen vom anderen Ende einer Höhle, von so weit weg und wie durch Watte in meinem Kopf.

Ich fasste Kauis Hand. Sie rieb sich immer noch die Augen und quengelte, aber ich war schon mit ihr auf der Treppe von der Aussichtskabine zum Sonnendeck. Wahnsinnsweiß. Ich musste meine Augen mit der Hand abschirmen und so fest zusammenkneifen, dass es sich anfühlte, als ob es mir das Zahnfleisch hochschob. Leute standen an der Drahtseilreling des glatten, weißen Decks und guckten ins Meer. Zeigten mit dem Finger.

Ich erinnere mich, dass ich deinen Vater und Dean sah. Sie waren vielleicht zehn Meter von mir und Kaui entfernt, und ich war verwirrt, weil dein Vater Dean von der Reling wegzuziehen versuchte und Dean schrie: *Lass mich,* und:

Ich krieg ihn. Einer von der Besatzung, mit einem weißen Polohemd und einer weißen Basecap, warf einen roten Rettungsring, und der eierte an seiner Leine in die Luft hinaus.

Bin ich da zu deinem Vater gerannt? Hatte er Dean von der Reling weggezogen? Hielt ich Kauis Hand so fest, dass es ihr wehtat? Ich kann es nur vermuten, erinnern kann ich mich nicht. Ich weiß nur noch, dass ich neben deinem Vater auf dem strahlend weißen Deck stand, das sich mit den Wellen hob und senkte, und dass wir alle da waren außer dir.

Dein Kopf tanzte im Meer wie eine Kokosnuss. Du warst immer weiter weg und immer kleiner, und das Wasser zischte und schlug gegen das Boot. Ich erinnere mich nicht, dass jemand groß was sagte, außer dem Kapitän, der immer wieder von oben rief: »Weiter hinzeigen. Wir wenden. Immer weiter hinzeigen.«

Dein Kopf verschwand, und das Meer war wieder glatt und leer.

Aus den Lautsprechern kam ein Song. Eine blecherne, kitschige Coverversion von »More Than Words«, das ich heute noch nicht mehr hören kann, obwohl ich es mal mochte. Die Motoren rackerten. Der Kapitän oben am Steuer sprach von dort aus, wies Terry an, weiter hinzuzeigen. Terry war der, der den Rettungsring geworfen hatte, den Ring, der jetzt leer auf den Wellen trieb, immer weiter weg von da, wo ich deinen Kopf zuletzt gesehen hatte.

Ich hatte es satt, gesagt zu kriegen, ich solle hinzeigen, solle abwarten, also sagte ich was zu Terry. Er machte eine Grimasse. Dann bewegte sich sein Mund unter dem Schnurrbart, sagte was zu mir. Und der Kapitän rief wieder was von oben. Dein Vater redete auch los, und alle vier redeten wir irgendwas. Ich glaube, am Ende sagte ich was, was Terry schockte, denn sein Gesicht um die Sonnenbrille herum wurde rot. Ich sah mich in diesen verspiegelten Gläsern, meine Hautfarbe dunkler, als ich dachte, was mich freute, und meine Basketballschultern und dass ich die Augen nicht mehr zusammenkniff. Dann waren meine Füße auf dem Drahtseil, und Terrys Augenbrauen fuhren in die Höhe, und er öffnete den Mund, um was zu sagen. Er griff nach mir – und ich glaube, dein Vater auch –, aber ich sprang in den großen, leeren Ozean.

Ich schwamm noch nicht lange, als die Haie unter mir durchglitten. Ich erinnere mich zuerst an dunkle Schatten, dass das Wasser mir sagte, wie schwer diese Tiere waren, dass ich eine Druckwelle an Beinen und Bauch spürte. Dann waren sie unter mir durch und ihre vier Dreiecksflossen durchstachen die Oberfläche, Messer auf dunklen Wasserhügeln, die in deine Richtung schnitten. Als sie dort ankamen, wo dein Kopf gewesen war, tauchten die Haie ab. Ich schwamm hinter ihnen her, aber die Entfernung hätte die nach Japan sein können. Einmal tauchte ich unter, versuchte, was zu sehen. Unter Wasser war nichts als verschwommenes Dunkel und Schaum, da wo die Haie waren. Andere dunkle Farben. Dicke rote Fäden, die aus dem Schaum aufstiegen – ich wusste, das würde das Nächste sein.

Ich hatte keine Luft mehr. Ich tauchte auf und rang nach Sauerstoff. Falls da Geräusche waren, falls ich schrie, falls das Boot näher gekommen war, weiß ich es nicht mehr. Ich tauchte wieder ab. Das Wasser da, wo du warst, war total aufgewühlt. Die Formen der Haie schlugen mit den Schwänzen, glitten tiefer, höher, wie eine Art Tanz.

Als ich das nächste Mal Luft holte, warst du an der Oberfläche, lagst wie eine Lumpenpuppe seitwärts im Maul eines Hais. Aber der Hai hielt dich behutsam, verstehst du? Er hielt dich, als wärst du aus Glas, als wärst du sein Kind. Sie brachten dich gradewegs zu mir, der Hai, der dich hielt, hatte den Kopf über Wasser wie ein Hund. Die Gesichter dieser Haie – ich will nicht lügen. Ich machte die Augen zu, als sie näher kamen, als ich sicher war, dass sie mich auch schnappen wollten, und falls auf dem Boot alle riefen und schrien, was sie vermutlich taten, und falls ich irgendwas dachte, erinnere ich mich nicht dran, ich erinnere mich nur an das Schwarz meiner geschlossenen Augen und meine stummen Gebete.

Die Haie griffen nicht an. Sie schwammen wieder unter mir durch und um mich herum, die Druckwelle wie ein starker Wind. Und dann öffnete ich die Augen. Du warst dort am Boot, an einen Rettungsring geklammert. Dein Vater beugte sich runter und streckte die Hand nach dir aus – ich weiß noch, dass ich wütend war, weil er so langsam machte, sich alle Zeit der Welt ließ, und ich wollte sagen: *Bist du ein verflixter* pau-hana-*Sesselfurzer? Hol unser Kind da raus, lebend*, und du warst am Husten, was hieß, du warst am Leben, und da war keine rote Wolke im Wasser.

Das war nicht einfach nur eins von diesen Dingen.

Oh, mein Sohn. Inzwischen wissen wir, dass nichts davon nur das war. Und da fing ich an zu glauben.

2

NAINOA, 2000
Kalihi

Das Blut, erst ganz still, dann laut, bummernd, wenn es in meine Knöchel schoss. Aufgerissene Knöchel, geschwollene Knöchel, blutige Knöchel. Blutige Knöchel, benutzt zum Zuschlagen und Wehtun, nicht weil ich es wollte, sondern weil mein Bruder wollte, dass ich es tat. Es war Neujahrsnacht, Black-Cat-Kracher überall in der Sackstraße, knall, knall, knall, ganze Familien auf grünen Plastikstühlen in ihrer Einfahrt, die Bürgersteige schwarz verschmiert und mit roten Papierfetzen übersät. Das Feuerwerk war in vollem Gang, und Skyler und James verzogen sich hinter die Garage, um mit Dean Bloody Knuckles zu spielen, und weil Dean mitging, ging ich auch mit, und weil ich mitging, ging auch Kaui mit.

Seit Jahren schon versuchte ich zu verstehen, was da in mir war, während der Rest der Welt es aus mir herausreißen wollte. Vor allem mein Bruder manchmal. Das war eine von den Nächten, in denen er mich hasste.

Skyler, James, beide *hapa*-Japaner, große, dickliche, stinkende Teenager. James mit seiner Zahnspange, glitzernd und Spucke sprühend. Skyler mit seinem strähnigen Haar und seinen Aknepickeln. Beide in ihren Preppy-Klamotten, alles Polo und Abercrombie. Und dann mein Bruder mit seinen kinnlangen Korkenzieherlocken, seinen Baggy-Board-shorts, seinem zu kleinen Locals-Only-Shirt, seiner dunklen Surferhaut und seinen aufgeworfenen, dicken Lippen. So offensichtlich, dass wir nicht dazugehörten, aber Dean wollte immer nach oben. Er und Skyler und James, die Knöchel schon blasig und blutig, aber sie lachten und schüttelten sich den Schmerz aus der Hand.

»Jetzt der Wunderknabe«, sagte James durch seine Zahnspange und deutete mit dem Kinn auf mich.

»Voll meine Meinung«, sagte Skyler. »Klar, Dean?«

Den ganzen Abend hatte mein Bruder die beiden schon übertrumpft, James und Skyler. Mein Bruder, der schneller laufen, dreckiger fluchen konnte, der als Einziger fix genug war, um den Erwachsenen ein Bier aus der Kühltasche zu klauen. So total cool, und alles für James und Skyler, weil ihre Eltern schicke SUVs hatten und schwere dunkle Möbel in ihren hohen Zimmern, weil sie all das waren, was Dean sein wollte. Aber wie sollte er das schaffen, fragte er sich garantiert, wenn nicht, indem er sich so an reiche Jungs ranschmiss, dass vielleicht etwas von dem auf ihn überging, was sie waren und wir nicht.

Und mein Bruder und ich wussten beide, dass ich der Einzige war, der etwas für uns getan hatte, wegen der Haie und dem, was dann gefolgt war. Wir waren in den Nachrichten und in den Zeitungen gewesen, und jedes Mal hatten Mom und Dad drüber geredet, wie arm wir waren. Also kriegten wir Spendenschecks und gebrauchte Kleidung und manchmal sogar Gratisessen von all den Leuten, die gesehen und gehört hatten, was Mom und Dad immer wieder erzählten: dass ich zwar Glück gehabt und die Haiattacke überlebt hatte, dass uns aber stattdessen die Kosten für Lebensmittel und die Miete und die Rechnungen umbringen würden.

Und auch nach den Briefen und Spenden ging es weiter. Ich schrieb in meiner Bewerbung für die Kahena Academy von der Sache mit den Haien, und das Auswahlkomitee hatte wohl auch von mir gehört. Also kam ich – mit einem Vollstipendium für Native Hawaiians – auf die beste Privatschule im ganzen Bundesstaat, obwohl die meisten Kids dort viel reicher waren als James und Skyler.

Und meine Familie und vor allem Dean sahen ja, was sich bei mir sonst noch alles tat, wie ich so schnell lernte, als ob mein Gehirn mich durch Zauberkraft an all meinen Klassenkameraden vorbeikatapultierte. Und dann noch die Ukulele, die Songs, die ich spielen konnte. *Er ist eine Art Wunderkind*, sagten die Lehrer, und Mom und Dad strahlten wie die Sonne, wenn die Lehrer von mir sprachen. Sie fingen an zu sagen, ich sei was Besonderes. Auch dann, wenn Dean und Kaui es hören konnten.

All diese Sachen also, und mein Bruder jetzt hier mit James und Skyler und ich dabei. Sie wussten ja alle, was sie gehört hatten.

»Also, was ist, Dean«, sagte Skyler. »Kann ich jetzt gegen ihn oder was?«

Dean sah mich an und fing an zu grinsen, aber ich könnte schwören, dass er unten drunter hin- und hergerissen war, vielleicht ja doch zurückrudern wollte, er war schließlich immer noch mein Bruder. Aber dann wurde das Grinsen breiter. »Jeder kommt mal dran, Noa«, sagte er.

Illegale Raketen – die Sorte rote, blaue und goldene Explosionen, die nur Hotels zünden durften – krachten im Schwarz über uns und warfen unsere Schatten auf die verputzten Wände von Skylers Villa.

»Du bist mindestens hundert Pfund schwerer als ich«, sagte ich zu Skyler. Als ob das was helfen würde, als ob irgendwas helfen würde.

»Stell dich nicht so an«, sagte James. »Schwuchtel.«

»Los, hol dir 'n paar blutige Knöchel«, sagte Skyler und trat auf mich zu. Seine Schlaghand zuckte immer noch. Er richtete sie auf mich, ballte die Faust, langsam und steif, und ich sah die abgelöste Haut auf seinen Knöcheln, die blutigen Stellen. Um die Ecke kam das Gemurmel der Party, das Klirren von leeren Bierflaschen, die sich auf einem Haufen sammelten, das Knallen der Böller.

»Halt die Klappe«, sagte Kaui mit ihrem Stimmchen und stemmte doch tatsächlich die Hände in die Hüften. Wir Jungen erstarrten, wir hatten sie ganz vergessen, da neben mir, meine kleine Schwester, drei Jahre jünger als ich.

Ich sah wieder Dean an. Ich wollte, ich hätte es nicht getan, es ist mir jetzt noch peinlich. Dass ich dachte, er würde doch noch einschreiten, sagen, es sei ja nur ein Witz, natürlich dürfe ein Teenager mit dem Körper eines Mannes nicht auf einen kleineren Jungen einschlagen.

»Komm schon, *mahu*«, sagte Skyler. »Was ist, boxt wohl zum ersten Mal? Los, Hand hoch.«

Ich hob die Faust. Dean lehnte sich lässig an die Garagenmauer, verschränkte die Arme.

Kaui sagte: »Noa, nicht.«

»Geh weg«, sagte ich zu ihr. »Das ist unsre Sache.«

Skyler brachte seine Faust in Stellung. Fünfzehn Zentimeter vor meiner. Unsere Knöchel: seine schon von Schlägen angefressen, meine glatt und schmal, selbst ich sah, wie es ausgehen würde. Dann setzte Skyler zum Schlag an; ich zuckte zurück. »Nicht wegzucken«, sagte er und boxte mir mit der anderen Faust auf den Oberarm, bald würde ich dort einen blauen Fleck haben wie am Tag nach der Impfung. »Noch mal«, sagte er.

Also brachten wir unsere Fäuste wieder in Position. Ich versuchte, mein Handgelenk steif zu machen, mir vorzustellen, dass ich irgendwas war, was nicht kaputtging oder wegknickte, eine Statue, ein Zug oder eine Felswand, aber dann boxte er auf meine Knöchel. Es gab ein knöchernes Geräusch.

Schmerz schoss bis in meinen Ellbogen, ich stieß einen Laut aus, Skyler lachte höhnisch. »Musst gleich noch mal ran, wenn du so rumheulst, Weichei.«

Ich sah wieder Dean an, aber er tat, als interessierte ihn nur das Feuerwerk, das über uns glühte.

»Er wird dich nicht retten«, sagte James. »Große Jungs kommen selber klar, reiß dich zusammen, Heulsuse.«

Meine Zähne waren so fest zusammengebissen, dass mein ganzer Kiefer ein einziger, immer weiter anschwellender Schmerz war, so wie meine Knöchel, nicht weinen, nicht weinen, nicht weinen. »Ihr Deppen könnt ja nichts als boxen«, sagte ich. »Ihr werdet um einen McDonald's-Job beten, wenn ich mein Abschlusszeugnis von der Kahena in der Tasche hab.«

James' Füße bewegten sich im Gras, ich hörte es knistern.

»Hast du den Klugscheißer gehört?«, sagte James zu Skyler. »Vielleicht können wir in der zweiten Runde ja beide ran.«

»Nein«, sagte Skyler. »Nur ich.«

Meine Hand zitterte jetzt, mein Puls bummerte in den Fingern und im Handteller, aber ich schloss die Faust, und der Schmerz sengte sich noch weiter durch meine Knochen. Ich hielt meine Faust wieder fünfzehn Zentimeter vor Skylers. Er schlug zu, noch fester, als ob eine schwere Tür zuknallte und ich die Hand noch dazwischen hätte. Eine Explosion in meinen Handknochen, so gewaltig, dass sie durch meine Augen schoss, kurz alles weiß, dann fiel ich auf den Arsch. Bei der Landung wimmerte ich wie ein Hundebaby.

James und Skyler lachten beide. Skyler wedelte mit seiner Schlaghand, und vorn auf dem Rasen musste jemand einen guten Witz erzählt haben, weil alle Erwachsenen gleichzeitig lachten.

Kaui trat vor mich. »Hört auf, ihr *botos*«, sagte sie.

»Was?« James lachte wieder. »Hä, was hast du gesagt?«

»Ich hab gesagt, es reicht«, sagte Kaui.

»Vielleicht willst du dann ja ran?«, sagte James zu ihr. »Du gegen mich.«

Dean löste sich von der Mauer. »James, mach kein Scheiß nich.« Er hatte sein Pidgin einen Gang hochgeschaltet, weil Mom und Dad nicht dabei waren.

»Mach doch«, sagte Kaui zu James.

»Klappe jetzt, alle beide«, sagte Dean.

»Zu spät«, sagte Kaui. Dann zu James: »Mach doch, Angsthase.«

»Pass auf, was du sagst«, sagte James.

»Pass selber auf«, sagte Kaui mit dem ganzen Trotz ihrer zehn Jahre. »Los, Feigling.« Sie hielt die Faust hin, wie ich meine gehalten hatte, aber ihre war so viel kleiner und molliger, dass da fast keine Knöchel waren.

James postierte seine Faust fünfzehn Zentimeter vor ihrer.

Kauis Gesicht wie aus Koa geschnitzt, kleine braune Schwester, das buschige Haar in Schwänzchen. Ich wusste nicht, was sagen – ein Teil von mir fand, sie sollte es mal probieren, weil sie immer glaubte, sie könnte mit mir und Dean mithalten, obwohl sie fünf Jahre jünger war als er und drei Jahre jünger als ich, sie sollte lernen, wo ihr Platz war … aber ein anderer Teil von mir wollte nicht, dass sie's probierte, weil ich wusste, wie es sich anfühlen würde, wenn es vorbei war.

»Kaui«, sagte Dean.

»Mach«, sagte Kaui zu James, die Faust immer noch vor sich.

James zuckte mit den Schultern, zielte mit seiner Faust auf ihre. Er täuschte einen Schlag an, Kaui zuckte nicht. Er verlagerte sein Gewicht und schlug aus der Schulter, doch als seine Faust ihre traf, war sie keine Faust mehr, er hatte die Hand geöffnet und packte ihr Handgelenk, lachte. Tätschelte ihre Hand. »Hey, ich schlag doch kein Mädchen, schon gar nicht Deans Schwester.«

Dean lachte auch, er wusste, er hatte gewonnen, James und Skyler mochten ihn genug, wahrscheinlich wegen dem, was er sie mit mir hatte machen lassen. Ich hab's freiwillig getan, wollte ich sagen. Ich bin die Hauptperson, nicht du. Aber die drei stellten sich näher zusammen, ein loser Kreis, und Kaui und ich blieben außen vor.

»Haut ab«, sagte Dean und wedelte uns weg wie Bienen bei einem Picknick. Sie lachten alle drei. Ich drehte mich um und ging durchs kurzgemähte grüne Gras davon und hörte noch Skylers Stimme – »Ich hab ein paar Böller«, sagte er –, dann war ich zu weit weg.

»Ich hasse dieses blöde Spiel.« Kauis Stimme neben mir, ich fuhr zusammen.

»Wusste nicht, dass du da bist«, sagte ich.

»Bin ich aber«, sagte Kaui.

»Du hättest nicht mit nach hinten kommen sollen«, sagte ich.

»Warum nicht?«

Wenn Dean und ich uns in einem einig waren, dann, dass niemand Kaui etwas tun durfte außer uns. Das war eine klare Sache, weil wir ihre Brüder waren, aber ich wusste, was Kaui sagen würde, wenn ich es so begründete. Also tat ich's nicht. Stattdessen sagte ich: »Du hast Glück gehabt, dass sie dich nicht geboxt haben. Früher war's mit mir auch so.«

Wir waren wieder auf dem Gehweg, zwei Häuser weiter, bei Onkel Royce' Party. Skyler und seine Familie hätten es hier schrecklich gefunden, deshalb waren sie ja auch auf einer anderen Party ein Stück die Straße lang, in die andere Richtung. Die Leute hier alle in T-Shirt und Jeans oder Tarn-Boardshorts, der teerige Geruch von Zigaretten, keine Deko, Dosenbier aus halb ausgeweideten Kartonträgern. Dann wieder ein hallender Böllerknall.

»Wenn du nicht mehr willst, dass alle auf dir rumhacken, solltest du vielleicht nicht immer so ein Klugscheißer sein«, sagte Kaui.

»Hör mal«, sagte ich, »nur weil du ein paar Schimpfwörter gelernt hast, bist du noch lang keine Erwachsene.«

»Und wenn«, sagte sie. »Ich wette, sie hätten dich immer noch in der Mangel, wenn ich nicht dazwischengegangen wäre.«

»Egal«, sagte ich.

»Du und Dean«, sagte sie, »es ist fast, als ob du verhauen werden *willst*.«

Sie hatte recht, genauso war's, aber wie sollte ich das erklären? Sie wusste ja nicht, niemand wusste, dass ich seit der Sache mit den Haien fühlte, wie Mom und Dad mich mit angehaltenem Atem beobachteten. Ich fühlte es so krass, als hielten sie *meinen* Atem an. Sie redeten von den 'aumakua, davon, dass ich von den Seelengeistern gesegnet war, auserwählt, und dass das doch etwas bedeuten musste. Ich war ja für sie schon ein Glück. Die Spenden, die durch die Haigeschichte eingegangen waren und die unseren Umzug nach O'ahu so viel leichter gemacht hatten, meine Zeugnisse und Preise von der Kahena Academy, ein Respekt-Shaka von jedem Einheimischen, der die Haigeschichte gehört hatte und die alten Götter darin fühlte, alles mir zu verdanken.

Dean sah es. Und er hörte es auch, von Mom und Dad. War ich vielleicht der kommende hawaiianische Wissenschaftler oder Senator oder die ganze neue hawaiianische Renaissance? Wir alle hörten es, und in mir entwickelten sich Dinge, die mich glauben machten, ich könnte diese Träume verwirklichen.

Trotzdem tat ich das, was Kaui sagte, mit einem Schulterzucken ab. »Er ist immer sauer auf mich. Ich sag mir, wenn er mich ein paarmal ordentlich verdreschen darf, lässt er's gut sein.«

Sie schnaubte. »Ist nicht grad Deans große Stärke.«

»Was?«

»Sachen gut sein lassen.«

Plötzlich ein schreckliches Wimmern, menschliche Laute, bei denen man einfach weiß, es ist was Schlimmes, und Kaui und ich waren sofort still. Wir sahen Dean mit nacktem braunem Oberkörper langsam hinter Skylers Garage hervorkommen, neben ihm Skyler, an ihn gelehnt. Mein Bruder hatte sein Shirt um Skylers Hand gewickelt und hielt sie vorsichtig. Ich roch einen neuen, schwarzen Geruch, fast wie von abgebrannten Böllern, dem verkohlten Papier, aber süßlicher und rauchiger, gegrilltes Schwein vielleicht. Und Skyler hatte die Augen zugekniffen, und Tränen quollen hervor, und er wimmerte, und mein Bruder erklärte ihm, dass alles wieder okay werden würde, und James hinter ihnen sah aus, als wäre ihm schlecht.

Alle Eltern und überhaupt die ganze Party waren plötzlich still.

Dean sagte: »Er hat ja versucht loszulassen, aber die Zündschnur war zu kurz.« Skyler zitterte wie ein Pferd, das aus einem Fluss kommt.

Dean flüsterte Skyler etwas zu. Skyler schüttelte den Kopf. Aber Dean schlug trotzdem den Stoff zurück und zeigte uns so was wie eine Hand, drei Finger, die weiß herumwackelten, und zwei, die es nicht taten, da waren gelbe Klumpen und Hautfetzen, Knochensplitter, grau im Licht. Der süßliche Schweinefleischgeruch stieg uns wieder in die Nase. Leute atmeten zischend aus und drehten sich weg.

Dann wieder Stimmen, laut und hektisch, und jemands Schlüssel klimperten, während ich vortrat und Skylers Hand berührte, ich wusste nicht, was ich tat, selbst Dean fragte, *Was machst du da*, aber ich antwortete nicht, weil da zu viel in mir war, als dass ich hätte sprechen können: Ich fühlte das pricklige Wachsen der Grashalme in all den Gärten ringsum, als wäre das Gras meine eigene Haut, fühlte den Flügelschlag der Nachtvögel, als wär's ich, der da flog, fühlte, wie die Bäume die Feuerwerksluft einatmeten, als wären die Blätter meine Lunge, fühlte das Trommeln der Herzen aller Leute auf der Party.

Ich berührte Skylers Hand, meine Finger fuhren die Knochensplitter und Hautfetzen nach. Und zwischen unseren Händen war eine Anziehung wie von Magneten, und da war Wärme. Aber Skylers Dad kam, schob mich weg und schlug das Shirt wieder über die Hand seines Sohns – es war schon besser mit seiner Hand, ich schwör's, die Haut fing an, sich zu schließen, die Knochen fügten sich wieder zusammen, ich sah, dass es besser war – und plötzlich war mir schwindelig, mein Kopf wie voll Helium, wie wenn man zu lange zu schnell gerannt ist. Ich ging ein paar Schritte weg, wollte mich an dem Tisch mit dem Nudelsalat und Musubi festhalten, aber meine Hand griff ins Leere, und ich landete auf dem Hintern, zum zweiten Mal in dieser Nacht.

Von da aus sah ich zu, wie zwei Väter Skyler zu einem Pick-up brachten. Das satte Geräusch der Türen, der Motor, der ansprang, und irgendwo weiter weg Böllerknallen.

Kauis Hand an meiner Schulter. »Wach auf«, sagte sie und sagte es immer wieder, bis ich zu mir kam. Ich wusste nicht, wie lange es gedauert hatte. »Was hast du gemacht?«

Ich wollte es sagen, aber meine Augenlider waren schwer, und meine Mundmuskeln dazu bringen zu wollen, den Mund zu öffnen, war, wie einen Kühlschrank mit einer Nacktschnecke aufzukriegen. Ich wusste nicht genau, was ich getan hatte. Nur dass da ein Gefühl von Skylers Hand ausgegangen war, das Gefühl, dass sie sich wieder heil machen wollte, und ich war Teil dieses Gefühls, verstärkte es, wenn auch nur kurz.

Dean kam und sah auf uns runter. »Wir müssen gehen.«

Ich sah, dass da was hinter seinen Augen brannte. Angst, Wut und Scham. Und da fing es wohl richtig an. »Sorry«, sagte ich, in der Hoffnung, dass das reichte, diesmal, aber ich glaube, ich sagte auch sorry für alles, seit mich die Haie damals gerettet hatten.

»Sorry wofür?«, sagte er. »Du hast doch keinen Böller in die Hand genommen, mit dem du nicht umgehen konntest.«

Ich zuckte mit den Schultern. »Ich weiß. Aber trotzdem.«

»Was? Hast du echt gedacht, du kannst seine Hand heilen oder was, wenn du sie berührst?« Dean grinste höhnisch und schüttelte den Kopf. »War wohl nichts.«

Mom und Dad riefen uns von der anderen Straßenseite. »Wir müssen«, sagte Dean.

Wir stiegen in unseren verbeulten blauen Jeep Cherokee, ich und Kaui und Dean hinten, und Mom fuhr uns nach Hause, weil Dad vier Bier intus hatte und, wie er sagte, nicht wollte, dass wir sahen, wie er einem Cop die Eier streichelte, um kein Bußgeld wegen Alkohol am Steuer aufgebrummt zu kriegen. Seine Hand auf Moms Schenkel und ihre Finger in seine geflochten. Scheinwerfer kamen uns entgegen, als wir von Aiea runterfuhren, und Dean guckte aus seinem Seitenfenster auf all die Schilder und Gebäude am H 1 und atmete ab und zu pustend aus. Er wirkte älter, schon seit wir im Auto saßen, und ich garantiert auch. Nicht mehr der Dean und der Noa von Big Island, vor den Haien: Ich sah uns zwischen den Wellenwarnschildern am Hapuna Beach durchspurten. Die Brandung krachte uns gegen die Knie, dann gegen die Brust, und wir hechteten unter das schäumende Weißwasser. Wir spürten, wie uns der Rippstrom seitwärts zog, testeten aus, wer tiefer unter jede Welle kam, ließen uns vom Sog der nächsten mitziehen, und die Sandkörner sammelten sich und hüpften über unsere Rücken, und wir spürten, wie das Wasser anfing, sich zu krümmen und aufzutürmen, und es zerrte an unseren Boardshorts, und wenn die Welle dann brach und mit voller Wucht direkt auf uns runterkam, tauchten wir tiefer und machten die Augen auf und grinsten über den gähnenden Schlund von goldenem Sand und blauem Meer, der uns nichts anhaben konnte. Unter Wasser waren Deans Augen so, wie meine sich anfühlten, ganz schmal vor Vergnügen, und die Luft schoss uns beim Auftauchen in silbernen Strängen aus Nase und Mund, und oben klatschten wir uns ab, feierten uns für unseren Mut, für das, was wir bezwingen konnten. Jetzt saßen wir im Jeep auf dem Weg nach Hause, Kaui zwischen uns Jungs mit unseren Bloody-Knuckles-Händen, und fuhren dem entgegen, was kommen würde, während ein Teil von mir immer wieder im Rückspiegel auf das blickte, was wir hinter uns ließen.

3

KAUI, 2001
Kalihi

Okay, man kann sich's vorstellen, das ganze Jahr, das dann kam. Es war, wie wieder mit einem Fuß in der Legende zu leben, so wie nach den Haien, nur noch krasser. Ein Blödmann von einem Jungen sprengt sich beim Hantieren mit Böllern die Hand weg wie in jeder zweiten Neujahrsnacht. Nur dass es diesmal nicht so ausgeht wie sonst. Blessing sagte, Keahi hätte gesagt, die beiden Väter hätten Skyler in die Notaufnahme gebracht. Und die Ärzte dort wickeln also Skylers Feuerwerksunfallhand aus. Wischen das Blut weg, okay, und drunter ist nichts als normale, feste Haut. Die Hand so, als hätte sie nie mit Feuer gespielt.

O Mann. Man kann sich's ja denken: Wenn Blessing es von Keahi hatte, dann wussten es die Leute bis Saudi-Arabien oder wo. Längst. Keahi würde über die Erfindung des Rads reden, als wär's das heißeste Gerücht.

Aber es ging nur langsam los. Irgendwie blieb's um die Sache erst mal ruhig. Ab und zu kamen Nachbarn. Stetig aber langsam. Eine Auntie mit ihrer Grade-erst-aufgewacht-Frisur und ihrem zweijährigen Sohn auf der Hüfte, und der Kleine hatte Diabetes, und sie so, wir haben diese Sachen über Nainoa gehört. Und ob er helfen könnte. Oder der

Mann, der ein andermal kam, *hapa*-Koreaner, glaub ich, ein Shirt Größe S über einem Brustkorb Größe L. Und er rieb sich den Arm und sagte, Stadium vier hätte sich schon bis in seine Zehen ausgebreitet. Und kann Ihr Sohn mir bitte helfen?

Ich glaube, am Anfang wusste Mom nicht genau, was tun. Sie hörte zu, mit bekümmert gerunzelter Stirn, ließ die betreffende Person ins Haus und ging nachsehen, ob Noa in seinem und Deans Zimmer war. Dann ging die Person mit Mom dort rein, aber Mom kam gleich wieder raus.

»Er sagt, er kann's nur allein machen«, sagte sie beim ersten Mal.

Später kam die betreffende Person dann wieder raus. Ich weiß nicht, was Noa machte, aber wenn die Leute rauskamen, waren sie praktisch am Skanken. Jeder Schritt ein federndes Hüpfen. Und der Blick unbesorgt, nicht wie vorher. Irgendwas machte Noa.

Also kamen natürlich weiter Leute. Langsam, aber stetig. Nie ein Andrang.

Einmal sah ich dann Folgendes: Eine erwachsene Frau, die von irgendwas im Frühstadium redete, blieb hinterher, als sie ging, noch in der Küche stehen. Bei Mom. Gab ihr Geldscheine. Ich dachte, Mom würde verblüfft sein, so was sagen wie: »Das kann ich unmöglich annehmen.« Aber nichts da. Sie nickte und nahm das Geld so selbstverständlich, als ob sie bei J. Yamamoto kassierte.

Ich und Dean und Noa sind ja nicht blöd, wir wussten, dass Mom und Dad immer Schulden hatten. Die ständigen Telefongespräche, bei denen es um die Stundung von irgendwas ging, von Kreditkartenabrechnung bis Miete. Es wurde bei uns eine Art Gebet, Vater unser, der du bist in Verzug, geheiligt werde deine Zahlung. In der vierten Klasse oder so dachte ich, alle Leute machten Partys, um für die Miete zu sammeln. Bis ich in der Schule davon sprach und die Lehrerin ganz besorgt wurde. Mich nach der Stunde ansprach.

»Brauchst du Hilfe?«, fragte sie mit diesem traurig-ernsten Gesicht. »Ist bei dir zu Hause alles okay?«

Und ich sagte: »Aber Sie sind doch Lehrerin.«

Sie sagte: »Wie meinst du das?«

Und ich so: »Sie sind *Lehrerin*. Was wollen Sie denn tun, Ihre Lebensmittelmarken mit uns teilen?«

Aber jetzt, wo alle diese Leute kommen und zu Noa wollen, ist bei uns Schluss mit Discounterklamotten. Wir haben sogar so was wie einen Familienausflug ins Pearlridge Center gemacht. Jeder von uns durfte sich ein paar Sachen bei Gap und Foot Locker aussuchen. Und ein paar tolle Ahi-Dinner zu Hause hatten wir auch schon.

Mom ließ wohl alle wissen, dass wir auch ein Familienleben hatten, dass sie nicht einfach kommen konnten, wann sie wollten. Und Tatsache, die Leute *hörten* drauf. Da konnte man echt mal sagen: *Glücklich, wer in Hawaii lebt*: Niemand kam mehr nach der Abendessenszeit und nicht mal kurz vorher, wenn nur Mom und Dad noch am Tisch saßen und rechneten. Ein ganzer Umschlag voll Bargeld. Dann Dean, der von seinen Spielen auf dem Basketballplatz zurückkam, das *Tamp, Tamp* seines Balls auf dem Gehweg wie der Sound der Eifersucht, die in ihm pochte.

An so einem Abend ging ich in Noas Zimmer. Das war vielleicht vier Monate, nachdem es angefangen hatte, dass die Leute zu ihm kamen. Er lag schlaff auf seinem Bett. Starrte an die Decke und atmete langsam.

»Hey«, sagte ich.

Er nickte. Weiter nichts.

»Bist du okay?«, fragte ich. Er drehte sich zur Wand. Was mich sauer machte. Es war ja offensichtlich, dass er nicht okay war, aber sonst schien ihn niemand fragen zu wollen. Und genauso offensichtlich war, dass er gefragt werden wollte, und ich hatte es grade getan. »Wie du meinst«, sagte ich und wollte die Tür von draußen zumachen. Aber da sagte er doch was. Natürlich. Als die Tür schon fast zu war.

»Was?«, fragte ich und ging wieder rein ins Zimmer. Jede Menge Basketballposter und Rap-Stars auf Deans Seite, Roboter und Schwertkämpfer, umklammert von Tittenwunderprinzessinnen, auf Noas Seite. »Du würdest es doch nicht verstehen«, sagte er.

Ich hätte ihn ohrfeigen können. »Entschuldigung, wenn der neue König Kamehameha keine Zeit hat, mit einer Dörflerin zu reden«, sagte ich.

»Was ist los?«, fragte er.

»Du bist der König«, sagte ich. »Sag du's mir.«

»Ich hab mir das nicht ausgesucht«, sagte er und setzte sich auf. Tat, als würde es ihn alle Kraft kosten. »Und überhaupt, was weißt du schon? Du hast keine Ahnung, wie es ist. Keiner von euch weiß es.«

Oh, Bruder. Manchmal glaube ich, er merkte gar nicht, wie er rüberkam. »Ich weiß, dass du die ganze Zeit so hochnäsig rumläufst, als würden Dean und ich gar nicht hier wohnen«, sagte ich. Und das stimmte. Mom und Dad verlangten von ihm nicht mal mehr irgendwelche Arbeiten im Haushalt, weil er ja *Ruhe brauchte*. Ab und zu fuhren er und Mom allein weg, um *Dinge zu besprechen*, aber zufällig war dann grade Essenszeit, also kriegten Dean und ich Dads Fertignudelauflauf Spezial. Und wenn Noa und Mom dann zurückkamen, rochen sie nach dem Rainbow Drive-In oder nach Leonard's Bakery, echt jetzt.

»Es...«, fing Noa an. »Es ist mein Kopf. Da drin sind all diese Sachen, es hört einfach nicht auf.«

»Was denn für Sachen?«

Er fragte mich, ob mir klar sei, wie wir lebten.

Ich sagte, klar: Mom und Dad rissen sich den Arsch auf, aber immerhin ging's uns jetzt besser als auf Big Island, nachdem die Zuckerrohrplantage dichtgemacht hatte. Und was er jetzt machte, brachte uns ja offensichtlich auch Geld.

Noa rieb sich das Gesicht. Fest. Als ob da was wäre, was er nicht abkriegte. »Siehst du, das meine ich, du verstehst es nicht. Mit ›wir‹ meine ich nicht dich und mich und Mom und Dad. Mit ›wir‹ meine ich Hawaii. Vielleicht sogar noch mehr als nur Hawaii.«

»Okay«, sagte ich. »Was hat das mit dir zu tun?«

»Das versuch ich ja rauszukriegen.« Er zuckte mit den Schultern. »Ich glaube, ich soll es wieder heil machen. Darum geht's bei dem Ganzen.«

Ich pumpte mit den Händen, auf, zu, auf, zu. »Was? Du allein?«, fragte ich.

Da schwieg er. Ich sah, dass er total fertig war, nassgeschwitzt wie die Pferde im Waipi'o Valley, auf denen wir früher geritten waren und von denen ich nur noch weiß, wie sie rochen und sich anfühlten. Wie das ganze Gelände durch ihre galoppierenden Muskeln heraufstieg. Dafür waren sie geboren: zum Rennen. Aber wenn sie zu lange rannten, waren sie nur noch leer und erloschen. Konnten nicht mal mehr das tun, wofür sie bestimmt waren. »Yeah«, sagte er. »Ich allein.«

Okay, klar, dass er da müde war. Es war schwer, denn einerseits tat er mir leid, aber andrerseits zog er wieder dieses Ding ab, mir das Gefühl zu geben, dass es meine Schuld war: Dass er sich fühlte, wie er sich fühlte, und dass ich nichts dagegen tun konnte und dass er was Besonderes war, alles meine Schuld. Er machte das oft mit Leuten, wenn man mich fragt. Und es funktionierte auch meistens, sogar bei mir. Nur diesmal funktionierte es nicht, weil ich nur hörte, was Dean und ich für ihn waren: nichts. Weil er sich für was Besonderes hielt.

Ein Teil von mir glaubte ihm. Aber ein Teil auch nicht. Ich ging aus seinem Zimmer wie ein geprügelter Poi-Hund. Die Füße, die meinen Körper vorwärts bewegten, fühlten sich nicht an wie meine. Die Hand, die den Türknauf berührte, gehörte nicht mir. Vielleicht würde er ja genau das werden, was Mom und Dad erwarteten, der hawaiianische Superman. Die Inseln in Ordnung bringen und unsere Familie beschützen. Wie auch immer. Für mich war da kein Platz.

Auf meinem Schreibtisch ein Stapel: Prä-Algebra, Biologie und Englisch. Es war nicht das, worauf ich am meisten

Bock hatte, aber es war das Erste, was ich sah. Ich konnte überall mit links ein B-plus kriegen. Nicht gut genug, nicht mehr.

Ich machte mich an die Arbeit.

Wie sich herausstellte, dachte nicht nur ich so. Irgendwas an Dean war anders seit der Neujahrsnacht, aber vor allem seit die Leute zu Noa kamen. Meistens kam Dean nur nach Hause, um seinen Rucksack hinzuschmeißen und sich umzuziehen, dann war er wieder draußen und dribbelte seinen Basketball den Gehweg entlang, immer leiser, Richtung Basketballplatz. Manchmal folgte ich ihm heimlich. Auf dem Platz nahm er's mit Älteren aus der Highschool auf und mit Collegestudenten, die über die Ferien zu Hause waren. Er dribbelte und machte Handwechsel und Unterhandwürfe, seine Knie beweglich wie beim Tanzen. Er nahm den Ball und stürmte direkt auf die anderen los wie ein Stier in der Arena, wie auf den Fotos aus Spanien, die ich gesehen hatte: Braun und Rot und Klingen im Sonnenlicht. Ich wette, alle anderen auf dem Basketballplatz hielten ihn einfach nur für einen Hitzkopf, aber ich wusste, auf wen er in Wirklichkeit losging.

Er war sowieso schon gut auf dem Platz. Er wurde noch besser.

Meine Schulnoten waren sowieso schon nicht schlecht. Ich wurde noch besser. Viele hätten wohl gesagt, es sei doch toll, dass ich überhaupt auf der Kahena Academy war. Aber das reichte nicht. Noa war immer schon da. Mir immer voraus, auf allen Gängen und Treppen. Auf dem Sportplatz und im Unterricht. Wo ich auch hinkam, einen Atemzug später war ich *die Schwester von Nainoa, dem mit den Haien, es heißt, er kann irre Sachen machen.*

Und wenn ich dann wieder einen Test mit voller Punktzahl nach Hause brachte, dann lächelten Mom und Dad und klopften mir auf den Rücken. Aber in ihren Augen sah ich, dass es nicht das Gleiche war, wie wenn Noa aus seinem Zimmer kam, nachdem die letzte Person bei ihm drin gewesen war. Dann stürzten sie regelrecht los, um sofort bei ihm zu sein. Ihn zu berühren und um ihn herumzugurren und ihm vor dem Essen noch Wasser und Snacks zu bringen.

In der Zeit dachte ich, was Dean und ich machten, zählte sowieso nicht. Aber das war falsch. Als die Basketballsaison in der Schule richtig losging, war Dean so gut, dass er eigene Sätze abbekam, ohne was über Noa. »Der hat das Zeug für die Division 1«, und: »Er schafft's in die All-State-Auswahl, wetten?« Und plötzlich wurde die ganze Familie zu seinen Highschoolspielen geschleppt. Ich hasste Basketball. (»Ich hab doch gesagt, mach dich fertig«, sagte Mom, wenn sie in mein winziges Zimmer kam und ich immer noch mit meinen Büchern auf dem Bett lag, in meinen Boroboro-Klamotten. Ich sagte dann: »Er hat jetzt doch so was wie zwei Spiele die Woche.« Und Mom sagte: »Er ist dein Bruder.« Als ob das irgendwas erklärte. Als ob ich blöd wäre. Ich stöhnte ein bisschen rum und fragte: »Wie lange geht denn die Basketballsaison? Ich sollte Extratage kriegen, um was mit Crisha zu machen, für jedes Mal, wenn ich zu seinen blöden Spielen muss.« Und Mom sagte: »Kaui«, und kopfschüttelnd: »Benimm dich.«) Und dann saß ich ganz oben unterm Hallendach im Pressspan- und Popcorngeruch, mit den kreischenden Ohrreifen-und-Plateausohlen-Mädchen. Die ganze Hitze von den Lampen um uns rum und die klebrigen Sitzbretter unter unseren Hintern, während unten auf dem Parkettspielfeld verschwitzte Jungs umeinander herumkeuchten und zuguckten, wie ein kleiner Ball durch einen kleinen Reifen fiel. Das Getröte für Auszeiten oder was auch immer. Erwachsene Männer mit ernsten Gesichtern, die auf Teenager einbrüllten. Und aufeinander.

Noa ging auch voll mit bei den Spielen, schrie, bis seine Stimme total zerspänt war, sprang rum und boxte Mom und Dad. Ich glaube, Noa wollte einfach nur, dass es wieder so wäre wie früher, als er und Dean und ich uns im Catch-as-catch-can ineinander verknäulten, ganz Ellbogen und Sockengestank, während wir Armbars und hintere nackte Chokes anzusetzen versuchten. Wütend und lachend zugleich, taten wir einander so weh, dass man wusste, es konnte nur Liebe sein. Damals, als die Haie fast nur eine Geschichte waren und alles so aussah, als würde es so bleiben. Ich wette, Noa dachte, wenn er sich beim Anfeuern genügend ins Zeug legte, könnte er das wiederkriegen.

Und Mom und Dad auch, das sah man. Ganz Schreien und Mitfiebern. Sie hatten große Pläne für Dean, genau wie für Noa. Okay, also: Nainoa machte sich großartig, und Dean machte sich großartig, und ich war daneben unsichtbar. Aber ich machte mich auch, und ob. Es sah zwar keiner, aber egal. In mir steckte alles Mögliche (wenn wir zum Beispiel als Schulprojekt Brücken aus Zahnstochern bauen sollten, klaute ich in der Schule zwei Extrapackungen Zahnstocher, recherchierte über Tragwerkskonstruktion und baute eine Brücke, die zwei Ziegelsteine mehr tragen konnte als die Brücken aller anderen … oder beim Survivalwettkampf der Schule kam ich drauf, wie man aus der Plane ein kleines Zelt machen und mit einem Shirt Wasser filtern konnte, und ich war die aus meiner Klasse, die am längsten überlebte … bei solchen Projekten spürte ich, dass in mir etwas immer stärker und stabiler wurde), und ich hatte immer mehr das Gefühl, dass ich alles schaffen konnte, was ich wollte. Wenn ich's nur genug wollte.

Aber dann, o Mann! Dann brach plötzlich etwas auf. An dem Tag war wieder so ein Basketballspiel. Dean hatte es ins Varsity-Team geschafft, und es war Pre-Season oder was. Wir also wieder auf der Tribüne, und die Uhr hatte gerade mal angefangen, die erste Halbzeit runterzuticken, und ich dachte nur, eine Stunde muss ich noch hier stehen und klatschen.

»Ich geh aufs Klo«, erklärte ich Mom. Sie guckte kaum her. Was super war, weil es hieß, ich konnte mir Zeit lassen, und als ich aus dem Zuschauerraum raus und im Gang zu den Klos war, ging ich einfach immer weiter. Zur Feuertreppe und der früher mal braun gestrichenen Stahltür, die mich quietschend ins Freie ließ. Auf der anderen Seite vom Parkplatz tanzte die Glut einer Zigarette. Jemand lachte fröhlich.

Aber dann war da noch was. Chanten. Leise, und ich drehte mich in alle Richtungen, um rauszufinden, wo es herkam. Es war eine Frauenstimme, und es waren rhythmische

Folgen von Lauten, die fast wie ein kleiner Aufschrei anfingen, dann aber zu schwungvollen kurzen Sätzen wurden. Und am Ende von manchen dieser Lautfolgen ein langer Ton, eine Mischung aus Singen und Schreien von tief drinnen. Es ging immer weiter. Es kam von der anderen Straßenseite, aus einem Gebäude, das nach Cafeteria aussah. Betonziegelmauern und klotzige Säulen, cremefarben gestrichen. Metalltüren, offen, um die stickige Luft reinzulassen.

Ich blieb am Rand des herausfallenden Lichts stehen, wo mich niemand sehen konnte. Alle Tische und Stühle waren an die Wände geschoben. Der Cafeteriaboden flackerte im herabfallenden Deckenlicht. Drei ältere Frauen saßen im Schneidersitz da, mit ihren sanduhrförmigen *ipus*. Sie stießen die Kürbistrommeln auf den Boden und schlugen sie mit den Handballen und Fingern. Und mitten im Raum waren drei Reihen Mädchen – alle älter als ich, wie's aussah – und tanzten Hula.

Ganz normale Mädchen in ganz normalen Klamotten. Ich hatte schon Hula-Chants gehört. Aber das hier war irgendwie anders. Ich fühlte darin was Echtes und Altes, etwas, was mich voll packte und mir Gänsehaut machte.

Von draußen vor der Tür guckte ich mir die ganze Hula-Stunde an. Manchmal hörten die *kumus* auf, die *ipus* zu schlagen und zu chanten, und riefen dann Sachen wie: »Nani, du musst auf deinen *hela* achten, er hinkt total hinterher.« Oder: »Jessie, die Arme beim *kaholo* nicht so hängen lassen.« Und dann ging der Gesang wieder von vorn los. Drei Reihen von Mädchen, die alle Tanzschritte machten und sich wiegten und drehten. Das dumpfe Aufstampfen der *ipus*, das leichte Fingertrommeln und das Chanten der Frauen. Es ging in mich rein, okay? Ganz tief. Machte was mit mir, was ich nicht benennen konnte. So ging's immer weiter, und ich guckte zu, bis von hinter mir der Countdown zum Spielende kam. Ich hörte das Geschrei von den Rängen, drehte mich um und ging wieder zur Sporthalle. Dean und der nächste Sieg, dachte ich, aber es klang, als ob der Ausgang knapp war. Als ob vielleicht bis zuletzt gar nichts feststand.

Erst mal dachte ich nicht groß an den Hula, weil ich gar keine Zeit dazu hatte. Am nächsten Tag erschien nämlich bei uns zu Hause ein Mann. Es fing damit an, dass er mit der Faust an die Tür hämmerte. Noa war in seinem Zimmer, hörte es aber garantiert.

Dad machte auf. Der Mann stürzte rein, fiel fast auf die Nase.

»Wo ist er?«, fragte der Mann. Sein ganzer Körper war in Bewegung. Die Augen blinzelten. Er drehte den Kopf zur Schulter und machte dieses komische Schulterzucken wie beim Tanzen. Seine Hände neben dem Körper waren wie Schmetterlinge, klappten ständig auf und zu. Es war, als ob er die ganze Zeit einen leichten Stromschlag kriegte.

»Ich muss zu ihm«, sagte der Mann.

»Geht nicht.« Dad verschränkte die Arme so vor dem Körper, dass der Mann seine Muskelstränge sehen konnte. Dad ist überraschend stark. Man denkt immer, er hat so einen normalen schwammigen Dad-Körper, bis er so was macht.

»Es wird nicht besser«, sagte der Mann. Dann fiel ihm ein, dass er ja wusste, wo Noa war, und er wollte zur Tür von Deans und Noas Zimmer marschieren. Dad hielt ihm die Hand vor die Brust: Stopp. Der Mann versuchte gar nicht erst, die Hand wegzuschieben. Er lehnte sich einfach dagegen, als wäre sie ein starker Wind, gegen den er schon ankommen würde. Aber sein Körper machte immer noch dieses elektrische Gezucke und Gewackel, und Dads Hand hielt ihn auf.

»Komm raus«, rief der Mann jetzt. Zu Noas Tür hin: *Komm raus, komm, raus, komm raus.* Bis seine Mundwinkel weiß von Spucke waren.

Dad versuchte, den Mann zur Haustür zurückzuschieben. Aber plötzlich hörten der Mann und Dad gleichzeitig auf zu schieben. Lösten sich voneinander und starrten den Flur lang.

Noa war rausgekommen und stand jetzt da. Eine glatzköpfige Koreanerin ohne Augenbrauen und mit stramm gespanntem Gesicht stand neben ihm.

»Du…«, setzte der Mann an. Er hob die Hände, die immer noch zitterten. »Es hat überhaupt nichts genützt, da! Es kommt immer noch.«

Er machte noch einen Schritt auf Noa zu, aber Dad packte ihn wieder. »Ich bin schon tot«, sagte er. »Verstehst du?«

Er schüttelte Dad ab. Dann stapfte er raus, und die Fliegentür brach fast aus den Angeln. Draußen brüllte er weiter, bis seine heisere Stimme schließlich verklang.

Dad stand immer noch auf demselben Fleck. Eine Hand erhoben, als wollte er ein Argument vorbringen. Oder sich verteidigen oder was. Er ließ die Hand sinken. »Vielleicht machen wir mal ein bisschen Pause«, sagte Dad. Mom war auch da.

Aber das Wichtigste war das, was später passierte. Als Dean heimkam und die Geschichte hörte. Er ging in sein und Noas Zimmer und machte die Tür hinter sich zu, und natürlich ging ich hin und legte das Ohr an die rissige Farbe der alten Tür.

»… Ich kann ja Jaycees Leute zusammentrommeln, und wir können den Kerl zusammenschlagen«, schlug Dean vor.

»Was ist das hier, die hawaiianische Mafia?«, sagte Noa.

»Ich mein ja nur«, sagte Dean.

»Nein«, sagte Noa. »Er hat Parkinson.«

»Und wenn er, was weiß ich, haufenweise Rolexe hat«, sagte Dean. »Er kann nicht einfach hier reinkommen und …«

»Es ist eine Nervenkrankheit«, sagte Noa.

»Du blöder Arsch«, sagte Dean. »Da will ich dir nur helfen, und du machst wieder einen auf Lexikon.«

»Sorry«, sagte Noa.

Sie kamen näher zur Tür. Ich merkte es daran, dass ihre Stimmen jetzt an meinem Ohr vibrierten, durch die Tür durch.

»Aber was soll's«, sagte Dean. »Ich bin ja dafür da, dich zu beschützen. Du bist schließlich derjenige welcher, oder?«

Seine Stimme klang, als hätte er was im Mund, was ihm nicht schmeckte. Schon gar nicht mehr jetzt, wo er dabei war, der Hot-Shit-Basketballstar zu werden, und wo die Leute plötzlich auch über ihn sprachen, nicht nur über Noa. Aber dort im Zimmer sagte er: Du bist schließlich derjenige, welcher. Und es war, als würde es dadurch plötzlich wahr.

Wir sahen ja alle, was mit Noa passierte, dass da was Besonderes vor sich ging. Wenn da nicht wirklich die Götter von Hawaii am Werk waren, dann vielleicht eine neue Wissenschaft. So eine Art, keine Ahnung, Evolution.

Mehr kam nicht mehr von ihnen, denn plötzlich machte Dean die Tür auf. Ich merkte es erst, als der Türknauf klickte. Sprang gerade noch rechtzeitig zurück, um ihnen nicht vor die Füße zu fallen.

Dean sagte höhnisch: »Wie finden wir das denn? Sie hat an der Tür gehorcht.«

»Kaui«, sagte Noa nur. Als wäre er abgrundtief müde.

»Ich hab nichts gehört«, sagte ich.

»Gab auch nichts zu hören«, sagte Dean. Er verstrubbelte mir das Haar, aber zu fest. In der Diele trennten sie sich wortlos: Noa ging mit seiner Uke in die Garage, Dean ins Wohnzimmer, wahrscheinlich fernsehen, irgendein Spiel. Und ich stand immer noch im Flur. Mit dem Gefühl, dass es für mich – in meinem eigenen Zuhause – keinen Ort gab, wo ich hinkonnte.

Die ganze nächste Woche ging ich jeden Tag wieder zum Freizeitzentrum und suchte nach dem Chanten und der Hula-Stunde. Die war normalerweise auf dem Basketballfeld und nicht in der Cafeteria, aber ich fand sie, egal wo. Man hörte ja die Stimmen. Ich guckte von draußen zu. Hinterher zogen sich die Mädchen die Schuhe wieder an und teilten sich dann in ihre Cliquen auf. Die *kumus* öffneten ihre Sporttaschen und packten ihre *ipus* rein, rollten dann ihre Matten, die sie zum Sitzen und zum Aufstoßen der *ipus* benutzten, zusammen und steckten sie weg. Danach zogen auch sie ihre Schuhe wieder an. Dann waren alle zur Tür raus, es blieb nur der glänzende Hallenboden, und die Chants und die *ipus* hallten nicht mehr nach. Ich hörte nur das leise Surren des Ausgangsschilds.

Ich weiß nicht, was da war, in dieser Luft, ich weiß nur, für mich war es wie Nahrung. Ich ging hin und hörte zu und tanzte sogar selbst ein bisschen. Und wenn ich danach nach Hause kam, arbeitete ich wie wild, stürmte nur so durch meine Lehrbücher. Für Zusatzpunkte in Bio fing ich Kaulquappen im Kanal bei uns in der Nähe. Oder ich berechnete für Zusatzpunkte in Mathe Wahrscheinlichkeiten von Würfelaugen oder Spielkarten. Andere kamen nach dem Unterricht zu mir und baten mich um Hilfe bei den Hausaufgaben oder wollten immer mein Partner im Labor oder beim Wissensquiz sein. Und das an der Kahena!

Aber irgendwas war mit Noa, nachdem der Parkinson-Typ aufgetaucht war. Er nahm plötzlich keine Leute mehr an. Wenn es klopfte, mussten Mom und Dad an die Tür gehen und sagen, *Sorry, er kann heute nicht, krank oder was,* und das hieß Rückerstattung und, als es ein paar Wochen so weiterging, kein Extrageld mehr. Mom und Dad saßen am Tisch mit ihrem Umschlag, der immer leerer wurde, und machten lange Divisions- und Subtraktionsrechnungen. Immer Subtraktion.

Noa wollte nicht sagen, was genau los war. Nur, dass er nicht konnte.

»Lass ihn in Ruhe«, vergatterten mich Mom und Dad,

wenn sie mich an der Garagentür rumschleichen sahen. Drinnen spielte er Uke, Songs, so traurig und kompliziert, manchmal so viele Töne und Akkorde praktisch gleichzeitig, dass es war, als hätte er eine dritte Hand. Später kriegten sie ihn dann dazu, aus der Garage rauszukommen, und sie pflanzten sich alle drei aufs Sofa, die Gesichter weiß und blau angestrahlt vom Fernseher. Während Dean und ich Noas Haushaltspflichten erledigten, okay? Fegen oder Abwaschen oder Badputzen.

»Tu nichts«, sagte Dean dann, die Unterarme im Spülwasser, wo er die letzte Gabel suchte.

Nur einmal tat ich was. Dean war unter der Dusche wie immer nach dem Basketball. Mom und Dad machten sich bettfertig. Noa war in der Garage, spielte aber nicht. Schon eine ganze Weile nicht mehr.

Als ich reinging, war er in der anderen Ecke, bei der Werkbank, wo Dad sein Jagd- und Angelzeug, sein Autowerkzeug und alles aufbewahrte. Noa saß auf einem Klappstuhl, die Hose bis zu den Knien runtergezogen. Er saß mit dem Rücken zu mir.

Ich ging still und leise rüber. Es roch nach altem Holz, und Noa atmete so komisch tief. Er hielt irgendwas in der Hand. Er hielt es so, dass ich nicht sehen konnte, was es war, also ging ich näher ran. Als ich vielleicht noch anderthalb Meter von ihm weg war, stieß ich mit dem Fuß gegen einen Kronkorken. Er schlitterte klimpernd in eine dunkle Ecke, und Noa fuhr zusammen. »Hey ...«, sagte er und versuchte, mit den Händen zu verdecken, was Sache war. Aber ich war so schnell, dass er's nicht mehr schaffte.

In der rechten Hand hatte er ein Jagdmesser, lang, dick und gezahnt. Auf seinem linken Oberschenkel, oben, wo die Haut weiß war, sah ich einen frischen Schnitt. Blut quoll raus.

Wir redeten beide gleichzeitig los. Ich wollte wissen, was er da machte, und er sagte, ich solle verschwinden. Aber ich war es leid zu verschwinden. Ich fragte weiter, ob er verletzt sei und ob ich Mom und Dad holen solle.

»Nein«, sagte er. »Nein nein nein. Es ist kein Unfall.«

»Ich weiß, dass es kein Unfall ist«, sagte ich. »Siehst du hier drin noch jemand mit einem Messer?«

Er knallte das Messer auf den Tisch, als sollte das irgendwas sagen. Als sollte es sagen: Schluss, Ende. Der Schnitt blutete. Noa starrte einfach nur drauf.

»Heil ihn«, sagte ich.

»Ich kann's nicht«, sagte er.

»Du meinst jetzt gerade?«, fragte ich. »Oder überhaupt?«

Wir guckten zu, wie es blutete. Er starrte so angestrengt hin, dass ich dachte, ihm würden gleich die Augen aus dem Gesicht fallen.

»Noa?«

»Es war nie mehr wie in der Neujahrsnacht«, sagte er.

Da machte plötzlich alles Sinn. Dass er die Leute immer nur hinter seiner geschlossenen Tür empfing, allein. Die Sache mit dem Parkinson-Typen. »Noa«, sagte ich, »die ganzen Leute…«

»*Etwas* hab ich gemacht«, sagte er. »Ich hab's meistens gespürt, fast, als wär ich in ihrem Körper. Aber da sind all diese Sachen, die immerzu kommen, Bilder, Befehle, keine

Ahnung…« Und er schlug sich mit der Hand an die Stirn. Fest. Und noch mal. Und wieder, die Augen zugekniffen. Und unter den Lidrändern kamen Tränen hervor.

Ich legte ihm die Hand auf den Rücken, aber er zuckte weg, als wäre er gebissen worden. »Verschwinde«, sagte er.

Es war nicht sonderlich überraschend. Also tat ich, was er sagte.

Am nächsten Tag nach der Schule ging ich wieder zur Sporthalle. Es war heißer als zuletzt. Keine Wolke, ein Nachmittag wie ekliges Kopfweh. Das Zischen von Busbremsen. Rufen und Brüllen in der Halle und drum herum. Selbst das helle *Klack-Klack* von Poolspielern im Freizeitraum vorn. Ich beobachtete die *hālau* von draußen.

Wir hatten ein Arrangement, okay? Weil ich meine Eltern gar nicht erst fragte, ob sie mir Hula-Stunden bezahlen würden. Ich kannte die Antwort schon vorher. Also sagten die *kumus*, ich könnte weiter kommen, wenn ich nur von draußen zuguckte. Als *kumu* Wailoa – die mit den dünngewetzten Tanktops, dem *vana* aus Haaren unter jeder Achsel, der windpockigen Stirn und dem Delphinlächeln –, als sie sagte, ich könnte ja durch Zugucken lernen, dachte ich mir, dann würde ich alles lernen.

Die *kumus* fingen an mit der Warm-up-Musik. Leichte, gemütliche Schläge auf den *ipus*. Ich machte das Warm-up genau wie die Mädchen drinnen: *'ami, 'uwehe, kaholo, hela,* Schritt und Schwingen, die Arme mal wie Blitze, mal wie Wasser. Hüftwackeln und -kreisen. Mein Rücken und all diese Knochen. Kerzengerade. Ich fühlte mich einfach richtig. Wie eine der Hawaiianerinnen von damals, im Rhythmus *ihres* Hula. Ihre narbige, geschmeidige, fast schwarze Haut – ich fühlte sie. Die geschlossenen Lippen, erfüllt von *mana*, und die nackten Chee-chees an der Luft, keine Haole-Kleider. Hände, die *lauhala*-Matten flochten und Kalo aus der Erde zogen.

Okay, vielleicht war ich Mom und Dad und den Göttern nicht so wichtig wie Noa. Aber das hieß nicht, dass ich nicht auch etwas sein konnte. Ich war schließlich noch da.

4

DEAN, 2001
Kalihi

Es gibt so einen Spruch, den hab ich als Poster an der Wand gegenüber von meinem Bett, so dass ich ihn jedes Mal beim Aufwachen seh, und ich glaub da total dran. Der Spruch geht so: Jeden Morgen müssen die Gazellen schneller rennen als der schnellste Löwe, oder sie werden gefressen. Jeden Morgen müssen die Löwen schneller rennen als die langsamste Gazelle, oder sie werden verhungern. Und es stimmt, es gibt nur die zwei Sorten Menschen auf der Welt. Ich seh's ja um mich herum an der Lincoln High, Kids, die in Boroboro-Klamotten rumlaufen und sich immer nur aufregen, dass die Privatschulkids alles kriegen, was sie wollen, und dass sie vom wirklichen Leben keine Ahnung haben. Aber diese Kids meckern immer nur rum und tun gar nichts. Gehen nicht hin und nehmen sich, was sie wollen, und für mich macht sie das zu Gazellen. In mir ist nichts von einer Gazelle, ich renn nicht ängstlich weg. Ich bin immer der verdammte Löwe.

Aber dann gibt's doch noch eine dritte Sorte Leute. Eigentlich ist es keine Sorte, nur mein Bruder, und ich will zwar nicht an ihn glauben, aber meistens tu ich's doch. Ich meine, die Haie und dass er so ein Intelligenzbolzen geworden ist und dass die Leute zu ihm kommen, weil sie gehört haben, was in der Neujahrsnacht passiert ist? Mom und Dad, aber vor allem Mom, reden von 'aumakua und dass die alten Götter des 'aina zurückkehren. Wenn sie das sagt, krieg manchmal sogar ich Gänsehaut. Also, ja, ich glaub dran. Ich tu's ungern – *total* ungern –, aber ich glaub dran.

Nur dass ich oft morgens aufwach, und da liegt Noa drüben in seinem Bett und sabbert im Schlaf, in seiner verwaschenen blauen Bettwäsche, so wie früher, als er zu mir kam, wenn er schlecht geträumt hatte und ich ihm sagte, ist ja alles gut, und ihn zu mir ins Bett klettern ließ und er heiß war wie eine Hibachi-Holzkohle. Aber jetzt steh ich vor ihm auf und ess mein Müsli und witzle mit Mom und Dad rum, und Kaui kommt auch, und ich hab dann das ganze Lächeln und Lachen für mich allein. Bis Noa auftaucht, dann wird plötzlich nur noch gefragt, wie sein Tag aussieht und ob er gut geschlafen hat und ob er sich an der Kahena nicht noch für sonst welche außerunterrichtlichen Projekte anmelden will.

Schwer, da nicht sauer zu werden. Es fühlt sich an wie eine Faust, die sich in meiner Brust ballt.

Früher war's so: Ich furzte in meine Hand und hielt sie meinem Bruder vor die Nase, und er dann: *Hör auf*, mahu, und stürzte sich auf mich. Und wir rangen und verknäulten uns und zogen sogar noch Kaui mit rein, auf dem Billigteppichboden im Old Navy oder der steilen Strandböschung von Sandy Beach. Damals war's alles nur Gerangel, kein Hassgeifer, der uns aus dem Mund lief, kein Ellbogen auf der Kehle des anderen, das kam später. Aber dann mit Wucht.

Oder all die Wochenend-*kanikapilas*, wo wir beide auf den kratzigen rot-grünen Klappstühlen Ukulele spielten und »Big Island Surfing« sangen, während Mom Dosenfleisch-Musubi aus der Kühltasche nahm und Dad das Shoyu-Huhn grillte. So war's nämlich auch zwischen uns, bis Noa so gut wurde, dass seine Finger über die Saiten und das Griffbrett flogen. Und wenn ich mitzuhalten versuchte, wurde er noch schneller. Nur damit er lächelnd sagen konnte, okay, ich mach langsamer und zeig's dir.

Scheißkerl. Aber im Wettlauf oder überhaupt im Sport konnte er mich nie schlagen, und ich merkte, dass ihm das nicht einfach so zufiel wie Schule und Musik. Also spielte ich weiter Basketball, mit ihm oder ohne ihn, bis ich auf dem Feld ein einziger Flow war, bis da draußen alles mir gehörte. Manchmal brachte ich Noa dazu, mit zum Platz zu kommen und gegen mich zu verteidigen, wenn sonst keiner da war, gegen den ich spielen konnte. Ich ließ ihn sogar ein paar Punkte machen, wenn wir richtig spielten, bevor ich dann loslegte und ihn fertigmachte. Noa kam noch lange mit, auch als er schon wusste, dass er nie gewinnen würde.

Aber dann, nach der Neujahrsnacht, nachdem es angefangen hatte, dass die kranken und verletzten und humpelnden Nachbarn kamen, nach dem Parkinson-Typen, wurde Noa immer… komischer. Irgendwas war am Zerbrechen, so erklärte ich's mir. Manchmal wachte ich mitten in der Nacht auf, keine Ahnung, warum, und wenn ich mich zum Zimmer hindrehte, war Noa wach und manchmal gar nicht im Zimmer, und dann hörte ich ihn im Bad im Medizinschränkchen rumkramen, wahrscheinlich alles dort drin probieren.

Manchmal war er aber auch im Zimmer und beugte sich über mein Gras-Stash, als wär er so einer wie in *Mission Impossible* und das Ding eine Bombe, und wenn ich am nächsten Tag nachsah, fehlte prompt was. Keine Ahnung, ob er überhaupt weiß, wie man einen Joint dreht, oder ob er's einfach gegessen hat oder was. Aber man merkte, dass ihm Sachen zusetzten, Kleinscheiß, wenn die Kids in der Schule auf dem Gang flüsterten, wie sie's immer tun. Und Mom und Dad schienen auch zu denken, dass er irgendwas hatte, irgendwie fertig war. Obwohl er immer noch Schulpreise und so was nach Hause brachte.

Und dann kam ich an einem Ruhetag früher heim, und da war Nainoa in der Küche und filzte Moms Portemonnaie. Ich fragte, was er da machte, und er sagte, nichts, also redete ich auf ihn ein, von wegen: »Du musst dich echt mal am Riemen reißen.« Er sagte erst mal nichts, und daran merkte ich, dass ich recht hatte. Wir standen einfach nur da und wussten beide, dass irgendwas mit ihm war, mit seinen Fähigkeiten. Dass er nicht einlöste, was alle von ihm erwarteten. Dann sagte er: »Du klaust ihr doch auch die ganze Zeit Geld.«

Das stimmte nicht ganz. Okay, manchmal nahm ich mir was aus ihrem Portemonnaie, aber nur wenn ich ein bisschen Geld für was Wichtiges brauchte – um es Roland zu geben, wenn ich mit dem Verkauf im Rückstand war, oder um vielleicht mal nach dem Training zu McDonald's zu gehen –, und ich konnte es ja an einem Tag vier-, fünfmal wieder reinholen, wenn zwischen Roland und mir alles wieder klar war. Also war das ja wohl was anderes, als Geld einfach nur so zu klauen.

Ich sagte zu Noa: »Ist ja nicht so, als würdest du's brauchen.«

Er zuckte mit den Schultern. »Manchmal will ich einfach was für mich, verstehst du?«, sagte er. »So was wie die Limited Edition Quicksilver Boardshorts. Oder auch nur eine Cola aus dem Supermarkt, ohne jemand fragen zu müssen.«

Natürlich wusste ich, was er meinte.

»Außerdem«, sagte er, »hab ich für uns alle Geld reingeholt, von den Leuten, die Hilfe wollten. Da steht mir doch wohl auch ein bisschen was davon zu. Im Unterschied zu dir.«

»Du machst ja nichts mehr«, sagte ich. »Schon länger nicht.«

»Ach ja?«, sagte er. »Ich sollte wohl wie du dauernd Pflichtlernzeit aufgebrummt kriegen, um einen Schnitt von Befriedigend zu schaffen?« Wir standen dicht voreinander, und er legte Moms Geldbeutel zurück und versuchte, an mir vorbei in unser Zimmer zu gehen. Aber ich stoppte ihn mit der Hand auf seiner Brust.

»Komm mal runter«, sagte ich. »So nicht, Mann.«

»Geh mir aus dem Weg«, sagte er. Aber es waren nicht die Worte, die mich hochgehen ließen. Seine Augen sprachen lauter als sein Mund: Er guckte total auf mich runter, als ob er, wenn unsere Familie ein Baum wär, genau wüsste, wer von uns die faule Stelle war.

Also schlug ich zu. Mit der Faust voll auf seine Nase. Als er zu Boden ging, setzte ich ihm das Knie aufs Brustbein und holte aus, um ihn noch weiter zu bearbeiten. Aber er schrie, und auf einmal war Mom da, aus der Dusche angerannt. Wir hatten sie total vergessen. In ein Handtuch gewickelt, ihre dunkle hawaiianische Haut noch seifig, das lange Haar wellig und glänzend. Und sie versuchte, das Handtuch mit den Armen festzuklemmen und gleichzeitig mich von Noa runterzuziehen.

Je mehr sie an mir zerrte und schrie, dass ich aufhören sollte, umso klarer sagten ihre Hände, wer ihr Liebling war – all die Jahre schon –, also drehte ich mich um und schlug auch sie. Mit Wucht. Ich hatte vielleicht ein, zwei Raufereien in der Schule gehabt und die in der Siebten oder so, also war schon der Hieb, den ich Noa verpasste, etwas, was ich noch nie gemacht hatte. Aber niemand in unserer Familie schlug je jemanden so, wie ich jetzt Mom schlug. Ich meine, als ich sie traf – als ich das satte Klatschen von Knochen auf Fleisch fühlte –, wusste ich, ich verwandelte mich in etwas Neues, Hässliches.

Aber Mom ist stark. Sie richtete sich gerade auf, fasste sich nicht mal an die Wange, fragte: »Was tust du?« Und ich wollte sagen, ihm Bescheid stoßen, aber da rutschte Moms Handtuch runter. Ich wollte es nicht, aber ich sah trotzdem die Schwangerschaftsstreifen und den wolligen Fächer ihrer *urumut*, und als sie sich bückte, hingen ihre Brüste runter wie ein Ziegeneuter. Mein Magen zog sich vor Scham zusammen. Ich kniete immer noch halb auf Noas Brust.

»Runter von mir«, sagte Noa.

»Vergiss es«, sagte ich. »Du weißt ja nicht, was du tust.«

»Aber du?«, fragte er.

Normalerweise hätte Mom so was gesagt wie, ich brauche euch Jungen nicht zu behalten, ich weiß, wo man gut ein paar

Leichen verstecken kann, und euer Dad und ich können neue Kinder machen, aber diesmal werden es alles nur Mädchen, dem Himmel sei Dank. Doch sie sagte nichts dergleichen.

Ich ließ zu, dass Noa mich wegstieß. Er schien erst in die Garage zu wollen, überlegte sich's dann anders und stapfte wütend zur Vordertür raus. Die Fliegentür wackelte, die Angeln ächzten, und der Rahmen knackste.

»Okay, okay«, sagte ich zu Moms stummem Starren. »Okay, okay, okay, okay«, bis in mein Zimmer.

Dann kam die Nacht und dann der nächste Morgen. Wir hatten ein Auswärtsspiel, und an Spieltagen geh ich's morgens meistens langsam an, träume erst mal davon, was ich auf dem Feld tun werde, also zum Beispiel: Ich bringe den Ball nach vorn, total *AND1 Mixtape*-mäßig in die Zone, meine Schuhe zwitschern, und der Gegner switcht, dann doppeln sie, aber ich hab einen krassen Crossover drauf, der ihnen die Knöchel bricht, mungoschnell bin ich zwischen den beiden Trotteln durch und mit einem Spin-Move am Korb, und als ich einen Zwei-Punkte-Fingerroll lande, ist das *Swish* vom Netz wie ein Luftkuss an die Menge, und die Menge tobt.

Aber diesmal nicht. Keine Tagträume. Diesmal versteckte ich mich, solange ich noch im Haus war, und sprang dann ohne Frühstück in den Bus zur Schule. Schule war Schule, um irgendwas ging's wohl im Unterricht, aber ich hätte genauso gut in einem Waschsalon sitzen können, die Lehrer waren für mich wie dämliche Maschinen, die ihr Programm abspulten und Geräusche machten.

Als dann am Abend endlich das Spiel war, spielte ich wie

ein nasser Sack: Pässe ins Aus, Airballs von vor und hinter der Dreierlinie, Crossover, die von meinen Knien abprallten, Ballverluste, Ballverluste, Ballverluste. Da war nichts von meinem üblichen Flow. Es war auch niemand von meiner Familie da. War ja ein Auswärtsspiel, und manchmal hatten Mom und Dad Spätschicht oder was, aber irgendwie fühlte es sich trotzdem so an, als wär's Absicht, dass keiner gekommen war.

Als das Team hinterher zur Lincoln zurückfuhr, konnte ich kein Wort sagen. Normalerweise hatte ich dann Nic auf dem Schoß, ihren Hintern auf meinen Schenkeln, dazu ihr Maina-Lachen, aber diesmal war ich allein und dachte nur immer wieder, jeder macht mal ein schlechtes Spiel. Guckte auf meine Hände. Aber schon da wusste ich, dass es nicht nur eins sein würde.

Als ich heimkam, waren da nur Mom und Dad, auf dem Sofa. Ich dachte, ich würde auf Moms Gesicht den blauen Fleck sehen, der sich da am Vorabend gebildet hatte, aber ihr Gesicht war braun und nicht geschwollen. Dad küsste sie auf die bewusste Wange, stand auf und sah mich an, so wie *Später, wir bereden das später*, und als er draußen war, hörte ich die Kühlschranktür auf- und zugehen. Das Zischen und Klicken einer Bierflasche, die geöffnet wurde. Dann das Knarren, als er den Flur entlangging. Und die ganze Zeit guckte Mom mit traurigen Augen durch mich durch.

»Tut mir leid«, sagte ich zu Mom.

Sie zuckte mit den Schultern. »Du hast zugeschlagen wie ein Flugbegleiter«, sagte sie. »Da hab ich am Black Friday im Walmart schon mehr abgekriegt.«

»Ich weiß nicht, warum ich's getan hab«, sagte ich.

»Das glaub ich nicht«, sagte sie. »Ich glaube, du weißt, warum.«

Sie hatte recht. Dieser Faustschlag hatte schon jahrelang in mir gesteckt, und jetzt zu wissen, dass sie's wusste? Genauso gut hätt ich mir selbst eine verpassen können.

»Er macht Scheiß«, sagte ich. »Ich wollte ja weiter nichts, wie's ihm austreiben.«

»*Als* es ihm auszu*t*reiben«, sagte sie. »Dean, also wirklich. Sprich, wie man dir's beigebracht hat.«

»Was soll das?«, sagte ich. »Warum lässt du mich nicht sagen, dass es mir leidtut?«

»Weil es nicht stimmt«, sagte sie, und wir standen da und starrten uns an, bis ich's sein ließ.

Danach hatten wir ein Montagabendspiel gegen Saint Christopher, und ich machte einen von fünf Dreiern und versemmelte vier Freiwürfe. Ein schwangerer Wal hätte nicht schlechter gespielt als ich. War zwar ein Heimspiel, fühlte sich aber nicht so an, weil unsere Fans so still waren wie die Klasse bei einem unangekündigten Test. Ich versuchte, das Gefühl abzuschütteln, das ich immer noch hatte, irgendwie angeschlagen und zittrig im Magen, sobald ich an Noa dachte, an Mom, an die Familie. Aber es nützte alles nichts, das Gefühl ließ nicht locker.

Saint Christopher verpasste uns eine Klatsche, und ich musste auf die Bank, obwohl noch fünf Minuten blieben. Am Ende der Bank sitzend, warf ich mir ein Handtuch über den Kopf, damit da nur Dunkel, Mief und gedämpfte Geräusche waren. Bevor mir das Handtuch über die Augen fiel, sah ich noch zwei Scouts ganz oben auf der Tribüne ihre Kameras und Laptops einpacken und zum Ausgang gehen.

Vielleicht waren sie ja nicht wegen mir da.

Nach Saint Christopher hatte ich einen Ruhetag, und ich war aus der Lernzeit heimgekommen und guckte *Sports-Center*. Gerade kamen die Top Ten mit Windmill Dunks und Wahnsinns-Catchs, Holes-in-one und rechten Haken zum K. o., und jedes Mal tobten die Zuschauer, so wie ich sie sonst zum Toben brachte.

Jemand kam hinter mir rein, und ein Sandwichbeutel mit meinen Buds ploppte mir auf den Schoß. Noas Stimme sagte: »Hab das da in einem von deinen Schuhkartons gefunden.«

Weil er hinterm Sofa stand, kippte ich den Kopf nach hinten, so dass ich ihn verkehrt rum sah. Ich so: »He, durchsuchst du jetzt meine Sachen oder was?«

»Du musst dir schon was Originelleres einfallen lassen als einen Schuhkarton. Und außerdem«, sagte Noa, »dachte ich, du hättest damit aufgehört.«

Ich kippte den Kopf vornüber und guckte auf die Portionen von erstklassigem *pakalolo* in den Zig-Zag-Papierchen.

»Hast du keinen Krebs zu heilen?«, fragte ich. »Kein Uke-Meisterwerk zu schreiben?«

»Ich dachte, du hättest gesagt, du hörst auf.«

»Hab ich auch«, sagte ich, was nicht gelogen war.

»Wenn das Aufhören ist, dann stinken meine Fürze nicht.«

»Man könnte meinen, sie stinken auch nicht, so wie du immer tust«, sagte ich. »Hochnäsig wie sonst was, wo du doch der bist, der total im Arsch ist. Außerdem könnt ich wetten, dass von dem Gras was fehlt, weil du's geklaut hast.«

»Ich hab's nicht angerührt«, sagte er. »*Ich* bin nicht aus der Spur.«

Ich guckte wieder *SportsCenter*. »Yeah, klar. Kommt nur fast niemand mehr hierher, okay? Und die, die noch kommen, müssen Mom und Dad wegschicken. Geht doch die ganze Zeit so«, sagte ich und dann in meiner besten Mom-und-Dad-Imitation: »Wir haben beschlossen, es ist das Beste, wenn er mal ein Weilchen Pause macht. Bitte kommen Sie erst wieder, wenn wir uns melden.«

Kurz war er echt baff, aber er kriegte sich schnell wieder ein. »Yeah, ich wette, du bist froh drüber«, sagte er. »Ich wette, du grinst jedes Mal, wenn du jemandem die Tür vor der Nase zumachst.«

»Ich bin nicht froh, dass wir pleite sind.«

Das brachte ihn zum Schweigen. In *SportsCenter* war jetzt Tiger Woods, der es allen zeigte. Vijai Singh direkt hinter ihm, und ich so, wetten, da sind heute Abend ganz schön viele Haoles in den Country Clubs ganz schön angepisst.

Nach einer Minute oder so sagte Noa: »Uns geht's immer noch besser als auf Big Island.« Es klang fast, als wollte er sich entschuldigen, als wollte er nicht mehr streiten. Vielleicht auch, als würde er zugeben, dass er doch aus der Spur war. Aber ich konnte mich nicht bremsen.

»Kann ja sein«, sagte ich. »Aber von dir kommt nichts mehr. Mom und Dad haben auf dich gezählt.«

Auf einmal wurde er ganz hart und kalt. »Das ist das Problem«, sagte er. »Ihr denkt immer nur an uns. Uns, uns,

uns. Hier geht's um was Größeres als Mom und Dad, um was Wichtigeres als darum, ob ich ein paar Kröten für unsere Familie mache...«

»Gibt nichts Wichtigeres als unsere Familie«, sagte ich. Aber ich sagte es vielleicht auch deshalb, weil ich spürte, dass er recht hatte, dass das, was er mal sein würde, größer und wichtiger war als wir alle zusammen. »Das ist es, was bei *dir* aus der Spur ist.«

»Aber noch mal, Dean, die Drogen«, sagte Noa in einem Ton, als würde er mit einem ungezogenen Hund reden. »Mach keinen Scheiß.«

Mom hatte recht. Es tat mir nicht leid. Ich stellte mir vor, wenn ich ihn fest genug aufs Maul boxte, würde er seine Zähne verschlucken. »Halt einfach die Klappe«, sagte ich. »Ich sollte dich k. o. schlagen.« Meine Muskeln waren total geladen, und ich drosch nur deshalb nicht wieder auf ihn ein, weil ich dran dachte, wie es sich beim letzten Mal angefühlt hatte. Also stellte ich den Fernseher lauter.

»Dean«, sagte er. »Shit. Tut mir leid.«

»Egal«, sagte ich.

»Es muss doch nicht so sein«, sagte er.

»Wie soll's denn dann sein?«, sagte ich.

»Tut mir leid«, sagte er, und ich hörte an seiner Stimme, dass es echt war. Ich hätte auch sagen sollen, dass es mir leidtat, hätte ihn abklatschen sollen und vielleicht rumalbern oder was, versuchen, wieder dahin zurückzukommen, wie es war, als wir einfach nur Brüder waren. Aber ich konnte nicht. Da war zu viel dazwischen. Zu viel *er*.

Du wirst sehen, wie ich allen davonziehe, wollte ich

sagen, du wirst sehen, was ich in den nächsten fünf, zehn Jahren mache, du wirst mich in *SportsCenter* sehen. Größer geht's nicht, aber ich werd's nur für unsere Familie tun. Aber er war gegangen, und wir hatten die Sache nicht zu Ende gebracht. Also sagte ich zu dem leeren Zimmer: »Und ich brauch nichts mehr verkaufen, hab ich nicht nötig.«

Die ganze folgende Woche nahm uns der Coach hart ran. Wir verloren weiter. Zuletzt gegen die Kuakini, um siebzehn Punkte. Dann unser Training, paar Tage vor dem Spiel gegen die Kahena Academy, und der Coach die ganze Zeit so, die Kahena wird mit euch umspringen, als ob ihr alle im Knast wärt und sie euer Arschloch für Zigaretten verkaufen, und ihr habt's auch verdient, und wenn wir verlieren, bin ich der Erste, der die Highlights auf YouTube stellt. Er schleppte zwei Mülleimer aus dem Waschraum an, stellte einen an jedes Ende des Felds und sagte, wir machen jetzt Suicide-Sprints, bis jemand kotzt, und dann ging's los, wir sprinteten zwischen den Grundlinien hin und her, bis unsere Beine zitterten und meine Brust wie eine Höhle voller Flammen war. Und jedes Mal brüllte der Coach und stoppte die Zeit, und wenn wir langsamer waren als beim letzten Mal, mussten wir noch mal ran.

Alika blieb nach dem paarundfünfzigsten Suicide stehen und kotzte in den Mülleimer. Wir sahen, wie sich sein Magen zusammenzog und seine Beine wackelten, bevor die Kotze hochkam, und dann, wie sie in den Eimer platschte.

»Jetzt wisst ihr, wie ich mich nach unserem Spiel gestern gefühlt habe«, sagte der Coach, der neben Alika stand, aber uns alle ansah. »Jedes Mal, wenn ich das Video von unserer kläglichen Niederlage sehe, geht's mir wie Alika jetzt. Was ist dein Problem?«, fragte der Coach mich. Ich musste ihn wohl angestarrt haben.

Und ich hätte am liebsten gesagt: Vorsicht, ich kann für nichts garantieren.

»Ich habe gefragt, was dein Problem ist«, sagte der Coach.

Vor Noa konnte ich große Töne spucken, aber vielleicht war ja sowieso alles egal.

»Nichts«, sagte ich, die Hände auf den Knien und schnaufend. »Ich hab kein Problem, Coach.«

Auf dem Heimweg vom Training schaute ich bei J. Yamamoto vorbei, obwohl ich wie besoffen war von zu viel Workout und nicht genug Wasser. Ich war aus dem Bus gestiegen und ging durch den Dunst von dem warmen Regen, der bis eben auf dem Teer verdampft war, und die Einkaufswagen schepperten auf der anderen Seite vom Parkplatz, wo Personal sie einsammelte, und ich stand vor der riesigen Fensterfront von J. Yamamoto und beobachtete meine Mom. Sie war voll im Arbeitsmodus: grüner Kittel, die Finger am Eintippen, gekonnte Bewegung aus dem Handgelenk, um die Kassenschublade zuzumachen, nachdem sie das Wechselgeld rausgegeben hatte.

Ihr Blick ging runter und dann hoch, wenn sie von den Waren auf den Kunden blickte. Ich weiß es noch genau, weil es mich an die Zeit meiner Schulbewerbungen erinnerte. Wie der erste Brief kam und Mom mit heller Stimme sagte, da ist einer von der Kahena Academy! Und obwohl der Brief leichter war, als wir erwartet hatten, sagte keiner was, und dann rissen wir ihn auf, und Dads Hand fasste meine Schulter, und Moms Blick senkte sich zum Lesen und hob sich dann, feucht und schwer, und sie sagte, okay, okay.

Wie oft hatte ich versucht, auf die Kahena Academy zu kommen, wo Noa und Kaui jetzt sind, mit Stipendien für Native Hawaiians wie uns, aber man muss beweisen, dass man's wert ist, indem man einen blöden Test macht, nichts wie Haole-Wörter und unnützes Mathezeug. Als ob man gut genug ist, um genommen zu werden, nur weil man »Katalysator« erklären kann.

Wir bedauern, dir mitteilen zu müssen. Unser Bewerberüberhang beträgt drei zu eins, Tendenz wachsend. Wir möchten dich ermutigen, es noch einmal zu versuchen.

Siebte Klasse, achte Klasse, neunte, meine Bewerbung und der Brief, jedes Jahr. Und dann ging's schon los mit dem nächsten Versuch: dicke, biegsame Vorbereitungsbücher und Mom, die mir Vollkorncracker von J. Yamamoto einpackte, und ich so, keine Ritz-Cracker? Und Mom dann, die sind doppelt so teuer, und man zahlt nur für die Werbung, also J.-Yamamoto-Cracker mit oller Erdnussbutter, und ich in der Cafeteria, sobald der Unterricht rum war, um die Vorbereitungsbücher durchzuackern bis zum Training. Und morgens im Bus redeten Jaycee und die anderen in einer Tour über *Monday Night Football* oder *Temptation Island*, und ich nur über die FOIL-Methode und quadratische Gleichungen, und sie so, was zum Teufel ist das, und dann ich so, keine Ahnung, aber es ist so was von geil.

Kaui und Noa schafften es beim ersten Versuch auf die Kahena.

Und Dad jede Woche als Gepäckabfertiger am Flughafen, mit Abendarbeit. Und Mom manchmal vormittags und manchmal abends bei J. Yamamoto und, wenn sie Glück hat, beides, weil sie hinter Extraschichten her ist wie ein Crackhead hinter *batu*. Und nachts kommen sie dann beide heim, die Arbeit noch in den Knochen, als ob sie sagen würden: Dean, siehst du nicht, was wir sind? Und ich hätte am liebsten gesagt, ist doch egal, wenn ich bei einem blöden Test nicht das bringe, was sie wollen, ratet mal, wessen Namen nach dem Freitagabendspiel alle kennen. Ratet mal, wer euch sagen kann, wie die Mädchen von fast allen Schulen in unserer Basketball-Division riechen, wenn sie nackt sind.

Ich blieb neben dem Schaufenster stehen, beim Propangasständer. Kunden kamen und gingen, ich hörte meine Mom und Trish mit ihnen reden, und man merkte es gleich, wenn es Einheimische waren, weil dann viel gelacht und ganz relaxed über Cousins und Cousinen und Großmütter geschwatzt wurde. Wenn es aber Haoles waren, wollten sie meistens so was wissen wie, wann das *Arizona* Memorial aufmacht oder wie man zum Sea Life Park kommt. Und Mom und Trish antworteten ihnen, aber man merkte, dass sie lieber gesagt hätten, nicht jeder mit brauner Haut ist Ihr Reiseführer. Mom hatte noch Stunden vor sich, in denen sie stehen und lächeln musste und die Karten der Leute nehmen und ihnen all die Steaks und den Schwertfisch und die Edelbiermarken geben, die sie wollten.

Hört zu, Leute, wollte ich sagen: Ich hole uns alle da raus. Ich werd dafür sorgen, dass uns keiner mehr rumkommandieren kann. Und der Weg dahin ist der Basketball. Noa ist vielleicht was Besonderes, aber er macht keine Kohle. Ich kann's schaffen. Hier, dann College, dann Profiliga, und ich mein's ernst. Ich werd so viel Geld machen, dass es mir aus dem *okole* rauskommt. Ich hab's immer schon gewusst, und jetzt bin ich dabei, es zu tun.

Nur dass die Spiele jetzt immer schlechter liefen. Jede Woche das Gleiche. Hinterher, wenn es still ist und wenn Platz in meinem Kopf ist, dann füllt er sich mit dem bewussten Abend: Wie ich Noa und Mom richtig wehtun wollte, ihnen echt was brechen, und wie sich danach meine Knöchel anfühlten, wie Bienenstöcke, voll mit diesem summenden Schmerz, der immer noch von innen her sticht, als ob er rauswill.

Aber ich hatte ja den Schuhkarton, und ich sagte mir, warum nicht? Und schrieb Jaycee eine Textnachricht, dass ich zu krank fürs Training wär, und fuhr stattdessen mit dem Bus zum Ala Moana Park, um hinter den Hibachis rumzuhängen und mein Zeug zu verkaufen. Da, wo man immer noch den Gammelfischgeruch von den Klos abkriegt, aber von der Straße aus nicht gesehen wird, das schien mir der sicherste Platz. Das Meer schwappte gegen die Felsen, und das Gras fing an, gelb zu werden und abzusterben. Als ich da saß, bevor die ersten Käufer kamen, war es sogar ganz friedlich. Kein Basketball, kein Noa, kein gar nichts, und ich war richtig dankbar.

Aber dann kamen die Käufer. Sie fanden mich immer. Das zumindest flutschte bei mir noch.

Ich verkaufte, so lange es ging. Bis das Meer aschgrau von den schwarzen Wolken war, die von den Ko'olaus runterquollen, und mir ein paar Regentropfen auf den Kopf klatschten. Ich verkaufte, bis alles weg war. Dann ging ich nach Hause.

Als ich an unserer Haustür war, hörte ich das Zischen von Öl in der Pfanne, wenn Fleisch reinkommt, und aus dem leicht verbrannten Geruch von Paniermehl schloss ich, dass Mom Chicken Katsu machte. Ich kam später als sonst, also stand ich noch an der Haustür und überlegte mir eine Ausrede, als Mom aufmachte.

»Dachte mir, dass du's bist«, sagte sie mit ihrem müden Lächeln.

Ich guckte über meine Schulter. Nicht, als wär da irgendwer oder irgendwas am Ende der Stichstraße, aber es gab mir noch einen Moment Zeit zum Nachdenken.

»Yeah«, sagte ich. »Langes Training heute.«

»Nainoa hat mir von der neuen Lerngruppe erzählt, in der du jetzt nach der Schule bist. Muss schwer sein, das nach dem Training zu machen?«

Es dauerte ein Weilchen, bis ich kapierte, was Noa für mich getan hatte. Dann nickte ich und sagte: »Yeah. Aber es läuft ganz gut.«

»Fein«, sagte sie.

Ich zog die Schuhe aus und legte meinen Ball hin. Er rollte über den schiefen Boden zu dem Flur zu unseren Zimmern. Dieser scheißschiefe Boden. Unser rostiges Blechdach. Unsere Küchenflächen mit den ganzen schwarzen und gelben Flecken von all den Rauchern und Schlaffsäcken, die das Haus vor uns hatten. Und gleich würden wir Huhn essen, das garantiert aus dem Korb mit abgelaufener Ware bei J. Yamamoto kam, so dass Mom es tierisch dick panieren musste, um den eigentlichen Geschmack zu überdecken.

»Tut mir leid«, sagte ich. Aus dem Nichts. Wie ein Kind mit schlechtem Gewissen.

Sie hörte auf, das Huhn zu wenden, und sah mich an. »Ich dachte, wir hätten das besprochen«, sagte sie. »Es geht nicht drum, sich einfach nur mit Worten zu entschuldigen.«

»Ich kann mich bessern«, sagte ich.

»Ich weiß«, sagte sie. »Also tu's.«

»Noa aber auch, oder?«, sagte ich. »Es bin nicht nur ich.«

Mom nahm gerade Küchenpapier, um es auf eine Platte für das Katsu zu legen. »Dein Bruder braucht jetzt deine Unterstützung. Er ist mit seinen Problemen beschäftigt.«

Danach war es komisch still. Ich hätte sagen können, das ist doch Bullshit, mir zu sagen, ich soll ihm helfen, aber ich dachte an Mom bei J. Yamamoto. Schien einfach nicht recht, weiter zu streiten. »Wie war dein Tag?«, fragte ich.

»Mein Tag«, sagte sie schließlich und klopfte mit der Bratzange auf die Pfanne. »Mein Tag war wie Sackkrätze.«

»Ach«, sagte ich, »wusste gar nicht, dass du so was schon mal hattest.«

Mom lachte. Es war richtig echtes Lachen, explodierte von irgendwo innen drin. »Gott, ihr Jungs«, sagte sie. »Ihr seid wirklich schrecklich. Ich hätte gar nicht damit anfangen dürfen.«

»Ich bin der perfekte Gentleman«, sagte ich, »wenn man mich erst besser kennt.«

»Der perfekte Gentleman kann ja mal beim Tischdecken helfen«, sagte Mom und zeigte auf die Besteckschublade.

Sie bat mich, Noa und Kaui zu sagen, dass das Essen gleich fertig war, und meinen Rucksack mit in mein Zimmer zu nehmen, und dann kam sie mit den Tellern und dem Katsu, und ich deckte den Tisch fertig, bevor ich in mein und Noas Zimmer ging.

Er saß da, Kopf über der Uke, hörte aber sofort auf, als ich reinkam.

Ich so, du kannst ruhig weiterspielen, aber es gibt gleich Essen, und er sagte, er sei sowieso fertig, und saß dann da, halb über seine Uke gebeugt, und ich hatte die Hand an der Türklinke und dachte, warum ist es jetzt jedes Mal, wenn ich in diesem Haus was sage, als hätte mich jemand dabei erwischt, wie ich meinen Cousin küsse.

»Du hättest nicht lügen müssen«, sagte ich. »Mom gegenüber.«

Er lehnte sich zurück, die Arme hinterm Kopf. »Ich weiß«, sagte er.

Und das war wohl alles, was wir tun konnten.

Dann gab es Essen, und wir beide hörten nur Kaui und Mom zu, sagten nicht viel, außer, wir wurden was gefragt, wobei, wenn ich mir's jetzt überlege, Mom Noa ganz schön viel fragte. Trotzdem war das Essen bald rum, und wir gingen jeder irgendwohin, Kaui wieder in ihr Zimmer, an ihre Hausaufgaben, Noa mit seiner Uke in die Garage, um wieder diese irren Sachen zu machen, die er machte, wenn er voll am Spielen war, und ich nahm mir meine Wirtschaftskundeaufgaben vor, aber am Ende brachte ich nicht mehr zustande als *Der Gleichgewichtspreis ist ich bin im Arsch*, und dann saß ich auf dem Sofa und guckte *SportsCenter*, und alle anderen schliefen.

Ich hatte noch Stunden, bis mein Kopf aufgeben würde, das war mir klar. Also ging ich in unser Zimmer, und da war Noa im Dunkeln und schlief, ich merkte an seinem Atem, dass er ganz tief weggesackt war. Im Schrank hatte ich meine Flu Game Jordans und das Sixers-Auswärtstrikot mit Allen Iversons Namen drauf. Ich zog mich um und schnappte mir meinen Basketball und fühlte all die Stellen, wo die Noppen abgewetzt waren. Es war schon stockdunkel, nach Mitternacht schätzungsweise. Den Basketball unterm Arm und die Schuhe in der Hand, kam ich wieder ins Wohnzimmer, und da war Moms Handtasche.

Der Kühlschrank sprang an und brummte, drinnen klackerte Eis. Ich sah Moms Geldbeutel gleich vorne drin stecken, die goldene Schließe schon so abgenutzt, dass Silber durchkam.

Das Geld, das ich in der Hand hielt, kam zwar alles von anderen Leuten – irgendwelchen Fremden, denen ich im Park *pakalolo* verkaufte –, aber trotzdem, es war *meins*, vielleicht das Einzige, was sich so anfühlte. Und es war bei weitem nicht genug, um für unsere Familie wirklich was zu ändern. Das konnte ich nur, indem ich richtig Geld machte, wie ein Haole, bis es nichts mehr gab, was ich Mom und Dad nicht kaufen konnte. Noa konnte Präsident werden oder ein neuer *kahuna* oder ein berühmter Arzt oder sonst was, aber alles, was ich erreichen konnte, war hier in meinen Händen, in diesem Basketball. Ich steckte das Geld wieder ein. Dann ging ich zur Tür raus und die Straße runter, durchs dunkle Kalihi.

Der Basketballplatz war so spät nicht mehr offen, aber

das war egal. Das Backboard war am Rand grün von Moos und verdreckt von anderen, die im Regen vom Nachmittag gespielt hatten. Das Netz hatte ein, zwei kaputte Stellen und hing dadurch nicht mehr ordentlich.

Ich ließ den Ball ein paarmal aufspringen, horchte auf das satte Geräusch. Wind kam auf, und die Bäume schienen zu applaudieren. Ich schloss die Augen für den ersten Wurf, keine Ahnung, warum. Ich setzte zum Wurf an, holte den Schwung aus den Beinen, sprang ab, aber als der Ball sich von meinen Fingern löste, wusste ich, das war nichts, und dann das Kloing des Rings, und der Ball sprang an den Maschendrahtzaun. Ich sah ihm nach, bis er sich nicht mehr bewegte.

Ich ging hin, hob den Ball auf und machte den nächsten Wurf, diesmal mit offenen Augen, und er flog in den Ring und wieder raus und hüpfte, hüpfte zur Seitenlinie. Ich setzte hinterher und nahm den Ball auf. Ich schnitt zur Ecke, fakte ein Crossover, drehte mich, bückte mich mit dem Rücken zum Korb, als hätte ich's mit einer Verteidigung zu tun, vielleicht ja der Kahena Academy oder sonst jemandem, der glaubte, mich aufhalten zu können. Aber mich kann niemand aufhalten. Ich machte einen Spin Fadeaway und warf den Ball hoch und genau auf den Korb. Ich wusste, dieser Ball würde reingehen, sah ihn schon mit diesem *Swish* durchfallen, er musste rein, musste, weil, ich sag's ja, ich bin nicht zu stoppen.

5

MALIA, 2002
Kalihi

Ich kann deine Stimme nicht hören, aber ich weiß, du hörst noch zu, immer. Also kann ich dir sagen: Manchmal glaube ich, das wäre alles nicht passiert, wenn wir auf Big Island geblieben wären, wo die Götter noch lebendig sind. Die Feuergöttin Pele mit ihrer unerschöpflichen Kraft, sie, die das Land immer wieder als Lava gebärt und ihren Schwefelatem über den Himmel ausstößt. Kamapua'a, der ihre Liebe will und seinen Regen und stampfende Schweinehufe schickt, um ihre Lava zu zerkleinern und daraus fruchtbaren Boden zu machen, wie es ihn überall in den grünen Hügeln von Waimea gibt, bis runter in die Täler, rings um den Ort, wo du geboren bist. Oder Kū, der Kriegsgott, der sich eines Tages in ebendiesen Boden hineinstürzte und vom Vater und Ehemann zu einem Baum wurde, einem Baum, der Früchte für seine hungernde Familie tragen sollte. Der erste Brotfruchtbaum. Kū war ein Gott des Kriegs, aber auch ein Gott des Lebens. Manchmal erschien er als Haifisch …

Also frage ich mich, ob etwas von ihm du ist und ob etwas von dir er ist, so wie der Ozean und die Erde und die Luft allesamt aus den Göttern gemacht sind. Das glaubte ich zuerst: dass du aus den Göttern gemacht warst, dass du eine neue Legende werden würdest, in der Lage, alles zu verändern, worunter Hawaii leidet. Den Asphalt, der den Kalo unter sich erdrückt, die Kriegsschiffe, die Dreck ins Meer ausstoßen, das ganze Haole-Geld, das hier sein giftiges Unwesen treibt, bis vor lauter Verkehrsstaus und Obdachlosencamps am Strand und Kettendiscountern nichts mehr ist, wie es sein sollte. Ich habe geglaubt, du könntest das besiegen.

Inzwischen habe ich beschämt erkannt, dass das unmöglich war. Aber ich erinnere mich an den Tag, als ich besonders stark vom Glauben erfüllt war, und das war, als dein Vater und ich deinen Friedhof entdeckten.

Weißt du noch? Du warst in der dritten Highschoolklasse, obwohl du kaum alt genug für die erste warst, und hast trotzdem Preise gekriegt und warst Science-Club-Sprecher und hast Ukulele gespielt, als hättest du die ganze hawaiianische Geschichte verschluckt. Und es lief alles ganz großartig. Obwohl da, wenn ich ehrlich bin, bei allem Stolz auf dich doch auch ein Versagensgefühl war, vor allem bei mir. Wir hatten dich nach jener Neujahrsnacht in die falsche Richtung gedrängt, hatten von dir erwartet, die Leute zu heilen, die gehört hatten, was du vollbringen konntest, und verzweifelt zu uns kamen. Ja, ich dachte, das ist es, er wird mit diesen Leuten anfangen, und es wird sich ausweiten.

Und ja, wir hatten auch ein Interesse daran. Wir wollten – *brauchten* – das Extrageld, das es brachte. Es tut mir leid.

Als du diese Leute dann nicht mehr annehmen wolltest, hast du dich noch mehr von uns abgekapselt. So vieles an dir wurde ein Geheimnis, und ich glaube nicht, dass du dich je wieder ganz geöffnet hast. Auch das haben wir nach der Sache mit dem Friedhof verstanden.

Erinnerst du dich noch an den Friedhof? Ich schon. Es war einer der seltenen Tage, an denen dein Vater und ich beide zu Hause waren, wenn ihr aus der Schule kamt. Wir merkten, dass du wieder weggegangen und noch nicht zurück warst.

»Er ist nur den Weg langgegangen, den er immer langgeht«, sagte Kaui achselzuckend auf unsere Frage.

Es war schon spät. Wir wollten dich zurückholen. Also nahmen wir ebenfalls diesen Weg. Von unserem Haus aus um die Ecke und über die Straße war ein brauner Fußpfad, der hinter zerrupften Hecken auf eine Wiese runterführte. Links rann schaumiges Abwasser einen Kanal entlang, und dahinter sicherte ein Maschendrahtzaun die staubigen Hinterhöfe von Auspuffshops und Lagerhäusern. Thunfischgeruch begleitete den Pfad, der auf eine ferne Baumgruppe zuführte. Als wir weitergingen, sahen wir neben dem Pfad Steinhaufengräber, jedes neuer als das vorige. Aber die Haufen waren nicht nur aus Steinen, sie starrten und glänzten von Fahrradzahnkränzen, Automotorteilen, alten Rohrknien. Manche waren schon mit Unkraut bewachsen.

»Was ist das?«, fragte ich deinen Vater. Er ging vor einem Haufen in die Hocke.

»Sieht aus wie Gräber«, sagte er, wie ich schon erwartet hatte.

»Augie«, sagte ich.

»Er ist hier«, sagte dein Vater. »Irgendwo.«

Dein Vater drehte sich zu den Bäumen am Ende des Pfads. Von den Gewerbegrundstücken kamen die Geräusche von Metall, das Metall schnitt, von einer Palette, die auf den Boden krachte.

Wir gingen weiter den Pfad entlang, die Gräber in regelmäßigem Abstand, wadenhohe Haufen von Steinen und Metallschrott. Im letzten Haufen steckte oben, halbvergraben, ein Plastikroboter, den du in einem von deinen tollen Naturwissenschaftskursen an der Kahena gebaut hattest. Der einstmals blaue Roboter war von der Sonne ausgeblichen und von Tierpisse angefressen.

Ich bückte mich und berührte ihn. »Der ist von Nainoa«, sagte ich zu deinem Vater. Es sah aus, als wären innen an den Armen des Roboters ein paar braune Blutreste. Der Haufen roch vor allem nach Stein, aber auch ganz schwach nach so was wie nassem, altem Leder und verrottender Baumwolle.

»Ein Teil von dem anderen Zeug vorher ist wohl auch aus unserer Garage«, sagte dein Vater. »Da war noch ein altes Getriebe von seinem ersten Fahrrad.«

Die Bäume waren jetzt direkt vor uns. Mir wurde irgendwie schwindlig.

In dem Waldstück war es nicht so dunkel, wie ich gedacht hatte, die Bäume waren niedrig, und dazwischen fiel Sonne herein. Das Schwindelgefühl in meinem Kopf dehnte sich aus, an Genick und Hals runter in meine Brust. Ich sah nur noch verschwommen und kniff die Augen zu, und als ich sie wieder aufmachte, fasste ich die Hand deines Vaters und hielt mich daran fest, als könnte mich dieses komische Gefühl ganz erfüllen und davontragen.

Wir blieben stehen. Vor uns war eine Lichtung, und da warst du: Du hast mit angezogenen Beinen im Gras gesessen, die Ellbogen auf den Knien, und deine Finger spielten zwischen deinen Fußgelenken in der Luft, als ob du nach der Schule darauf warten würdest, abgeholt zu werden.

»Gott sei Dank«, sagte dein Vater. »Ich dachte, er geht vielleicht hierher, um an sich rumzumachen.«

Ich sagte, hör auf, was bei deinem Vater nie funktioniert.

»Nein, ist ja okay, paar Freunde von mir waren früher auch so. Hab ich dir mal erzählt, wie John-John versucht hat, seinen Hund...«

»Augie, sei still.«

Plötzlich war da Aufruhr in der Luft. Etwas Dunkles taumelte zwischen den Bäumen herunter, flatternd und wackelig, und krachte ganz in deiner Nähe auf den Boden. Eine flaumige Feder flog durch die Luft. Das Etwas rappelte sich auf – es war eine Eule, sah ich – und schleppte sich auf dich zu, raffte sich noch ein paarmal halbwegs wieder auf, bevor es zu deinen Füßen umfiel und mit der Brust nach oben liegen blieb. Wir sahen, wie diese Brust schwoll und wieder schrumpfte, immer langsamer.

Du hast die Augen zugemacht und die Hände auf die Brust der Eule gelegt.

»Will er...«, sagte dein Vater.

Der Atem der Eule wurde immer noch langsamer. So papierleicht. Dein Gesicht zog sich in Falten, Schweiß lief dir den Kieferwinkel entlang. Das Schwindelgefühl in mir stieg an. Ich war schwerelos, ich war in der Luft, schlug mit den Armen, aber es waren keine Arme, es waren die Muskelstränge und tragenden Federflächen von Flügeln. Ich schoss in den Himmel empor, überall Blau, bis auf die zackigen Grate der Ko'olaus, die unter mir immer kleiner wurden. Alles war Luft, durchstrahlt von goldenem Licht, und ich stieg der Sonne entgegen, als führe ich im schnellsten Lift der Welt, immer leichter und weiter, bis alles, was ich sah, zerplatzte wie eine Seifenblase.

Ich war wieder zwischen den Bäumen, stand neben deinem Vater, und unter deinen Händen hatte die Eule aufgehört zu atmen. Immer noch kniend, hast du die Eule an einem Flügel hochgerissen und fest ins Gras geschleudert. Ein Bein hing abgeknickt in die falsche Richtung.

»Shit!«, riefst du, und deine Stimme kiekste und brach, eine richtige Jungenstimme. Du hast dir den Kopf mit beiden Händen gehalten und geheult.

»Nicht!«, sagte dein Vater und sprang mit Knacken und Rascheln aus unserem Versteck hervor, bevor ich ihn aufhalten konnte. »Nicht!«

Bei dem Geräusch hast du dich umgedreht, dein Gesicht rot und voll Rotz. Als dein Vater auf dich zuging, bist du zurückgewichen.

»Fass mich nicht an«, sagtest du, und dein Vater erstarrte, gebückt, die Arme nach dir ausgestreckt. Unsere Blicke trafen sich, lösten sich voneinander, und meiner ging wieder zur Eule. Ein Flügel stakte aus dem schlaffen Federklumpen hervor, und Flaumbüschel flatterten, als der leichte Wind sie erfasste. Ich war gar nicht traurig, wie ich's erwartet hätte; ich war immer noch erfüllt von dem, was ich gerade gesehen und gefühlt hatte, so golden und himmelhoch.

»Wir wollten nur gucken, ob dir nichts passiert ist«, sagte dein Vater.

Du bist aufgestanden und zu der Eule gegangen.

»Nainoa«, sagte ich, weil du so klein und irgendwie schuldbewusst wirktest, wie du dastandst, mit deinem schwarzbraunen Haar, das kürzer war als das deines Bruders, und deinem Seitenscheitel und immer noch in deinem weißen Polohemd und der blauen Schulhose, den linken Oberarm mit der rechten Hand umfasst. »Bist du okay?«

»Klar«, sagtest du. Da sah ich die Pflanzschaufel, du musstest sie aus unserer Garage mitgenommen haben. Du hast sie aus dem Boden gezogen und angefangen zu graben.

»Sollen wir dir helfen?«, fragte dein Vater.

»Ihr könnt mir nicht helfen«, sagtest du.

Also kam dein Vater zu mir zurück. Wir blieben nicht da, um dir beim Graben zuzuschauen. Das schien nicht richtig.

An einem der Steinhaufengräber blieben wir stehen.

»Hast du dort drin irgendwas gefühlt?«, fragte ich Augie.

»Hatte das Gefühl, ich fliege«, sagte Augie. »Kam mir vor, wie direkt in die Sonne rein.«

Mein Verstand kam immer noch nicht hinter dem her, was wir gefühlt und gesehen hatten. »Fuck, Augie, wie lange sieht er schon so was? Macht er schon so was?« Ich wollte die Gräber zählen, mir eine Vorstellung davon machen, mit wie vielen Tieren du während ihrer letzten Atemzüge zusammen warst, wie oft du vergeblich versucht hattest, etwas zu bewirken. Wie viele andere Dinge du wohl ohne uns sahst und fühltest, alles, wie gegen eine Wand zu rennen, immer wieder. Zu glauben, wir könnten dir da durchhelfen, dich zu dem hinführen, was du werden solltest, war völlig idiotisch, genau wie das, was wir von dir verlangt hatten, in unserem Haus, wo wir dich all den verzweifelten Nachbarn ausgesetzt hatten, wie all die Geschichten, die wir dir darüber erzählt hatten, was du in unseren Augen warst. Es spulte sich alles vor mir ab, während wir dort standen.

»Ich nehme, was ich finden kann«, sagtest du. »Wenn nicht genug Steine da sind.«

Du warst von hinten herangekommen, während wir mit unseren eigenen Gedanken beschäftigt waren. Du hattest noch mehr zu sagen, und ob gefragt oder nicht, du hast weitergeredet. Hast mit der Pflanzschaufel auf das Grab gezeigt, auf das wir schauten. »Das war ein Hund«, sagtest du. »Irgendein Poi-Hund, ich weiß nicht, was für einer.«

Du sagtest, du hättest ihn gefunden, als du am Kanal warst, um Steine flitschen zu lassen und mal Pause von allem zu machen. Der Hund war angefahren worden. Wahrscheinlich von einem der Lastwagen oder Baumaschinenmonster, die ständig am Kanal entlangratterten und -rumpelten. Danach hatte sich der Hund, schwerverletzt wie er war, zu der Lichtung geschleppt. Ich mag mir die Spur gar nicht vorstellen, die seine Innereien auf dem Boden hinterlassen haben müssen.

Du sagtest, du hättest versucht, ihm zu helfen, und dabei hättest du durch deine Hände zum ersten Mal etwas Wichtiges gefühlt: all die kaputten Stellen in seinem Körper. Es war wie ein Puzzle, hast du gesagt, und du brauchtest nichts weiter zu tun, als die Teile wieder zusammenzusetzen. Aber wenn du es an einer Stelle machtest, fing eine andere an zu sterben. Und wenn du dir dann diese Stelle vornahmst, löste sich die, die du gerade repariert hattest, wieder auf und so weiter, bis du schließlich verloren hattest. »Ganz zum Schluss war ich der Hund«, sagtest du und fingst an zu zittern. »Ich lief eine helle Straße entlang. Meine Pfoten trabten mühelos durch den Matsch, und mein Körper war so ein elastisches Muskelpaket. Ich war wie besoffen vor Glück, keine Ahnung... und ich lief und lief und lief, aber alles wurde immer schwächer und schwächer, bis ich schließlich einfach... ins Dunkel driftete.«

Du hattest den Hund hier begraben und kamst ihn manchmal besuchen. Du sagtest, dann fühltest du dich besser, leichter, als ob du wieder der Hund wärst und liefst und liefst.

Und genauso war es, dort zu stehen. Später wurde die Wiese umzäunt, und aus dem Zaun wurde eine Mauer und aus der Mauer ein weiteres Gebäude, Zementfabrik und -lager, und der Friedhof war weg, irgendwo unter den Fundamenten. Aber ich seh ihn so vor mir, wie er damals war.

Du hast erklärt, dass nach dem Hund andere Tiere gekommen waren, alle möglichen. Von Frostschutzmittel vergiftet oder von Autos angefahren oder vom Krebs zerfressen, schleppten sie sich mit letzter Kraft hierher und warteten auf dich. Damit dann ihr Lebensfunke erlosch.

»Tut mir leid«, sagte ich.

»Ich weiß nicht, was ich machen soll«, sagtest du. »Ich vermassle es immer.«

Augie legte dir die Hand auf die Schulter. »Nein, tust du nicht«, sagte er.

»Wie meinst du das?«, fragtest du.

»Ist doch ein totales Glücksgefühl, oder?«, fragte Augie. »Ganz zum Schluss. Fand ich jedenfalls.«

Aber du hast den Kopf geschüttelt. »Ich muss anfangen, Dinge wieder heil zu machen.« Dann verbessertest du dich. »Ich muss alles wieder heil machen.«

Nach der Sache mit den Haien hatten dein Vater und ich uns ganze Nächte lang gefragt, was passieren würde, was aus dir werden würde. Ich glaube, dort auf dem Friedhof haben wir zum ersten Mal in vollem Ausmaß begriffen, was es mit dir auf sich hatte. Wenn du mehr von den Göttern hattest als von uns – wenn du etwas nie Dagewesenes warst, wenn es dir bestimmt war, die Inseln zu erneuern, wenn du all die alten Könige im Körper eines Jungen warst –, dann konnte natürlich nicht ich es sein, die dich zur vollen Entfaltung führte. Meine Zeit als Mutter war wie die letzten schnappenden Atemzüge der Eule, bald schon würdest du meine Liebe sanft ablegen müssen, sie in die Erde deiner Kindheit betten und hinter dir lassen müssen.

Ich weiß noch, wie ich mich an deinen Vater lehnte, als wir im Gras saßen. Schatten lagen jetzt auf dem Wasser des Kanals, aber dahinter in der Ferne gingen die Lichter von Honolulu an. Das Gefühl des letzten Flugs der Eule war immer noch da, auch wenn die Bilder längst im Dunkel verschwunden waren.

ZWEITER TEIL

AUFSTIEG

6

DEAN, 2004
Spokane

Ich schätze mal, lange bevor die ersten Hawaiianer Hawaiianer wurden, waren sie dort in Fidschi oder Tonga oder wo und hatten zu viele Kriege mit zu vielen Königen, und ein paar von den Stärksten guckten zu den Sternen rauf und sahen eine Wegkarte in eine Zukunft, die sie zu ihrer machen konnten. Sie rackerten sich ab, um Kanus zu bauen, die durch Zehn-Meter-Wellen schneiden konnten, und Segel, die groß genug waren, um den Wind zu einer treibenden Faust zu machen, und dann ließen sie ihr altes Land hinter sich. Goodbye alte Könige goodbye alte Götter goodbye alte Gesetze goodbye alte Autoritäten goodbye Grenzen. Und dann, in einer der vielen Nächte, die nichts waren als Wasser und Salz und tätowierte Muskeln, kam der Moment, in dem sie im weißen Mondlicht das neue Land Hawai'i sahen, und sie so: Das da. Das gehört uns. Platz da, jetzt kommen wir.

So war's für mich in dieser ersten Nacht in Spokane. Echt jetzt, ich fühlte all die Könige, die vor mir waren, fühlte sie so real, als wären sie in meinem Herzen, als würden sie in meinen Adern chanten. Ich sah sie, auch wenn ich die Augen nicht zumachte. Wir waren gleich, sie und ich: Ich hatte mich aufgemacht, über das große, leere Stück Himmel zwischen Hawaii und dem Festland, hatte durchs Flugzeugfenster die Lichtergitter der Festland-Citys gesehen, Wolkenkratzer und Highways, die immer weitergingen, ganz Gold und Weiß. Für mich waren sie wie diese Navigationssterne für die ersten Hawaiianer, wiesen mir den Weg zu dem, was mir gehörte. Als ich aus dem Nacht-Shuttlebus zur Universität stieg und vor den ordentlichen Rasenflächen und neuen Backsteingebäuden stand und das Coaching-Team dastehen sah, um mich als einen der Top-Freshman-Rookies im ganzen Land zu begrüßen, da ging's bei mir innerlich voll so, hey, Platz da, jetzt komm ich. Ich bin der King, ihr Motherfucker.

Davor, in Hawaii, wollten alle immer nur, dass ich an Noa glaube, ihn aufbaue. Als wär ich sein Hüter, als wär's mein Job, Zweiter zu sein und ihm zu helfen, die Ziellinie zu erreichen.

Sag's euch ja ungern, aber für den zweiten Platz bin ich nicht gemacht.

Und wofür das Ganze? Ist ja nicht so, dass Noa uns dafür je was Greifbares geliefert hätte, wo Mom und Dad ja immer noch am Monatsende blank sind. Ist überall auf den Inseln das Gleiche. Die einzige Möglichkeit, da rauszukommen, ist, so gut zu sein, dass sie nicht anders können, als dich dafür zu bezahlen. Und zwar richtig üppig. Und als ich an die Spokane kam, wusste ich, genau das würde jetzt passieren.

Das war, Moment, Herbst 2004. Das Einzige, was zählte, war Basketball. Führungsspieler leiteten das Off-Sesaon-Training, also waren wir alle in der Arena, oben, wo die

Leichtathletikbahn ist, Wall-Squats und Wiederholungs-sprints machen, und dann wieder zurück in den Kraftraum. Welche von den Jungs fragten mich, ob ich so was schon mal gesehen hätte, riesige, saubere Tribünen für tausende Fans, Krafträume mit Spitzengeräten und frischgestrichenen Racks, und ich so, bloß weil ich von den Inseln bin, glaubt ihr, ich kenn so was nicht. Aber es war tatsächlich was dran, nicht wegen den Inseln, sondern wegen der Lincoln High. So was hatte ich nur gesehen, wenn wir Auswärtsspiele in der Kahena hatten oder in anderen Privatschulen für arsch-reiche Kids. Also, ja, so was hatte ich schon gesehen, aber es war noch nie meins gewesen.

All die Lehrsäle und Labors und Gemeinschaftsbereiche so, als ob sie jedes Jahr neu gestrichen würden. Hübscher, kleiner, scheißteurer Buchladen. Aber ich schwör, bis auf den Umkleideraum war die ganze Universität rein weiß. Wenn ich mal auf dem Gehweg braune Haut sah, war's so wie, Gott sei Dank, ich dachte schon, ich wär der Letzte meiner Art.

Und das Studium? Wusste nicht mal, wofür ich mich an-gemeldet hatte, echt, jemand aus dem Teambüro kümmerte sich darum, und für die Hausarbeiten hatte ich Hilfe, Jungs aus dem Team gaben mir den Tipp, mir gleich in der ers-ten Woche einen Tutor zu suchen, am besten so ein Sopho-more-Girl, große Augen, superskinny Jeans, Kreuz um den Hals und so. Sie wird dir helfen, sagten sie. Sie wird wissen, wer wir sind. Und genauso war's. Klar, ich musste die Wör-ter und Zahlen selbst hinschreiben, aber wenn mein Gehirn überhaupt anwesend war, dann war's mit dem Ausschnitt ihres Halbarmshirts, den Sommersprossen auf ihrer Nase beschäftigt. College ist einfach geil.

Aber im Basketball ging es voll zur Sache. Jeden Tag, die ganze Zeit. Fünfzehn von uns, die zehnmal so hart ackerten, wie ich's zu Hause je getan hatte. Immer nur Training, Training, Training, das *Tamp, Tamp, Tamp* des Balls auf dem polierten Holzboden, das perfekte Zwitschern unserer Sohlen. Wir machten Übungen einer gegen einen, zwei gegen zwei, zwei gegen einen. Wir traten gegeneinander an mit Sprungwürfen aus mittlerer Distanz, Turnarounds und Bogenwürfen. Für mich war das ein ganz neues Level. Alle im Team waren wesentlich schneller und stärker und cleverer als jeder, gegen den ich je an der Lincoln gespielt hatte, jetzt war ich bei den Männern, nicht bei den Jungs, und in diesem ersten Jahr spürte ich's. Sie waren alle einen Schritt fixer und ein Stück höher in der Luft als ich, die Hälfte von allem, was ich machte, wurde geblockt oder abgefangen, und es war fast, als würde die Luft um mich rum schwer und klebrig.

Besser werden. Stärker und schneller werden. Ich musste.

Nach dem Training saßen wir dann zu viert oder fünft in der Cafeteria, fette Eispackungen um die Knie, und starrten auf unsere Teller mit schlaffem Rindfleisch-Brokkoli. Null Hunger, weil wir immer noch am Nachverbrennen vom letzten brutalen Drill waren, durch den uns der Coach gejagt hatte. Der fettige Bratgeruch, der den hohen Raum füllte, die kalte Tischplatte, es ging alles *huli-huli* in meinem Kopf. Ich fühlte mich besoffen, obwohl ich so nüchtern war wie ein Zeuge Jehovas.

»Ich glaub, ich bin grade mit offenen Augen eingepennt«, sagte Grant.

»Bist du«, sagte DeShawn. »Hab's gesehen. Ich für mein Teil hab voll damit zu tun, mich nicht einzupissen. Wie soll ich pissen gehen, mit alldem da?« Er wackelte mit den eingewickelten Knien. »Wenn sie unsere Knie so in Eis packen, sollten sie uns auch Windeln ummachen.«

»Bist du wieder am Rehydrieren oder was?«, fragte Grant und deutete mit dem Kinn auf den XL-Becher, aus dem DeShawn trank. »Der Typ hier versucht immer zu rehydrieren, aber morgens trinkt er als Erstes Cola Light.« Sie waren Zimmergenossen, Grant, der Weißarsch aus Stockton mit seinem Wigger-Gehabe, und DeShawn aus L. A.

»Ich brauch das Koffein«, sagte DeShawn wie zur Entschuldigung.

»Trink Kaffee, Blödmann.«

»Schmeckt wie deine Mudda.«

»He«, sagte Grant. »Ich versuch, hier zu relaxen.«

»Du relaxt doch schon das ganze Semester«, sagte DeShawn, »mit deinen Geschichtskursen und Zeug. Ich denk nur noch an Wirtschaftsrechnen. Übermorgen ist Zwischenklausur, und ich soll heute Abend büffeln? Mein Gehirn fühlt sich an wie nach ein paar Stunden Hotboxing.«

»Wie ein Ballon, meinst du das? Als ob er nicht an deinem Hals befestigt wär?«

»Yeah.«

»Grants Kopf fühlt sich immer so an«, sagte ich. »Ich wette, er war in der Klasse der, der in der letzten Bank Kleber gegessen hat.«

»Er in der Grundschule mit seinen Segelohren«, sagte DeShawn. »Ich seh's vor mir.«

»Wieso Grundschule?«, sagte ich. »Ich sprech von letzter Woche.«

DeShawn und Grant *brüllten* vor Lachen, über den Tisch gekrümmt, und andere lachten mit.

Das war's – dieses Gefühl. Ich schaffte es, endlich irgendwo reinzukommen, ich gehörte zu diesen Jungs hier. Wir waren da draußen auf dem Spielfeld, blutend und zerschunden, und arbeiteten zusammen, und sie sagten, gut, den nächsten Pass mit bisschen mehr Schmackes, hierher durchstecken, oder wenn ich endlich ein paar Jumper versenkte, ja, mach das wieder, genauso – ich wusste, sie glaubten an mich. Sie sahen, wer ich war, wer ich sein würde.

Und zu Hause? Ich telefonierte seit Semesteranfang mit Mom und Dad, meistens auf der Couch, die wir unter unser Wohnheimhochbett geschoben hatten, avocadogrün kariert mit lauter Brandlöchern von Zigaretten. An der Wand gegenüber der Minikühlschrank. Das Kritzel-Kratzel meines Zimmergenossen Price, der seine Hausarbeit schrieb, er hatte keinen Laptop, genau wie ich, wir waren vielleicht die Einzigen hier, die keinen Computer hatten, irgendwie werd ich immer wieder dran erinnert, wo ich herkomme. Und ich redete am Telefon mit allen, Mom Dad Noa Kaui, nacheinander.

»Und? Wie ist das Wetter?«, fragte ich Dad jedes Mal, weil ich wusste, er riss so gern Witze darüber, dass ich mir den Arsch abfror, und dann sagte er: »Brah, es ist super, jeden Tag, am Wochenende waren Mom und ich und Kaui und

Noa am Strand, Sonne am Morgen und Regen in der Nacht, besser geht's nicht. Und wie ist es im Land des Shave Ice? Hast du schon an einem Laternenpfahl geleckt und bist mit der Zunge hängen geblieben?« Und dann kicherte er und sagte: »Nah nah nah. Erzähl mir, wie's läuft.«

Und dann erzählte er mir irgendeine Kleinigkeit, und dann kam Mom ans Telefon und erzählte auch irgendwas, aber beide kamen ziemlich schnell an den Punkt, wo's nur noch hieß, du müsstest sehen, was dein Bruder macht. Immer, bei jedem Telefonat, kam es dahin, egal, was ich machte. Sie sagten, selbst die Lehrer wüssten nicht mehr, was sie noch für Noa tun könnten, egal, ob Chemie oder Hawaiianisch oder Infinitesimalrechnung, er fegte durch die Leistungskurse an der Kahena, als wär's nichts. Er sei sogar im *Honolulu Advertiser* gewesen, wegen seinen tollen Noten im Studierfähigkeitstest, und jetzt würden sie mit dicken Umschlägen und E-Mails und Anrufen von Colleges bombardiert, und sie sollten ihn unbedingt jetzt schon Kurse an der Universität machen lassen. Wahrscheinlich, sagten sie, würde er nach Stanford gehen.

Diesen Teil des Telefonats hasste ich. Ich wollte ja wissen, was Noa machte, aber ich wollte es auch nicht wissen. Schon gar nicht das, seine Superleistungen an der Kahena, okay? Aber wenn Mom am Telefon war, ging's trotzdem meistens um irgendeinen Preis, den Noa kriegte, um seine neuen Spezialkurse oder was, aber sie redeten nie über diesen anderen Teil von ihm, den Teil, den wir alle noch nicht richtig begriffen. »Manchmal wüsste ich gern, was in ihm vorgeht«, sagte Mom. »Erzählt er dir was?«

Die ersten paar Male, die sie das machte – mich nach ihm fragen, als ob wir hinter ihrem Rücken miteinander reden würden wie normale Brüder –, dachte ich, dass sie keine Ahnung hatte, wie's zwischen uns war.

Einmal ging es mit mir durch. »Weißt du«, sagte ich, »ich glaub vielleicht nicht mehr so an das alles. Nicht so wie ihr.«

»Da gibt's doch nichts zu glauben«, sagte Mom. »Willst du etwa leugnen, was du mit eigenen Augen gesehen hast?«

»Ich red ja nicht davon, was da ist oder nicht«, sagte ich. »Aber wie kommt's, dass *ich* nie so was gefühlt hab? Wenn da Götter sind, warum sind sie dann nicht in uns allen?«

»Wo kommt das denn her?«, fragte Mom. »Sind das die Haoles? So hast du doch noch nie geredet.«

»Ich finde nur, ihr seht nicht die richtigen Sachen«, sagte ich. »Vollstipendium, Mom. Spieler von hier gehen beim NBA-Draft gleich weg. Jedes Jahr. Aber vielleicht seht ihr's ja dann, wenn ich den ersten fetten Scheck heimbringe.«

»Ich habe doch nur gefragt, ob Noa mit dir redet«, sagte Mom. Ich ließ es dabei. Vielleicht denke und fühle ich ja einfach nicht mehr so wie ihr, weil ich als Einziger darauf schaue, wie die Welt funktioniert, wollte ich sagen.

»Noa erzählt mir nichts Besonderes, Mom.« Was stimmte. Wenn er und ich am Telefon redeten – man hörte, dass Mom und Dad ihn dazu brachten –, ging's immer nur, hey, was geht, nichts, hab gehört, es gibt demnächst einen neuen Laborkurs an der Schule, jep, stimmt's, dass dein Team demnächst auf Roadtrip geht, jep, cool, hier regnet's, das nervt, ich wollte an den Strand, gibt's sonst noch was Neues, nah, bei mir auch nicht.

Aber: Da war immer dieses Zögern. Darum wusste ich, dass in ihm Sachen vorgingen, über die er mit keinem reden wollte. Aber ich schaffte es nie von da, wo ich jetzt war, zu ihm rüber. Ich weiß nicht, warum. Wenn ich jetzt noch mal zurückkönnte, ich würd diese Entfernung im Nu überspringen, und wenn's dafür irgendwelche schwuchteligen Weicheierworte bräuchte, so was wie eine Telefonumarmung. Wenn ich noch mal die Chance hätte, ich würd's tun wie nichts.

Bei diesen Familientelefonaten kriegte ich meistens Kaui als Letzte dran. Ich wette, Mom erpresste sie, so nach dem Motto, du gehst mir nicht in die Prince Kuhio Mall, bevor du nicht mit ihm gesprochen hast, aber ehrlich, mit ihr zu reden war der beste Teil. Überraschte mich echt.

Ich weiß noch, wie sie mal sagte: »Haben sie wieder dieses Ding gebracht, dich nach Noa zu fragen?«

»Yeah«, sagte ich. »Jedes Mal! Warum machen sie das immer?«

»Dean, ich schwör, ich hab manchmal das Gefühl, sie vergessen, dass ich überhaupt da bin«, sagte sie. »Haben sie dir erzählt, dass ich auf der Bestenliste der Kahena bin? Oder in der National Honor Society?« Sie war erst vierzehn oder so, aber ich dachte immer, boah, sie klingt, als wär sie schon aus dem Haus. Es war fast, als würd sie Hypothekenraten vergleichen und eine Packliste für eine Konferenz in New York abhaken, in der einen Hand ein Glas Wein und ein Sudoku, während sie mit der anderen mit mir telefonierte.

»Weiß nicht«, sagte ich. »Glaub schon.«

»Lüg nicht.«

»Was ist mit dem Hula?«, fragte ich, nur damit wir beide mal eine Minute nicht angepisst waren.

»Hula ist toll«, sagte sie. »Bin jetzt voll dabei. Wir hatten letztes Wochenende einen Auftritt im Ala Moana und haben demnächst einen im Hilton. Wir kriegen sogar Geld dafür, aber das müssen wir der *hālau* geben.«

»Klingt, als ob ihr hauptsächlich für Haoles tanzt«, sagte ich. »Gefällt dir das?«

»Ach, leck mich am Arsch, Dean«, sagte sie. »Ich wette, sogar *der* ist brauner als dein Gesicht jetzt. Ich schätze mal, vom kalten Wetter bist du schon ein totaler Haole, oder?«

»Nein«, log ich.

»Und ich wette, sie geben dir stargeile, enthaarte Mädchen, die deine Hausaufgaben machen.«

Ich lachte. »Hey, war nur ein Witz mit dem Haole-Hula«, sagte ich, obwohl sie recht hatte und ich recht hatte und wir es beide wussten. Jetzt, wo ich drüber nachdenke, find ich's ziemlich komisch, dass wir uns gegenseitig durchschauten und dass es uns beide ärgerte.

»Alles ist immer ›nur ein Witz‹, oder?«, sagte Kaui. »Außer, es ist keiner.«

»Bleib mal locker«, sagte ich, obwohl ich wusste, was in ihr war. Dieser Hunger, diese Wut.

Ich glaube, uns über Noa zu verständigen, und wenn auch nur ein bisschen, war schon mal was. Wir hatten das als was Verbindendes zwischen uns beiden, okay? Die meiste Zeit mochte Kaui mich nicht, und ich kann's ihr nicht verdenken, schon gar nicht später, als es an der Spokane scheiße lief und sie selbst von zu Hause weg war, auf dem College in San

Diego, da mochte sie mich noch weniger. Aber eine Zeitlang war's so: Wenn wir miteinander telefonierten, gaben wir ein bisschen voreinander an und bauten uns gegenseitig auf, was ja sonst keiner für uns tat. Und inzwischen ist mir klar, auch wenn ich das erste Kanu war, das in See stach, um das zu erreichen, was uns für unsere Familie möglich schien, kamen Kaui und Noa doch gleich hinterher.

Das erste Jahr in Spokane – yeah, ich fand mich ein und fing an, mit den anderen vom Team rumzuhängen, aber ich war immer noch der Ersatzmann für Rone, den startenden Shooting Guard, der der Mann war, auf den alle bauten, wenn Spiele eng wurden. Als die Sophomore-Saison anfing, tat ich, was ich konnte, um nicht sein Wasserträger zu sein, immerzu Kraftraum und Treppe und Box-Jumps, hatte ständig die Knöchelgewichte um, sobald ich nicht im Training war, ich kriegte schon Schwielen, da, wo sie beim Gehen scheuerten. War schon fast Tag und Nacht auf dem Feld oder an den Geräten, schwitzend und spuckend und blutend, immer das *Tschiep* der Sohlen auf dem polierten Boden, das fließende Ansaugen und Abwerfen, ich und der Ball. Aber immer noch wusste niemand, nicht das Team, nicht der Coach, was in mir steckte.

Und dann kam dieser Abend, an dem wir ein Heimspiel hatten, und sie nannten es Hawaiian Night, und jeder Fan kriegte einen Plastik-*lei* zum Umhängen, und an den Ständen gab's Rumpunsch und Ananas und beschissenes Kalua-Schwein. Als wir zum Warmmachen in die Arena kamen und ich sah, dass manche Leute auf den Tribünen es schon vorher gewusst hatten und billige Hawaiihemden aus dem Internet und Strohhüte trugen und diese blöden Drinks in der Hand hielten, wollte ich jedem Haole, den ich sah, eins in die Fresse geben.

Das steht alles so lebhaft vor mir, als ob ich das Spiel noch spiele, als ob das, was dann kam, immer noch jedes Mal in meinem Körper abläuft, wenn ich dran denke. An dem Abend spielten wir gegen die Duke, wichtiges Frühsaisonspiel, in dem wir allen zeigen wollten, was wir konnten, aber zur Halbzeit lagen wir zwölf Punkte hinten und waren am Abschiffen.

Als wir im Tunnel standen und drauf warteten, zum Warmmachen für die zweite Halbzeit rauszugehen, passierte was mit mir. Vielleicht war es wegen dem Iz-Song, der über die Anlage kam, oder wegen all den Hawaiihemden oder weil der Geruch von diesem Pseudo-Kalua-Schwein und Pōke in meinem Mund den Geschmack des echten Essens zu Hause wachrief, oder vielleicht war's auch was, was von den echten Hawaiianern auf den Tribünen ausging – es gab mehr in Spokane, als ich gedacht hatte –, oder es war einfach was in mir, was nur hochkam, weil ich wusste, wo ich herkam und worum's an dem Abend ging.

Keine Ahnung. Da war irgendwas in der Luft. Was Grünes, Frisches, Blühendes, ich schwör, ich roch die Inseln, so wie damals, als wir klein waren, im Valley, Farn nach dem Regen und die salzige Gischt am schwarzen Sandstrand. Es war fast, als ob da Stimmen in meinem Kopf chanten würden. Wieder dieses *Königsgefühl* in meiner Brust, alt und mächtig.

Ich kam aufs Feld und war überall gleichzeitig. All die anderen Spieler waren Ausfahrtschilder, an denen ich auf dem Freeway vorbeiraste. Ich stocherte ihnen den Ball aus den lahmen Fingern und machte Crossovers und Blitzangriffe und Hakenwürfe und Floater und Dreierwürfe so tief aus dem Feld, dass ich auch gleich aus dem Weltraum hätte werfen können. Alles ging rein. Als ob ich Kieselsteine in einen See werfen würde. Der Coach war wahrscheinlich sauer, weil ich fast nie passte. Ich machte die meiste Zeit Sololäufe übers ganze Feld, und ich schwör, irgendwann blieben alle von meinem Team und vom anderen Team einfach nur stehen und guckten. Und die ganze Arena so, da kommt er wieder.

Und dann die Schlusssirene, und wir gewinnen mit zehn Punkten mehr, und ich bin mitten in unserem hopsenden, brusttrommelnden Haufen. Und die ganze Arena johlt und brüllt, und alle vom Team schubsen sich und schreien sich ins Gesicht, und man fühlt den heißen Atem und die Spucke der Brothers, und alle so, wir sind die Sieger. Und später, als in der Kabine niemand mehr war und ich allein raus und über den Campus ging, überall dreckiger Schnee und nasse Backsteinwände, da war dieses Gefühl von den Inseln immer noch in mir, durchströmte mich wie Blut, obwohl die Luft so kalt war, dass mein Kopf dampfte und mein Atem wie Rauch war.

Danach ließ ich auf dem Feld nicht nach. Noch mehr Spiele liefen so. Und immer mehr Leute kannten mich. Schließlich war's sogar so: Wenn ich mit zu Hause telefonierte, redeten Mom und Dad viel über *mich,* und Mom sagte, dass die Leute nach mir fragten, wenn sie sie bei J. Yamamoto sahen, und dass die lokalen Sender über unsere Spiele berichteten und über mich, weil ich aus Hawaii war und jetzt so groß rauskam dort an der Universität, und dass viele Leute auf den Inseln schon von den Playoffs redeten und von dem Turnier, bei dem ich in den Draft kommen würde, und dass sie Dad bei der Arbeit am Flughafen auf die Schultern klopften und sagten, na, zufrieden mit dem Double-Double von Ihrem Sohn gestern Abend? Und die ganze Zeit, bei all den Spielen nach der Hawaiian Night, war in mir dieses mächtige Gefühl, das an dem Abend nach der Halbzeitpause erwacht war, wie so eine Art Hurrikan, und – selbst wenn's vielleicht nicht das Gleiche war wie bei Noa – ich wusste, es war riesig, stark genug, um meine Familie aus diesem beschissenen Haus in Kalihi rauszuhieven und uns alle wohin zu versetzen, wo es besser war.

7

KAUI, 2007

San Diego

Als ich Van das erste Mal traf, waren wir im schwarzen Maul eines Kanals, eine Achtelunze Koks zwischen uns, und sie fragte, ob ich was wollte. Ich war immer noch atemlos nach der Flucht von einer shitvernebelten, miefigen Hausparty, wo die Campus Safety aufgetaucht war. Van und ihre Freunde waren auch von dort abgehauen, und als sie mich dann auf dem Gehweg sahen, sagte Van, ich hab gehört, was du aufgelegt hast, und zu ihrer Freundin sagte sie, die Bitch hat Jedi Mind Tricks gespielt! Und die Freundin, Katarina, lachte auf eine Art, dass ihre Zähne feucht blitzten und ihr Lippenring glänzte. Sie waren zwei Haole-Mädchen und ein Vietnamese, der seinen Schwanz ausgepackt hatte, damit er sich von uns wegdrehen und platschend an eine Hecke pissen konnte. Katarina sagte, sie wollte, sie hätte diesem einen Typen ins Gesicht gepisst, der auf der Party permanent auf sie eingequatscht hatte, und Van sagte, das hätte dem Typen wahrscheinlich gefallen, und Katarina sagte, in dem Fall hätte ich ihm ins Gesicht geschissen, und ich wusste, ich hatte meine Leute gefunden, noch bevor sie meinen Namen kannten.

»Kaui?«, wiederholte Van, als ich ihn sagte. Sie war der

Mittelpunkt. Sie hatte so einen abgehackten Bob, und ihre Augen waren gelangweilt und gleichzeitig wie Glut, die jeden Moment ein Feuer entzünden kann. »Yeah«, sagte ich. »Vulkane«, sagte sie, »wütende Natives.« Und ich musste lachen. Auch deshalb, weil sie nicht sagte: *Ah, Blumenketten und so,* oder: *Surfst du,* oder: *Oh, die Früchte dort sind einfach phantastisch, ich mag anderswo gar keine mehr essen,* oder: *Ich möchte so gern mal nach Hawaii, wie konntest du nur von dort weggehen.* Van hatte stramme Arme wie ich, nur dass an ihren Muskeln hervorsprangen, sobald sie auch nur das Geringste damit machte. Katarina war die Weißeste, mit glattem schwarzem Haar. So dünn, als hätte jemand ein Nirvana-T-Shirt über einen Kleiderbügel gehängt. Der Pisser war Hao, vietnamesisch kompakt und angezogen wie zum Segeln, und während er sich abschüttelte, witzelte er, er sollte wohl anfangen, zu den Bierpartys Windeln zu tragen. »Aber mal im Ernst«, sagte Hao. »Hawaii – ich hab gehört, es gibt Teile der Inseln, wo's ein Sport ist, Weiße zu jagen?«

»Nur in der Grundschule«, sagte ich.

»Ich mag sie«, sagte Van zu niemand Bestimmtem. Ich war benebelt von vier Bier und konnte mich nicht erinnern, wie wir überhaupt von der Party weggekommen waren. Der Lärm und der Hundemauldampf der Party und dann die stille Nacht wie ein Laken, das mir jemand über den Kopf warf, und jetzt waren wir hier. Auf dem Betonufer vor dem Maul eines unterirdischen Kanals, das groß genug war, um einen Lastwagen zu verschlucken. Über uns sausten Autos den Boulevard entlang. Ich war dreitausend Meilen weit weg von Hawaii und von jedem, der was über meinen

Bruder wusste, und ich würde nie mehr die Schwester eines Wunders sein müssen. Und da war das Koks, säuberlich auf der Rückseite von Vans Handy.

»Das erste Mal?«, fragte Van.

»Keine Sorge«, sagte Katarina und machte den Anfang, beugte sich kurz drüber und sniffte. Richtete sich auf und sog Luft in sich rein, als tauchte sie grade aus dem Meer auf. Sie legte den Kopf ganz weit in den Nacken, so dass sie in den Himmel guckte, und streckte sich auf der Uferschräge aus. Drehte den zurückgelegten Kopf sachte auf dem Beton hin und her.

Van teilte wortlos eine neue Line ab, und Hao sagte: »Du oder ich?«, und mir wurde klar, dass er mich meinte. Ich sniffte das längliche Häufchen weg, das Van geformt hatte, und mein Blut schoss mir in den Kopf und explodierte zu Licht. Ein Glücksgefühl durchprickelte mich. Freundschaft, dachte ich. Liebe. So fühlt sich das an.

Irgendwo weit weg und direkt neben mir sagte Katarina: »Kommt, wir gehen durch den Kanal. Wir schaffen das. Los, Leute.« Ihr zähneblitzendes Grinsen. Ein Lachen irgendwoher.

»Durch den Kanal.« War ich das oder Van? »Kinderspiel.«

Und dann waren wir unter der Stadt, in dem gähnenden Kanal, und rannten johlend durch das Schwarz. Fuhren mit den Händen über endlosen Wellstahl, während unsere Füße durch Matsch platschten. Im Kopf sagte ich mir: *Da vorn irgendwo ist eine Biegung, wenn wir weit genug laufen, sehen wir Licht.* Aber der Kanal wurde nur noch dunkler, es roch nach Batterien und vergessener nasser Wäsche. So dunkel, dass meine Augen Sachen erfanden: rote und blaue Kugeln, die umherflitzten, wenn ich blinzelte. Trockenes Kratzen und Huschen an den Wänden vor uns, Tiere, die im Dunkeln abhauten. Immer das Gefühl, dass da gleich irgendwas war. Vielleicht eine Betonwand. Oder ein Drahtzaun, der zu einer Wand aus Dolchen wurde. Egal, sagte mein pulsender Körper. Wir rauschen einfach durch alles durch, wir sind nichts als harte Knochen und heiße Kraft. Lokomotiven. Was war das für ein Zug, in den wir uns so schnell verwandelt hatten? Er trug mich rasend schnell weg von Hawaii. Jetzt war jetzt. Und ja, das war's, was ich wollte: San Diego, ja. Goodbye, Inseln, Götter, Mythos Nainoa.

Wir machten das in jenem Jahr noch oft. Wir fanden nie das andere Ende, aber wir fanden immer wieder zurück.

Ich war bei den Ingenieuren oder jedenfalls bei denen, die welche werden wollten. All die Bücher, Ziegelsteine von Büchern mit seitenlangen Gleichungen. Sie fraßen sich in meinen Rücken, wenn ich sie im Rucksack hatte, und die Titel waren so tiefschürfend und supersexy wie *Grundlagen der technischen Thermodynamik*. Außerdem war ich permanent in Laboren, Räumen mit holzgetäfelten Wänden, alten Bechergläsern und abblätternden Schautafeln mit den wichtigsten physikalischen Formeln. Und Jungs. Immer und überall Jungs. Ganze Unterrichtsräume voll Jungs, manche gebaut wie Teddybären, andere wie Baumeidechsen. Immer auf dem Sprung, ihre Meinung rauszutröten, sich gegenseitig ihr Wissen an den Kopf zu werfen. Ich vermute mal, Ingenieurwissenschaften zu studieren könnte alles Mögliche bedeuten, aber für mich bedeutete es vor allem, wo zu sein, wo zwanzig Typen und drei Mädchen waren. Ich musste immer mit stählernem Rückgrat reingehen. Sei die knallharte Bitch, sagte ich mir. Und dann war ich's.

Manchmal saß ich bei den anderen beiden Mädchen – Sarah, Lindsey –, aber wenn wir drei zusammen waren, fühlte sich's an, als täten wir's alle nur, weil wir mussten. Und nach ein paar holprigen Gesprächen? Sie waren so haole – Idaho oder North Dakota oder was –, dass klar war, sie hatten noch nie so nah bei jemand Braunhäutigem gesessen. Hieß, ich war auf mich allein gestellt, aber egal, war mir ganz recht. Bis nach ein paar Wochen die Gruppenarbeit losging, und weil ich die Mädchen hatte abblitzen lassen, landete ich in einer Gruppe mit lauter Jungs.

Gruppenarbeit in meiner Erinnerung: Phillip, der so total auf den Klang seiner eigenen Stimme abfuhr, immer als Erster die angebliche Lösung verkündete. Wir übrigen stumm am Tisch, während er schon schwungvoll das letzte Blatt vollkritzelte. Ich machte die Hausaufgaben immer für mich – nur so war ich sicher, dass ich alles verstand –, deshalb gerieten er und ich permanent aneinander. Es erinnerte mich an Nainoa, die Art, wie er, wenn wir miteinander diskutierten, auf alles eine Antwort hatte, einfach plattwalzte, was auch immer ich sagen wollte, bis unsere Argumente zu gehässigen Bemerkungen und billigen Hieben in die Schwachstellen des anderen verkamen.

Bei der Gruppenarbeit lief es etwa so: »Falscher Reibungskoeffizient«, sagte ich. Preston oder Ed seufzte, und dann Auftritt Phillip.

»Nein, ist es nicht«, sagte er.

»Schau mal«, sagte ich und schrieb die Gleichung noch mal hin, erklärte, warum die Endgeschwindigkeit, die er ausgerechnet hatte, unter den gegebenen Bedingungen nicht stimmte.

Und wenn durch meine Argumentation klar wurde, dass ich recht hatte, kam Phillip damit, dass das, was ich ursprünglich gesagt hatte, nicht richtig formuliert war und dass er sich deshalb *eigentlich* auf was anderes bezog. Oder dass er meinte, ich hätte die Gleichung nicht richtig ausbalanciert, nicht, dass das Endergebnis falsch sei. »Dein Rechen*weg* war falsch.«

Manchmal konnte ich ihn einfach so lange zermürben, bis er nicht mehr abstreiten konnte, dass ich recht hatte. Aber dann kam Phillip mit einem »Ganz ruhig«. Die Hände hoch, als ob ich eine Pistole auf ihn richtete. »Du musst nicht gleich überreagieren.« Und Preston oder Ed zuckte mit den Schultern, und das Schulterzucken fühlte sich an wie ein Nicken, und dann wollte ich ihnen allen ins Gesicht furzen.

»Dieses Wochenende kommt *Call of Duty 4* raus«, sagte Preston einmal als so eine Art Waffenstillstandsangebot. Oder vielleicht war's auch dieser andere Typ aus der Gruppe. Gregory? Ist auch egal, wer es sagte. Jeder von ihnen konnte jederzeit so was sagen. Ich meine, sie rochen sogar alle gleich. Käse, den ein Hund abgeleckt hatte und der dann über Nacht draußen geblieben war.

Ich seufzte. »Was«, sagte ich, »ist *Call of Duty*?«

Stille. Das Gefühl, dass sie alle froh wären, wenn ich nur rausgehen und nie wiederkommen würde.

»Ich hol's mir auf jeden Fall«, fuhr Preston fort. »Ich stell mich heute Nacht vor dem Best Buy an.«

»Wer nicht?«, sagte Phillip freudig erregt.

»Ich«, sagte ich.

Wieder Stille. Ein Stuhl schrappte, der Kreis schloss sich ein bisschen enger, und ich war außen vor. Ich dachte, bitte, nur zu, Jungs. Aber nicht so Ed. Ed der Beherzte. Er nutzte seine Chance, als die anderen die Köpfe zusammensteckten. Kam rüber und setzte sich neben mich. Sein fliehendes Kinn und seine fruchtpunschroten Lippen. »Kaui«, sagte er, als hätte er das Wort vor dem Spiegel geübt. Er beugte sich näher zu mir und nickte. »Ich kaufe mir *Call of Duty 4* auch nicht.«

»Gott, Ed«, sagte ich. »Ich lass dich meine Vagina nicht anfassen.«

So viele Tage saß ich über meinen Lehrbüchern, in einem verborgenen Winkel der Bibliothek. Schwacher Geruch von muffigem Papier, Holzleim und kaltem Stahl. Ich zerknautscht von zu wenig Schlaf, mit brennenden Augen vom vielen Lesen. Und wenn ich den Kopf hob, wurde mir klar, dass ich seit Ewigkeiten nicht mehr Hula getanzt hatte.

Ich dachte, hier gäbe es bestimmt keinen Hula, gab es aber. In San Diego waren massenhaft Hawaiianer, weil's ja der Ort war, wo man den Inseln am nächsten sein konnte, ohne in den Pazifik zu fallen. Als ich sie erst mal suchte, fand ich sie. All die Kids im Hawaii-Club der Uni. Sie machten in den schönen Monaten des Jahres Hula auf dem Campusplatz, und es wäre so leicht gewesen dazuzugehören. Ihre *hapa-*

hawaiianische, japanisch-portugiesisch-tonganisch-hawaiianische, spanisch-koreanisch-hawaiianische Haut unter abgetragenen Hoodies von Highschools, deren Ruf ich kannte. Maina-Lachen und *Nah, echt jetzt, heut Abend gibt's Musubi* oder *Hast du die neue Platte von Jake Shimabukuro gehört, echt irre, yeah*, und Schuhe ausziehen im Wohnheimzimmer, bocha *am Abend, natürlich*, und all die anderen Sachen, die so sehr Teil von mir waren wie meine Knochen, sich jetzt aber irgendwie falsch anfühlten.

Garantiert kannten sie Nainoa oder Dean, die ganzen Legenden, mit denen ich nichts zu tun haben wollte. Wenn ich mit diesen Kids zusammen wäre und Hula machen würde, was dann? Das alte Hawaiileben würde wieder in mich reinschlüpfen wie eine Schlaftablette. Mich runterbremsen, bis ich nichts mehr war als auch so eine aus dem Club. Wieder nur noch sein Schatten in Schwesterngestalt.

Aber dann kam das Klettern: der Tag, an dem Van in der öden, stickigen, nach Pfannkuchen riechenden Mensa zu Katarina sagte: »Ich wette, sie kann klettern. Was meinst du?« Und Katarina sagte: »Finden wir's raus.«

Vans Freund hatte einen Wagen, den er billig gekriegt hatte. Eine japanische Klapperkiste, Baujahr sonst wann. Die Stoßstange mit Isolierband geflickt und mit Draht befestigt. Die Gurte allesamt durchgewetzt oder -gesäbelt oder -gekokelt, ein Radio, das klang wie ein elektrischer Stuhl. Sitzbezüge, die ungefähr so rochen wie Achselschweiß. Aber das Wichtige war, dass der Wagen vier Sitze hatte und einen Kofferraum, in den unser Kletterzeug passte, und dass es diesen Gemeinschaftsschlüssel gab, den der Freund immer irgendwo hinterließ wie den Schatz bei einer Schatzsuche, und wenn man ihn fand, konnte man das Auto nehmen. Wenn es noch auf dem Parkplatz war und nicht abgeschleppt.

Es war noch auf dem Parkplatz. Wir fuhren nach Norden. Es war ein goldener kalifornischer Morgen, ganz früh. Wir hatten die Fenster runter, wie in Hawaii, und unser Haar wippte im Wind, außer Haos, weil seine wirblig abstehenden Borsten zu kurz und zu steif waren, um sich groß zu bewegen. Wir blieben die ganze Zeit auf der linken Spur, und die Plakatwände und die stacheldrahtumzäunten Grundstücke und die immer gleichen, öden Einkaufszentren glitten vorbei. Und die beige und silbrig grünen Hügel. Bis Van blinkte und von der Interstate 5 abfuhr, und erst, als ich in der Ausfahrtsschleife die Gewichtskräfte im Bauch spürte, ging mir auf, dass wir die ganze Zeit mit über neunzig Meilen gefahren waren.

Adern von zugeteerten Rissen in der Straße plus pinkgoldener, smoggiger Sonnenaufgang plus stachlige, schlaffe Palmen und flache braune Rechtecke von ungenutztem Land. Van nahm zwei verkehrte Straßen und fuhr an einem klapprigen Maschendrahtzaun entlang, hinter dem sich zwei geifernde Pitbulls einen abbellten.

Katarina und Hao neckten sich wie bescheuerte Geschwister. Katarina behauptete grade, Hao würde sich einen runterholen, während er Boybands im Radio hörte. Hao erklärte, er wichse nicht, er lerne nur die Dance Moves. Was sie auf mich brachte, den Hula, o Gott …

»Sind wir bald da?«, rief ich Van zu.

»Okay, okay«, sagte Van. Plötzlich wurden wir alle von Schlaglöchern durchgerüttelt. Schotter knirschte unter den Reifen. »Wir sind da-aa«, verkündete Van. Sie riss das Steuer nach rechts und legte eine Schleuderbremsung hin. Die Staubwolke holte uns ein, und als sie sich verzog, war vor uns die dunkel verfärbte Hülle eines Getreidesilos, Reihen von Zylindern, die irgendwelche Industrieflüssigkeiten weinten, skelettartige Kranarme und etwas Gerüstartiges hinter den Speichern. Ein kleiner Schwarm Krähen flog krächzend auf.

Und dann waren wir drin. Unten war das Silo ein Gewirr aus vernieteten Stahlträgern und Lichtstrahlen, riesigen Rohrmuffen und, in dem zugwaggonförmigen Mittelgang, Schienen für irgendwelche Transportwagen, die hier mal gefahren waren. Es war unfassbar, wie heilig sich die Luft anfühlte.

Zuerst standen nur Van und ich dort drin, Hao und Katarina kamen ein Stück hinter uns. Vans Atemzüge klangen flach und gleichmäßig, während sie sich im Kreis drehte, um alles in sich aufzusaugen. Sie machte einmal leise *Wuhuu*. Ihr Gesicht leuchtete. Ich sagte okay, passt, nur dass ich nicht das Klettern oder das Silo meinte. Aber das sagte ich ihr nicht. Ich sagte ihr nicht, wie sehr ich das wollte, was jetzt gerade passierte. Rings um uns rum waren so viele Winkel und Kanten und stumpfe Ecken und Stellen, an denen man sich festhalten und hocharbeiten konnte.

»Manchmal kann ich an nichts anderes denken«, sagte sie. Sie deutete mit dem Kinn zu Hao und Katarina hin, die jetzt reinkamen. »Ich liebe die beiden«, sagte sie. »Mal sehen, ob du mithalten kannst.«

»Du kannst mir sagen, wie mein Arsch in diesen Jeans aussieht, wenn du mich von unten siehst«, sagte ich.

Sie lachte. Wir sahen uns an. Nimm ein Streichholz, halt es an die Reibefläche, zieh es drüber. Irgendwo auf der mikroskopischen Ebene sind da ganze Welten von heißem Licht, das sich sammelt und an den Streichholzkopf springt. So war das mit uns.

»Okay, Hula-Girl«, sagte sie. »Lass krachen.«

Wir kletterten los. Zuerst nur Van und ich, geradewegs unsere Eisensäulen rauf. Wir krallten uns an den Vorsprüngen fest, benutzten unsere Gummisohlenfüße wie Pfoten, tanzten und stemmten und zogen uns zusammen aufwärts. Unterwegs dann verteilten wir uns, alle vier, entfernten uns grunzend und klappernd vom Boden, kletterten in den Rippenkorb dieses toten Stahlriesen hinauf. Richtung Herz. Ich arbeitete mich näher an Van, Katarina und Hao heran. Ich wollte, dass wir zusammen waren, wollte, dass sie mit mir dieses große namenlose Etwas fühlten, in dem wir jetzt waren, eine Stille wie die Gegenwart unseres ureigenen Gottes.

Ich telefonierte mit meinen Eltern, aber ich hasste es. Sie hielten mich zwischen zwei Orten fest. Halb hier, halb da und nirgends wirklich hingehörig. Aber in diesem Hin und Her zog Hawaii allmählich den Kürzeren. Ich spürte schon fast, wie die Sonne, der Sand und das Salz von Hawaii von mir abfielen.

»Wie ist es in Haole-Land?«, fragte Dad, seine Lieblings-eröffnung am Telefon.

»Niemand duscht, und das Essen ist ätzend«, sagte ich.

Und prompt kicherte Dad am anderen Ende los. Ich konnte seine Lachfältchen schon fast hören. »Wusst ich doch!«, sagte er. »Ich hab's ja gewusst. Das verdammte Festland und seine stinkenden Haoles. Also, wie steht's, gehört dir jetzt der Campus oder was?«

Also interessierst du dich doch für mich, Dad, dachte ich. Vielleicht ja wenigstens ein bisschen.

»Weißt du«, sagte ich. »Ich raube jetzt am Wochenende auch noch Banken aus.«

»Davon red ich ja«, sagte Dad – zu mir und zu Mom, die irgendwo in der Nähe war. »Wär gut, wenn du's tust, bei den Rechnungen, die sie uns verpassen.«

Ich wollte sagen, dass ich auch für den Studienkredit unterschrieben hatte, nicht nur er. Dass manche hier gar nicht auf Kredit studierten oder, wenn doch, das Geld ausgaben, als wär die Zukunft eine sichere Sache. Neue Laptops und Abendessen in Restaurants und die Sorte Apartment, wo die Einbauschränke skandinavisch schick waren. Während ich mit gescannten Seiten arbeitete oder mit geklauten Bibliotheksbüchern, bei denen ich den Magnetstreifen entfernt hatte. Bei McDonald's das Dollarmenü auf vier Patties aufstockte, um genug für die halbe Woche in unserem Minikühlschrank einzulagern, und danach an den Abenden, an denen es spät wurde, mit Stäbchen Instantsaimin in mich reinschaufelte. Ich vergaß nicht, wo ich herkam und dass sich allein schon die Studiengebührenrechnung jedes Semester anfühlte, als hielte ich ihnen eine Pistole an den Kopf. Und mir auch.

Ich presste die Kiefer so fest aufeinander, dass mir die Zähne wehtaten. »Ich weiß, Dad, glaub mir, ich weiß es.«

»Die Leute heutzutage«, sagte Dad. »Als ob alle drauf aus sind, so viel Geld wie möglich aus einem rauszuholen. Als ob sie andauernd feststellen, dass sie den Preis ein bisschen höherschrauben könnten, und es dann tun.«

»Und? Läuft es gut zu Hause?«, sagte ich. »Macht ihr immer noch euer Ding, Mom und du?«

»Was? Meinst du Sex?«, fragte er. »Yeah, wir treiben es immer noch. Grad gestern Abend ...«

»Dad ...«

»Nein, im Ernst jetzt, grad gestern Abend waren wir zur Happy Hour in der Osmani Bar, und ich so, Babe, auf dem Parkplatz sieht keiner was und ...«

»Dad! Ich leg auf, ich schwör's.«

Er lachte und lachte. »War nur ein Witz! Mann, sind da drüben alle verklemmt. Uns geht's gut, Kaui, uns geht's gut. Was soll ich sagen? Schuften uns eben den Arsch ab. Preis für das Leben im Paradies und so. Ist nun mal unser Zuhause.«

Wir redeten noch ein bisschen weiter, über Nachbarn, über Leute, die ich von der Highschool kannte und die Dad manchmal am Flughafen traf, weil sie bei der Security waren oder am Ticketschalter oder Flugbegleiter. Es gab so ein Fortbildungsprogramm, in das er reinzukommen hoffte, um zum Flugmechaniker aufzusteigen. »Die Leute da haben alle echt was drauf«, sagte er. »Marines und so. Ich hätte zum Militär gehen sollen.«

»Um dich von Haoles mit Skinheadfrisur anbrüllen zu lassen, sechs Jahre lang oder was? Das glaubst du doch selbst nicht, Dad.«

»Hätt aber die Welt sehen können«, sagte Dad. »Was Richtiges lernen, okay? Dort lernt man zumindest was.«

»Yeah, man lernt, andere braunhäutige Leute zu erschießen«, sagte ich.

»Okay, okay«, sagte Dad. »Verstehe, du weißt alles, jetzt, wo du ein, zwei Semester auf dem College warst, yeah, alles klar. Ich hab dich lieb. Hier ist deine Mutter.«

Das Telefon wurde weitergegeben.

»Bei dir läuft's gut«, sagte Mom, nicht gerade als Frage.

»Klar«, sagte ich. »War letzte Woche mit Van und denen ganz toll klettern.«

»Klettern«, sagte sie. »Du glaubst doch hoffentlich nicht, dass du nur dort bist, um Spaß zu haben.«

»Das hab ich grade alles schon von Dad gehört«, sagte ich. »Ich weiß, wozu ich hier bin.«

Sie räusperte sich. »Wie ist das Studium?«

»Schwer«, sagte ich. »Aber Ingenieurwissenschaften gefällt mir.«

»Gut«, sagte sie. »Wenigstens studierst du nicht, keine Ahnung, Geschichte des amerikanischen Comics oder was.«

»Stimmt.«

»Schläfst du auch genug? Isst du genug?«

Wenn ich mir's leisten kann, wollte ich sagen. Aber ich wusste schon, wo das Gespräch hinging. Es war egal, was ich sagte, also sagte ich nichts, damit wir schneller dahin kamen, wo wir hinkommen würden.

»Hast du in letzter Zeit mal mit Noa gesprochen?«, fragte sie. Da. War noch schneller gegangen, als ich gedacht hatte.

»Ähm, kann sein«, sagte ich.

»Wie geht's ihm?«

»Hast du nicht grade erst mit ihm geredet?«

»Doch, haben wir«, sagte Mom. »Aber du weißt ja, Kinder sagen ihren Eltern nicht immer alles.«

Wenn du wüsstest, Mom, wollte ich sagen. Ich habe das Mitternachtsgedränge in einem Strip-Club erlebt. Van, Hao, Katarina und ich sind mehr so aus Jux hingegangen, aber es zog uns trotzdem total rein, die roten Lichter, der Schweiß und die harten Beats. Wenn du wüsstest, wie oft ich blau oder stoned oder zugekokst war und Mühe hatte, nicht über meine eigenen tauben Beine zu fallen, wenn ich durch spätnächtliche Straßen ging. Oder dass ich wenigstens ein paarmal ohne Seil in eine Höhe geklettert bin, aus der man einen Sturz nicht überleben würde, nur ich und die Luft und der Tod.

»Keine Sorge«, erklärte ich ihr. »Bei uns läuft's gut.«

»Das will ich hoffen«, sagte sie. »Wir haben eine Menge dafür getan, das alles zu ermöglichen.«

Sie musste es mir unter die Nase reiben, klar. Zu den Jungen sagte sie so was nie, nur zu mir. Als ob ich mich schuldig fühlen sollte, weil ich zu hoch hinaus wollte, während sie nur verwirklichten, was in ihnen steckte. »Ich weiß, Mom«, sagte ich.

»Wir vermissen euch alle«, sagte sie.

Und ich sagte, ich vermisste sie auch – was stimmte. Aber das Gefühl war anders, als ich erwartet hatte. Weniger heftig, würde ich sagen. Und es wurde immer schwächer.

8

NAINOA, 2008

Portland

Ich wusste, welches Haus es war, obwohl ich es noch nie gesehen hatte, hätte es auch gewusst, wenn die beiden Polizeiautos nicht davorgestanden hätten, sie waren derzeit alle gleich, die Häuser, in die wir mussten: mit Bettlaken verhängte Fenster, Müll am Fuß der Wandverschalung, ölige Motorteile auf dem fleckigen Rasen.

»Reizend, was sie aus dem Haus gemacht haben«, sagte Erin und legte den Parkgang ein. Sie schaltete auf Standlicht, und wir zogen jeweils ein frisches Paar blaue Latexhandschuhe aus der Packung. Ich ging nach hinten, den Rucksack holen, sie ging zu dem Polizisten auf der Eingangsveranda, sprach in gelangweiltem Ton mit ihm, bereitete sich auf die offenbar traumatisierten Schädel drinnen vor.

Die Funkgeräte knatterten, ansonsten war es still. Der Beamte auf der Eingangsveranda verbeugte sich und stieß die Tür mit dem Fuß auf. »Einer ist im Wohnzimmer beim Kamin«, sagte er. »Der andere hat anscheinend noch in der Küche gekämpft, bevor er aufgegeben hat.«

Erin ging die knarzenden Stufen rauf, durch die offene Tür. Plastikgeruch wie von alten Windeln, heiße Luft. Ich folgte ihr auf dem Fuß.

Das Licht drinnen war trüb, der alte Holzboden schartig und verkratzt. Deckenleisten und nackte Glühbirnen. Vor einem schmuddeligen Ecksofa lag der erste Patient, knochendürr und fahl, und ein Polizist war über seinen Oberkörper gebeugt und bearbeitete ihn mit Herzdruckmassage.

Erin kniete sich neben den Polizisten, und er verstand, zog die Hände weg, als wäre es Zeit, sie zu waschen. »Der Zweite?«, fragte Erin, noch während sie mit der Herzdruckmassage begann, und der Polizist deutete mit dem Kinn Richtung Küche. Ich ging um die Ecke, in den Gestank, es war, als hätte eine Katze in einen gammligen Kühlschrank gepisst. Die Wand überm Herd war schwarz wie von einem Bombenbrand, der Fußboden eine Landschaft aus ausrangiertem Kochgeschirr, Müllsäcken, organischem Abfall, und in der hinteren Ecke beim Kühlschrank bugsierte ein dritter Polizist ein grauhaariges Gerippe von Meth-Junkie auf einen Küchenhocker.

Der Junkie atmete, als wäre er gerade dem Ertrinken entronnen, aber er atmete. Verfilzter Ziegenbart, das Gesicht mit blutigem Schorf gesprenkelt.

»S'n das für 'ne Party«, sagte er.

Ich war verwirrt und wandte mich an den Polizisten. »Sieht doch ganz lebendig aus«, sagte ich.

»Ist ja das Problem«, sagte der Polizist. Seine Nase war rot und geschwollen, als hätte er eins draufgekriegt. Er zerrte den Junkie am Schlafittchen in eine bessere Sitzposition.

»Sonst noch irgendwelche Probleme?«

»Meine Hypothekenraten, meine Kinder, Ihre Fragen«, sagte der Polizist. Er schien zu warten, dass ich wegging.

»Vielleicht schauen Sie mal nach seinem Freund im Wohnzimmer.«

Doch ich war schon auf dem Weg, und jetzt erst sah ich den Baseballschläger auf dem Boden, das Griffband schwarz von Handschweiß, das andere Ende rötlich und mit Haaren verklebt. Überall lagen zusammengeknüllte Hamburgerverpackungen, in der hinteren Ecke lehnte wie besoffen ein leeres Bücherregal, und Erin arbeitete an dem Typen mit der Schlagverletzung, Paddles in den Händen. Der Patient lag immer noch auf dem Rücken, das linke Bein komisch seitwärts gebeugt. Augen geschlossen, Lippen blau.

»Hey, Inspector, willst du mal mithelfen?«, sagte Erin, die Paddles erhoben, und ich hatte schon so eine Ahnung. Ich kniete mich hin, und da war kein Puls, nicht an der Karotis, nicht an der Ulnaris.

»Defib nützt nichts, weil das Herz nicht schlägt«, sagte ich. Schweiß- und Uringestank jetzt, sein verdrecktes Shirt schon hochgezogen, ein Klecks Gel auf den Rippen, einer auf dem Brustmuskel.

»Nicht mehr«, sagte sie und ließ die Paddles sinken. »Puls war da.«

»Jetzt ist er weg«, sagte ich.

»Ich weiß.«

»Atemwege frei?«

»Arsch«, sagte sie. »Ich bin doch nicht blöd. Das war der Baseballschläger.«

»Vielleicht auch die Drogen«, sagte ich. »Versuchen wir's noch mal.« Ich verschränkte die Finger, setzte den Handballen auf sein Brustbein und drückte, passte auf, dass ich nicht

132

auf den Schwertfortsatz kam, wegen der Blutung, die es auslösen konnte, wenn er abbrach. Sein Körper: Zuerst war er einfach nur er, ein Mann, aber meine Augen verengten sich und meine Zähne pressten sich aufeinander, als ich seinen Brustkorb komprimierte, das oxygenierte Pumpen von allem, was sich in ihm bewegte, und dann fühlte es sich an, als würde ich auch das Gehirn zusammenkneifen. Er war der Er, den ich sah, aber auch ein Er, den ich fühlte: Ich fühlte das Gewebe seiner Haut und die buttrigen Fettklumpen darunter, das Innehalten und Vorwärtsstürmen von etwas, das nur sein Blut sein konnte, das alles nur ein Gefühl, nichts, was ich sah. Da waren noch andere konfuse Wahrnehmungen tiefer darunter, aber die stärkste war ein überschäumendes Verlangen, die Gier seines Körpers, sich wiederherzustellen, doch auch das kam und ging so schnell, dass ich gar nicht alles voneinander trennen konnte. Ich fühlte Farben, das Schmutziggelb von methgeschürtem Hass, das durch seine Adern brauste, dann die ungleichmäßig roten Erinnerungen an Wut, die in seinem Schädel erschienen und wieder verschwanden wie Gewitterwolken, eine Farbe, die ich schon oft gefühlt hatte – und bei alldem die Realität meiner Hände, die seinen Brustkorb zusammendrückten und Blut durch seine Hülle pumpten. Ich kniete, über den Patienten gebeugt, die Hände auf seinem Brustbein, ließ mein Gewicht darauffallen und wieder zurückfedern, eins, zwei, drei, vier, fünf, sechs, sieben und so weiter, immer weiter. Das leise Knacken der bereits gebrochenen Rippen kam mit der Regelmäßigkeit eines Uhrwerks. Etwas erzeugte einen Funken, es waren sicher nicht die Kompressionen, es war die Tatsache, dass ich wie immer, wenn ich so was machte, suchte und spürte und zu verstehen versuchte, was der Schaden *war*, während ich gleichzeitig verstand, was dieser Körper *sein sollte*. Etwas hatte wohl schon begonnen …

Erin sprach meinen Namen wie einen Chant, die Finger in meinen rechten Deltamuskel gehakt, und ich begriff, dass sie mich schüttelte. Wie ich sie angesehen haben muss, als ich die Hände von dem Körper nahm.

»Du machst das jetzt schon fünf Minuten, Superheld«, sagte sie. »Keine Veränderung. Wir müssen ihn abtransportieren.«

Ich atmete schwer, so wie sie vorhin, und ich fühlte die kühlen Schweißflecken auf meinem Rücken und meiner Brust. Aber der Körper des Junkies war reglos; es war zu Ende, ja. Die Polizisten sahen zu, wie wir uns aufrichteten, der Moment der Stille, an dem jeder versteht, was Sache ist.

»Abtransport«, sagte Erin wieder.

Sie verschwand und kam mit der Rolltrage wieder, bugsierte sie mit einem der Polizisten die Eingangstreppe rauf, ein metallenes Scheppern auf jeder Stufe. Ich machte noch weiter Herzdruckmassage, bis wir ihn auf die Trage hoben, dann die Treppe runterbrachten und ins offene Heck des Rettungswagens. Erin stieg mit hinten ein, und ich war gerade dabei, eine der Türen zu schließen, als der Patient sich ruhig aufsetzte, Erins Plastikbeatmungsschutz ausspuckte und sagte: »Halleluja.«

Wir erstarrten: Erin, die Hand nach der noch offenen Tür ausgestreckt, ich im Begriff, die andere zu verriegeln. So glotzten wir von dem Ende des Transportraums, an dem wir waren, auf den Auferstandenen am anderen Ende. Selbst auf diese Entfernung konnte ich sehen, dass seine Haut nicht mehr gelblich blau war, sein Gesicht weniger faltig, sein Haar dicker, es war, als wäre er um fünfzig Jahre verjüngt. Er sah mit einem Wort gesund aus. Er krümmte sich vornüber und erbrach einen Schwall auf das schneeweiße Laken über seinem Schoß.

Sein Mund war schlaff. Er blickte auf seine Kotze, sah dann wieder uns an und wischte sich das Kinn mit dem Handgelenk ab. Blickte dann wieder auf seinen Schoß, wo das Laken jetzt eine Pyramide mit einem dicken Knubbel an der Spitze bildete.

»Ich glaub, ich hab einen Ständer«, sagte er. »Was ist passiert?«

Es war unser letzter Einsatz für diese Schicht. Wir waren uns nicht mal sicher, ob wir ihn überhaupt ins Krankenhaus bringen sollten, alle Vitalzeichen plötzlich perfekt, nichts zu vermelden. Und was hätten wir schon sagen können, was uns nicht beide sofort auf die Psychiatrische gebracht hätte? Aber es schien noch schlimmer, ihn dazulassen, bei den Polizisten, die bereits den anderen Junkie hinten in ihr Auto verfrachteten, es eilig hatten, ihn loszuwerden und wieder an ihre Schreibtische und ihre Berichte zu kommen. Also brachten wir den Auferstandenen mit einer Ein-Mann-Polizeieskorte ins Krankenhaus und berichteten in der Notaufnahme kurz, was Sache war, worauf die sagten: »Wenn er nicht tot ist, kann er warten wie alle anderen«, und Erin sagte: »Gott sei Dank«, und der Junkie haute jeden, der im

135

Warteraum an uns vorbeikam, um Zigaretten an, bis eine Schwester »Herrgott, Schluss jetzt« sagte und eine einzelne Zigarette aus einem Tisch hinter dem Anmeldungsschalter zutage förderte und dem Junkie in die Hand fallen ließ wie einem Hund ein Leckerli ins Maul. Erin und ich gingen wieder zum Rettungswagen und sahen das gequälte Gesicht des Polizisten mit der blauroten Nase, als ihm klar wurde, wie lange er jetzt noch zuständig sein würde. Wir unterschrieben die Papiere und fuhren davon.

Auf der Rettungswache reinigte Erin das Fahrzeug und überprüfte die Ausstattung, so laut es nur ging. Sie sagte kein Wort, aber das geräuschvolle Handling von Tape-Rollen, Kleiderscheren und Intubationstaschen, Reiß- und Klettverschlüssen war deutlich genug. Kommt jetzt das wieder, dachte ich. Also wartete ich, hinter der offenen Hecktür ans Fahrzeug gelehnt, und hörte sie mit einem Schlauch herumfummeln, dann das Rascheln einer Nylontasche.

»Ich setz mich mal rein«, sagte ich, als wäre die Tür nicht da. »Vielleicht auf einen schnellen Müsliriegel oder was.«

Sie beugte sich um die Tür herum. »Geh und mach dein Ding.« Sie wedelte mich weg. »Wie immer.«

»Wenigstens einen Kaffee?«, sagte ich. »Du siehst müde aus.«

»Du auch.«

»Ich bin aber nicht müde«, sagte ich.

»Oh, klar, ich vergaß, Mr Unbesiegbar.«

»Hab ich dich irgendwie geärgert?«, fragte ich. Ich musste immer der Erwachsene sein, obwohl Erin zwei Jahre älter war als ich.

»Ich wusste, dass der Junkie keinen Herzschlag mehr hatte«, sagte sie. Sie verschwand wieder hinter der Tür, machte dann eine Schließe zu, das Klicken hallte in der morgenstillen Garage. Wir waren gerade allein, weil die anderen Rettungssanitäter und -assistenten alle in der Umkleide oder in der Küche waren. »Und ich wusste, dass es ein Risiko für die Oberschenkelarterie war, als wir den Biker rausgezogen haben«, fuhr sie fort, »und ich wusste, dass wir dem hypoglykämischen Alki kein Insulin geben durften. Aber du warst schon wieder in Action.« Ich verschränkte die Arme und wartete, es war immer besser, sie erst mal überkochen zu lassen, es hatte sogar was Vergnügliches, fast als könnte man ihre Wut schmecken, wenn sie richtig in Fahrt kam, wenn sie mich eine *rotznasige Bücherratte* oder einen *neunmalklugen Mansplainer* nannte, mit meiner ewigen Besserwisserei und meinen klugscheißerischen Erklärungen, sie sei schon so viel länger dabei und warum ich mir das nicht endlich mal merken könne. Sie stieg aus dem Wagen.

»Du musst immer zu allem was sagen, oder?«

»Nur, wenn ich recht habe«, sagte ich.

»Da hast du's«, sagte sie. Sie sah mich jetzt endlich an, ihre Wangen glühten, und an ihrem Hals zuckte und pulste es. Ihre Augen hatten blutgussfarbene Ringe. »Wann haust du endlich ab und fängst mit dem Medizinstudium an?« Sie marschierte los, zum Seiteneingang der Wache, zu den Waschräumen, wo wir nach jeder Schicht die Hinterlassenschaften all derer von uns abschrubbten, die wir angefasst hatten.

»Ich weiß auch nicht, wie er wieder zurückgekehrt ist,

Erin«, log ich so laut, dass sie es hören musste. »Er war schon fast hinüber. Ich weiß nicht, wie er zurückgekehrt ist.«

Sie blieb stehen, drehte sich aber nicht zu mir um.

»Aber du hast genau das Richtige getan«, sagte ich. »Die Herzdruckmassage.«

»Du lügst«, sagte sie. »Du hast was gemacht.«

Ich drehte mich zum Fahrzeug um, dachte an all die Stunden voller Gestank und Körperflüssigkeiten und Geschrei, die wir darin verbracht hatten. Was hab ich gemacht, Erin? Selbst ich verstand es nicht, ich wusste nur, wenn ich einen beschädigten Körper berührte, hatte ich eine Idee davon, was dieser Körper sein *sollte*, und aus dieser Idee wurde das Schlagen des Herzens oder das Zusammenwachsen von Knochen oder die elektrochemischen Signale, die durch die Synapsen zuckten. Ich hatte gefühlt, dass der Körper des Junkies repariert werden wollte, und dann hatte der Körper sich repariert, die Überdosis aus seinem Blut und Gehirn verjagt.

»Alles, was ich gemacht hab, war meine Arbeit«, sagte ich. »Das normale Vorgehen.«

Wir wussten beide, dass sie mit den Paddles einen Fehler gemacht hatte, ich hatte es in ihren Augen gesehen, das panische Zucken, als sie erkannte, dass ich den Fehler genauso bemerkt hatte wie sie. »Du hast getan, was deine Aufgabe war«, sagte ich. »Das würde ich jedem sagen, der fragt.«

Sie sah immer noch in die andere Richtung, aber ich hörte sie aufatmen.

»Okay«, sagte sie.

»Schlaf eine Runde«, sagte ich.

»Fick dich«, sagte sie, aber es klang schon wieder ziemlich locker.

Die Nacht ging mir immer noch nach, der ätzende Katzenpissegestank in dem Meth-Haus, die Atmosphäre von Hass und Wut zwischen den beiden Männern drinnen, der Siff von Tod und Verwahrlosung. Und, auf einer tieferen Ebene, die erschütternde Erkenntnis, wozu ich allmählich fähig war. Ich war jetzt zu Hause, musterte meinen offenen Kühlschrank: nur Würzsaucen und halbaufgegessene Fertigkäsemakkaroni. Ein flaues Knotengefühl im Magen. Ich machte den Kühlschrank zu und starrte die Biologie-Anatomie-Chemie-Lehrbücher an, auf denen der alte Fernseher in der Ecke stand.

Ich war voll prickelnder Erregung nach Hause gekommen, aufgeputscht von dem, was ich gemacht hatte, aber jetzt, wo ich mitten in meinem Apartment stand, rann diese Energie einfach davon und mit ihr so viel Kraft, dass ich gerade noch bis zu meinem Bett gehen konnte. Meine Beine wurden mit jedem Schritt langsamer, ich fühlte mich wie unter Wasser. Ich schaffte es noch, mich einigermaßen auszuziehen, bevor ich aufs Bett fiel und durch die Weichheit der Matratze ins Dunkel sank.

Als ich aufwachte, war klar, dass einige Zeit vergangen sein musste. Statt morgenfrisch war die Luft jetzt schwerer, nachmittäglich, und draußen wurde das Licht schon blasser. Ich sah auf meine Armbanduhr, halb vier, dann auf den Nachttisch, wo ein Automatenfotostreifen lag, ich und Khadeja und ihre sechsjährige Tochter Rika wie ein Strauß Blumen vor dem Kameraauge, in überbelichtetem Schwarzweiß. Die Schwere in mir war weg, nur noch dieses innere Sprudeln, die Bilder dessen, was ich gesehen hatte. Als ich mich aufsetzte und die trübe, nackte Realität meines Apartments betrachtete, fühlte sich die Erregung in mir plötzlich so unvollständig, so eingesperrt und einsam an, dass ich wusste, ich musste raus.

Ich duschte, zog mich an und nahm den Bus zu Khadejas Büro.

»Du bist draußen vor dem Haus?«, fragte Khadeja, als ich sie vom Bürgersteig aus anrief.

»Nur kurz«, sagte ich. »Komm runter.«

Das Gebäude ganz Glas und Stahl, glänzend und auf nichtssagende Art beeindruckend, aber durch das drei Stockwerke hohe Foyer sah ich sie kommen. Khadeja. Ihr wilder Afro hinten zu einem Pompon gebunden, die Augen voll spöttischer Intelligenz, der fließende Stoff, der ihre kräftigen Arme umspielte, die Bewegungen ihrer Waden-muskeln bei jedem klackenden Schritt auf mich zu. Ich hatte wohl ein ziemlich dümmliches Lächeln im Gesicht, weil ich so hin und weg war.

Fünf Monate waren wir jetzt zusammen, kennengelernt hatten wir uns in einer Bar, wo sie den Geburtstag einer Freundin feierte und ich mit zwei Typen von der Arbeit noch ein bisschen abhing. Danach trafen wir uns zunächst zu komischen Zeiten, am frühen Nachmittag, um was zu trinken, oder unter der Woche zum Mittagessen, was ich dann später verstand, als sie mich endlich zu sich einlud und ich Rika kennenlernte. Und es funktionierte, es lief gut zwischen uns und war weitergegangen; erst jetzt dachte ich, da sei genug, dass ich so was tun konnte, unangekündigt bei ihrer Arbeit erscheinen.

»Was ist los?«, fragte sie.

Ich hatte erwartet, dass sie irritiert sein würde, innerlich noch bei Bilanzen und Zinseszins, aber sie schien sich echt zu freuen, mich zu sehen. »Ich weiß, du hast zu tun«, sagte ich, und sie schüttelte den Kopf.

»Firmenparty«, sagte sie. »Sie feiern wieder ein starkes Quartal.«

»Dip-Gemüse, von dem nur noch der Sellerie übrig ist«, sagte ich. »No-Name-Softdrinks und Wein von der Tankstelle, ein paar Luftballons an der Mikroküche.«

Sie lachte. »Woher weißt du das?«

Ich zuckte mit den Schultern. »Ist doch eine Buchhaltungsfirma.«

»Sie wollten gerade anfangen, Pictionary zu spielen.«

»Meinst du, du könntest was von dem Wein klauen?«, fragte ich.

Fünf Minuten später wärmte ihre Handtasche eine Flasche billigen Roten, und wir gingen Richtung North Park Blocks. Dort hatte offenbar kürzlich eine Friedensmahnwache stattgefunden: ausgebrannte Kerzenstummel auf jeder festen Fläche, durchweichte Pappschilder, liebevoll an Statuen und Parkbankbeinen entsorgt. *Study War No More*, forderten sie, und ein paar größere Schilder waren von den Obdachlosen, die im Park ihren Stammplatz hatten, zu Matratzen umfunktioniert worden.

»Nicht gerade mein Lieblingsort«, gestand Khadeja.

»Was könnte man daran nicht lieben?«, sagte ich als Versuch, komisch zu sein, weil ich plötzlich Angst hatte, dieses Gefühl in mir kaputtzumachen, statt es auf uns beide auszudehnen. »Tut mir leid. Ich hatte nichts Bestimmtes vor. Ich wollte dich einfach nur sehen, weiter nichts.«

Die schlichte Wahrheit dieser Worte heiterte uns auf, denn wir waren, als wir uns kennenlernten, beide so viel älter als die Leute um uns herum, gealtert durch das, was die Natur uns zu tragen aufgegeben hatte – sie mit Rika, die sie so jung bekommen hatte, ich mit meinem Schnelldurchlauf durch die Schule und der Arbeit, die ich jetzt zu machen versuchte –, und umso aufregender war es gewesen, jemanden zu finden, der die eigene Realität verstand, umso wichtiger war ein Hier und Jetzt – *du ich wir wir tun jetzt einfach nur das hier* –, das immer nur kurz währen konnte, bevor wir wieder in unsere jeweiligen Umstände zurückgezogen wurden.

»Okay«, sagte sie mit einem blitzenden Lächeln und breitete die Arme aus, »hier bin ich. Unterhalte mich, Mr Flores, und tu's am besten schnell.«

»Also«, sagte ich und rutschte auf dem Sockel einer Statue, auf dem wir saßen, näher zu ihr, »wusstest du, dass ich besondere Kräfte habe?«

Sie legte die Zungenspitze an die Oberzähne, noch immer lächelnd. »Ah, okay, wir machen jetzt dieses Ding, dass wir einander immer noch Geheimnisse zu erzählen haben. Weiter, raus damit.«

»Es ist eigentlich ganz einfach«, sagte ich und hatte keine

Ahnung, wie ich weitermachen sollte. »Dazu braucht es aber Wein.« An einen Korkenzieher hatten wir nicht gedacht, aber ich zeigte ihr, wie man den Korken mit dem Finger den Flaschenhals runterstoßen konnte, bis er im Wein schwamm, und dann nahmen wir jeder einen Schluck aus der Flasche.

»Ich hab Zugang zu Sachen, die sonst keiner sieht«, sagte ich. Ich umfasste ihr Kreuz und zog sie sachte an mich. »Horch«, flüsterte ich ihr ins Ohr.

Und wir schwiegen, und sie hörte den Vogelgesang, so wie ich ihn schon aus ein paar Blocks Entfernung gehört hatte, mehr über als unter dem Stadtlärm, weil ich war, was ich war. Ich glaubte nicht, dass sich die Lautstärke irgendwie anheben ließ, aber ich sagte wieder, »Horch«, und aus den Bäumen kam es hell und klar.

»Es klingt, als ob sie einander suchen«, sagte ich. »Aber wenn man genauer hinhört ... ist keiner von ihnen verlorengegangen.«

Khadeja war ganz still. Sie hatte die Augen zu. Wir horchten beide, der Vogelgesang ging weiter, hell und munter. Der Geruch von nasser Baumrinde, satt und papierähnlich, vom letzten Regen.

Khadeja hörte noch ein Weilchen zu, öffnete dann die Augen und sah mich an. »Das ist so ein Ding von dir«, sagte sie. »Tiere.«

Ich zuckte mit den Schultern. »Kann sein.«

Ich bemerkte, dass sie sich nicht bewegte, dicht an mich geschmiegt blieb. »Ich mein's ernst«, sagte sie. »Mag ja leichtfertig scheinen, aber als ich dich das erste Mal so gesehen hab, bei unserem zweiten Date vielleicht, weißt du noch, der kleine Hund vor dem Restaurant, diese Frau ganz in Gelb, die viel zu viel getrunken hatte und den Lift suchte? Da hast du dich hingehockt und den Hund nur ganz leicht berührt. Er war total am Durchdrehen, und als du kamst, wurde er so ruhig, als hätte er ein Betäubungsmittel gekriegt. Da wusste ich, du würdest gut mit Rika können.«

»Weil ich einen Hund gestreichelt hatte, würde ich gut mit deiner Tochter können?«, sagte ich. »Das *ist* leichtfertig.«

Und sie lachte. »Erzähl's Rika nicht.«

Den Flaschenhals mit einer Hand umfasst, gestikulierte ich zum Gras hin. »Da, schau«, sagte ich. Ich zeigte auf große Pfützen, die sich auf dem aufgeweichten Boden gebildet hatten, schlechte Drainage, und auf eine Ansammlung von Ameisen, die einen Klumpen gebildet hatten, jede nur mit ihrem Geruchs- und Tastsinn, um zu verstehen, dass es zu überleben galt und dass sie dafür ein Geflecht bilden mussten, das dick und fest genug war, um wasserabweisend zu sein und zu schwimmen, solange das Wasser es trug, und dass einige von ihnen dafür sterben würden. Das alles erzählte ich, während wir dasaßen und den Wein tranken, der warm und korkig war, mit Stückchen drin, die uns über die Zunge kullerten und die wir in den Dreck spuckten. Ich sprach immer noch von den Ameisen und wie die Welt wohl wäre, wenn wir nur einen Bruchteil ihrer Fähigkeit hätten, aus unseren Körpern ein Floß füreinander zu machen ...

»Hallo«, sagte Khadeja und schüttelte den Kopf, obwohl sie immer noch lächelte. »Das reicht, Mr Flores. Ich bin nicht für ein Biologie-und-Heiligkeit-Seminar mitgekommen.«

Mir wurde klar, wie viel ich geredet hatte, und es war mir sofort peinlich. »Sorry«, sagte ich. »Ich wollte nicht…«

»Sei still«, sagte sie, »nur mal einen Moment.« Dann beugte sie sich zu mir, und unsere Lippen fanden sich, immer wieder, bis wir den Rest der Flasche auf den Stufen stehen ließen und durch den feuchten Frühlingspark zurückwanderten. Wir hatten etwas erschaffen, indem wir einfach nur zusammen dagesessen hatten, indem wir uns wieder und wieder begegnet waren, und was es auch war, was wir erschaffen hatten, es wurde jetzt von den Straßen und Bäumen um uns herum zurückgeworfen, während wir weitergingen, Arm in Arm und so eng aneinandergeschmiegt, dass es fast war, als hätten wir neue Knochen hervorgebracht, die uns an den Rippen verbanden.

9

KAUI, 2008
San Diego

Die Sommersemesterferien kamen, und nichts in mir wollte sie.

Sommerferien in Hawaii, das hieße, dass Dean herumspazierte und Shakas und Faustchecks von Fremden erntete, dass Highschoolmädchen hofften, er würde ihre Beach-Party beehren, dass Mom und Dad ihn zu Hause faul herumlungern ließen, und alles nur, weil er ein paar Monate lang mit anderen Jungs einen Ball durch einen Reifen warf und öfter traf als nicht traf. Wenn Noa auch heimkam, würde er ein eigenes Zimmer haben – mich würden sie garantiert auf die Couch verfrachten – und die meiste Zeit allein dort drin sein oder in der Garage wie früher oder irgendwo draußen, schauen, welche Gesetze des Universums er noch brechen konnte.

Sommerferien in Hawaii hieße, ich mit einem Job in der Mall oder in einem Fast-Food-Schuppen oder vielleicht im Hotel. Wenn ich Glück hatte. Ein ganzer Ozean zwischen mir und dem Klettern. Zwischen mir und den Ingenieurwissenschaften. Zwischen mir und Van.

»Komm nach Hause«, sagte Mom am Telefon.

»Um was zu tun?«, fragte ich.

»Dich nützlich machen«, sagte sie.

Manchmal weiß ich nicht, ob der Streit mich sucht oder ob ich Streit suche. Vor allem mit meiner Familie.

»Du meinst, den *lanai* fegen, Dad ein Bier holen, wenn er eins will, vielleicht sogar Waren im Supermarkt einpacken?« Ich hätte einfach die Klappe halten sollen. Aber da war ich, und da war der Rest der Familie. »Dafür braucht ihr mich nicht«, sagte ich. »Den Job hat schon jemand.«

»Du denkst nie, bevor du sprichst, was?«, sagte Mom. »Nur du bist so.«

»Wie? Eigenständig? Ohne Schuldgefühle?«, sagte ich. »Wenn's ums Geld geht, kann ich hier mehr verdienen. Und weniger ausgeben. Ich schicke euch jeden Monat einen Scheck, wenn ihr's braucht.«

»Es geht nicht ums Geld«, sagte sie.

»Mom«, sagte ich. »In Hawaii? Wenn man nicht absahnt wie ein Anwalt oder was? Es geht doch immer wenigstens ein *bisschen* ums Geld.«

Ich wusste, worum es wirklich ging. Sie merkte, was das Festland mit mir machte, klar. Was es mir gab. Raum und Möglichkeiten und Sauerstoff, um zu brennen, um hell und heiß zu brennen.

»Ich hab mit ein paar Freunden von deinem Dad geredet«, sagte Mom. »Kyle und Nate und die – du kennst sie doch?«

Ich hatte keine Ahnung, wer diese Typen waren. »Klar«, sagte ich.

»Sie haben ein paar Technikjobs zu vergeben. Irgendwas drüben in Pearl Harbor, einer von ihnen hat eine Solarenergiefirma im Industriegebiet.«

Jetzt hatte sie mich. Das klang *echt* gut, jedenfalls im Vergleich zu allem, was ich sonst kriegen würde, jetzt, wo schon fast Semesterende war. Ich schwör, es war, als hätte niemand in ganz San Diego Arbeit. Alle Vermittlungsstellen voll mit Leuten auf der Suche nach Aushilfsjobs. »Sag ihnen vielen Dank, aber ich komm schon klar«, sagte ich zu Mom. »Ich finde hier was. Muss jetzt los. Lernen. Ist schon bald Prüfungswoche.«

Aber dann, mit Hao und Katarina und Van, als es so weit war? Man sollte meinen, es hätte ein paar feierliche Worte gegeben, oder? Wo doch die Sommerferien losgingen und wir uns monatelang nicht sehen würden. Wir waren einander zur festen Gewohnheit geworden, wie morgens und abends Zähneputzen. Und jetzt würden wir für so lange Zeit auseinandergehen, dass es sich irgendwie anfühlte, als würden wir nicht mehr dieselben sein, wenn wir zurückkamen. Aber niemand sagte was darüber. Wir lösten uns einfach nur aus dem Haufen, den wir gebildet hatten, ich Van Katarina Hao, aus dem schmuddligen Gewirr von Denim und Haargestrüpp und verkatertem Gähnen. Um uns rum auf den Abstellflächen ein paar gemeinsam geleerte Bierdosen, fettfleckige Pizzakartons, die TV-Fernbedienung neben unseren Zahnbürsten. Das waren die Überreste unseres »Wir« nach den Semesterendpartys und den Partys nach diesen Partys. Unser Gestank, mit dem wir den Raum und einander imprägnierten. Man musste verschiedene Flieger oder Autos kriegen, und es gab Umarmungen und *Bis dann*s. Van fuhr nach Hause, und Hao fuhr nach Hause, und Katarina fuhr nach

Hause. Dann öffnete sich der gedownte Sommer von San Diego gelb und orange und höflich vor mir und mir allein.

Ich fand eine Bleibe. Hier vermieteten immer Studenten über den Sommer ihr Leben. Sie fuhren zu einem sechswöchigen Sprachkurs nach Nizza oder zur Freiwilligenarbeit nach Oaxaca oder zu sonst irgendwas, was die Abreißzettel im Studentenschaftsgebäude als schicke Feriengestaltung empfahlen. Und ließen was zurück? Ihre Werkstudentenjobs. Ihre Dreier-WG-Wohnungen in Campusnähe. Zum Reinschlüpfen für die Übriggebliebenen. Wie mich.

In diesem Sommer lernte ich: Fast alles ist erträglich, wenn man sich eine Routine zulegt.

Erstens. Morgens nach zwei-, dreimal Schlummertaste aufwachen. Aufsetzen in der blauen Bettwäsche, die keine Waschmaschine von innen gesehen hat, seit sie gekauft wurde. An guten Tagen in meine Laufklamotten fahren, die Eingangstreppe runtertänzeln und noch vor dem Frühstück im klebrig kalten Nebel ein paar ordentliche Splits laufen, in einem angeklatschten Shirt nach Sauerstoff japsend. Dann eine Schale zuckerfreies Müsli mit kalter Milch, ein Stück Obst. Zu Fuß zu Job Nummer eins, einem Bürojob. Frisch geduscht, die Beine leicht vom Afterburn des Joggens.

Zweitens. Entscheiden zwischen vielleicht zu eng und vielleicht zu tief ausgeschnitten, zwischen könnte trutschig sein und könnte infantilisierend sein. Schließlich muss man ja für den Job im Campusbüro was Angemessenes tragen, oder? Aufzüge und Foyers, Flure. Dunkles Holz, geriffelt und gerundet. Bedruckte Blätter aus Stapeln ziehen, effizient die Eingabe-Tastenkombinationen drücken. E-Mails verfassen und mit meinen Bürokolleginnen plaudern – es gibt eine, eine Haole-Studentin, die alle fünfundzwanzig Minuten eine Rauchpause macht. Wenn sie zurückkommt, nimmt sie als Erstes ihre texturierte Kunstlederhandtasche, wickelt einen Kaugummi aus und schiebt ihn sich in den Mund. Der Kaugummigeruch und das scharfe Zitrus-Irgendwas von der Handseife im Klo. Und sie fragt mich, wo ich die Bluse herhabe. Die Ohrringe. Die Halskette, die ich hasse, aber trotzdem trage. Und so weiter und so weiter.

Drittens. Dienstag Donnerstag Samstag fahre ich mit dem Bus zum Romanesque, um zu kellnern, Abendschicht. Vier Stunden im Laufschritt zur Küche und zurück, mir die Bestellungen einprägen, sie durcheinanderbringen und mir wieder einprägen. Alles im Kopf haben, die Tageskarte, die Allergene, die Weinkarte. Und immer in einer gebügelten weißen Bluse und arschbetonten schwarzen Hose, wobei die natürlich hilft, Trinkgeld zu kriegen. Selbst mit einem kräftigen *tita*-Körper wie meinem.

Wochen vergehen, und ich weiß nicht mal mehr, welches Datum ist, nur den Wochentag. Welche Schichten ich arbeite. An manchen Abenden teile ich mir das Sofa mit einer von meinen langweiligen Mitbewohnerinnen, der Sorte Haole-Mädchen, die die künftigen Trophäenfrauen Amerikas stellt. Fade wie Saimin ohne die Gewürze. An anderen Abenden juckt es mich in den Händen, und ich schnappe mir meine Kletterschuhe, suche mir einen aufgegebenen Kreativmarkt oder ein stillgelegtes Industriegebäude und klettere und klettere und klettere. Schiebe meine Zehen in die Ritzen oder Fugen oder Vertiefungen. Hake die Finger um winzige Vorsprünge, entferne mich vom Boden und atme Angst.

Aber die meiste Zeit war ein dumpfes Einerlei. Routine und Sonnenaufgang Sonnenuntergang Hallo auf Wiedersehen. Zeit wie ein Glühfaden unter schwachem elektrischem Strom.

Wenn Van da wäre, dachte ich, würde der Glühfaden so heiß werden, dass er durchbrannte. Wenn Van hier wäre, gäbe es immer was zum Lachen, okay? Etwas, was wir machen würden, was Neues, von dem ich nie gedacht hätte, dass ich's tun würde, das aber plötzlich mehr darüber sagte, wer ich sein wollte, als alles Bisherige. Wenn Van. Wenn Van.

Einmal rief Noa mich an. Ich marschierte gerade von der Bushaltestelle zum Romanesque.

»Verwählt?«, fragte ich, als ich abnahm.

»Hey«, sagte er.

»Blöder Witz«, sagte ich. »War nur überrascht, dass du anrufst.«

»Yeah, ich weiß«, sagte er. »Ich auch.«

Das war schräg. »Okay«, sagte ich. »Bin grade auf dem Weg ins Restaurant, zur Arbeit, also mach's kurz.«

»Kochst du?«, fragte er.

Wie oft denn noch? »Ich bediene, Noa.« Und es lag nicht daran, dass er vergesslich war oder dumm oder was, nein. Es interessierte ihn einfach nur nicht genug, dass er sich's gemerkt hätte. Er und was *er* machte, sonst war nichts in seinem Kopf. »Deshalb erzähl ich dir nichts, weil sich's gar nicht lohnt. Und? Was läuft so?«, fragte ich.

»Nichts«, sagte er.

»Du rufst mich an, um zu sagen, dass nichts läuft«, sagte ich. »Toll, danke für den Anruf, Noa, du kannst jederzeit wieder ...«

»Weißt du noch, wie Skylers Hand war, als er wieder in die Schule kam? Nach Neujahr?«

Etwas in seiner Stimme, wie bei Van manchmal. Wie bei mir manchmal, wenn wir die richtigen Substanzen im Blut hatten. Wenn alles in einem weit wurde. Plötzlich war die Erinnerung an Skylers Hand da. Ich hatte die Hand nicht mehr mit eigenen Augen gesehen, nachdem er sie sich kaputtgesprengt hatte. Ich hatte nur gehört, dass irgendwas daran seltsam war, als sie sie in der Notaufnahme auswickelten: Die Haut war zu glatt. Die Form der Finger zu perfekt. *Irgendwie anders, fast wie die Hand von einer Mädchenstatue oder was*, hatte Dean gesagt. »Alle fanden, sie war zu hübsch.«

»Wie eine Skulptur.« Noa lachte. Aber urplötzlich wurde etwas in ihm eng und verhalten. »Du glaubst nicht, dass ich das war, oder?«

Wenn er nur einen verbalen Handjob wollte – nichts da. Meine Schicht hatte schon vor zwei Minuten angefangen. »Noa, ich hab keine ...«

»Ich hatte immer das Gefühl, du spielst nur mit. Dean hat es geglaubt. Und Mom und Dad natürlich auch. Sie haben ... sie haben noch andere Sachen gesehen. Aber du hast das alles nie geglaubt, oder?«

»Warum fragst du mich das?«

»Ich seh hier dauernd diese Sachen. Die Leute bei mir im Rettungswagen, Leute, die echt auf der Kippe stehen – da sind dieses Licht und diese Art Fäden, die unseren Körper ausmachen. Es fühlt sich fast an wie bei der Uke. Wie wenn da eine Stimme ist und da die Saiten sind, die in einem Akkord schwingen, ich kann das jetzt mit einem Menschenkörper machen, einem Körper mit Knochen und Herz und Lunge, ich kann ihn zum Klingen bringen...«

Ich lachte. »Sorry«, sagte ich. »Ich sollte nicht lachen, aber du – du klingst ein bisschen durchgeknallt.«

»Da war dieser Junkie...« Wir hatten gleichzeitig geredet, aber *ein bisschen durchgeknallt* hing allein im Raum.

»Noa«, sagte ich. »Ist okay...«

»Nein, ich versteh's ja«, sagte er. »Du hast recht.«

»Vielleicht solltest du nicht so viel im Rettungswagen sein«, sagte ich. »Mal Pause machen oder was.«

Er räusperte sich. »Wie kommst du drauf, dass ich das könnte?«

»Du kannst tun, was du willst«, sagte ich.

»Nein, kann ich nicht«, sagte Noa. »Du kannst es, aber ich nicht.«

Ein Teil von mir hatte es satt, wenn er so war. Wenn er so tat, als wäre er derjenige, der litt, wo wir anderen doch damit klarkommen mussten, was es hieß, nicht er zu sein. Er konnte mit seinen Fähigkeiten eines Tages vielleicht wer weiß was machen, während ich auf die Uhr gucken musste und schon zu spät dran war, und zu spät kommen hieß, womöglich gefeuert zu werden, und womöglich gefeuert zu werden hieß, vorbei mit dem Trinkgeld, dem einzig nennenswerten Geld, das ich in diesem ganzen Sommer machen würde, okay?

»Hey«, sagte ich. »Ich muss los. Auf alberne Gluten-Ticks

eingehen und die nächsten vier Stunden so tun, als wären alle meine Freunde. War nicht so gemeint, das Lachen, Noa. Sorry.«

»Ich weiß«, sagte er. »Macht nichts.«

»Ich kann zuhören, ich schwör's,« sagte ich. Ich weiß nicht, warum ich am Ende anfing, mich zu entschuldigen. Es fühlte sich an, als ob irgendwas davonglitt.

»Ich weiß«, sagte er. »Das weiß ich.«

Wir verabschiedeten uns und legten auf.

Ich versuchte es danach wieder. Ich versuchte es mit Dean und ihm gleichzeitig, Konferenzschaltung. Ich war nicht gut in so was – es wurde schnell zur Verpflichtung. Aber Noa war da sowieso schon weit weg, oder jedenfalls fühlte es sich am Telefon so an. Als ob er wieder draußen im Ozean wäre, ganz allein zwischen den Haien. Ich konnte ihn sehen, von den Wellen und Strömungen und Göttern herumgezerrt. Aber ich bin auch im Wasser, wollte ich sagen. Und alle gucken auf dich. Ob ich oben bleibe, interessiert keinen.

Aber bald schon waren die Sommerferien vorbei. Alle kamen wieder: Van und Hao und Katarina. Als wäre in den zweieinhalb Monaten nichts passiert, weil ja auch nichts passiert war. Das Herbstsemester lief erst eine Woche oder so, und schon hatte Van etwas für mich: Ob ich Lust hätte, mir dieses Schickimickifest anzugucken, für das sie Karten hatte.

»Nur«, sagte sie, »dass ich die Karten nicht *habe*.«

Sie erklärte: »Es gibt da diese Typen, die wir mitnehmen müssen. Die haben die Karten.«

Also gingen wir zu Connors Haus, abblätternde Farbe

und ein Corona-Bier-Schild im Fenster, ein durchgesessenes, verschossenes Sofa auf der Vorderveranda. Lacrosseschläger, an den Stromzähler gelehnt.

»Kann nicht dein Ernst sein«, sagte ich.

Van zuckte mit den Schultern. »Sie haben Karten. Connor hat einen Body wie ein Schwimmer.«

Sie war eine Treppenstufe vor mir. Ich schlug ihr auf den Hintern, so fest, dass wir's beide ordentlich spürten. Ihr Muskel, meine Hand. Mehr brauchten wir nicht zu sagen.

Das Fest war in Ramona, der Eingang war ein großes weißes Zelt, umgeben von goldenen Lichterkugeln und einer Wolke von verklemmter Heiterkeit. All diese Haoles im Noch-kaum-Falten-Alter. Aktuelle Zinssätze und der letzte *New Yorker*. Wir standen auf grünem Gras, Van und ich mit Abstand die beiden Jüngsten hier. Wirkte fast schon, als dürften wir noch gar nicht hier sein.

Van trug ein enganliegendes schwarzes Top, auf einer Seite schulterfrei, und makellos weiße Shorts mit Goldknöpfen. Ich dieses Kleid, das wohl als kleines Blaues durchgehen konnte, wenn man davon absah, dass es sich an mir stellenweise falsch spannte.

Irgendwann wurden wir getrennt. Sean und ich waren draußen auf dem Felsplateau. Unten in der Ferne schroffe Hügel, bewachsen, wie's aussah, mit Mesquite und Bougainvillea. Ein Truck aus den dreißiger Jahren oder so, strategisch in Kliffnähe platziert, die Fässer hintendrauf perfekt unordentlich aufgestellt, okay? Es war so verlogen, es hätte ein Filmset sein können. Die Schwüle-Sonate der Grillen. Knitterndes Gras unter unseren Schuhen.

»Du wirst jetzt was sagen«, sagte ich zu Sean, »und es wird diesen Moment ruinieren.«

»Was?«, sagte Sean.

»Siehst du?«

Er lachte. »Echt, Kaui.« Seine Zähne waren weiß wie frischgefallener Schnee, seine Haut dunkelbraun, mit Knubbeln und Strängen von Muskeln, von denen ich gar nicht gewusst hatte, dass es sie gab, bis ich ihn mit freiem Oberkörper sah. Er war Turner gewesen und studierte jetzt – ohne Scheiß – Sportmarketing. Aber er antwortete mir so oft das Gleiche: *Du bist crazy,* oder: *Du bist mir eine.* Es war, wie mit einem Haufen Bohnenstroh zu reden.

»Aber der Wein ist gut«, sagte er schließlich.

»Weiß nicht«, sagte ich. »Für mich schmecken die alle gleich.«

»Ah«, sagte er.

»Für ein Bier würd ich jetzt sterben. Echt sterben.«

Er lächelte. »Tja. Also – Connor hat mir gesagt, du machst Ingenieurwissenschaften.«

»Jep.«

»Klingt schwer.«

»Jep.«

»Inge*nerd*. Schon mal gehört? So haben wir die Ingenieurswissenschaftler immer genannt. Also, nicht alle. Und natürlich nicht dich. Aber …«

»Schon klar«, sagte ich. Nur so zum Spaß – weil er so glatt und glänzend und kraftstrotzend war und auf die Art dunkelbraun, die mich an die Jungs zu Hause erinnerte – streichelte ich seinen rechten Bizeps. Vielleicht würde ich das ja können, dachte ich und fragte mich, wie viel Wein es dafür wohl bräuchte. Mehr, als ich in mich reinzuschütten bereit war.

»Cheers«, sagte ich. Kippte mein Weinglas und schluckte.

Beim Trinken sah ich was aus dem Augenwinkel. Ich drehte den Kopf, um genauer hinzugucken. Am anderen Ende des Felsplateaus war jetzt Vans Stimme zu hören. Sie sprach mit Connor. Was sie sagte, konnte ich nicht verstehen. Aber ich sah, wie er seine Haltung veränderte. Sich mit rausgedrückter Brust näher an sie heranschob, als gehörte ihr persönlicher Raum ihm. Aber so was verfing bei Van nie. Sie leerte ihr Glas in einem Zug. Als sie den Mund voll hatte, sah sie Connor an und spuckte ihm den Wein ins Gesicht. Dann stellte sie das Glas aufs nächste Cocktailtischchen und ging wieder ins Zelt.

Ich ging los. »Bleib hier«, sagte ich über die Schulter zu Sean. »Oder geh zu ihm. Wie du willst.«

Im Zelt war es viel heißer. Als ob etwas Riesiges direkt über den Leuten brütete. Und es roch jetzt auch in manchen Winkeln ein bisschen wie Achselschweiß. Die Stimmen im Zelt waren alle total aufgedreht. Ich fand Van an dem Tisch mit den Snacks. Sie stapelte Käse und Cracker aufeinander und mampfte. Und sie hielt ein neues Glas Wein in der Hand.

»Du hast deinen Wein draußen verschüttet«, sagte ich. »In Connors Gesicht.«

Sie lachte. »Ich werde wohl ungeschickt, wenn ich Wein trinke.«

Sie stopfte sich Cracker und Käse in den Mund. »Findest du's gut, dass wir hierhergekommen sind?«

»Wenn du mal schick sein wolltest, hätten wir auch einfach in der Stadt wo hingehen können«, sagte ich. »In einen Swingschuppen zum Beispiel.«

»Seh ich aus, als würde ich Swing tanzen?«

»Im Moment ja.«

Sie zuckte mit den Schultern und zerkaute ein weiteres Cracker-Sandwich. »Wir sind irgendwann mit dem Studium fertig, wahrscheinlich schneller, als wir denken. Und dann? Dann sollen wir Frauen von Welt sein – Job-High-Heels und Bankkonten, keine Ahnung.«

»Willst du mich verarschen?«, sagte ich. »Mit Sean zu reden ist, wie mit einem Crashtest-Dummy zu reden. Ich studiere weiter und mache noch einen Abschluss.«

»Aber er hat tolle Arme, oder?«, fragte Van.

Jetzt war ich dran mit Lachen. »Toll?«, sagte ich. »Sie sind zum Ablecken. Ich möchte meine – hey, bist du nicht laktoseintolerant?«, fragte ich, als sie sich noch mehr Käse in den Mund steckte. Crackerstaub klebte an ihren Lippen, auch nachdem sie einen Schluck Wein getrunken hatte.

»Kaui«, sagte sie, als wäre sie müde, »iss einfach was von diesem albernen Zeug mit mir und trink ein Glas.«

Fünfundvierzig Minuten später waren wir auf der Toilette. Van krümmte sich, als hätte sie jemand in den Bauch geboxt. Ich kämpfte mit dem Reißverschluss hinten an ihren Shorts.

»Beeil dich«, sagte Van.

»Da klemmt ein Faden drin, Van, ich versuch's ja«, sagte ich.

Sie erschauerte. Schlug meine Hände weg. Bewegte sich

rückwärts auf eine Klokabine zu. »O Gott«, sagte sie. »Diese Toilette kriegt's gleich voll ab. Und meine Shorts auch. Gott, ich scheiß mich gleich so was von voll.«

»Lass mich einfach«, sagte ich.

Sie krümmte sich wieder. Ihre Lider pressten sich zusammen. »Mach schnell.«

Sie sah mich kurz an. Ihr Gesicht war panisch, und sie schob sich jetzt rückwärts in die Klokabine. Immer noch gekrümmt und flach atmend. Ich wusste, ich hatte noch etwa zehn Sekunden. Sie fummelte am Reißverschluss herum. Knirschte mit den Zähnen. Ihre Wadenmuskeln waren angespannt, während sie kämpfte. Ich ging mit rein in die Klokabine, knallte die Tür zu, hakte mich mit einem Bein am Druckspüler fest – einem dieser komischen Metalldinger, wie ein Minifeuerwehrhydrant – und zerrte an ihrem Shortsreißverschluss. Das Ding grub sich in meinen Daumen, rührte sich aber nicht. Van stöhnte.

»Es kommt, Kaui, gleich kommt alles raus…« Ich packte den Shortsbund und zog ihn so fest nach unten, wie es nur ging. Etwas riss, und die Shorts rutschten unter ihre Knie, und Van warf sich auf die Klobrille, und der Vulkan in ihrem Bauch brach aus. Ich fuhr zurück, knallte mit den Ellbogen an die Klotür.

»Würdest du bitte…«, setzte ich an, aber ich konnte nirgends hin, und Van grunzte und ließ die nächste Ladung los. Es sprotzte aus ihrem Hintern. Sie stemmte die Hände gegen die Seitenwände der Klokabine und keuchte, während das Zeug in einem endlosen Strom aus ihr herausschoss. Ich hielt immer noch ihre Beine, da, wo die Shorts jetzt hingen.

Ich wollte mir die Nase zuhalten, weiter zurückweichen, aber es war schon vorbei. Van schüttelte sich vor Lachen. Aus der Kloschüssel stieg dampfiger Gestank auf.

»O mein Gott«, japste Van. »Ich rauche gar nicht und hab trotzdem das Gefühl, dass man darauf eine rauchen sollte.« Sie lachte. Ich auch.

»Wie war der Käse?«, fragte ich, Tränen in den Augen, keine Ahnung, ob vom Gestank oder vom Lachen. »War er's wert?«

»War er«, sagte Van, die Unterarme auf den Knien und mit hängendem Kopf. »Definitiv. Gott, riecht mein Arsch scheiße. Wer hätte das gedacht?« Ich ließ ihre Shorts los und stand auf. Von oben sah ich ihren gebeugten Rücken. Feine Wirbelhubbel. Ihr Ein- und Ausatmen. Die Shorts hingen ihr jetzt um die Knöchel, geborstener Stoff und ramponierter Reißverschluss. In dem Moment ging draußen die Toilettentür, dann klackten High Heels. Wer auch immer das war, sie kam nicht weit. Nach wenigen Sekunden traten die High Heels den Rückzug an. Das Partygetöse schwoll an, verstummte dann wieder, als die Tür zuging.

»Genau«, sagte Van, während sie sich abwischte. »Renn um dein Leben.«

Aber wir mussten hier raus. »Lass mich mal probieren mit dem Reißverschluss«, sagte ich. Ich hockte mich wieder hin, und mein linkes Knie, mit lilabraunen alten Schrammen auf der dunkelbraunen Haut, presste sich gegen ihr Schienbein. Ich ließ es da. Ich probierte an dem Shortsreißverschluss herum, aber nach ein paar kläglichen Versuchen gab ich es auf. Der Wein, den ich getrunken hatte, machte sich jetzt bemerkbar. Mein Kopf pochte von der Anstrengung des Ziehens und Zerrens, und ich ließ ihn auf Vans Schulter sinken. Dann seitwärts in ihre Schlüsselbeinkuhle. Wir rührten uns nicht. Atmeten: mein Kopf, ihr Hals. Ich hob den Kopf ein wenig, und unsere Ohren berührten sich. Unsere Hälse, ihrer feucht. Ich hob den Kopf, wusste, wo ich hinwollte. Meine Lippen drifteten über die Härchen auf ihrer Wange und dann zu ihrem Mund.

Schweiß tüpfelte ihre Oberlippe. Sie öffnete den Mund ein bisschen, ich auch, und wir pressten die Münder aufeinander. Ihre Lippen waren viel weicher und fremder, als ich gedacht hätte, und es gab einen kurzen, feuchten Blitz, als unsere Zungen sich trafen, warm von Spucke und unserem durchgekochten Atem. Mein ganzes Gesicht prickelte. Unsere Lippen blieben so. Drückten fester. Dann lösten wir uns voneinander.

Kurz darauf marschierten wir hintereinander die staubige Straße entlang, die vom Parkplatz wegführte. Wir hielten den Daumen in die gelben Scheinwerferstrahlen, die von hinter uns kamen, zogen die Schuhe aus, drehten uns um und gingen rückwärts, um die Gesichter derjenigen sehen zu können, die uns nicht mitnehmen wollen. Schließlich hielt ein Wagen neben uns.

Es war ein älteres Paar mit grauem Haar. Truthahnhälse mit Falten und Leberflecken. Sie hatte ein langes Pferdegesicht und so knalligen Lippenstift, dass ihre Lippen gar nicht real wirkten. Er hatte die Hände am Lenkrad, und seine Arme waren bis in sein blaues Polohemd schlabbrig von schwindenden Muskeln. Aber sie lächelten und sagten, sie wüssten noch, wie es sei, jung zu sein und kein Geld zu haben. Sie würden uns den ganzen Weg mitnehmen.

Wir stiegen ein, und der Wagen holperte den Feldweg entlang, der zu der Teerstraße führte.

Wir hatten seit der Klokabine nicht mehr wirklich was gesagt. Ich fühlte immer noch Vans Lippen auf meinen. So perfekt geschwungen und weich und klebrig von Lippenstiftresten. Ich fühle sie auch jetzt noch, sooft ich mich dran erinnern möchte. Man kann noch so oft drüber reden. Oder Filme sehen oder Songs hören, von denen man glaubt, dass sie was drüber sagen, okay? Aber das ist nichts im Vergleich zu dem wirbelnden Wahnsinnsgefühl in der Brust, wenn du endlich, jedenfalls für den Moment, die Person gefunden hast, die dich genauso will wie du sie.

Van veränderte ihre Beinhaltung. Der Ledersitz knarzte. Ihre Hand lag neben ihrem Bein. Ich schob meine Hand zu ihr hin, bis meine Finger ihre berührten. Die feinen Grate ihrer Nagelhäute, so fein, dass ich sie mir nur hätte einbilden können. Sie nahm meine Hand in ihre, und unsere Finger verzahnten sich.

»Kaui«, sagte Van. Als hätte sie etwas entdeckt.

Der Wagen hoppelte von dem staubigen Feldweg auf den harten, glatten Asphalt. Der Blinker tickte, als wir auf den Freeway auffuhren. Van und ich berührten uns während der ganzen Heimfahrt.

10

DEAN, 2008

Spokane

Sechs Uhr morgens. Licht brennt, und wir malochen, verladen pausenlos. Überall Kartons, die auf Metalltellern dahinrumpeln und durch Rutschen rutschen, unter den Tellern Zahnräder und Transportbänder, alles surrt und klackt und klappert. Hier drin verbringe ich meine acht Stunden, verladen und verladen und verladen. Alles von den Bändern ins offene Heck der Transporter, oder aber man arbeitet weiter hinten, mit dem Gabelstapler oder mit Rollwagen, die Paletten voll Zeug rumkarren, und immer das *Ftonk, Ftonk, Ftonk* von Karton auf Karton.

Verlader, das bin ich, okay, aber ich wollte mich für einen Fahrerjob anlernen lassen, dachte mir, da verdien ich ein bisschen mehr und komm nach draußen, also durfte ich ein paarmal mitfahren, um zu lernen, wie die Auslieferung funktioniert. Das war, mal überlegen, im April. Und eine der ersten Routen, auf denen ich dabei war, ging natürlich direkt zur Uni, und ich so: »Da geh ich nicht rein.« Carl, der Fahrer, sagte: »Was quatschst du da?«

Er sagte es so, dass ich seine Zahnlücke sehen konnte, ganz rechts zwischen seinen aufgesprungenen Lippen. Er sieht aus wie ein Pirat, rasiert sich tagelang nicht. Kahlköpfig und ganz schön fertig, dieser Haole. Als ich das erste Mal mit ihm rausfuhr, spuckte Carl den letzten Rest von seinem Kautabak in eine offene 7UP-Dose, guckte mich mit seinen abartig blauen Augen an und fragte: »Was bist du?«

Ich so, hä?

»Siehst irgendwie aus wie ein Schwarzer, aber ich weiß nicht. Hast Chinesenaugen und Haare wie dieses Mädel, das ich mal kannte. Die war, glaub ich, Jüdin.«

Ich dachte, es wär wohl nicht gut, ihm gleich eins in die Fresse zu geben, also sagte ich nur: »Hawaiianischer Filipino«, wie ich's jedem sagen musste, überall außer zu Hause.

Dann waren wir auf unserer zweiten Tour, und ich wette, Carl wusste schon nicht mehr, was ich war. Wir wieder bei der Uni, ich immer noch auf dem Beifahrersitz vom Transporter. Wir parkten hinterm Studentenschaftsgebäude, wo alles Zeug angeliefert wird, und Carl ging schon nach hinten zum Heck, während ich noch rauszukriegen versuchte, ob unter den Studenten, die da rumliefen, jemand war, den ich kannte oder der mich kannte, was das eigentlich Wichtige war.

»Hilf mir mal das alles stapeln«, rief Carl von hinten. »Geht schneller zu zweit.«

Kurz dachte ich, ich könnte mich wohl einfach auf den Boden setzen und ducken, aber ich bin eins sechsundneunzig, mich kann man nirgends verstecken. Und außerdem mochte ich's noch nie, mich zu verkriechen, also versuchte ich, als Studenten vorbeikamen, einfach keinen anzugucken. Aber von denen interessierte sich wohl sowieso niemand für einen Zustellwagen – ich jedenfalls hatte mich als Student nie dafür interessiert –, also war ich vermutlich unsichtbarer denn je. Ich sprang raus und ging nach hinten zu Carl.

»Bin schon da«, sagte ich.

»Der Junge will eine Teilnahmemedaille«, sagte Carl, während er die größeren Kartons auf die Handkarre stapelte, die er bereitgestellt hatte. Sein Glatzkopf glänzte von Schweiß.

»Früher mal war ich dauernd im Studentenschaftsgebäude«, sagte ich. »Spätabends noch einen Happen essen und so. Hier hinten war ich noch nie.«

»Yeah, yeah, ich kenn deine Geschichte, Superstar«, sagte er. »Die kennt jeder. Tja, jetzt bist du aber hier hinten.« Er deutete mit dem Kinn auf einen der größten Kartons im Transporter. »Heb den da raus.«

Wir rollten die Karre zum Studentenschaftsgebäude, und Carl verbreitete sich drüber, wie man ein Topfahrer wurde: Nie die GPS-Anweisungen ignorieren, denn das GPS hat immer recht, auf jeden Fall so nah wie möglich am Eingang parken, einfach Warnblinker an und ausladen und immer immer *immer* die Hecktür abschließen, bevor man das Zeug abliefert. Je mehr Zeit du auf der Route ohne Geschwindigkeitsüberschreitung einsparen kannst, desto mehr Bonuspunkte kannst du bei der Mitarbeiterbewertung einheimsen.

Wir mühten uns mit der Karre die kleine Schräge zur Laderampe rauf, und Carl redete immer noch. Wir kamen an den Milchpfützen vom übergequollenen Müll und an den festverschnürten Stapeln Altpappe vorbei, und Carl redete immer noch. Wir fuhren mit dem scheppernden, quietschenden Schwerlastenaufzug ins erste Obergeschoss, und

Carl redete immer noch. Dann waren wir auf der Poststelle, wo hauptsächlich Studenten jobbten, und klar, obwohl mein letztes Spiel zwei Jahre her war, erkannten mich das Mädchen und der Typ am Tresen sofort.

Die pummelige graue Maus mit den Make-up-verkleisterten Wangen und den Muttermalen am Hals und der Typ mit pinkem Haar, wo die Farbe schon halb rausgewaschen war, Spitznase und zwei fetten Ringen in einem Ohr. Yeah, ich seh's immer noch, wenn's passiert. Sie gucken mich an, als wär ich nur irgendein Zusteller, und dann dieses Zucken im Moment, wenn sie denken, ist das nicht Dean Flores? Der Typ *grinste* sogar. Als ob er's nicht erwarten könnte, Feierabend zu haben und seinen Kumpels zu erzählen, hey, ratet mal, wen ich heute auf der Poststelle getroffen hab, nein, *auf* der Poststelle, als Paketzusteller. Er würde es total befriedigt sagen, weil ich mal Startender Two Guard war und er nur irgendein punkiger kleiner Haole-Student, und schaut uns mal jetzt an! Das konnte ich ihm nicht einfach durchgehen lassen. »Was gibt's zu glotzen?«, sagte ich.

Dem Punk rutschte das Lächeln so was von weg. Ich sah die Angst. »Sorry?«, sagte er, als hätte er mich nicht verstanden.

Ich wollte noch mehr sagen, aber Carl runzelte so streng die Stirn, dass sein Gesicht so schrumplig war wie eine Rosine. »Junge«, sagte er. »Hol das restliche Zeug.«

Ich starrte den Punk aber trotzdem noch ein Weilchen nieder, damit er Bescheid wusste. Dann ging ich um die Ecke zu der Tür, durch die wir gekommen waren, und brachte die letzten paar Kartons rein. Ich spürte, dass Carl mich die ganze Zeit beobachtete, also tat ich nur, was ich zu tun hatte, bis wir wieder gingen.

»Willst du auf deiner zweiten Beifahrertour gefeuert werden?«, fragte Carl, als wir wieder im Auto saßen und der Motor brummte und es um uns rum nach Pappe und altem Kaffee roch.

Ich schüttelte den Kopf, entschuldigte mich aber nicht.

»Kennst du den Typ?«

»Nah.«

»Wird das ein Problem, wenn du eine Route kriegst, die hier vorbeiführt?«, fragte Carl. Er musterte mich mit diesem Dad-Blick, den er manchmal draufhat.

»Fahr einfach«, sagte ich. »Wir verlieren Zeit.«

Wie es kam?

Wie kommt's, dass man die Welt an den Eiern hat und dann loslässt?

Es ist so simpel, dass jeder, der nicht so ein Blödmann ist wie ich, es hätte kommen sehen. In meiner zweiten Saison, als ich Startspieler wurde, kamen wir weit im Turnier, schafften es bis ins Final Four, mit mir als Top-Scorer und Drittem bei den Assists, die Double-Doubles so leicht wie Pissen unter der Dusche. Nach so einer Saison, wie hätte mir da nicht klar sein sollen, was ich war?

Fakt ist, dass die Party in mir klein anfing und immer größer wurde, bisschen hier, bisschen da, dann mega und immerzu und total. Fakt sind der Reggae und der Joint, der rumging, und die Mädchenhüften und meine Hüften und die Hüften von allen im Wohnzimmer, wenn der Bass Drop kam. Fakt sind die Tage, an denen ich den Strand schrecklich vermisste und das ganze Aloha wiederhaben wollte. Fakt ist, dass man, wenn man's intensiv genug versucht, den Strand überall herbeizaubern kann, sogar in Spokane in der Off-Season, ein bisschen Bier eine Menge Bier andere braunhäutige Typen und gute Beats, Mädchen in Hotpants und tief ausgeschnittenen Tops, und schon geht's los. Meine Noten waren im Frühjahrssemester und im Sommer gerade mal ausreichend. Fakt ist, wie ich jetzt weiß, dass es auf die Art niemand lange schaffen kann. Fakt ist, dass, als ich hätte achtgeben sollen, als die Summer League anfing und ich versuchte, übers Feld zu zickzacken, in den Flow zu kommen, irgendwas sich sirupzäh und steif anfühlte. Aber ich war doch erst zwanzig, wie konnte das sein? Fakt ist, dass Liebe zu den Inseln nicht allmächtig ist, jedenfalls bei mir, weil's im Training dauernd Zoff mit dem Coach gab, der mir permanent sagte, was ich tun sollte, und dabei garantiert die Hälfte der Zeit falschlag, und sogar Rone und Grant und DeShawn, ich weiß nicht, wie's kam, aber bald schon redeten sie nicht mehr mit mir und ich umgekehrt auch nicht. Reiß dich zusammen, du wirst schludrig, du wirst langsam, du wirst dick. Ich war mal ein Rasiermesser, scharf und blitzend, bis ich mich selbst stumpf gemacht hab.

Jetzt ist da nur noch das Ausliefern. Sechs-Uhr-Schicht um Sechs-Uhr-Schicht, wo ich als Beifahrer eingeteilt bin. Der Boss sagt, ich darf vielleicht bald selbst fahren. Muss nicht mal den Verladern helfen, höchstens mal ein bisschen, alles hinten im Transporter so stapeln, wie ich's haben will, was ich in den ersten Wochen noch total versemmle, weil ich die großen Kartons für die Empfänger, die am nächsten liegen, zu weit hinten im Fahrzeug staple, so dass ich mich immer mühsam strecken und verbiegen muss, und so was. Aber ich lern's. Traut mir vermutlich keiner zu, ist aber so. Und Carl muss irgendwem was gesagt haben wegen der Uni, weil ich da jetzt nicht mehr hinmuss. Ist, glaub ich, sowieso seine Route.

Da ist die fusslige Pappe der Kartons, wenn ich einen halte, fühl ich sie an meinen Fingern wie das Fell von einem Tier, um das ich mich zu kümmern hab. Da ist das *Woink*, wenn ich hinten in mein Zustellfahrzeug steige, und da sind all die Ecken und Kanten und das silbrige Glänzen der Innenwände, wenn die Sonne aufgeht, und ich liefere und liefere.

Nach der Arbeit treffen ich und Eddie und Kirk und die anderen uns oft zu einer kleinen Parkplatzparty, als ob wir zu einem Spiel gehen oder was, aber wir haben nur Feierabend und chillen noch kurz. Bevor manche heim an den Stadtrand müssen, in irgendein Häuschen, in das ihr Leben gequetscht ist, stehen wir noch ums Heck von Eddies Wagen rum, am anderen Ende vom Parkplatz, und zischen ein paar Bierchen aus dem Kofferraum.

»Geht jemand heute zu dem Spiel?«, fragt Eddie.

Es wird ganz still.

»Ach ja«, sagt Eddie, ohne mich anzugucken. »Sorry.« Mit seinem mickrigen Kinderschänder-Oberlippenbärtchen und seinen Eichhörnchenbacken. Er erhebt seine Bierdose, und alle anderen machen's ihm nach. Die Jungs stürzen ihr Bier in sich rein, weil sie heimmüssen, zu ihren Familien, bis auf ein paar, die chillen und langsam trinken, als ob wir in einer Bar wären und möglichst lange mit dem Drink auskommen wollen, damit wir nicht noch einen bestellen müssen, sondern einfach nur dableiben und die Musik hören können.

11

NAINOA, 2008

Portland

Eine Siebzehnjährige mit Lungenkollaps nach einem Sturz vom Baum, die nicht mehr Sauerstoff atmete, sondern Tod, ich hielt sie am Leben. Ein Bauarbeiter mit halb durchtrenntem linkem Unterarm, der einen hypovolämischen Schock hatte, ich hielt ihn da. Parks in der Dauernässe eines Frühjahrskälteeinbruchs und die grauen Alkoholiker, die sich im Fieber der Hypothermie die Kleider vom Leib rissen, so besoffen und so stark unterkühlt, dass sie delirierten, ihr Herzschlag verzweifelt, ihre Körperkerntemperatur unter 32 Grad absinkend, während sie wächsern wurden, unter Bänken zusammengerollt, ich hielt sogar die kältesten am Leben. Wir wurden wegen Hämorrhoiden gerufen, wegen eingebildeter Herzinfarkte und Magen-Darm-Grippe, wegen herumpöbelnder Irrer und jugendlicher Schlägereiverlierer, wir kriegten diese Notrufe immer wieder, jeden Tag und ohne Unterlass die langweilige Prozedur, auf Eingangstreppen angeblicher Patienten zu stehen und Symptomlisten all dessen durchzugehen, was dieses leichte Unwohlsein, jenes Kribbeln in der Brust, dieses *Ich fühl mich irgendwie komisch* sein konnte, aber wenn die wichtigen Notrufe kamen, die, die Erin und ich wollten, obwohl wir's nie zugaben, die, bei denen unser Herz und unsere Lunge und unser Schädel von Adrenalin tosten, wenn wir einen Einsatzort voller Blut und Geschrei erreichten, wenn so was kam, wurde ich jedes Mal besser, drang immer weiter ins Land des Todes vor.

Ich stürzte mich in die Arbeit. Das intensive Ringen im Rettungswagen und all die Lebensessenzen, die in mich einströmten, das war jetzt schon so was wie eine Sucht, rangelte ständig um meine Aufmerksamkeit, sagte, nur ein bisschen, gib mir nur ein bisschen, tagein, tagaus, so dass alles andere – mit Khadeja und Rika zusammen sein und bei Grundschulprojekten helfen, Rechnungen öffnen und in meiner Wohnung den Müll rausbringen, Einkaufen, Wäschewaschen, Filmguckabend bei Khadeja oder Gym-Abend allein – bald nur noch Nebensache war und es vor allem darum ging, wann mich das nächste Mal ein Rettungswagen zu einem sterbenden Körper bringen würde.

Wochen und Wochen vergingen so. Das Chaos des Diensts, lange Strecken bedeutungsloser Arbeit, Einsatzziele, an denen wir gar nicht gebraucht wurden, dann die schwereren Sachen, echte Unfälle, Finger, von der Schneidemaschine in einem knallweißen Supermarkt-Deli abgetrennt, die pathologische Humerusfraktur eines von der Leiter gefallenen Krebspatienten, Fahrrad-Auto-Kollisionen...

In dem Maß, wie ich mich selbst erkannte, wie ich lernte, wozu ich fähig war, wurden diese elementaren Verletzungen etwas, das ich reparieren konnte, auch wenn ich verbarg, dass ich sie reparierte, so dass, wenn wir die Patienten im Krankenhaus ablieferten, ihr Körper zwar schon auf dem Weg zur vollständigen Heilung war, diese aber nicht so schnell erfolgte, dass es ein Wunder gewesen wäre. Ich kann mir ausmalen, wie viele Ärzte in der Notaufnahme blutige Verbände lösten, nur um die Wunde darunter weit weniger schwerwiegend vorzufinden, als es in den Papieren stand.

Erin sagte eine ganze Zeitlang nichts, aber irgendwann hielt sie mich nach einem unserer Dienste vor der Rettungswache auf.

»Du musst es jemandem sagen«, sagte sie. Ich roch ihren colasüßen Atem und unsere Komposthaufenausdünstungen nach einer weiteren langen Schicht.

»Jemandem *was* sagen?«, fragte ich.

»Verkauf mich nicht für blöd«, sagte sie. »Wir können nicht einfach so weitermachen.«

»Wir?«, fragte ich.

Ihre Kiefermuskeln spannten sich an. »Du«, sagte sie.

»Beschreib's mal«, sagte ich. »Was das ist, wovon wir jemandem erzählen sollten.« Ich sah zu, wie die Putzkräfte der Rettungswache riesige Müllbeutel mit medizinischen Abfällen in Container warfen.

»Du machst was mit unseren Patienten.«

»Und was mache ich?«

»Sie wiederherstellen, keine Ahnung.«

»Du willst also jemandem sagen: ›Nainoa macht keine Ahnung was?‹«

Sie grub die Hände in die Taschen und schüttelte den Kopf.

Es war das Ende unserer Schicht, und mein Kopf brummte und stach von Dehydrationskopfschmerz, aber sie sollte das kapieren, sollte akzeptieren, dass sie nicht wusste, was ich war, mich in Ruhe lassen.

»Ich weiß, dass du was machst«, sagte sie.

»Ich mach meinen Job.«

»Das ist ja das Problem«, sagte sie.

»Was?«

»Nicht so. Ich mein nur« – sie räusperte sich –, »ist das hier echt der beste Platz für dich?«

»Erin…«

»Wir sind in einem der schlimmsten Stadtteile«, sagte sie, »und trotzdem glaub ich nicht, dass wir so viel helfen wie…«

»Spuck's aus«, sagte ich.

»Du solltest nicht auf dieser Rettungswache sein«, sagte sie. »Du gehörst, keine Ahnung, in ein Kriegslazarett oder nach… nach… Kalkutta. Wo's um Tausende geht. Millionen.«

»Ich bin nicht Jesus«, sagte ich. Ich hatte das Goldkettchen gesehen, das sie um den Hals hatte, wenn sie zur Arbeit kam oder nach Hause ging, das feine Kreuz, die Asche auf ihrer Stirn im Frühjahr.

»Das hab ich auch nicht gesagt.«

»Ich will hier arbeiten.«

»Niemand will hier arbeiten«, sagte sie. »Außer Leuten, die's nicht weiter bringen können. Wir sind nur Heftpflaster. Denk doch an all die…«

»Menschen, denen ich helfen könnte, ja, das sagtest du schon. Ich weiß es zu schätzen, dass du dir Gedanken über mein Leben machst«, sagte ich. »Das bedeutet mir echt viel,

174

vor allem von einer Frau, die sonst außerhalb der Arbeit nichts tut, als ganze Fernsehserien am Stück zu gucken.«

Erins Stirn furchte sich, ihre Kiefermuskeln arbeiteten, als sie sich abwandte und ich ihr Gesicht im Profil sah. Sie guckte auf die City-Gebäude, die windgeblähten Plastiktüten, das mit Unkraut gespickte, rissig graue Grundstück. »Wow, okay«, sagte sie.

In mir wirbelten die Stürme all der Tiere und Menschen, die ich berührt hatte, ja, ich stand auf einem Gehweg, unter den Füßen Beton und in der Lunge Luft, die nach Trocknertüchern roch, und sprach mit Erin, aber ich war auch der bebende Brustkorb der Friedhofseule in Kalihi, die nichts kannte als grünes *Hunger haben schlafen scheißen fliegen fliegen atmen Hunger haben brüten brüten fliegen jagen atmen fliegen* und rotes *kämpfen kämpfen greifen fliegen Angst haben,* und ich war auch die alte Frau, die ich hier in Portland während einer früheren Schicht versorgt hatte, nachdem sie bei ihrem Parkspaziergang zusammengebrochen war, und ihre blauen Flashs von *vierzig Jahre an der Seite meines Mannes aufwachen und noch aneinandergeschmiegt unter der Decke liegen,* das orange-pinkbraune *ein Kind an meiner Brust wiegen, das schläft, warm und trunken von Milch* und der lange weiße Schmerz ihres Bedauerns, der so schnell zwischen all dem anderen dahinströmte, eine einzige brodelnde Masse von menschlichen Leben, alle gleichzeitig in meinem Körper, jeder einzelne meiner Patienten. Sie alle blieben da, gingen nie weg, und obwohl sie in Wellen hereinfluteten und wieder verebbten, nahm ihre Intensität rapide zu, in diesen letzten Monaten, seit der Nacht mit dem Junkie. Je besser ich verstand, woraus wir alle gemacht waren, desto ausnahmsloser blieben alle, die ich berührte, in mir, schrien noch immer, zeigten mir ihre Verletzungen immer und immer und immer wieder.

»Du hast keine Ahnung, wie sich das anfühlt«, sagte ich.

Erin nahm die Hände hoch. »Sorry, dass ich überhaupt damit angefangen hab«, sagte sie und wandte sich zum Gehen. »Bis dann.«

Ich wollte stehen bleiben und über das nachdenken, was sie gesagt hatte, aber ich wusste, wenn ich es täte, würde sie merken, dass sie etwas bei mir ausgelöst hatte, also nahm ich stattdessen meine Brieftasche, mein Handy und noch ein paar Sachen aus meinem Spind und machte mich zu Fuß auf den Heimweg, ich würde, wenn nötig, unterwegs den Bus nehmen, aber zuerst musste ich nachdenken.

Erin wollte, dass ich mehr sein sollte, so wie es meine Eltern immer gewollt hatten, wie ich es ja auch wollte. Aber ich konnte es nicht, war es nicht. Ich war nur das hier. Es lag daran, dass ich noch nicht genug wusste, folgerte ich. Ich konnte nichts anderes in Angriff nehmen, weil ich das, was ich war, noch nicht beherrschte, und wenn das, was nach dem hier kam, was auch immer es war, mehr von mir verlangte, als ich konnte …

Diese Gedanken im Kopf, vergaß ich, auf Fußgängerampeln zu achten, und ging bei Rot über befahrene Straßen, als mir plötzlich etwas auffiel. In einer Gasse zwischen zwei Häusern, an der ich vorbeikam, sah ich etwa dreißig Meter weiter die asymmetrische Form eines toten Labradors.

Ich wusste nicht, was ihm zugestoßen war, war mir aber

sicher, dass er tot war, ich fühlte die sich ausbreitende Leichenstarre, der Rumpf schon so unnachgiebig wie eine gefrorene Hügelflanke, und als ich ihn berührte, waren die Farben, die ich in seinem Körper fühlte, kaum mehr als ein Hauch von Violett und Mitternachtsblau. Der Hund war schon länger tot. Ich suchte ihn trotzdem innerlich ab, über seine ganze Länge, fand den splittrig gebrochenen Schädel, zermalmt, vermutlich von einem Reifen. Mit geschlossenen Augen und ganz in den Körper des Hundes versenkt, wusste ich, dass ich das hier nicht konnte, dass dieser Körper nicht zuhörte, wie es die Körper normalerweise taten, begierig auf meine vage Erklärung, wie sie sich wiederherstellen konnten. Ich dachte wieder daran, was Erin gesagt hatte, was mir meine Familie immer zu verstehen gegeben hatte, über meine Bestimmung. Ich strengte mich noch mehr an, versuchte, das Leben zu ermutigen, sich wieder zu zeigen, nur für einen Moment, damit ich es nutzen konnte. Etwas in meinem Kopf platzte, wurde bitter, Feuer und Schmerz zuckten meinen Rücken runter, während ich alles daransetzte, wie kann ein Schädel sich selbst erkennen, wieder heil sein wollen? Da war nichts, dann das Echo von nichts.

Ich tauchte noch tiefer hinein, vergaß mich völlig. Alles schwarz, konnte ich etwas in Gang setzen, ich versuchte es, vergeblich, es war, wie in die Tiefe eines Sees zu rufen. Ich drang noch entschlossener vor, mein ganzer Körper machte sich den einen Gedanken zu eigen: Leben. Wenn ich hier wieder Leben hervorrufen kann, kommst du zurück. Ich schnappte nach Luft, öffnete kurz die Augen. Dieselbe graue Gasse und dieselben grauen Hauswände, mein Gesichtsfeld gesprenkelt mit den Mustern, die ich innerlich gesehen hatte, dann kalter Schweiß unter meinen Achseln, im Nacken, im Schritt. Ich sammelte mich, schloss die Augen wieder, spannte alles an mir an.

Da war ein Funke, etwas regte sich im Körper des Hundes, das winzige bisschen Elektrizität, das alles war, was von einem Leben blieb, es war immerhin etwas, es war wieder in dem Hund, nachdem es eben nicht da gewesen war, und ich hielt es in meinem Denken fest, zusammen mit den Verletzungen – dem zertrümmerten Schädel, dem Matsch aus Zähnen und Kieferknochen – und setzte noch mehr Kraft ein. Die Elektrizität leuchtete auf und verglomm, der Hund wurde dunkel in meinem Kopf, und mein ganzer Schädel schmerzte, die Zähne, die ich aufeinandergepresst hatte, etwas hinter meiner Nase machte ein Krepitationsgeräusch. Ich würde nicht loslassen, nein, nicht jetzt, wo ich ein wenig von einer Seele wiedererweckt hatte. Meine Hände waren immer noch da, irgendwo, hielten den Körper dieses Tiers, die Beine, die auf leisen Pfotenpolstern dahingetrabt waren, die den oft ausgehungerten Körper zwischen dunkle Mülltonnen geschnellt hatten, in die Wärme frischgeparkter Autos, Beine, die beim Kotabsetzen gezittert hatten, die Abfall und Ratten und Kätzchen hervorgescharrt und betatscht und zerkratzt hatten, dieses Tier hatte Freude und Furcht und Zeit erfahren, ich konnte es zurückholen. Und der Funke in seinem Inneren wurde ein stetiges Rinnsal von Licht, und das Rinnsal wurde eine Flut, und Helligkeit strömte durch seinen Körper, wie wenn eine Stadt nach einem Stromausfall wiedererwacht.

Ich öffnete die Augen. Der Schädel des Hunds war geschlossen, und das Tier lag da, leise hechelnd unter seinem aufgetauten Fell, so warm und ledrig wie ein Stiefel in einem sonnigen Windfang. Es stand auf, zitterte, schüttelte den Kopf so heftig, dass die Ohren gegen den heilen Schädel klatschten, und trottete dann davon, aus der Gasse hinaus.

Ich wollte ihm hinterherrufen, wollte ihm sagen, dass er dableiben sollte, dass ich ihn mit nach Hause nehmen könnte, aber Erschöpfung überrollte mich mit solcher Wucht, dass ich auf den Hintern sackte, seitwärts umkippte, die Augen schloss.

Als ich aufwachte, drückte der eisige Boden der Gasse gegen meine Rippen, meine Schlüsselbeine und meine Kniescheiben, und meine Lippen waren voll Straßendreck. Ich lag da, wo der Hund gelegen hatte, nur dass jetzt die Sonne ganz hinter den Häusern verschwunden war und mit ihr jede Wärme, ich richtete mich auf die Knie auf und zitterte.

Noch nie hatte ich etwas gerettet, das schon so weit weg war, keinen Menschen und kein Tier. Der Tod sah genauso aus, wie ich erwartet hatte, Stille und leeres Dunkel, und von dort hatte ich den Blitz des Lebens zurückgezwungen.

Ich hockte auf dem Beton, gegen die Mörtelfugen der Hauswand gelehnt, und Vögel schossen durch das Grau über mir. Ich roch das Happy-Hour-Fett einer in Gang kommenden Küche, Horden von Jugendlichen in Baggy-Klamotten gingen am entfernteren Ende der Gasse vorbei, vom anderen Ende her setzte ein Lieferwagen piepsend ein Stück zurück. In meiner Tasche leuchtete mein Handy auf und vibrierte. Eine Nachricht von Khadeja:

Hunger auf Abendessen?

Trotz allem, was mir im Kopf herumpolterte, trotz der abgrundtiefen Erschöpfung, antwortete ich, wahrscheinlich zu schnell: *Yeah, bist du zu Hause?*

Die Antwort kam genauso schnell: *War keine Einladung, hab nur gefragt, ob du Hunger hast, haha.*

»Hahaha«, sagte ich laut, aber schon schrieb sie: *Nur ein Witz. Kommst du?*

Ich hasse dich, schrieb ich zurück. *Gehe nur erst duschen, Uke holen. Komme dann.*

Also ging ich los, mit wackligen Quadrizepsen, meine Deltamuskeln schwirrend vor Schwäche.

Als Rika mir aufmachte, lief der Fernseher, Tierpuppen quasselten miteinander, dann Schnitt zu zitternden Cartoon-Zahlen, von zehn rückwärts, dann zwei bunte Puppen, die von entgegengesetzten Enden her eine Straße betraten, offenbar in einer Sozialsiedlung.

»Mom macht grade Curry«, sagte Rika und wandte sich wieder dem Bildschirm zu. Ihr Schulranzen lehnte in der Ecke neben dem Zweiersofa.

»Hast du keine Hausaufgaben auf?«, fragte ich.

»Hey«, rief Khadeja aus der Küche, »den ganzen Tag sagen ihr Leute, was sie tun soll. Lass ihr ein bisschen Freiheit.«

»Freiheit fernzusehen«, sagte ich.

»Ja«, rief Khadeja. »Du kannst ja vielleicht hier rüberkommen und mir helfen.«

»Du machst das doch so toll«, sagte ich.

Aus der Küche nur ein skeptisches Schnauben.

»Klingt nicht gut«, sagte Rika zu mir, ohne den Blick vom Fernseher zu wenden.

»Sie hat doch gar nichts gesagt«, sagte ich.

»Eben«, sagte Rika. »Klingt *gar* nicht gut.«

Ich verstrubbelte Rikas Haar, obwohl sie protestierte und sich zu entziehen versuchte. »Und überhaupt, was weißt du schon«, sagte ich. »Du bist sechs.« Ich ging in die Küche.

Und da war Khadeja, mit ihren ausgeprägten Wangenknochen und leuchtenden Augen, komplizierten arabischen Ohrringen, die vor der dunkelbraunen Haut ihres Halses tanzten, ihrem Afrodutt. Obenrum nur im weißen V-Ausschnitt-Shirt, aber untenrum noch in ihrer schwarzen Bürohose, die um ihre kräftigen Oberschenkel spannte. Sie musterte das Curry, als hätte es sie beleidigt.

»Wie geht's?«

»Das Curry ist nicht ganz frisch«, sagte sie, aber als sie sich umdrehte und mich sah, hielt sie jäh inne. »Gott, Noa.«

»Was?«

»Du siehst fertig aus«, sagte sie. »Ich weiß, so was sagt man nicht, aber echt.«

»Danke«, sagte ich. »Du siehst in dieser Hose dick aus, wo wir gerade ehrlich sind.«

Sie lachte. »Sorry. Aber, Noa, du siehst aus, als ob du einen Marathon gelaufen wärst und dabei die ganze Zeit nur Zigaretten gegessen hättest.« Sie verbarg ein Lächeln mit der Hand. »Ich glaub's nicht, dass ich das grade gesagt habe.« Im Wohnzimmer quasselte der Fernseher immer noch, weitere Puppen und eine Art elektronisch gesteuerter Riesenelefant, anscheinend unterhielten sie sich darüber, wie Regen entstand.

»Bist du noch da?«, fragte Khadeja. Mir war gar nicht bewusst, wie lange ich schon auf den Bildschirm im anderen Zimmer starrte. Khadeja kam so nah an mich heran, dass unsere Oberarme sich streiften, ihrer war so glatt und warm wie eine Wange.

»Da war heute dieser Hund«, setzte ich an. »Er war …« Khadeja legte mir die flache Hand auf die Magengrube, die Augenbrauen besorgt hochgezogen, und sofort wollte ich ihr alles erzählen. Aber ich musste daran denken, wie es das letzte Mal gewesen war, als die Leute über mich Bescheid wussten: all die Nachbarn, die es gehört hatten und mich plötzlich immerzu brauchten, die kleinen Bündel Geldscheine, die meine Eltern bekamen …

Ich schüttelte den Kopf. »Vergiss es«, sagte ich. »Ich stell's schlimmer hin, als es ist. Die meiste Zeit geht's um allergische Kids, die Erdnussbutter gegessen haben, um Katzen, die auf Bäumen festsitzen, und um Leute, die Herzanfälle vortäuschen, um sich ihrer Geschworenenpflicht zu entziehen.«

Ihr Lächeln war unverbindlich, höflich. »Ich bin hier«, sagte sie. »Ich kann zuhören.«

»Ich weiß«, sagte ich, aber mehr nicht.

Nach dem Abendessen startete Rika ihr übliches Spielchen, um das Baden und Schlafengehen hinauszuzögern. Sie fing es schlau an, fragte nach der Ukulele, die ich mitgebracht hatte, und ob sie noch zuhören dürfe, wie ich spielte.

»Jetzt ist es schon zu spät dafür«, sagte ich zu Rika. »Du

willst immer nur, dass ich spiele, wenn du was anderes raus-schieben willst.«

»Ukulele«, sagte Rika. Sie chantete es, ich weigerte mich, sie brüllte es laut, *Ukuleeleeee*, ich stand auf und zog eine Grimasse, sie stieg von ihrem Stuhl, schnappte sich die Uke und fing an, wüst darauf herumzuschrammeln. Es war eine Fünfzehnhundert-Dollar-Uke und vor allem ein Schulab-schlussgeschenk meiner Eltern für Stanford. Ich wusste nicht, wie sie das Geld dafür aufgebracht hatten, und jede Antwort, die ich mir ausdachte, zerriss mir dermaßen das Herz, dass ich die Uke spielte, auch wenn ich es gar nicht wollte, und sie sprach zu mir von den Haien, dem Friedhof, allem, was meine Eltern danach erwartet hatten. Ich machte eine ärgerliche Grimasse und trat auf Rika zu. Sie rannte los, den kurzen Gang entlang, schaffte es in die Ecke ihres Zim-mers und versuchte, wieder zu schrammeln, aber ich war zu schnell.

»Gib her«, sagte ich zu ihr.

»Ist jetzt meine«, sagte sie. Sie hielt sie noch nicht mal richtig, sondern verkehrt herum, griff irgendwohin, traf die Saiten nicht, als sie sie anschlagen wollte. »Ich bin die beste Ukulele-Spielerin auf der Welt. Viel besser als du.«

Ich schnappte ihr das Instrument bei ihrem nächsten Ver-such weg und barg es im Arm. Sie langte danach, und ich drehte mich weg, um es abzuschirmen, sagte, sie solle ein-fach mal warten. Ich schlug die Saiten an, drehte die Wir-bel. »Du hast sie verstimmt.« In dem Moment bemerkte ich Khadeja hinter mir in der Tür, nur ihren Schatten und ihren Vanille- und Blumenduft.

Sie wussten beide, dass es sich zuzuhören lohnte, wenn ich die Uke so hielt, ich wusste, das war eins der Dinge, die Khadeja an mir toll fand. Ich machte oft Musik, wenn ich bei ihnen war, manchmal nach dem Abendessen, manchmal, wenn Rika schlief und nur Khadeja und ich im Wohnzimmer saßen, bei Seagram's mit Ginger Ale oder genauso oft auch ohne Alkohol, dann nahm ich die Uke heraus und spielte und sang gut genug, dass es wirkte – warmer Honig. Es machte was mit mir, so jemand für sie zu sein.

Ich spielte an Ort und Stelle ein paar Songs, »Guava Jelly« und »Leaving on a Jet Plane«, jeder Akkord besser als der vorige, die Extratöne, die ich einfügen und länger klingen lassen konnte, ich kam auf Touren. Rika wollte »Somewhere over the Rainbow«, aber ich sagte, das hätte ich über, spielte stattdessen eine Version von »Bring Me Your Cup« und ließ sie übergehen in »Stir It Up«, so, wie ich denke, dass es Marley gefallen hätte, mit seiner heiseren, heulenden Stimme, es war für uns alle der beste Abschluss, und als der letzte Akkord verklang, sagte ich zu Rika, so, jetzt reicht's, Zeit, dass deine Mutter dich in die Wanne steckt.

»Warum immer ich?«, fragte Rika. »Ihr müsst nie baden.«

»Deine Mom und ich baden schon manchmal«, sagte ich und grinste über Khadejas entsetztes Gesicht. Ich chuckte noch ein paar Takte. »So werden nämlich Babys gemacht.«

»In der Badewanne?«, fragte Rika.

»Nein«, antwortete Khadeja. »Na ja, manchmal. Hör zu«, sagte sie, »ich erklär's dir, wenn du größer bist.«

»Ich erklär's dir morgen«, sagte ich. »Ich mach dir Zeichnungen.«

»Cool«, sagte Rika.

»Nainoa«, sagte Khadeja.

»Badewanne«, sagte ich praktisch kichernd zu Rika und ging raus in Richtung Bad, wobei ich kurz im dunklen Gang stand und den Türrahmen auszumachen versuchte.

Wie viele Abende verbrachten wir so? Wie lange war ich so dumm, uns für unzerstörbar zu halten? Aber das ist das Problem an der Gegenwart, sie ist nie das, was man in Händen hält, nur das, worauf man später blickt, aus so riesiger Entfernung, dass die Erinnerung ebenso gut ein Sternenfunkeln im Dämmerdunkel draußen vor dem Fenster sein könnte.

Im September dann wechselte ich auf die Sechs-bis-Sechs-Nachtschicht, und irgendwann nach Mitternacht kriegten wir den Einsatzbefehl, eine Schwangere, sechsunddreißigste Woche, mit vorzeitigen Wehen und Blutungen hatte auf der Fahrt ins Krankenhaus einen Autounfall gehabt.

»Toll«, sagte Erin, als die Zentrale weg war, nur das Statikrauschen und wir im Fahrzeug, und sie die Schalter drückte, um die Sirene wieder aufheulen zu lassen. »Klingt schlimm.«

»Ist doch nur eine potentielle vorzeitige Geburt und stumpfe Gewalteinwirkung mit hoher Geschwindigkeit«, sagte ich. »Was ist daran so schlimm?«

»Wenn wir wieder auf der Wache sind«, sagte Erin, »erinnere mich dran, dass ich dir den Wasserkühler in den Anus schiebe. Dann können wir drüber reden, dass Gebären doch keine Sache ist.«

»Das mit dem Wasserkühler hatte ich schon«, sagte ich. »Frag Mike.«

»Du bist widerlich«, sagte sie. »Fahr einfach.«

Ich fuhr, und der Regen kam in seltsamen Schüben, es goss, tröpfelte, goss dann wieder. Auf dem Freeway staute sich der Verkehr schon eine Viertelmeile vor der Unfallstelle, und die Gasse wurde nur so langsam gebildet, dass wir auch hätten zu Fuß gehen können. Als wir schließlich ankamen, stand der Wagen verkehrt herum auf der Straße, zusammengequetscht und mit Airbag-Blasen, drum herum glitzerndes Glas, alles klatschnass vom Regen. Ein wesentlich größerer Pick-up war auf die andere Straßenseite geschleudert, seine Front vergleichsweise wenig zerknautscht. Der Fahrer des Pick-ups saß an der Leitplanke, die Knie an die Brust gezogen, und gab dem Polizisten, der ihn befragte, irgendwelche gemurmelten Erklärungen. Wir stiegen aus, ins grelle Licht der ganzen Scheinwerfer, in die seltsame, irgendwie reine Stille der Nacht, den Regen, der auf unsere Jacken nieselte, den Geruch des Nadelholzmulchs, der von der Ladefläche des Pick-ups gefallen war, das pink-orange Leuchten der Warnfackeln, die die Polizei entzündet hatte. Wir gingen zu dem Wagen.

Wir sahen sie, obwohl ich mich bis jetzt nicht so genau erinnern kann, wie ich gern möchte: die Position ihres Körpers und ob sie wirklich noch atmete, was der Rahmen und der Bezugsstoff des Autos war und was ihr eigener Körper. Der Geruch von Galle und das arterielle Blut, fast schwarz, der giftige Gestank von brennendem Metall, brennender Elektrik, aber wir schafften es, sie herauszuholen, mit Cervikalstütze, und die Trage unter sie zu kriegen, wobei etwas von ihr auf den Autositz rann, dann auf den Asphalt, dann auf das reinweiße Tragenlaken.

Erin sprach leise auf die Frau ein, und ich hatte die Hand auf ihrem Körper, versuchte, die Quellen des Bluts zu finden. Sie hatte blutige Kratzer wie von Krallen im Gesicht, am Hals, auf der Brust, da, wo das T-Shirt zerfetzt war. Jetzt spürte ich sie, das Leben in ihrem Körper war wie das Zentrum eines Waldbrands, alles, was ich fühlte, waren die rote Entleerung und die orangefarbenen Risse von Blutgefäßen und Unterhautgewebe, ihre verdrehte Wirbelsäule, dann plötzlich das blaue Flackern des Kindes in ihr, dessen Ungeborenenessenz bereits verblasste.

Ich war hinten im Fahrzeug, die Hände auf ihrem Körper, und wir waren gerade mal einen halben Block vom Unfallwrack entfernt, als ich Erin zuschrie, sie solle anhalten.

»Spinnst du?«, sagte Erin und drehte den Kopf, während ihre Hände den Rettungswagen weiter in einem langsamen Slalom zwischen den Fahrzeugen hindurchlenkten.

»Wenn wir sie ins Krankenhaus bringen, stirbt das Kind«, sagte ich.

»Scheiß drauf«, sagte sie.

»Sie müssen dann zwischen der Mutter und dem Kind wählen«, sagte ich. »Du weißt, wie sie entscheiden werden.«

»Das ist ihr Job.«

»Ich kann mehr tun«, sagte ich.

»Nein«, sagte Erin.

»Ich werde sie beide hier halten«, sagte ich. »Niemand muss irgendwas entscheiden.«

Erin schüttelte den Kopf.

»Erin«, sagte ich. »Du kennst mich doch.« Es war meine einzige Möglichkeit. Nicht mal *ich* kannte mich, aber ich musste in die Vollen gehen und all die Stunden voll Blut und Dreck heraufbeschwören, die Erin und ich hinter uns hatten. Wir schwenkten zum Straßenrand rüber und hielten an. Erin rammte sich die Handballen in die Augen und sagte Fuckfuckfuckfuck, was wohl das Beste war, was ich von ihr erwarten konnte. Wir standen vor einem Gebäude, und das Warnlicht zuckte rot, blau, rot über die Fenster.

»Drei Minuten«, sagte Erin. Sie schlug mit den Fäusten aufs Lenkrad. »Mehr nicht, hörst du?«

Ich setzte meine Untersuchung fort. Die Essenz des Babys wurde schwächer, die der Mutter auch, ihr Körper jetzt kein Feuer mehr, eher ein Lavastrom, etwas Zähfließendes und ein leises Summen, die Vibrationen gingen durch meine Hände. Ich fand den Funken nicht, das Verlangen zu leben. Alles zerfiel gleichzeitig, es war zu viel, um es zusammenzuhalten, ich hatte das vage Gefühl, dass beide Leben im Begriff waren, sich davonzumachen.

Wieder ließ ich mein Denken in ihren Körper vordringen, suchte den Funken, das, was ich vorhin gesehen hatte, es war da, aber am Verschwinden. Ich versuchte, sie beide zu finden, die Mutter und das Kind, sie beide zugleich festzuhalten und dann alles Zerstörte wieder zusammenzuschieben, so wie ich es bei dem Hund in der Gasse getan hatte. Aber nichts passierte; alles blieb still. Mein Gehirn war so fest zusammengeballt, dass ich ein Reißgefühl unterhalb der Taille verspürte und etwas Heißes auf meinen Oberschenkelmuskeln, erst später identifizierte ich es als Urin, rotbraun von etwas, das durch die Anstrengung, mit der ich die Leben unter meinen Händen wiederzuerwecken versuchte, aus meinen Nieren gequetscht worden war. Trotzdem fand ich in der Mutter keinerlei Lichtquelle.

»Gleich«, log ich.

»Keine Zeit«, schnauzte Erin. »Ich fahre jetzt.«

Da, war das ein Flackern? Noch eins, ein ferner Blitz am äußersten Horizont der Mutter, ich schickte alles hin, was ich hatte, alles in mir, das mit ihrem Leben ringen, es dazu bringen konnte, sich zu erhalten, mit der Reparatur zu beginnen, noch während ich mir vorstellte, wie diese Reparatur aussehen würde: zuerst die aufgeplatzten und zerrissenen Stellen abdichten, mit den Blutplättchen und dem Fibrinnetz, Gerinnung bitte Gerinnung bitte Gerinnung, und deinen Sauerstoff zu dem Kind und die elektrischen Impulse zu beiden Herzen und Gehirnen, um das Summen und Pumpen aufrechtzuerhalten, das ich nicht mehr fühle, und wieder die Wunden, schließt euch, näht euch selbst, das Licht erlosch.

»Warte, okay, warte, bitte, du bist herzlos. Noch nicht«, sagte ich, »du bist herzlos. Noch nicht.« Dann das diffuse Wissen, dass das Fahrzeug sich bewegte. Die jaulenden Sirenen. Ich war wieder aus ihr draußen, nur in mir selbst, blickte auf den Körper der Mutter hinab und begann mit den Wiederbelebungsmaßnahmen, in denen wir geschult sind, das Einzige, was noch blieb.

Als wir im Krankenhaus ankamen, hatte sich der arteriell-dunkle Blutfluss der Mutter verlangsamt, ihre Haut war aschfahl, die Uteruswand noch gewölbt, da, wo das Kind in ihr jetzt still war. Alles, was ich versucht hatte – Defibrillator, Herzdruckmassage, Atemspende –, beantwortete der Körper der Mutter nur mit kalter, schlaffer Reglosigkeit. Wir waren vor der Notaufnahme ruckartig stehen geblieben, und Erin öffnete die Hecktüren und schluchzte, wohl beim Anblick des Graublaus der Mutter, während das Team schon herbeieilte, eine Welle von Klappern und Rucken und überschnappenden Stimmen, die über uns hereinbrach und die Hülle der Mutter davontrug, wie ich schon wusste, zu ihrer letzten Ruhe.

12

KAUI, 2008
Indian Creek

Im Herbst lebten wir in der Landschaft. Wir kletterten in den Randzonen eisverkrusteter Gebirge, die einst Gletscher, so groß wie Städte, durchpflügt hatten. Wir suchten mit Zehen- und Fingerspitzen auf messerdünnen Steinvorsprüngen Halt und schoben uns in die ädrigen Risse schierer Kalkstein-, Granit- oder Basaltwände, alles überspannt von einem wilden Himmel. Ich fühlte die ersten Menschen, die diese Welten bewohnt hatten. Der Erdboden, auf dem Generationen von Shoshone gelegen hatten, war immer noch da, unter unseren Zelten, okay? Kalte Luft, die von den Schneegipfeln herabkam und die einst die Kiowa geatmet hatten, atmeten wir jetzt genauso.

Mit Van, mit Hao, mit Katarina wollte ich plötzlich Gänsehaut-Runouts in den Smith Rocks machen. Ich wollte den Totem Pole in Australien machen und El Potrero Chico in Mexiko. Die Salathé Wall im Yosemite und El Chorro in Spanien. Je mehr wir kletterten, desto tiefer drang es in mein System ein.

Und noch Tolleres passierte. Nach diesen Klettertagen fiel ich abends in unser Zelt, das nach nassem Hund roch, und sank in schwarze Ozeane des Schlafs. Ich träumte von

Wesen, die hawaiianische Gottheiten sein mussten. Frauen, so groß und fern wie Vulkane, ihre Haut dunkel wie schwangere Erde, ihre delphinartigen Körper dick und glatt und voll freudiger Kraft. Ihr Haar fiel wirr in die Bäume herab, bis ich nicht mehr unterscheiden konnte, was Kletterpflanzen waren und was ihre Locken, und ihre Augen waren golden oder blau oder grün, ohne Weiß, und glimmend. Überall, wo sie das Land berührten, verwuchs das Land mit ihnen, verschmolz Haut mit Erde, bis man nicht mehr feststellen konnte, wo das eine aufhörte und das andere anfing.

Da habe ich dann wohl getanzt. Jedenfalls erzählte mir das Van, immer, wenn ich den Traum gehabt hatte, vor allem am Anfang. Sie sagte, ich sei ganz tief weg gewesen: Auf dem Rücken liegend, den Schlafsack bis zur Hüfte runtergestreift, hätte ich im Zelt Hula getanzt. Die angewinkelten Arme ab und zu vor dem Körper geschwenkt, das Hüftkreisen des 'ami oder die Kniebewegungen des 'uwehe vollführt. Sie sagte, sie habe sich wegducken müssen, um nichts abzukriegen.

Sie fragte, wovon ich geträumt hätte. Ihr das mit den Frauen zu erklären hatte keinen Sinn – es würde nur albern klingen –, und nicht mal die Stimmung ließ sich vermitteln. Ich hatte das Gefühl, davongezogen zu werden wie von einer Strömung, die mich an ein namenloses Ziel trug.

Indian Creek wird für mich immer mit dem verbunden sein, was wir dort taten. Es war der Anfang vom Ende, das sehe ich jetzt. Unser Herbstferientrip. Indian Creek mit seinen Sandsteinwänden, die in der ersten Sonne kupferfarben wurden. Der Geruch von Münzen, der intensiv vom fernen See herkam. Hao und Katarina waren auch dabei, aber wir teilten uns zum Klettern immer öfter so auf: Hao und Katarina, Van und ich. Van und ich. Wenn wir kletterten, war es wie ein Gespräch. Sie war elegant und präzise. Unermüdlich. Ich war kraftvoll und dynamisch – weit ausgreifende Moves und harte Lock-offs. Und wir führten einander diese Dinge vor, sie antwortete mir und ich antwortete ihr, so dass wir uns gegenseitig pushten, während wir uns gleichzeitig bewunderten. Wir machten uns gegenseitig zu der Art Person, die wir werden wollten, erzeugten die Art Erfahrungen, von der ich gar nicht gewusst hatte, dass ich sie mir wünschte, bis ich sie machte.

»Du musst es fließender angehen«, rief sie zu mir hinauf, als ich mich gerade durch eine schwere Serie von Locks in einem Fingerriss arbeitete. »Überlass dich dem Flow. Du solltest dich die meiste Zeit nicht bemühen müssen, außer an der Schlüsselstelle.« Und ich so, manchmal will ich keinen Flow. Vor allem in diesen Rissen war es für mich immer noch wie ein Kampf. Ich fummelte mich die kleinsten Felsspalten entlang, und alle Muskeln in meinem Rücken waren zum Zerreißen gespannt, und ich musste drücken und stemmen und den Atem anhalten und die Zähne zusammenbeißen, um es durchzuziehen. Van dort über mir am scharfen Ende des Seils, fließend wie eine Schlange. Nach außen gedrehte Knie, flaggende Beine, feinfühliges Camming. Ich bin die Hula-Tänzerin, Bitch, wollte ich sagen. Und dann *sagte* ich es, und sie lachte, okay? Weil wir einander kannten.

Ich kletterte inzwischen so gut, dass es all die Gefahr

bot, die ich wollte. Am zweiten Tag im Creek hatte ich an einem Splitterriss einen Fünfzehn-Meter-Sturz. Das Seekrankheitsgefühl im Fallen, das Seil schlaff und kräuselig in der Luft unter mir. Ich fiel und fiel, bis das Seil schließlich von zwei wackligen Klemmgeräten blockiert wurde und ich direkt über Vans Kopf baumelte. Hätte es diese Zwischensicherungen herausgerissen, hätte ich mir das Rückgrat gebrochen. Eine ganze Weile sagte keine von uns was. Ich hing einfach nur da und zitterte vom Bauch ausgehend.

»Wir hätten mehr Zweier-Klemmkeile mitbringen sollen«, sagte Van, ganz cool und kompetent.

»Ist besser so«, sagte ich. »Mit Konsequenzen.«

Das war's, was ich wollte. Zum Beispiel wir beide, Van und ich: Ich wusste nicht, was wir waren, und es hatte was, dieses Nicht-Wissen. Auf der Grenze zu balancieren. Beim Klettern war's genauso. Immer wieder loteten wir die Grenze zur Katastrophe aus. Die Folge war, dass wir das Gefühl hatten, uns selbst ganz und gar zu kennen, wenn wir auf dem Campus herumliefen. Es übertrug sich aufs Studieren. Ich startete durch in jenen ersten Semestern, wurde eine der Besten in jedem Kurs, den ich machte, war total heiß drauf zu verstehen, wie die Welt funktionierte, was ich mit meinem Verstand erschaffen konnte, die physikalischen Zusammenhänge. Ich konnte Häuser bauen oder Brücken oder Maschinen, wenn ich wollte. Ich hatte jetzt keine Zweifel mehr, was in mir steckte.

Außer Van gegenüber. Das Weinfest war jetzt eineinhalb Monate her, und ich war total verkrampft vor Verlangen nach ihr. Unser Wohnheimzimmer war ein Druckkochtopf: beiläufige Berührungen, wenn wir einander Stifte oder Lehrbücher oder die Fernbedienung gaben oder auf dem Weg zu unseren Hochbetten aneinander vorbeikamen.

In der Woche vor diesem Trip war sie vom Duschen gekommen, hatte unsere Zimmertür zugemacht und ihr Handtuch fallen lassen. Ich saß auf meinem Bett, die Knie angezogen, und las in meinem Lehrbuch *Statik & Dynamik*. In meinen Kopfhörern lief T. I. – *Paper Trail* war gerade rausgekommen –, ich weiß es noch, weil ich bis heute nicht »Whatever You Like« hören kann, ohne dass es mich in diesen Moment zurückkatapultiert: ihr Körper. Pfefferminze und Blüten, ja sogar der weiße Seifengeruch. Es war nie ihr Körper als solcher, um den es mir ging. Nicht die Oberfläche oder was. Es war die Art, wie sie ihn trug: Spannung und Muskelspiel, asymmetrisch, robust. Ein paar Dinge sehe ich vor mir. Das wurzelgeflechtartige Gewirr ihres kaum getrimmten Schamhaars, ihre kräftigen Handgelenke und Unterarme, die dünnen Adern, die ihre Klettermuskeln hervortreten ließen. Der Schwung ihres Halses. Sie stand einfach so da, nackt. Mein Inneres verknotete sich. Dann bückte Van sich, nahm Unterwäsche aus ihrer Kommode und zog sie über ihre saubere Haut.

In jeder chemischen Lösung gibt es ein Solvens und ein Solvat. Das wusste ich. Ich war in meinem Studium ständig mit so was befasst, okay? Das Solvens macht die Arbeit, es zerlegt den anderen Stoff in kleinste Teilchen. Ich wollte mir manchmal einreden, Van gegenüber sei ich das Solvens, aber das konnte ich keinem weismachen. Ich wusste vor allem, wie es sich anfühlt, aufgelöst zu werden.

Jetzt waren wir im Creek und in unseren Zelten unter einem Gefunkel von Mitternachtssternen, Van und ich auf einer Seite des Lagerfeuers und auf der anderen Katarina und Hao, deren Stimmen schwach zu uns herüberdrangen. Sie redeten endlos miteinander, aber es war so ein Bruder-Schwester-Ding. Van in ihrem Schlafsack drehte sich zu mir.

»Wirst du heute Nacht wieder Hula tanzen?«, fragte sie.

»Klappe«, sagte ich.

»Werd nicht gleich stinkig«, sagte sie. »Ich hab's gern.«

Ich zuckte mit den Schultern, weil ich nicht wusste, wie ich sonst reagieren sollte. »Ich kann's nicht kontrollieren«, sagte ich.

»Gilt doch für fast alles, oder?«, sagte sie.

Ich guckte skeptisch. »Seit wann ist Philosophie dein Ding?«

»Ich mein's ernst«, sagte sie.

»Ich auch.« Ich grinste.

Da beugte Van sich rüber und küsste mich auf die Wange, so leicht wie ein europäisches Gutenachtküsschen. Wir waren voll Sonnenschutzmittel und Salz und Lagerfeuergestank. Dem Dreck von zwei Tagen Klettern. Aber ich spürte ihre Lippen durch das alles hindurch, immer noch weich und unvertraut.

Sie legte sich wieder hin und zog, ohne mich anzusehen, ihren Schlafsack bis zum Fußteil auf. Langsam machte ich mit meinem das Gleiche. Ich streckte die Hand rüber in ihren Schlafsack, fuhr ihren Körper entlang, von der Schulter an. Statt sie anzuschauen, blickte ich über sie hinweg in den Winkel des Zelts, wo ich schwach den Schein von

Katarinas und Haos Lampen sehen konnte. Ich ließ meine Hand dem Schwung ihres Körpers folgen. Runter zu ihrer Hüfte. Sie fasste mein Handgelenk. Schob meine Hand unter ihr Shirt, auf ihren Bauch. Sie atmete aus und schob meine Hand höher rauf, drängte sich dagegen, und da war der warme, kleine Hügel ihrer Brust. Ihr steifer Nippel rieb sich zwischen zweien meiner Finger. Sie atmete wieder aus. Sie hatte ihre andere Hand unter ihren Hosenbund geschoben, in ihre Unterhose, und bewegte sie jetzt dort.

»Mach weiter«, sagte sie mit gerötetem Gesicht und geschlossenen Augen. Ihre Hand war immer noch auf meiner, bewegte sie an ihrem Nippel. Ich machte weiter. Ich spiegelte, was sie machte, meine andere Hand in meiner Unterhose, ganz unten. Mir wurde wirbelig und heiß im Kopf. Und im Bauch. Wir fanden einen Rhythmus, uns selbst und einander zu streicheln. Ich ganz sie und sie ganz ich, ganz hier, ganz jetzt, bis das, was in mir zusammengeknäuelt war, sich mit Macht löste.

Ich weiß nicht, ob ich in jener Nacht im Schlaf Hula tanzte. Da war keine Musik in meinen Träumen. Aber ich weiß noch, was ich fühlte. Ich war ein Keimling im Boden, der aufwärts drängte. Ich war ein hungriger Muskel, der gegen die dunkle Erde anarbeitete, bis ich hervorbrach, in den Regen und die Sonne.

Später machte es Sinn. Am Ende.

13

NAINOA, 2008
Portland

In der Frischwarenabteilung, vor den Brokkoliköpfen, den glatten gelben roten orangefarbenen grünen Paprika, ob ich da stand oder sonst wo, war egal, es holte mich sowieso ein. Es überfiel mich in Khadejas Wohnung beim Versuch, Rika vorzulesen oder im Wohnzimmer einen Witz zu erzählen, es erwischte mich im Bus, auf der Fahrt ins Gym, oder wenn wir alle Lampen ausmachten und dalagen und Khadeja die Hand ausstreckte, um mir den Nacken zu massieren, es packte mich und ließ mich nicht mehr los. Dieser Moment – der Körper der Mutter, das zarte, verlorene Kind darin –, als alles verschwand.

Ich hatte versagt, und ich hatte eine Mutter und ihre Tochter getötet, weil ich zu dumm war, um meine Grenzen zu kennen. Ich hatte nicht nur vernichtet, was sie waren, sondern auch, was sie je gewesen waren – wozu waren diese Erinnerungen jetzt noch gut, konnte der Mann die Erinnerung an seine Frau küssen, konnte er die Hand auf die Erinnerung an den Babybauch legen, konnte er die Erinnerung an die Tritte fühlen –, und natürlich hatte ich auch alles vernichtet, was hätte kommen können, schlaflose Nächte mit einem Neugeborenen, Schulaufführungen, Ausflüge in Nationalparks mit lausigen Selfies. Ich hatte vernichtet, was der Vater hätte tun und sein können, ich hatte vernichtet, was die Großeltern verdient gehabt hätten, sogar die Liebesbeziehungen und die Frustrationen und die lustigen Momente, die das Kind hätte haben können, Jahre in der Zukunft, das, was es hätte erschaffen können, Songs oder Geschichten oder auch Textnachrichten, das alles hatte ich vernichtet.

Und bekommen hatte ich dafür eine Beurlaubung, nicht, weil irgendjemand Verdacht geschöpft hätte (es gab keinen Verdacht, Erin hatte gesagt, was ich nie von ihr erwartet hätte, ich war entlastet), sondern weil ich in den Stunden und Tagen danach unfähig war, auch nur annähernd ich selbst zu sein. Der Rettungsdienstleiter hatte gesagt: *Nehmen Sie sich alle Zeit, die Sie brauchen*, was, wie ich wusste, im Klartext hieß, nicht mehr als einen Monat. Aber ein Monat war um, und noch immer verließ ich kaum mein Apartment, und schon gar nicht schaffte ich es bis zur Wache.

Es kam oft vor, dass Khadeja irgendwas machte, zum Beispiel Ohrringe vor dem Schlafzimmerspiegel ausprobierte, ein Paar Hängeohrringe abnahm und sich stattdessen schlichte X-Stecker reinmachte, die aber doch wieder gegen die Hänger tauschte, und dann sagte: »Stimmt's?«

»Was?«, sagte ich.

Sie ließ die Hände sinken und betrachtete mich ruhig. »Du hast nicht zugehört.«

»Doch, klar«, sagte ich und versuchte, sie irgendwie zu überzeugen, dass ich doch zugehört hatte, und sie redete weiter, und ich verkündete: »Heute geh ich wieder zur Arbeit.«

»Gefallen dir die X-Stecker? Sehen wie Kreuze aus. Ich will nicht, dass mich die Leute für eine Christin halten«, sagte sie. Und dann: »Und ich finde das keine gute Idee.«

»Christin sein?«

»Wieder zur Arbeit gehen.« Ihre Hand fand meine Wange, und sie sah mir in die Augen, und in dem Moment dachte ich, es sei Dramatik, aber inzwischen weiß ich, es war total ehrlich, auf eine Weise, wie ich es nie gewesen bin, da nicht und seither auch nicht. »Du brauchst Zeit.«

»*Sie* brauchen *mich*«, sagte ich. »Was ich brauche, spielt keine Rolle.«

Aber ich ging nicht. Eines Morgens, als ich bei Khadeja geschlafen hatte, saß ich neben Rika am Tisch, sah ihre dunkelbraunen Beine mit den gepunkteten Söckchen baumeln und kicken, während sie auf die Rückseite der Cornflakes-Packung starrte und ihr Glas Orangensaft mit beiden Händen hielt, wieder ein Schultag.

»Warum sagst du nichts?«, fragte Rika.

»Ich denke drüber nach, wie es weitergeht«, sagte ich.

»Ich gehe zur Schule, Dummi.«

»Danach«, sagte ich. »Für mich.«

»Du gehst heim und bist traurig, oder?«

Ich lächelte. »So was in der Art.«

»Mom hat gesagt, du musst gerade mit was fertigwerden«, sagte Rika. »Sie hat gesagt: ›Er muss gerade mit was Schwierigem fertigwerden, versuch, Verständnis dafür zu haben.‹« Den letzten Satz wollte sie mit tiefer Stimme sagen, aber es klang einfach nur total albern, irgendwas daran war komisch, und normalerweise wäre das sofort bei mir angekommen, aber Humor war eine Fremdsprache, die ich mal fließend gekonnt hatte, in der ich jetzt aber nach den einfachsten Substantiven und Verben suchen musste: Es war alles irgendwo da, aber ich kam nicht dran.

»Deine Mom hat recht«, war alles, was ich zustande brachte.

Und ich ging nicht zur Arbeit, und ich fand nicht genügend Schlaf, ich stahl ein Handsprechfunkgerät von der Rettungswache und nahm es mit in mein Apartment, verbrachte die Tage damit, eingehende Rufe abzuhören, Meldungen über veränderte Bewusstseinszustände und Vitalparameter, trockene Anweisungen der Zentrale und Stimmen gelangweilter Rettungssanitäter, Beschreibungen von Unfallorten, und ich hoffte, einen Fehler zu hören, einen wie den, den ich gemacht hatte. Vermurkst die Nackenstabilisation, dachte ich, schiebt den Tubus gegen die Stimmbänder, vergesst, die Pupillenweite zu checken. Die Farben kamen, das goldene und grüne und silberne Pulsen der sterbenden Eulen in Kalihi mit ihrem *jagen jagen fliegen fressen scheißen schlafen sich verstecken jagen fliegen fliegen* und die vergifteten Hunde mit ihrem lila und braunen *sich dahinschleppen sich dahinschleppen stehen bleiben beißen atmen bellen jaulen atmen trinken trinken trinken Krämpfe haben weiter weiter weiter* und die Patienten hier, die Stürme von Gelb in den Adern des Junkies, die dunkelblauen Erinnerungen an letzte gemeinsame Mahlzeiten oder lange Morgenstunden im Bett, bevor die Person von einem Auto angefahren wurde. Immer und immer und immer wieder kamen sie.

»Oh«, sagte Khadeja, und ich fuhr zusammen, drehte mich zu ihr um. Ich stand im Wohnzimmer meines Apartments, das Handsprechfunkgerät ans Ohr gepresst. »Oh, Nainoa.«

»Was?«, sagte ich, und dann sah ich ihre Augen. Als ihr Blick über mich und durchs Zimmer glitt, bemerkte ich plötzlich das fleckige Brennen meiner Augen und dass sie rotgeädert sein mussten, ich fühlte die Haare an meinem Hals und auf meinen Wangen von Tagen ohne Rasur, fühlte die stinkige Schmiere, die sich unter meinen Achseln und an meinen Füßen bildete, nahm die verstreuten Cracker- und Lakritztüten wahr, die vier halbausgetrunkenen Gläser Wasser, den Geruch der ganzen Wohnung: nasse Kuh und Mais-Chips. Ich erkannte auf einmal, dass beträchtliche Zeit vergangen war, dass ich älter geworden war, um wie viele Tage wusste ich nicht, aber sie waren alle wie dieser gewesen.

Khadeja kam mit wenigen fließenden Schritten auf mich zu, legte die Hand um meinen Nacken, so dass ihr Daumen direkt vor meinem Ohr ruhte. »Nainoa«, sagte sie wieder, als ob sie mich aufwecken wollte. Ich hielt immer noch das Funkgerät ans andere Ohr, sie umfasste sachte meinen Unterarm.

Ich riss meinen Arm los. »Nicht«, sagte ich und presste das Gerät wieder ans Ohr, und in dem Moment explodierte das Statikrauschen, und eine Stimme nannte ruhig einen Funkrufnamen und bestätigte, dass sie den Einsatz übernehmen würden, Fahrrad-Auto-Kollision, möglicherweise C3-Wirbelfraktur.

»Nainoa«, sagte Khadeja, und sie war direkt vor mir, egal,

wohin ich mich drehte, und sie fasste wieder nach meinem Arm mit dem Handfunkgerät, diesmal mit festem Griff, ich zog, aber sie zog dagegen an, und das Gerät flutschte mir aus der Hand, kreiselte durch die Luft und fiel auf den Boden. Sie schloss mich fest in die Arme, vergrub ihr Gesicht oberhalb meines Schlüsselbeins.

»Entschuldige«, sagte sie. »Tut mir leid tut mir leid tut mir leid.« Als sie merkte, dass ich mich nicht bewegte – dass ich weder gegen sie sank noch die Umarmung erwiderte noch mich loszumachen versuchte –, hob sie den Kopf und wischte sich Tränen ab. »Ich kann dich da rausholen«, sagte sie. »Kann ich das?«

Ich riss die Arme so jäh hoch, dass sie die Umarmung sprengten. Khadeja trat einen Schritt zurück, und ich packte ihren rechten Oberarm, drückte zu. »Was kannst du denn tun?«, sagte ich. Ich packte noch fester zu, sie hatte ja keine Ahnung, was ich war, keine Ahnung, ich drückte immer fester, stellte mir das Brennen vor, den Druckschmerz, eine durchgedrehte Blutdruckmanschette, ich wollte immer weiter drücken, wollte, dass die Kapillaren und Adern in ihrem Arm platzten, ich wollte, dass der Druck meiner Hand alles, was in mir war, in sie übertrug, damit sie es fühlte, aber das war unmöglich. »Nichts kannst du tun.«

Sie riss ihren Arm los. Ihr Blick wurde schneidend, und sie neigte den Kopf ein ganz klein wenig, funkelte mich zornig an. Wir atmeten beide schwer, ihre Augen wurden von Messern zu runden Steinen zu Tümpeln, denn Tränen sammelten sich darin und rannen ihr über die Wangen, diesmal wischte sie sie nicht weg, starrte mich nur an. Sie straffte sich.

»Mach das noch einmal, und ich bin weg«, sagte sie, aber schon bevor die Worte draußen waren, konnte sie sehen, dass ich erkannte, was für ein Fehler es war, was für ein Fehler alles an mir war, und dass alles Gewalttätige aus mir wich.

»Nainoa«, sagte sie wieder. »Ich will dir helfen. Kriegen wir das hin?«

Aber ich antwortete nicht, die Farben kamen und gingen *rennen rennen fliegen fressen flüchten fressen schlafen rennen fliegen da ist mein Baby wo ist mein Mann hier ist mein Körper erlischt auf deiner Trage* und die Mutter und das Kind und alles, was ich vernichtet hatte, Khadeja, du wirst nie irgendwas davon so fühlen, wie ich es fühle, ich bin auf einer Insel in einem dunklen Meer, das du nie überqueren kannst. Ich schwieg.

Khadejas Gesicht wurde lang; sie war sauer gewesen, rechtschaffen zornig, aber das war vorbei. Sie zitterte, als sie rückwärts zur Wohnungstür ging, diese öffnete und sachte von draußen wieder schloss. Sobald die Tür zu war, ging ich hin, lehnte mich an die billige Türfüllung, fühlte, wie Khadeja draußen stehen blieb, dann wegging, den Gehweg entlang und auf die Straße.

Ich stand immer noch da, als es Abend wurde und kälter und dunkler im Zimmer. Ich ging umher und machte Lampen an, erkannte in dem Licht immer mehr von meinem Wohnzimmer, das heruntergekommene Sofa und die Stapel von Wegwerfpost, die Milchkästenbücherregale und dort, daneben, die Ukulele.

Wie ich es all die Jahre in unserer Garage getan hatte, wie ich es in Stanford getan hatte, vor allem in den schwierigsten Zeiten dort, und wie ich es bei Khadeja zu Hause tat, hielt ich mich an die Musik. Ich öffnete den Ukulelenkoffer, fuhr mit der Hand über den Koaholzkörper des Instruments, dessen Farben im Wohnzimmerlicht flammten. Die Fenster waren noch auf, und die Nachtfalter flogen, aber der Oktober war schon in der Luft zu ahnen.

Ich spielte ein paar Tonleitern, um meine Finger- und Handgelenke aufzuwärmen, ließ die Saiten schwingen und klingen. Ich begann mit der Sorte Songs, die immer Stimmung machten, »Creep« oder »As my Guitar Gently Weeps« oder »Aloha 'Oe«, aber es gab da diese Version von »Kanaka Wai Wai« von Olomana, auf die ich manchmal zurückkam, eine Soloversion, die ich zu Hause von einem Onkel gelernt hatte. Ich spielte sie jetzt mit schwebenden Fingern, zupfte und schlug die Saiten kräftiger, sang sogar ein bisschen, meine Stimme ist zwar nicht zum Singen bestimmt, aber wenn irgendwann der Moment zum Singen war, dann wohl jetzt. Ich hörte im Geist die Slack-Key-Begleitung und die vollen, traurigen Stimmen echter hawaiianischer Sänger, und ich spielte und versuchte es. Ich erinnerte mich an die Fetzchen von Regenwald, die bis zu uns vordrangen, von den *palis* herunter, entlang der Schlucht, bis zu den Zäunen der Lagerhäuser, dieser Schlucht, in der nur ein Rinnsal floss, bis der Regen kam, dann aber ein tosender Fluss. Ich erinnerte mich an die pinkfarbenen Wolken über den Ko'olaus bei Sonnenuntergang, perfekte Temperaturen beim Abendessen, wir Kinder alle am Tisch, furzend und albernd, während unsere Eltern uns anhielten zu essen. Ich erinnerte mich an Sandy Beach, die Wellen, die sich zu saugenden Wasserwänden auftürmten, durchzogen von verschiedenen glasigen Blautönen, den betonharten Schlag, wenn die Welle herabkam, aber Dean und ich tief darunter, die Luft anhaltend, unsere Haut heiß und braun von der Sonne, unsere Knochen das einsteckend, was die Brandung mit uns machte, und dann das eine Mal, als Dean mich am Fußgelenk festhielt, damit der Wettkampf weiterging, und ich beinah ertrunken wäre. Mit der Erinnerung an das Wasser kamen die Haie, die raue Schnauze, die sich zu einer schrecklichen Höhle voller Zähne öffnete, mich dann aber behutsam aufnahm, die hypnotische Bewegung des muskulösen Körpers durchs Wasser. Ich spielte und erinnerte mich an das alles, und die Erinnerung wurde ein Ruf, keine Stimme, sondern etwas, das in meinem Brustbein begann und sich verteilte wie Medizin, bis es direkt an meinem Denken zog.

Zu Hause. Komm nach Hause.

Ich spielte den Song nicht zu Ende.

14

DEAN, 2008

Spokane

Eines Tages rief Noa mich unerwartet an. Früher hatten wir unsere Telefonate geplant, als Kaui noch machte, was Mom sagte, und dafür sorgte, dass wir alle drei ab und zu per Konferenzruf miteinander redeten. *Ihr müsst in Verbindung bleiben da draußen, glaubt mir, das Festland wird versuchen, euch auseinanderzubringen.* Aber diese Gespräche bestanden hauptsächlich darin, dass Noa und Kaui rauszufinden versuchten, wer die verkopftere Ausdrucksweise draufhatte. Die Hälfte der Zeit konnte ich sie einfach auf Lautsprecher stellen und meine Zehennägel saubermachen oder was, während sie drauflos laberten und ganz vergaßen, dass ich da war.

Aber als es dann an der Uni schieflief, fing Noa an, mich öfter anzurufen. Zuerst wusste ich nicht, was das sollte. Er fragte mich gar nicht nach dem Basketball oder was ich jetzt vorhatte oder was, so wie alle anderen. Er erzählte mir einfach von seinem Tag.

Er sagte mir Sachen, die er nicht sagen wollte, wenn er mit Kaui telefonierte. Wir redeten über die Arbeit und über Mädchen und so. Ich glaub, ich war der Erste, dem er's erzählte, als er ein Auge auf Khadeja geworfen hatte, und dann rief er an und sagte: »Mann, ich war bei ihnen zu Hause, und

Rika rannte den Gang lang, splitternackt, war gerade aus der Badewanne gestiegen und versuchte zu entwischen, und obwohl ich den ganzen Tag mit kranken und kaputten Leuten im Rettungswagen zugebracht hatte, hab ich bei ihnen plötzlich gesprüht wie ein Römisches Licht.« Und wir redeten über unsere Kinderzeit in Hawaii, wie wir immer im Park miteinander gekämpft hatten, als wären wir MMA-Champions, oder von den komischen Kindern ein Stück die Straße runter, die immer nach Fisch rochen und ihre Popel aßen, und wie ich ihnen Süßigkeiten abgeknöpft und die dann fifty-fifty mit Noa geteilt hatte, wir beide echte Komplizen.

Nach einer Weile fing es dann an, dass Noa bei diesen Telefongesprächen immer wieder mal solche Fragen oder Kommentare zu mir und meiner Situation einschob, während alle anderen längst aufgehört hatten, über meine Zukunft zu reden. Er sagte Sachen wie, du kannst doch noch so viel mit deinem Leben machen. Vielleicht ist Basketball ja nicht das Einzige. Und ich dann, das verstehst du nicht, ohne Basketball gibt's mich nicht.

Und er dann, na ja, du kannst es ja immer noch schaffen. Du brauchst nur einen guten Break, sagte er. Das haut schon hin, du musst einfach nur weiter in der Trainingsgruppe hart arbeiten.

Ich wusste nicht, was ich mit dem anfangen sollte, was er sagte. Es munterte mich zwar ein bisschen auf, aber es reichte nicht. Tatsächlich war's dann so: Je öfter er die richtigen Sachen sagte, die Sachen, die ich hören wollte, desto mehr trieb es mich in die entgegengesetzte Richtung. Es war, als ob ich immer noch mit ihm kämpfte: Wenn er der bessere Bruder sein wollte, dann würde ich ihn wegstoßen. Es vermischte sich damit, was ich dem Coach und dem Team gegenüber empfand und wie frustrierend sich der ganze Basketball anfühlte, so dass ich alles miteinander zur Hölle schicken wollte, und das tat ich auch, bis ich schließlich aus dem Team geworfen wurde und das Studium schmiss.

Was Noa aber nicht davon abhielt, mich weiter anzurufen, auch als Kaui keine Dreiertelefonate mehr anleierte. Manchmal sagte ich kaum was, Noa redete einfach drauflos, aber es brachte uns trotzdem beiden was, einfach nur diese Verbindung zu haben, wenigstens für ein Weilchen.

Aber dann kam dieser eine Anruf, und bis heute wünschte ich, ich könnte das Ganze noch mal machen. Weil ich nicht tat, was ich hätte tun sollen.

»Was gibt's?«, sagte ich, als er anrief.

Gleich am Anfang schwieg er erst mal. »Nichts«, sagte er dann. »Dachte nur, ich ruf mal an.«

O Mann, dachte ich, einer von diesen Anrufen. Ich fing wieder an, *SportsCenter* zu gucken, aber da kamen nur Eishockey-Highlights, Haole-Typen, die sich gegenseitig das Hirn wegprügelten, und Moms und Dads, die ihre Kinder auf den Schultern hatten und johlten, während ihnen Blut ins Bier flog und so.

»Was machst du gerade?«, fragte Noa.

»Nur paar Krebskranke heilen, während ich dran herumknoble, wie ich Kernenergie mit meinem Arsch erzeugen kann«, sagte ich. »Und du?«

»Weiß nicht«, sagte er. Und ich hörte dieses tiefe, feuchte Einatmen.

»Hey, weinst du oder was?«, fragte ich, und Noa sagte, ja, er weine, und er sagte es so komisch. Als ob er's einfach ins Leere sagte, nicht zu mir, als ob's egal wäre, wer zuhörte. »Noa, Brah«, sagte ich. »Was ist los?«

»Ich«, sagte er, »ich hab einen Fehler gemacht.«

»Einen Fehler«, sagte ich. »So was, wie ein Mädchen mit dem Namen von einer anderen ansprechen? Hab ich mal gemacht, und du hättst sehen sollen ...«

»Sie waren da, und dann waren sie weg«, sagte er. »Ich hab's fast geschafft. Aber ich hätte es gar nicht versuchen dürfen.«

Und ich so, was zum Teufel, weil ich keinen Schimmer hatte, wovon er redete, und er sagte was von einem Autounfall und einer schwangeren Frau in einem der Wagen, und dass sie auf dem Weg ins Krankenhaus gestorben ist, während er sie zu retten versuchte. Das Baby war auch tot.

»Du hast getan, was du konntest«, sagte ich, weil, okay, ich war zwar nicht dabei, aber ich kannte ja meinen Bruder.

»Weißt du noch, die Neujahrsnacht?«, sagte er.

»Klar.«

»Ich dachte, das sei der Anfang«, sagte er. »Ich dachte, ich wüsste, wie's weitergeht.«

»Noa«, sagte ich, aber dann kam nichts mehr. Und auf seiner Seite war auch nichts, nur so was Kaltes. Als ob er aus einem Kühlschrank anrief.

»Was glaubst du, was ich bin?«, fragte Noa.

»Was du bist?«, sagte ich. »Ein Intelligenzbolzen, das bist du.«

»Nein«, sagte er. »Du weißt, was ich meine.«

»Du meinst, was du in dir hast?«, sagte ich.

»Ja«, sagte er.

»Was soll ich da sagen?«, fragte ich. »Tust du nicht gerade das, wofür du bestimmt bist? Leute heilen, so wie du's in Kalihi getan hast? Ist es nicht das, was du in dir hast? Oder ist es, keine Ahnung, ein supermächtiger *kahuna*-Herrscher zu werden, wie Mom glaubt.«

»Was ist, wenn sie sich irren?«, sagte er. »Wenn es nicht nur ich bin?«

»Was?«

»Hast du je selbst was gefühlt?«, fragte er. »Von den Inseln, von zu Hause. Dort. Oder auch danach, in Spokane?«

Als er das fragte, ohne Scheiß jetzt, da kam in mir dieses Gefühl auf. In dem Moment wusste ich nicht, was das für ein Gefühl war, aber jetzt weiß ich's. Ich hatte Angst, das war's. Ich dachte, wenn ich jetzt ja sage, wenn ich sage, ich glaub dran, dann heißt das, es hat gestimmt, was Mom und Dad und alle zu Hause über ihn dachten und was sie über mich dachten. Die ganze Wut kochte wieder hoch. »Shit, Noa, sag du's mir«, sagte ich. »Ich dachte, du bist hier der Superschlaue.«

Irgendwie war plötzlich die Luft raus aus dem Telefonat. Als ob er einen Rückzieher machte, so fühlte sich's an. Er seufzte. »Sorry«, sagte er. »So war's nicht gemeint. Ich hatte nur plötzlich so ein Gefühl. Ich glaube nicht, dass sich das alles um mich dreht. Ich muss nach Hause, um es rauszufinden.«

Ich sagte nichts, also füllte er die Leere. »Glaubst du an Schicksal?«, fragte er.

Ich brauchte den Kopf nur ein bisschen zu drehen, und schon sah ich das letzte Paar Basketballschuhe, das ich an der Uni gekriegt hatte, Spezialanfertigung, passend zu unseren Trikots. »Wie?«, sagte ich. »Du meinst, dass man zur richtigen Zeit am richtigen Ort auftaucht und alles seinen vorgesehenen Gang geht?« Diese Schuhe waren immer noch ziemlich neu und standen jetzt in der Ecke, halb unter alten Zeitschriften. Ich schnaubte verächtlich. »Ich glaub an nichts von der Sorte mehr.«

Noa hüstelte auf diese gezwungene Art. »Hab mir schon gedacht, dass du das sagst«, sagte er.

Wenn ich dieses Telefongespräch jetzt noch mal führen könnte, würde ich es richtig machen. Ich würde der Mann sein, der ich hätte sein sollen, nicht der Junge, der ich war. Aber ich war wohl noch nicht so weit. Hätt's aber sein sollen.

Wenn ich nur noch mal die Chance hätte.

»War gut, mit dir zu reden, Mann«, sagte mein Bruder. Und dann legte er auf.

15

NAINOA, 2008
Kalihi

Die ersten paar Tage, die ich zu Hause bin, glauben meine Eltern, was ich ihnen erzähle, dass ich eine Pause brauche, dass ich Urlaub mache und bald wieder nach Portland zurückkehre. Es gibt gemeinsame Abendessen mit nichtssagender, netter Unterhaltung. Ich kann Lügen über mein Leben mit Khadeja und Rika erzählen, und sie reden über Onkel und Cousins und diverse *hānai*-Verwandte auf den Inseln, Klatsch und banale Neuigkeiten, um die Stille zu füllen. Es gibt Katsu und Teriyaki und Saimin und Chili von Zippy's, Shave Ice und Süßes von Leonard's Bakery und sogar die Klassiker, Pōke und Poi. Mittags, wenn der Himmel blau ist und die Eltern beide bei der Arbeit sind, wandere ich durch das Beton-Honolulu, den Lärm und das Marktgetümmel von Chinatown, die stille Wut der Obdachlosenstadt in Kakaʻako, das auf Hochglanz polierte Schickimicki-Waikiki. Ich bin zu Hause und doch nicht zu Hause.

Khadeja ruft mich an, immer wieder, ich nehme nicht ab. Sie fängt an, Mom anzurufen, Khadeja ist in so was gewieft, unnachgiebig, und wenn sie auch im Lauf der Wochen weniger oft anruft, lässt sie es doch nicht ganz.

Ich besuche die Insel wie ein Tourist. *Arizona* Memorial,

Sea Life Park, Hale'iwa, Aloha Stadium Swap Meet. Einfach nur, um viele Menschen um mich zu haben, Gesichter, die ich nicht kenne und nicht kennenlernen will, um den kollektiven Rhythmus widerstreitender Wünsche und Befindlichkeiten zu fühlen, um zu versuchen, Hawaii als etwas zu sehen, dem ich nichts schulde. Ich bekomme Sonnenbrand, wie ich ihn noch nie hatte, und werde dann wieder so braun, wie ich einst war, sonst ändert sich nichts.

In der dritten Woche stellt mich Mom, als ich aus dem Bad komme, mein Atem noch zahnpastafrisch. »Du musst mit ihr reden«, sagte sie und meint Khadeja.

»Nein, muss ich nicht«, sage ich. »Sie versteht es nicht.«

»Sie will es aber verstehen«, sagt Mom.

Ich zucke mit den Schultern.

»Ich weiß«, sagt sie, »dass du, seit du wieder hier bist, an ein paar Orten von früher warst. Fühlt es sich dort so an, wie es sich angefühlt hat, als du ein Junge warst?«

»Als ich was war?«, frage ich.

»Als du ein Kind warst oder ein junger Bursche.«

»Ich kann mich nicht erinnern.«

»Woran?«

»Wie es sich anfühlt, jung zu sein.«

Kurz ist offensichtlich, dass sie das, was ich gesagt habe, albern findet, und ich glaube, an einem anderen Tag oder zu einem anderen Kind – Dean oder Kaui – hätte sie gesagt: *Jetzt mach mal einen Punkt, Drama Queen*, auf ihre beißende, energische Art. Aber sie sagt nichts, forscht in meinem Gesicht, so wie es Khadeja getan hat, aber bei ihr ist da noch was anderes, was Durchdringendes und Unbeirrbares, als ob sie den sieht, der ich jetzt bin, aber auch all die anderen Versionen von mir, die sie hier in so vielen Jahren erlebt hat. »Was ist los?«, fragt sie.

Mehr sagt sie nicht und ich zuerst auch nicht, aber dann sprudelt es alles aus mir heraus, was ich im Rettungswagen zu tun gelernt habe, wie ich so dicht dran war, die ganzen Mechanismen des menschlichen Lebens wieder in Gang zu setzen, wie ich aber gleichzeitig anfing, mich über die Patienten zu ärgern, über ihre Schwächen, wie ich durch meine Dummheit und Arroganz das Leben einer Mutter und eines Kindes vernichtet habe und dass ich Khadeja und Rika einfach habe sitzenlassen.

»Ich hasse das«, sage ich. »Ich hasse das, was in mir ist.«

»Was in dir ist«, sagt sie. »Was in dir ist, ist eine Gabe.«

»Die hätten sie jemand anderem geben sollen«, sage ich, jetzt lauter. »Du bist doch so froh darüber, vielleicht hättest du sie kriegen sollen.«

Ein schiefes Lächeln jetzt in ihrem Gesicht, und sie sieht mich immer noch unverwandt an. »Hör zu, ich hätte vor Jahren von hier weggehen können, auch noch, nachdem ich deinen Vater kennengelernt hatte«, sagt sie. »Ich hätte auch aufs Festland gehen können. Wie ihr drei *keikis*. Ich hatte hervorragende Noten.«

»Warum bist du…«, setze ich an.

»Unterbrich mich nicht, Noa, nicht jetzt«, sagt sie. »Ich war auf dem Festland, ich war in San Francisco und Chicago und New York. Hier in Hawaii ist etwas, das größer und wichtiger ist als dieser ganze *Lifestyle der Reichen und Berühmten*. Es ist das, was die Nachtmarschierer geweckt hat.

Es ist das, was dich aus dem Wasser gezogen und die Tiere zum Sterben zu dir geschickt hat, das, was dir all diese Gaben verliehen hat.«

»Götter«, sage ich.

Sie zuckt mit den Schultern. »Das ist *ein* Name dafür.«

»All die Geschichten, die du mir erzählt hast«, sage ich. »Ein Vorfahr, der über mir in den Wolken schwebt, der sich in ein Tier verwandelt, wenn ich darauf angewiesen bin, und meine Geschicke lenkt. Ich fühle nichts dergleichen.«

»Ich kenne die Regeln nicht«, sagt sie. »Hör zu. Ich würde es dir abnehmen, wenn ich könnte, Noa. Es gibt so viele Orte und Menschen, die das brauchen, was du hast.« Sie scheint immer selbstsicherer zu werden, je länger sie redet. »Aber ich glaube, du kannst immer noch das sein, was gebraucht wird.«

»Hast du mir gar nicht zugehört?«, sage ich. »Ich will es nicht mehr.«

Das schiefe Lächeln ist wieder da, als ob sie über einen Witz schmunzelt, den ihr jemand hinter meinem Rücken erzählt hat. »Du bist also fertig damit«, sagt sie. »Gut. Aber sag mir eins. Du hättest irgendwohin gehen können, nach dem, was in Portland passiert ist. Warum bist du dann hierher zurückgekommen?«

»Gratisessen«, sage ich halbherzig. »Gratiswohnen.«

Sie schüttelt den Kopf, sie weiß es, ich bräuchte es ihr gar nicht zu sagen.

»Es fühlte sich einfach richtig an«, sage ich. »Es fühlte sich wie das an, was ich tun musste.«

»Dieses Gefühl«, sagt sie, »ist etwas, das zu dir spricht,

Noa. Also horch.« Sie umarmt mich. »Wir sind froh, dass du wieder zu Hause bist.«

Also horche ich, wirklich. Ich entferne mich von den zubetonierten Gegenden, finde die Parks und die Täler und das Meer, ich lasse grüne, blaue und goldene Songs sich um mich herum ausbreiten, in der Morgen- und Abenddämmerung an wilden Orten. Auf verbotenen Pfaden und leeren Sandstreifen, an all den versteckten Plätzchen, die ich als Teenager kannte, Orten, die Jugendliche aufsuchen, um einen Joint zu rauchen oder aneinander herumzumachen oder eine Mutprobe zu vollbringen. Ich gehe zu Fuß und fahre mit dem Bus und trampe, kreuz und quer über die Insel, bis es passiert.

Eines Morgens bin ich auf der windzugewandten Seite, auf einem steilen Pfad irgendwo zwischen Makapuʻu Point und den Gezeitentümpeln dahinter. Da ist ein Stück Strand, das in mitternachtsblaues Wasser abfällt, und ich gehe ins Wasser, lasse mich von der Strömung ins Tiefe tragen. Wellen rollen herein, gegen meine Schultern, schaukeln meinen fröstelnden Oberkörper, das Wasser unter mir ist klar und sauber.

Der Sog hierherzukommen, ins Wasser zu gehen, war stark, der Ruf wie eine Art Gravitation, es dauert nicht lange, bis ich erkenne, was auf mich gewartet hat.

Die Sonne ist gerade aufgegangen, und ich sehe vier peitschende Schatten im Wasser, sie kommen direkt auf mich zu, verlangsamen im Näherkommen ihr Tempo zu einem fließenden Gleiten. Es sind Haie, und kurz durchschießt Angst meinen Körper, mach, dass du wegkommst, nichts wie weg, noch ist Zeit, aber ein anderer Teil von mir hat das Fliehen satt, und dieser Teil stellt sich. Ich trete sachte Wasser, und die Haie beginnen, mich zu umkreisen.

Sie kreisen im Uhrzeigersinn, graue Riffhaie, und ich benenne ihre Körperteile, wenn sie an mir vorbeiziehen, Nase, Brustflosse, Rückenflossen, Schwanzflosse. Nase, Brustflosse, Rückenflossen, Schwanzflosse. Sie kreisen träge, bewegen ihre Körper kaum. Ihre Augen sehen mich an, und Angst und Aufregung rumoren in meinem Magen.

Ich strecke die Hand aus, und der Kreis wird so eng, dass ich jeden vorübergleitenden Hai berühren kann, ihre Körper sind glatt wie Eis, sind geballte potentielle Gewalt, und wo ich sie berühre, entsteht etwas und wandert meinen Arm herauf, ein gechanneltes Gefühl, so wie bei der Arbeit im Rettungswagen, nur dass ich jetzt nicht in etwas hineinsehe, sondern weit aus mir hinaus: das Waipiʻo Valley, seine Flüsse, dann *loʻi*, Kalo-Felder voll dicker, grüner Stängel auf dem Talgrund, und mitten in alldem meine Familie, zusammen mit vielen anderen Familien, am Sandstrand oder am Fluss oder zwischen den Bäumen. Unsere Gestalten werden Schatten und verlieren ihre Form und gehen in die Nassfelder, den Fluss, die Bucht ein, als bestünden wir aus demselben Wasser, schwimmen mit den gleichen Bewegungen, wie sie die Haie jetzt machen, alles vereinigt sich mit allem, alles fließt in mich, und ich fließe in alles.

Meine Augen sind offen, die Haie sind weg.

Da bin nur ich, bis an die Brust im Meer, kaltes Wasser, warmer Sonnenaufgang, aber ich weiß, wo ich hinmuss, dahin natürlich, wo alles begonnen hat, ins Valley.

MALIA, 2008
Kalihi

Wenn ein Gott etwas ist, was absolute Macht über uns hat, dann gibt es in dieser Welt viele Götter. Es gibt Götter, die wir uns aussuchen, und Götter, denen wir nicht entgehen können; es gibt Götter, zu denen wir beten, und Götter, die ungebeten über uns kommen; es gibt Träume, die Götter werden, und Vergangenheiten, die Götter werden, und Alpträume, die Götter werden. Mit den Jahren lerne ich, dass es mehr Götter gibt, als ich je kennen werde, und doch muss ich wachsam nach ihnen allen Ausschau halten, denn sonst können sie mich benutzen oder ich kann sie verlieren, ohne es auch nur zu merken.

Zum Beispiel das Geld: Die Großmutter der Großmutter meiner Großmutter hatte, *kānaka maoli*, die sie war, keine Verwendung für Papier mit der aufgedruckten Silhouette irgendeines Haole-Manns aus einem fernen Land. Damit konnte man nichts anfangen. Was man brauchte, war Nahrung, die die Erde gab, Baumaterial, das die Erde gab, Medizin, die die Erde gab, ein Gefühl für den eigenen Platz im System. Das, was man vorfand, und das, was man anbauen musste. Aber Schiffe, die von fernen Häfen kamen, trugen in ihren Bäuchen einen neuen Gott, einen Gott mit einem

Atem aus nässenden Pusteln und Fieber, der ganze Generationen dahinraffte, einen Gott, dessen Finger die Form von Gewehren hatten und dessen Stimme klang wie Verträge, die nur darauf warteten, gebrochen zu werden. Und der Name dieses Gottes war Geld, und es war ein Gott von der Sorte, die ungebeten über einen kommt, die Forderungen stellt und einen mit solcher Gewalt vereinnahmt, dass sich das Alte Testament dagegen in die Hosen pisst.

Wir waren schließlich gezwungen, zu diesem Gott zu beten, ob wir wollten oder nicht. Dein Vater und ich beten immer noch zu ihm.

Oder die Sprache. 'Ōlelo Hawai'i, es wurde nicht geschrieben, nur mündlich weitergegeben, hat weniger Buchstaben als Englisch, das bald darüber hinwegwalzte, und doch enthielt es mehr *mana* von Hawai'i, als irgendetwas von dieser fremden Sprache selbst mit den größten Verrenkungen erfassen konnte. Was kann man tun, wenn *pono*, ein heilendes Wort, ein mächtiges Wort – ein Wort, das Gefühle ist und Beziehungen und Gegenstände und die Vergangenheit und die Gegenwart und die Zukunft, tausend Gebete zugleich, so viel wie dreiundachtzig Wörter des Englischen (Rechtschaffenheit, Moral, Wohlstand, Vortrefflichkeit, Besitz, Bedachtsamkeit, Ressourcen, Vermögen, Notwendigkeit, Hoffnung und so weiter und so fort) –, wenn das geächtet wird? Als unsere Sprache, 'Ōlelo Hawai'i, geächtet wurde, war es der Niedergang unserer Götter, der Gebete, der Ideen, der Inseln.

Nimm nur mal dich, mein Sohn. Du bist kein Gott, aber in dir wirkt etwas, was vielleicht einer ist. Lässt es das wiederauleben, was war, oder bringt es etwas Neues hervor? Ich weiß es nicht.

Aber als du aus Portland zurückkamst, mit einer zerbrochenen Hoffnung, tat ich mein Bestes, dir zu helfen. Es ist schwer, lenkend auf etwas einzuwirken, was man nicht fühlt, und es gibt in diesem modernen Hawaii so viele Tage, an denen ich gar nichts fühle. Aber wenn du in meiner Nähe bist, ist da etwas, gleich unter der Oberfläche, was ich fühlen kann. Es ist hell und warm und bereit. Ich fühle es wie eine sanfte Meereswelle, unter der eine gewaltige Menge Kraft steckt.

Also habe ich dich ermutigt, ins Valley zu gehen, ja. Ich habe auf das vertraut, was du fühltest, und gehofft, wenn du diesem Gefühl folgst, würde das zum Vorschein kommen, was in dir war. Siehst du? Hoffnung kann auch ein Gott sein. Sie ist etwas, zu dem man beten kann.

NAINOA, 2008

Waipiʻo Valley

Zwei Tage unterwegs, und ich gehe immer noch weiter, fühle immer noch den Ruf, die Gravitationskraft, jeden Tag stärker. Ich bin hier, auf Big Island, und steige immer weiter bergauf, raus aus dem Waimanu Valley, dem zweiten Tal westlich vom Waipiʻo. Ich habe die ganze Zeit das starke Gefühl, dass ich etwas finden werde, gleich hinter der nächsten Kehre, gleich hinter den Hala-Bäumen, und ich stapfe weiter durch den Matsch, und die Moskitos und Fliegen kitzeln auf meiner Haut, stieben auseinander, wenn ich nach ihnen klatsche.

Die Sonne lässt sich nicht blicken, die grauen Wolkenfetzen rasen vorbei, und von den Windstößen zischeln die Büsche. Ich nähere mich der Kammlinie, dem Punkt, über den kaum jemand hinausgeht, von dieser Seite des Waimanu Valley weiter in die Täler dahinter, die keine Namen haben, es heißt, dort wird es unwegsam, praktisch nicht machbar. Ich gehe hinein in den Nebel und den Matsch, schwinge meine Machete, hacke mich durch, weil ich weiß, wenn ich weitergehe, wird sich etwas offenbaren, werde ich endlich verstehen, was ich werden soll.

In der Abenddämmerung wird klar, dass ich nicht allein

bin. Ich habe mich viele Stunden durchs Unterholz geschlagen, und mein Shirt ist schweißnass, als ich durch dickeres Geäst auf eine Lichtung gelange. Da ist mehr Raum, als ich seit dem Morgen gesehen habe, und ich rieche den Eier-Metallgeruch eines brennenden Campingkochers. Fünfzehn Meter weiter steht eine Hütte, die Bretter aussätzig von Moos, das Blechdach kupferfarben von Rost und mit Blättern und Zweigen bedeckt. Auf dieser Seite ist kein Fenster, aber ich höre Gemurmel, also gehe ich über die Lichtung.

Ich gehe herum zur Vorderseite der Hütte. Sie wirkt irgendwie offiziell, war vielleicht mal eine Schutzhütte für Park-Ranger oder Wegebauer oder Rettungskräfte. Die vordere Wand ist teilweise weggebrochen, hat Löcher wie ein Haus in einem Kriegsgebiet, so dass man hineinschauen kann. Das Innere wirkt warm und trocken, und wenn der Holzboden auch fault, ist er doch als Schlafunterlage bestimmt angenehm.

Fahles fluoreszierendes Licht flackert in den Löchern, und ich höre die Stimmen jetzt deutlicher, irgendeine europäische Sprache. Das Licht wird grell und fällt mir voll ins Gesicht, und ich versuche, meine Augen mit der Hand gegen die Explosion von Weiß abzuschirmen.

»Ja, okay, hallo.« Eine Männerstimme mit starkem Akzent kommt aus der Hütte. »Was will er mit der Machete, nicht näher kommen.«

»Ich hab Sie vom Trail aus gehört«, sage ich. Es klingt wie eine Entschuldigung, aber das Licht blendet mich weiter. Ich mache einen Schritt Richtung Tür.

»Stopp«, sagt der Mann, und ich bleibe stehen.

Es folgt ein geflüstertes Hin und Her zwischen dem Mann und jemand anderem, einer höheren, runderen Stimme, die nach einer Frau klingt.

»Kann ich reinkommen?«, frage ich. »Ich habe die letzten beiden Nächte auf der Erde geschlafen. Ich bin sehr müde.«

Wieder Flüstern.

»Vielleicht erzählen Sie uns etwas.«

»Was denn?«

»Wo Sie herkommen, auf welchem Trail Sie sind, so was vielleicht.«

Ich seufze, blocke immer noch das Licht mit der Hand ab. »Ich bin von hier«, sage ich. »Ich bin in Honokaʻa aufgewachsen.«

»Und die…«

»Ich bin auf dem Trail, der im Waipiʻo anfängt. Er ist total zugewachsen, ab da, wo er aus dem Waimanu rausführt. Ich musste mich hierher durchhacken.«

Wieder flüstern sie; ich warte nicht, mir egal, ich werfe die Machete durch eines der Löcher in der Wand, und als sie drinnen auf den Boden fällt, beendet das ihre Diskussion. »Behalten Sie sie über Nacht, wenn Sie wollen.«

Jetzt, wo ich keine Klinge mehr in der Hand halte, sind sie dort drinnen zufrieden. Das Licht schwenkt von meinem Gesicht weg, und ich darf zur Tür kommen und eintreten. Kahle Wände, dreckverschleierte Fenster, ein kleiner Holztisch, an dem der Mann und die Frau sitzen.

Trotz des starken Modergeruchs kann ich die beiden riechen. Es ist ein organischer Gestank, wie von einem Komposthaufen in der Sonne, Zitronenschalen und alter Kaffee

und Essig, und ich denke unwillkürlich: *Haole-Arschlöcher.*
So würde Dean es ausdrücken, wenn er hier wäre. Er hat
immer schon die einheimische Sicht auf die Weißen übernommen – hoffnungslos ignorant, plump, dreckig –, und so
sehr ich mich auch bemühe, nicht in diesem Klischee zu denken, springt es mich doch manchmal einfach an. Der Mann
mit dem dunklen, verfilzten Haar, das zu einem Stummel-
pferdeschwanz zurückgebunden ist, und dem Schamhaar-
bart, der seinen Hals hinunterkriecht, sitzt so krumm am
Tisch wie ein Neuer in der Klasse. Das Haar der Frau ist
blond, kurz wie bei einem Jungen, und ihr Mund enthält
einen schiefen Zaun von Zähnen, den ich sehe, wenn sie
flüstert. Beide sind irgendwie athletisch, haben Piercings –
in jedem Ohr, er außerdem in der Augenbraue, sie in Nase
und Lippe – und dunkle Schlafmangelringe um die Augen.

Ihr Campingkocher, ein kleines Metallding, zischt in
einem fort. Zerbeulte Blechteller und Blechbesteck sind
drum herum verstreut. Ich deute auf den Tisch, sie nicken,
und ich setze mich hin. Ich befreie mich von meinem Rucksack, und sofort überkommt mich Erschöpfung, ich lasse
den Kopf auf die verschränkten Arme sinken und versuche,
nicht einzuschlafen.

»Wollen Sie vielleicht was essen?«, fragt der Mann.

Ich hebe den Kopf und stolpere durch eine Antwort, ja,
ich muss was essen und habe noch nichts gegessen, ich habe
ein paar Sachen dabei und sollte wohl mal, und ich mache
meinen Rucksack auf, ziehe wattierte Kleidung heraus,
finde darunter meinen kleinen Topf. In dem Topf habe ich
ein paar Esssachen verstaut – Instantkäsemakkaroni, Thun-

fischdöschen, einen knisternden kleinen Beutel Rainbow-Candy –, und sie ergießen sich auf den Tisch, als ich den Deckel abmache.

»Nein nein nein«, sagt die Frau lächelnd. »Wir können mit Ihnen teilen. Es wird nicht gebraucht.«

»Das kann man immer brauchen«, sage ich. Ich biete eine Dose Thunfisch an, und der Mann zieht sie achselzuckend auf ihre Tischseite, dann sitzen wir alle da und schauen zu, wie der Topf dampft.

Irgendwann schließlich redet der Mann. Unsere Bäuche sind jetzt voll mit der Wärme der Nudeln, dem Meergeschmack des Thunfischs. Beim Essen haben wir wenig über uns gesagt, wir haben zuerst über den Trail geredet. Sie sind Tage vor mir aufgebrochen, wollen eigentlich alle Valleys bis Pololu durchqueren, aber etwa eine Tagesstrecke über diese Hütte hinaus wurde der Trail so schlecht und unübersichtlich, dass sie sich sicher waren, weiterzugehen wäre ihr Tod. Sie sind Deutsche, noch eineinhalb Wochen auf der Insel, bevor sie dann das eine oder andere vom Festland sehen wollen, wenn sie langsam nach München zurückreisen. Beim Reden wird die Frau, Saskia, ein bisschen lockerer, sagt, wie gern sie den Vulkan sehen möchte, fragt mich nach meiner *child-time* in Hawaii. Sie spricht mit offenem Mund und kratzt sich unterm Arm, sie ist blond, und doch ist da, wenn ich Saskia ansehe, Khadeja. Nicht, weil sie sich ähnlich wären, sondern weil ich ihre Verbindung mit Lukas fühle wie unsichtbare Fäden zwischen ihnen. Ob sie aufstehen und Teller wegtragen, um sie auf die klapprigen Borde zu stellen, oder ob sie rausgehen, um sich zu erleichtern, man spürt, wie ihnen die Aufmerksamkeit des jeweils anderen folgt. Darin erkenne ich wieder, was ich selbst hatte, mit Khadeja und Rika, und Erinnerungen brechen herein und stapeln sich aufeinander, bis ich mit Khadeja in einer schmuddeligen Bar kurz vor der Sperrstunde Pool spiele, sehe, wie sie sich über den Tisch beugt, wie ihre Lippen sich ein klein wenig öffnen, als sie sich konzentriert und ihre Finger das Queue ausrichten, die Finger, mit denen sie Rika eine Wimper aus dem Auge wischte, wenn wir von einem Picknick im Park nach Hause gingen, nach Truthahnsandwich riechend und träge von der Nachmittagssonne.

Ich habe das Gefühl, dass das noch oft passieren wird, dass ihre Abwesenheit in mir sein wird wie das Salz unter meiner Haut, das aus meinen Poren steigt und mir in den Augen brennt, wenn ich es am wenigsten will.

»Etwas ist da draußen«, sagt Lukas plötzlich und reißt mich aus meinen Erinnerungen.

»Was?«, sage ich.

Saskia sagt sanft etwas auf Deutsch zu Lukas, und Lukas antwortet fast schon neckisch, wobei seine Stimme eine Oktave höher wird. »Das Land hier ist etwas«, sagt Saskia, jetzt wieder zu mir. »Es ist eine Person und ein Tier und noch andere Sachen, ich weiß nicht.« Sie lehnt sich an ihn, legt den Kopf auf seine Schulter. »Wir sind nicht gläubig«, sagt sie zu mir, »aber wir sagen beide, dass dieser Ort irgendwie so ist.«

Mir wird ganz komisch, weil plötzlich so ein Glücksgefühl in mir aufsteigt. Wenn diese beiden etwas fühlen können, wenn sie glauben, dass das hier ein besonderer Ort ist... »Ja«, sage ich, »etwas ist hier«, und ich rede los, zu schnell, die Wörter gehen nicht durch mein Denken, bevor sie aus meinem Mund kommen, all die Sachen, die ich schon die ganze Zeit sagen will, darüber, was ich hier fühle. Als mein Denken wieder hinterherkommt, sage ich gerade: »... es könnte die ganze Welt besser machen, oder? Wenn die richtige Person es nutzen würde.«

Sie lächeln, aber dahinter ist eine Frage, ihre Augenbrauen sind hochgezogen und gekräuselt. Plötzlich ist das, was eben zwischen uns war, schal geworden. »Wartet«, sage ich, obwohl niemand irgendwas tut. »Ich hab eine Idee.« Ich fummle den Beutel Rainbow-Candy aus meinem Rucksack, reiße ihn vorsichtig auf und lege ihn mit der Öffnung zu ihnen hin. Dann nehme ich die Ukulele von meinem Rucksack, öffne den Koffer. »Habt ihr schon welche von unseren Songs gehört?«

Ich biete ihnen noch mal von dem Rainbow-Candy an, und sie nehmen jeweils ein Bonbon. Lukas lutscht seins einen Moment, runzelt dann die Stirn. Er sagt was zu Saskia, und sie spuckt ihr Bonbon vorsichtig in ihre Hand, bedeutet ihm, es mit seinem auch zu tun, geht dann damit zu dem ausgezackten Loch im Fenster und wirft die Bonbons ins Dunkel hinaus.

»Die Songs hören, ja«, sagt sie, »aber nicht das«, sie zeigt auf die Candy-Tüte, »bitte.«

Ich lache. »Sind doch nur Süßigkeiten«, sage ich. »Habt ihr in Deutschland keine Süßigkeiten?«

Sie holt eine elegant verpackte Tafel Schokolade aus ihrem

Rucksack, macht sie auf, bricht jedem von uns ein Stück von der dunklen Schokolade ab.

»Hier«, sagt sie. »Wir machen es richtig.«

»Dann lass mal deine Songs hören«, sagt Lukas mit glänzenden Augen. »Geht es um diesen Ort?«

Ich hebe die Hand, fühle es alles, von den Nachtmarschierern bis jetzt. Auf meiner Zunge erblüht der Geschmack, dunkel und süß und ein kleines bisschen bitter.

Am Morgen wache ich in der Ecke der Hütte auf, in meinem feuchten Schlafsack. Im Frühlicht sieht der Raum noch schlimmer aus: Das Holz ist überall dunkel, und ich fühle die Feuchtigkeit, die aus den Brettern kommt, den Dampf der Fäulnis, die Deckenbalken hängen durch, sind bekleckst von Vögeln, die da ihre Nester hatten. Der Tisch, an dem wir am Abend gesessen haben und der mir da ganz stabil erschien, hat in Wahrheit splittrige Beine und eine verzogene, fleckige Platte. Die Decke ist an mehreren kleinen Stellen durchgefault, und wenn darüber eine Wolke aufreißt, dringen durch die Löcher Strahlen von weißem Licht herein und zerschellen an den Wänden und auf dem Boden.

Ich stehe auf und gehe an den Tisch, wo ein grünes Plastikschälchen steht, voll mit Haferbrei. Ich lege die Hand darüber und spüre noch ein letztes bisschen Wärme aufsteigen. Sie haben es für mich dagelassen, und ich muss lächeln, obwohl es keinen Löffel gibt. Ich setze mich auf den knarzenden Stuhl und lausche den Geräuschen der Blätter, esse den Haferbrei mit den Fingern, als wäre es Poi, fühle, wie mein Körper langsam anspringt.

Seit ich die Hände vom Körper der schwangeren Frau genommen hatte, war jedes Gefühl des Verbundenseins – mit der physischen Welt, mit den Menschen, mit denen ich sprach oder die um mich waren – weg. Wo ich auch war, in einem vollen Raum oder auf einem leeren Gehweg, im Rettungswagen oder zu Hause, neben Khadeja im Bett, ich endete an meinen Finger- und Zehenspitzen. Da war nichts, was ich mit jemandem teilte, was zwischen mir und jemand anderem hin- und herging, ich war allein, in Beschlag genommen von den Stimmen und Erinnerungen und Seelen der Tiere und Menschen, die durch mich hindurchgegangen waren. Aber jetzt, an diesem Morgen, hat sich das beruhigt, und stattdessen ist da ein leichtes, stetes Ziehen, ein Verlangen, aber keine Stimme, etwas, das will, dass ich eins mit ihm werde; ich bin zu Hause.

Gegen Mittag erinnere ich mich kaum an den Marsch zwischen dem Morgen und jetzt. Ich weiß, dass es anstrengend war, dass es auf und ab ging und ich mich stellenweise durchs Buschwerk schlagen musste und dass ich mich denselben Pfad entlanggearbeitet habe, den Saskia und Lukas gestern in Angriff genommen hatten, aber ich habe alldem keine Beachtung geschenkt. Ich schwitze und habe Durst, aber ich mache nicht halt, ich kann nicht, das Tal öffnet sich mir, als ob es mich einlädt. Alle Äste biegen sich weg, statt nach mir zu krallen, der Matsch verfestigt sich für meine Füße, die Moskitos zerstieben, statt mich zu umschwärmen. Meine Schritte werden immer federnder und leichter.

Hier bin ich, denke ich, nicht als Deklaration, sondern als Angebot. Hier hätte ich schon die ganze Zeit sein sollen.

Ich hätte auf den Inseln bleiben sollen, mir mehr Mühe geben sollen zu horchen. Was glaubte ich denn, was ich allein schaffen könnte, indem ich versuchte, auf dem Festland beschädigte Körper wieder heil zu machen? Eine ganze Parade von Patienten konnte mich nicht so viel lehren wie dieser Ort hier; Zusammenhänge springen mich an, enthüllen sich ganz ohne mein Zutun. Wie mein Schweiß meine Hautzellen, vermischt mit Dreck, von meinem Körper spült und der Erde wiedergibt, wie der Nebel die Bäume einhüllt und wie die Bäume davon trinken und wie ihn dann die Sonne verbrennt und der Luft wiedergibt und wie die Pflanzen atmen und ihr Ausatmen mein Einatmen wird, so wie die Menschen auf diesen Inseln einst zur Begrüßung die Stirn aneinanderpressten und dieselbe Luft einatmeten, als ein Wesen.

Der Pfad bricht vor mir ab. Ein lichterer Streifen führt vom Haupttrail ab, und ich nehme ihn, schlüpfe zwischen den Bäumen hindurch. Mein Rucksack schlägt gegen die Äste, aber ich zwänge mich weiter. Ich will das Valley von oben sehen. Ich will das Meer sehen, es ist da, gleich jenseits der Bäume. Der Boden fällt zu einem Aussichtssims ab, und als ich es erreiche, ist klar, wie weit ich gekommen bin. Waimanu und Waipi'o, fern und gewaltig und gleichzeitig zum Anfassen nah, grüne Kluften mit geschwungenen Buchten, die die Brandung kräuselt.

Ich bin hoch über dem Talgrund, und ich stehe still da und schaue, aber dann bewegt sich der Boden unter mir. Einen Moment lang fühle ich mich schwerelos, als ob ich springe, fühle dann die Beschleunigung im Bauch, verschwommenes Grün, Windrauschen, etwas ruckt und reißt an meinen

Schultern, meine Wirbelsäule brennt, knackt, mein Körper schwingt haltlos, dann sehe ich Himmel oder Meer tief drunten, etwas bricht, mein Oberschenkelknochen, ich trudle, wieder schwerelos, die Luft rauscht, oh, halt, halt...

DRITTER TEIL

ZERSTÖRUNG

18

KAUI, 2008
San Diego

Nach dem, was am Indian Creek zwischen Van und mir gewesen war, legte ich los wie ein Hochgeschwindigkeitszug
auf nagelneuen Schienen. Ich sagte all meinen Dozenten,
dass ich in keine Gruppe wollte – Jungs, Jungs und noch mal
Jungs, und mit jedem einzelnen musste ich kämpfen, um gehört zu werden – und die ganze Arbeit allein machen würde,
auch wenn es viermal so viel war, okay? Ich machte alles
allein und war in all den schweren Kursen eine der Besten.

Van und ich (und Hao und Katarina) kletterten nachts
Hauswände hoch, wenn wir nicht vom Campus wegkonn-
ten. Manchmal saßen Van und ich in unserem Wohnheimzimmer Rücken an Rücken auf dem Boden, wenn wir lasen
und Notizen machten und Textstellen markierten, und dann
berührten wir uns mit den Schulterblättern, wenn schon
nicht mit den Händen. Aber wir gingen nicht mehr so weit
wie am Creek. Es war, als ob wir auf dem Sprungturm stün-
den und das Wasser drunten beäugten, das uns aufnehmen
und kühlen konnte, aber nicht sprangen. Wir waren wieder
bei weniger, aber nicht bei nichts. Ich fühlte, wie es mich
fiebrig machte, mich zurückzuhalten, sie nicht einfach an-
zubetteln, mir alles von sich zu geben.

Eines Abends kommt ein Anruf von Mom. Es geht um Noa, klar. Aber diesmal ist es anders.

»Was heißt, er wird vermisst?«, frage ich. Ich weiß nur, dass es irgendeinen Zwischenfall bei seiner Arbeit gab. Jemand ist gestorben, während er zuständig war, und vielleicht war's seine Schuld, also haben sie ihm Raum und Zeit gelassen, damit klarzukommen, und er ist gerade in Hawaii. Aber zu Hause sollte man doch sicher sein, oder? Das ist doch der Sinn und Zweck von einem Zuhause.

Mom erklärt mir, dass Noa diesen Trip nach Big Island gemacht hat. So eine Art Walkabout, wie's klingt. Zu Fuß zu all den entlegenen heiligen Stellen in den Valleys bei Honoka'a.

»Er wurde dorthin gerufen«, sagt sie.

»Gerufen?«, frage ich. Nicht schon wieder dieser Bullshit, denke ich.

»Die *'aumakua*«, sagt sie. »Er hat es ganz stark gefühlt, sobald er wieder zu Hause war. Das Valley war der Ort, wo er hinmusste.«

»Und jetzt sucht ihr ihn?«

»Wir fliegen heute Abend hin. Dean ist bald hier. Das County hat ein Such- und Rettungsteam aufgestellt.«

»Ich komme nach Hause«, sage ich.

»Nein«, sagt Mom, »du unterbrichst dein Studium nicht.«

»Aber du hast doch grade gesagt, Dean kommt nach Hause.«

Sie seufzt am anderen Ende, als ob ich mich dumm stelle. »Er studiert nicht mehr, Kaui«, sagt sie.

»Oh«, sage ich und nehme alles Gefühl aus meiner

Stimme. »Jetzt kommt wieder die Du-hast-Möglichkeiten-die-wir-nie-hatten-Rede, was?«

»Pass auf, was du sagst«, sagt Mom.

»Ich hab das Gefühl, immer, wenn du weißt, was ich will, zwingst du mich, das Gegenteil zu tun«, sage ich.

»Dass du jetzt bist, wo du bist, auf dem Festland, an der Universität…«, sagt Mom, »es bist nicht nur du, die über dein Leben entscheidet.«

»Klar bin ich's«, sage ich. »Und sonst nichts und niemand.«

Das dürfte genügen. Gleich geht's los, Schreien oder leise, kalte Wut, Mom kann beides. Aber sie sagt was ganz Seltsames, worüber ich später noch nachdenken werde, wenn es alles gelaufen ist.

»Oh, Kaui«, sagt sie. »Ich kenne dich. Ich *war* du. Bleib dort. Was ist, wenn du hier bist und das Semester nicht zu Ende machst?«

»Keine Ahnung«, sage ich. Aber je länger ich drüber nachdenke, desto klarer wird mir, dass sie recht hat. Ich bräuchte ein Semester mehr, mindestens, um all das aufzuholen, was ich verpassen würde. Und das hieße noch einen fünfstelligen Betrag Schulden. Es würde wehtun. Ich könnte es hinkriegen. Aber ich weiß ja, was in Hawaii passieren wird: Noa wird aus dem Valley zurückkommen, wahrscheinlich auf einem fliegenden Einhorn, das Regenbögen furzt, und er wird die Familie mit weiteren Wundern beglücken, mit neuen Geschichten, die Spenden hereinströmen lassen, und einer neuen Runde goldenem Licht. Wenn ich nach Hause käme, wäre ich bestenfalls Zuschauerin, okay? Ich machte mir keine Sorgen um meinen Bruder.

Und was mich dann überkommt, ist Erleichterung pur. Ich fahre nicht nach Hause. Sie wollen mich nicht. Gut so gut so gut so. Zu was für einer Schwester macht mich das?

Ich sage mir, dass alle es so wollen, nicht nur ich. Und außerdem, was ist schon dabei, wenn nur ich es will? Ich mache mich wieder an mein Studium. Tage mit nichts als meinen Büchern und Kursen, platonischer Nähe zwischen mir und Van. Wann wir wohl endlich springen werden? Wird es von mir ausgehen oder von ihr?

Aber irgendwas an diesem Telefonat verändert alles. Ein Fluch oder was. Es hört einfach auf. Van kommt nicht mehr nach Hause in unser Wohnheimzimmer, und wenn ich anrufe, nimmt sie nicht ab. Wir haben uns zusammen für einen dieser bescheuerten Allgemeinbildungspflichtkurse eingetragen, Christus und die Kreuzzüge oder so was. Ich denke mir, dort werde ich sie treffen und fragen, was los ist. Aber sie kommt nicht in den Kurs. Ich schicke ihr eine Textnachricht und zwinge mich, nicht noch eine zu schicken.

Ich werde nervös, weil sie einfach nicht da ist, schlafe zu wenig. Ich fühle ihre Hand in meiner. Ihr elektrisierendes Lachen. Wie wir beide hart und sanft zueinander sein konnten. Ich höre ihre sandige Stimme rufen, während ich eine ausgesetzte Felswand nach der anderen erklettere. Weiter, weiter, weiter. So geht es die ganze Nacht in mir zu, die ganzen vier Stunden Schlaf, die ich finde. Ich verhaue meine letzte Hausarbeit in Baukonstruktion, erreiche 70 Prozent, gerade mal Durchschnitt.

Sieht Ihnen gar nicht ähnlich, schreibt der Dozent unter meine Arbeit.

Wenn ich mit Hao und Katarina rede, nach Van frage, sagen sie, sie sei zurzeit irgendwie anders, wolle auch mit ihnen nicht reden. Zwei Tage nach Moms Anruf warte ich im Studentenschaftsgebäude, um die Zeit, wenn Van normalerweise einen Kaffee trinken kommt. Ich setze mich auf eine Zweiersitzbank, gegenüber dem Schwarzen Brett. Okay, sie kommt auch bald, den Rucksack über beiden breiten Schultern. Marineblaues Hoodie, logofrei. Sie geht mit großen Schritten, lässig, ihr Bob ist ungebürstet und wirr, ihr leichter Überbiss zwischen den Schlucken aus ihrem Kaffeebecher sichtbar. Als sie näher kommt, stehe ich auf.

Sie bleibt stehen. »Kaui.«

»Hey«, sage ich.

»Was gibt's«, sagt sie. Guckt zur Seite. »Ich muss in meinen Kurs.«

Ich sollte cool bleiben, klar, ich weiß. Behutsame Worte finden. Aber mein Herz ist anders drauf. »Bullshit.«

Sie zieht die Augenbrauen zusammen. »Was?«

»Irgendwas ist doch.«

»Ich muss in meinen Kurs«, sagt sie wieder. Sie geht los. Ich sage nicht gleich was, folge ihr einfach nur aus dem Gebäude raus auf den Parkplatz.

Ein Skateboarder rollt vorbei, die Räder mahlen über den rauen Beton. Wir schauen ihm beide nach. Seine weißen Baumwollboxershorts gucken oben aus seinen Hängejeans, seine Brieftasche zeichnet sich durch die Hosentasche ab.

Wir folgen ihm mit den Augen, als wäre er der beste Skater der Welt, sagen nichts.

»Warum kommst du nicht mehr aufs Zimmer?«, sage ich.

»Ich brauchte einfach mal eine Pause«, sagt sie. Sie trinkt von ihrem Kaffee. So oft habe ich, wenn sie das tat, im Geist die Flüssigkeit durch ihren Körper verfolgt: in die rosa Wärme ihres Munds, durch ihren sommersprossigen Hals in ihre Brust, hinter ihren Bauchnabel. Doch als sie jetzt trinkt, ist es nur etwas, was sie tut, während sie mich nicht ansieht.

»Mein Bruder ist verschwunden«, sage ich. »Er ist in einem Valley gewandert und nicht zurückgekommen.« Ich weiß nicht, warum ich das sage, nur, dass es sich anfühlt, als könnte es sie wieder näher zu mir bringen. Wenigstens ein bisschen. »Also, wir wissen nicht, wie viel er zu essen dabei hat, ob er eine Karte hat und so was.«

Sie stemmt eine Hand in die Hosentasche. Der Jeansstoff schnürt das Blut ab. »Tut mir leid«, sagt sie. »Wir reden nie richtig über unsere Familien, oder? Er hat Ukulele gespielt«, sagt sie. »Das weiß ich noch.«

»*Spielt* Ukulele«, sage ich. »Fuck, Van, das hilft nicht grade.«

»Sorry«, sagte sie wieder. »Ich weiß nicht, was tun.« Sie tritt auf mich zu, mit diesem steifen, unsicheren Ansatz einer Umarmung, bei dem ich kotzen möchte.

»Lass es«, sage ich.

Sie fängt an, mit der freien Hand ihren Nacken zu kneten.

Ich sage mir, ich kann's ebenso gut ausspucken, okay? Ich bin nicht taktvoll, und ich kann auch nicht so tun, schon gar nicht Van gegenüber. »Tu nicht so, als wärst du nicht mit mir

240

in dem Auto gewesen, auf dem Rückweg vom Weinfest«, sage ich. »Tu nicht so, als wärst du nicht mit mir im Zelt gewesen. Und in unserem Zimmer.«

Ich beobachte sie. Will sehen, was sie jetzt macht. Sie knetet weiter ihren Nacken, stellt dann ihren Becher auf den Bordstein. Sie macht sich ein Haargummi rein. Bückt sich und nimmt ihren Kaffee wieder. »Auf dem Fest war ich betrunken«, sagt sie. »Ich weiß nicht, was ich mir da gedacht habe. Es war einfach nur so. Connor ist so ein Kotzbrocken, und als ich ihn angespuckt hab ...« Sie lacht. »Alles, was dann war – es war einfach nur – mit Typen bin ich erst mal fertig. Aber das heißt nicht, dass ich lesbisch bin.«

Und ich denke, ist es das, was wir sind? Ich seh uns vor mir: wie wir uns auf den miefigen Partynächten in Wohnheimzimmern und -fluren mit fünf Bier ganz schön abgefüllt haben, dann aber immer zusammen nach Hause gewankt sind. Wie wir zusammen über Leute gewitzelt, Kopfhörer und Snacks geteilt, Kopf an Schulter ferngesehen haben. Dann das Felsklettern, die Berge. Eine von uns im Vorstieg, das Seil hinter sich herziehend. Höher, höher. Und die Stürze, die auch. Wie sie aus der Dusche kam, nackt, und wir uns von da an in unserem Zimmer immer ohne Hemmungen umgezogen haben. Wie unsere Körper zueinanderfanden, immer wieder, dieser Moment am Creek, als uns etwas erfasste, das so elementar war wie Hunger. Es ist nicht so, dass ich die ganze Zeit an Vans Körper denke, an unseren Sex, das, was physisch zwischen uns abläuft, okay? Es geht darum, dass plötzlich etwas aufstrahlt, wenn ich sie sehe, dass auf einmal alles diese freudige, hoffnungsvolle

Wärme hat. Wir gehören einander. Lesbisch? Das ist nur ein Wort, ein Silbenpaar, eine Schublade. Was auch immer ich bin, passt da nicht rein.

»Ich bin nicht lesbisch«, sage ich.

»Oh, Kaui«, sagt Van mit einem traurigen Lächeln. »Ist ja okay.«

»Okay am Arsch«, sag ich. »Mann, du hättest sehen sollen, was ich schon alles mit Typen gemacht hab. Tu nicht so, als ob du mich besser kennst als ich selbst.«

»Du hast wohl recht.« Sie streckt die Hand nach mir aus, hält dann inne. »Sorry«, sagt sie. »Ich hätte das schon viel früher beenden sollen. Ich weiß auch nicht. Es hat sich gut angefühlt, weil du's warst, aber es ist nicht – ich bin nicht so.«

Mir wird ganz kalt. Ich reibe meinen Arm und wende mich ein bisschen von ihr ab. »Fuck«, sage ich. Nur das eine Wort.

»Kaui«, sagt Van. Und ich höre es alles, auch wenn sie es nicht sagt: Kaui, hör auf, Kaui, du klingst erbärmlich. Kaui, hier geht's nicht um Liebe. Mach das mit jemand anderem. Du und ich, wir geben der Welt eins auf die Fresse, nicht umgekehrt. Kaui, reiß dich zusammen. All das höre ich sie sagen, aber sie bewegt den Mund nicht.

»Hör zu«, sagt sie jetzt. Sie hat einen Gesichtsausdruck, den ich noch nie bei ihr gesehen habe. Traurig und … und …

Oh. Ist das Mitleid?

Meine Innereien verflüssigen sich. Ich habe Angst, dass ich scheißen oder kotzen muss. Ich muss weg. Ich drehe mich um. Ein Schritt. Noch einer. Noch einer. Nicht rennen, sage ich mir. Nicht rennen. Aber weg von hier.

»Hey«, ruft sie. »Komm schon, bleib stehen.«

Aber ich bleibe nicht stehen und sage nichts und drehe mich nicht um. Ich gehe weiter. Vorbei an den Missionsstilbögen und den Glasfronten. An den Rasenflächen und Sandwegen und Treppen. Manchmal weiß man es, wenn ein Tag einem lange Zeit im Gedächtnis bleiben wird. Und ich spüre die Morgenkälte, die überhaupt nicht zur Jahreszeit passt.

19

DEAN, 2008
Spokane

Der Beat in dem Club haut nicht schlecht rein, jetzt nach elf, macht meine Ohren wattig, und ich krieg langsam Schlagseite von meinem schätzungsweise sechsten Shot. Ich und die Jungs an der Bar. Drüben auf der anderen Seite sind das Restaurant und die Sportfernseher und dazwischen die wirbelnden bunten Lichter und eine kleine Bühne und eine Tanzfläche, als ob sich der Laden hier nicht entscheiden kann, was er sein will, Bar oder Club oder Restaurant. Kellner versuchen, um die wenigen Paare rumzukommen, die schon ziemlich breit sind und auf der Tanzfläche grinden.

Aber was aus den Lautsprechern kommt, ist nicht übel, und Travis und ich und Billy und die haben seit der späten Happy Hour ordentlich nachgelegt, und eh ich mich's verseh, bin ich auf der Tanzfläche und grinde mit diesem Mädchen, Nahostlerin oder irgendein irrer Mix, Löwenmähne und totaler Schlafzimmerblick. Ihre Augenlider hängen die ganze Zeit auf Halbmast, während wir reden, und was gesagt wird, ist sowieso egal.

Die meiste Zeit sind sich unsere Becken einfach nur so nah, dass ich das Kleingeld in ihren Taschen fühl und umgekehrt. Wir rocken und grinden und schwingen mit den Hüften, auseinander und wieder zusammen, ich pisse Riesenmengen ins Klo, zwischen limonengrünen Wänden voller Tags, dann Shots an der Bar mit Travis und den Jungs, müssen gegen die Musik anbrüllen, wie zum Teufel ist sie so viel lauter geworden? Dann sind wir wieder auf der Tanzfläche, und bald schon sag ich den Jungs, dass ich noch was zu erledigen hab, die Hände des Mädchens sind in meinen Arschtaschen, die Knöchel an meinem Hintern, und wir gehen zur Tür, vorbei an ihren gaffenden Freundinnen und dem rot-und-pinken Glitzerlicht, das auf die Barverkleidung fällt.

Wir sind im Taxi und dann bei mir, ich kicke die Werbepost bei der Tür weg, dann gehen wir durchs dunkle Wohnzimmer, wo noch das dreckige Geschirr von gestern vor dem Fernseher steht, und direkt in mein Schlafzimmer.

Sie lacht ein bisschen, als ich ihre Halskuhle lecke, und sagt: »Du bist verrückt, das ist echt crazy, ich geh nie ...«

»Macht nichts«, sage ich. »Du vielleicht nie, ich immer.«

Sie lacht wieder, aber jetzt sind wir an der Wand, aneinandergepresst, die Hosen um die Füße, und versuchen, uns um unsere Unterhosen rumzuarbeiten, statt sie auszuziehen, dann sind wir auf der Matratze, in Laken verheddert, ich hab ihren Unterschenkel auf der Schulter, und sie streckt das andere Bein in die Luft und zieht mich mit der Hand in sich rein, und wir kommen in einen Rhythmus, rein, raus, wieder und wieder und wieder und wieder und wieder.

Sie ist noch da, als am Morgen mein Telefon loslärmt, es ist noch total früh, und es ist Mom, die anruft, und ich denk, verdammt.

Die Hand des Mädchens von letzter Nacht liegt schlaff

auf meinen Rippen, als ich mich wegdrehe und den Anruf annehme.

»Sorry, dass ich so früh anrufe«, sagt Mom.

»Hab nur grad Liegestütze gemacht«, sage ich.

»Deine Stimme«, sagt Mom. »Bist du krank?«

»Yeah«, sag ich. »Bisschen.«

»Entschuldige, dass ich anrufen musste.«

»Später noch mal?«, frage ich.

»Geht nicht«, sagt sie.

Kurz darauf führe ich die anderen Telefongespräche, die ich führen muss, die Airlines geben mir einen Trauerfallrabatt, dann bin ich in der Luft, und wir sind schon fast da, denn unter uns seh ich Oʻahu, Honolulu bei Nacht. Es ist komisch, weil ich immer dachte, es wär die totale Großstadt, Häuser mit über zehn Stockwerken oder so und Straßenbeleuchtung und Boulevards und alles, aber als ich jetzt runtergucke, ist es klein, Lichter, die sich in ein Eckchen von etwas quetschen, das schwarz ist von nächtlichem Wasser und hungrigen Valleys. Sieht nicht annähernd so groß aus wie Los Angeles oder Seattle oder sogar Portland, wo das Funkeln so weit reicht, dass man nichts anderes sieht als die Helligkeit.

Ich will nicht in Hawaii sein. Das letzte Mal war so schrecklich – es war gleich nach meinem Rauswurf aus dem Uniteam, als mein Stipendium gestrichen wurde –, ich lief andauernd Leuten über den Weg, die mich kannten, und alles, was sie im Kopf hatten, waren die Zeitungsartikel und die Lokalsender-Sportnachrichten über den Collegebasketball, das Turnier, den Jungen von hier, der es auf die nationale Bühne geschafft hatte. Fremde wussten ganz genau, was ich in diesem oder jenem Spiel vollbracht hatte, bis hin dazu, ob es ein Crossover oder ein Korbleger oder ein Fadeaway oder sonst was gewesen war. Alle hatten die gleichen Fragen, und ich musste immer wieder die gleichen Antworten geben: Ja, ich erinnere mich an das Spiel; nein, ich spiele nicht mehr; ist nicht so gut gelaufen in Spokane; ja, meiner Familie geht's gut.

Und jetzt muss ich so zurückkommen. Mom hat mir am Telefon gesagt, dass Noa verschwunden ist, als er auf Big Island wandern war, langer Solotrip, so eine Art Walkabout oder was. Sie sagt, er hat irgendwelche Sachen gesehen und rauskriegen wollen, was sie bedeuteten, und er hat ihr wohl gesagt, wo er hinwollte, aber nicht für wie lange, und dann war er eine Woche weg und dann noch eine, kein Wort von ihm, und da ist sie zur Polizei gegangen.

Die Frau neben mir sitzt schon den ganzen Flug über eisern auf ihrem Platz. Die haolemäßigste aller Haoles: komische weiße Fleecejacke und Stretchkhakihose, Sommersprossen auf der schlaffen Haut in ihrem Ausschnitt, so eine abgefahrene Stupsnase und eine Art zu sprechen, als ob sie von einer Farm ist oder was. Ich seh schon vor mir, wie die Sonne von Hawaii sie krebsrot brutzelt und zwingt, in der nächsten blöden Strandbar von Waikiki die nächsten Mai Tais zu trinken.

Sie sieht, dass ich sie angucke. »Unser erstes Mal«, sagt sie.

»Hätt ich echt nicht gedacht«, sag ich.

»Freuen Sie sich, nach Hause zu kommen?«, fragt sie.

»Klar«, sag ich.

»Ich hätte mal eine Frage«, sagt sie. Sie dreht sich her, mustert mich, blinzelt zweimal. »Spielen Sie Basketball?«

Diese Frage. Immer.

Das Signal-Ping ertönt. Wir lehnen uns alle zurück. Der Seitenwind draußen braust, die Maschine driftet und sackt auf die Piste.

Onkel Kimo holt mich am Flughafen ab. Sein Gesicht ist so verschlossen und müde, dass wir auf dem Weg zu einer Beerdigung sein könnten. Wir werfen meine Reisetasche hinten in die Kabine vom Pick-up und fahren los, zu seinem Haus. Das leere Big Island: Es ist stockdunkel, die Straße ist schmal, und auf dem Hügel, den wir jetzt rauffahren werden, ist großenteils nichts, und dazwischen sieht man die Lichternester von Ortschaften. Onkel Kimo macht Musik an, Bob Marley, und lässt es erst mal dabei, und wir fahren einfach nur schweigend weiter, die Fenster einen Spalt geöffnet, und die Insel springt uns im Scheinwerferlicht an.

Irgendwann stellt Onkel Kimo die Musik leiser und fängt an, von Noa zu reden. Er sagt, dass Noa, soweit er weiß, total fertig nach Kalihi kam, so wie er war, als wir telefoniert haben, nachdem ihm die schwangere Frau im Rettungswagen weggestorben war. Er hat wohl, während er bei Mom und Dad auf O'ahu war, irgendwas gesehen, was ihn dazu gebracht hat, nach Big Island zurückzukommen. Hier hat er weder Onkel Kimo besucht noch sonst jemand von der *'ohana*, und niemand weiß genau, was passiert ist. Nur, dass

248

er zu viele Tage weg war, ohne sich zu melden, und Mom schließlich die Polizei angerufen hat.

Seither suchen sie ihn in den Valleys. Es ist gefährlich, weil sie ihn im Waipi'o nicht gefunden haben und auch nicht im Waimanu, dem nächsten Tal, woraus sie schließen, dass er übers Waimanu rausgegangen ist, und das ist schlecht, weil es ab da richtig riskant wird. Die Trails werden immer schlechter, und es gibt dort so viele wilde Tiere und versteckte Steilabstürze und verfallene, im Nichts endende Seitenpfade, und sie suchen jetzt schon drei Tage, arbeiten sich, so schnell sie können, in jedes Tal vor, fahren mit Zodiacs außen rum ins Waimanu, suchen mit Hubschraubern und County-Suchtrupps und allem.

Onkel Kimo sagt, es ist trotzdem schön, mich zu sehen, er wusste gar nicht mehr, dass ich so groß bin. Dann dreht er das Radio wieder auf und starrt durch die Windschutzscheibe geradeaus. Auf dem Sender kommen Reggae-Songs über den Brunnen des Abgrunds und über Luftdruckabfall und übers Sich-Erheben. Dabei geht mir auf: Inseln wie Jamaica wissen vielleicht mehr drüber, was Sache ist, als die Hälfte der Leute in diesem Land. Ich denk immer wieder an das Telefongespräch mit Noa, an unsere Stimmen und das, was darunter war, und Onkel Kimo fährt weiter.

»Schön, dich wiederzusehen«, sagt Dad, als wir in Onkel Kimos Haus sind. Er ist schon ein paar Stunden aus dem Valley zurück. Wenn es dort dunkel wird, findet man seinen eigenen Arsch nicht, zumal fast immer Wolken am Himmel sind und den Mond verdecken. Darum musste er wieder herkommen. Dads Körper hat sich verändert, seit ich das letzte Mal hier war, er hat ein bisschen angesetzt, kriegt so langsam diesen Alter-Footballspieler-Look, wo so ein fester Bauch über den Gürtel runtersackt. Er lässt seinen Schnurrbart wachsen, und in seinem Gesicht sind Narben und Falten, an die ich mich nicht erinnern kann.

»Da hat's jemand endlich mal wieder nach Hause geschafft«, sagt er, und ich denk, verdammt, Dad, gleich mittenrein. Ich dachte, er würde erst mal warten, aber er ist wohl kaputt und frustriert von der Suche.

»Ist eine lange Reise«, sage ich.

»Wie viele Jahre sind's jetzt?«

»Shit, Dad.«

»Drei«, sagt er und hält drei Finger hoch. »Drei Jahre.«

»Ihr hättet ja auch mal nach Spokane kommen können«, sag ich.

»Als ob wir das Geld dafür einfach so rumliegen hätten.«

»Ich hab auch nichts«, sage ich. »Kann nur meine Kreditkarten voll ausreizen. Ich muss *mindestens* ein Jahr arbeiten, bis ich diesen Flug wieder drin hab.«

»Trotzdem«, sagt Dad, »einer wie du kann doch sicher was auftreiben.«

»Nein«, sag ich. Wir sind auf dem *lanai*, aufs Geländer gelehnt. Vor uns fällt das Land ab, hin zu klappernden, schwankenden Bäumen und zum Meer dort hinter den Klippen. Ein Truck dröhnt irgendwo den Highway entlang. »Das Einzige, was ich massenhaft hab, sind Haoles«, sage ich.

Ein Grinsen zieht sich jetzt über seine Wangen. »Eh, du duschst aber noch abends, oder?«

»Manchmal.«

»Hab gehört, dort tun sie's manchmal tagelang nicht. Waschen sich höchstens mal kurz. Duschen am Morgen.«

»Einer von meinen Mitbewohnern hat solche Stinkfüße«, sag ich. »Riecht wie dreckige Milch oder was.«

Jetzt lacht Dad los. »Haole-Idioten! Aber du duschst auch nicht mehr, oder? Ich wette, du duschst nur manchmal morgens. Hey, du trägst jetzt deine Schuhe im Haus, oder? Und eine Bauchtasche hast du bestimmt auch schon.«

Er macht immer weiter. Zählt alle Klischees auf, die er von Haoles im Kopf hat: fettiges Gesicht, supergenaue Aussprache, Butter im Reis, wollen immer, dass alles schnell-schnell geht. Sagt, so wär ich jetzt auch.

»Du stehst auf Frisbee. Du spielst mit deinen Freunden Frisbee.«

»Dad …« Er steigert sich richtig rein.

»Du hast Sandalen, stimmt's? Du hast deine Outdoor-Sandalen dabei? Und dein Sonnenschutzzeug? Du …« Er senkt den Kopf aufs Geländer und kichert jetzt wie ein Mädchen, echt. Er hat so ein hohes, albernes Lachen, und das steckt einen total an, und ich weiß nicht, warum ich jetzt nicht mitlache, aber ich lach nicht, ich schau nur zu, wie er lacht, und ich hab das Gefühl, irgendwie ist er nicht okay, irgendwas stimmt nicht mit ihm.

Es ist die Jahreszeit des Sterbens, aber am nächsten Tag sag ich nichts drüber. In Spokane wär's jetzt so, die Blätter würden von den Bäumen fallen wie Pennys, die Luft wär so kalt, dass man rissige Knöchel kriegt, aber in Hawaii gibt's keinen

Herbst wie in Spokane, und sowieso: Ich will nicht, dass Noa Teil von dieser Jahreszeit ist. Wir sind jetzt auf dem Trail, und uns ist kalt, und wir sind müde, alle miteinander. Wir sind auf der anderen Seite vom Waimanu, auf dem Trail, der aus dem Tal rausführt, der Hang ist steil wie all die anderen, aber der Weg ist hier größtenteils weg, nur eine dünne Matschspur durch das ganze Gewirr von Bäumen und Büschen.

Bei uns ist ein Such- und Rettungsteam, zwei Leute in diesen schicken blauen Uniformen, mit Rucksäcken voller Schnallen und Taschen mit Erste-Hilfe-Zeug und Karten und Signalfackeln und so, und sie haben einen Hund, und der läuft jetzt vorneweg und schnüffelt und zieht uns immer weiter.

Dad und Onkel Kimo und wir übrigen folgen dem County-Team, matschverschmiert bis an die Knöchel, müde bis ins Mark und immer, wenn wir nicht sehen können, was vor uns ist, voll Angst, dass wir gleich auf Noas Leiche stoßen.

Wir hacken uns durch und marschieren weiter und hacken und schieben die Äste vor unseren Gesichtern weg, und die Blätter fahren mit ihren kratzigen Klingen über unsere Kleider, und unsere Füße schmatzen im Matsch. Der Hang wird steiler, so dass wir uns vorbeugen und bei jedem Schritt vorwärtsstemmen müssen, und es ist schwer, mit den Füßen richtig Halt zu finden und nicht wieder zurückzurutschen und noch mehr Matsch abzukriegen. Der schwere, süße Geruch von überreifen Guaven mischt sich im kalten Wind mit dem Pferdemistgestank vom Matsch. Wolken haben sich schon den ganzen Tag ins Tal runtergesenkt, und jetzt werden sie richtig schwarz und dick. Das Such- und Rettungsteam bleibt stehen und befiehlt dem Hund, Sitz zu machen. Jeder weiß, was jetzt kommt.

»Uns bleibt nicht mehr viel Licht, und es sieht aus, als würde es anfangen zu regnen«, sagt die Frau von dem Team. Sie ist eine Haole, hat das Haar hinten zu einem Zopf geflochten und die blaue Basecap tief ins Gesicht gezogen. »Ich würde sagen, wir machen für heute Schluss.«

»Scheiß drauf«, sag ich. »Es ist noch genug Licht. Ich hab eine Stirnlampe.«

Dad ist auch stehen geblieben. Unter den Augen hat er solche Hautfalten mit lauter scharfen, gebrochenen Linien. Er lehnt an einem Baum und atmet einen langen Schwall Luft aus. Seine Hände, die auf seinen Oberschenkeln liegen, zittern, als ob er unter Strom steht. Ich denke wieder: *Irgendwas stimmt nicht.*

Onkel Kimo hat die Kappe abgenommen und fährt sich mit der Hand durchs dicke schwarze Haar. Sein graues Shirt ist auf der Brust ganz dunkel von Schweiß. Alle sehen aus, als würden sie sich am liebsten hinsetzen, aber man kann sich hier nirgends hinsetzen, weil da nur dieser matschige schmale Pfad ist.

»Wir müssen sichergehen, dass wir es auf den Talgrund zurück schaffen, damit uns der Hubschrauber abholen kann«, sagt die Frau vom Rettungsteam. »Und ich werde Pomai nicht die ganze Nacht arbeiten lassen.« Sie patscht dem Schäferhund zweimal kräftig auf die Flanke.

Es fängt an zu regnen. Zuerst sind es nur ein paar Tropfen, aber dann wird es mehr, bis es richtig pladdert.

»Ich bleib hier«, sage ich.

»Wir gehen alle zurück«, sagt Dad. Er löst sich von dem Baum, an dem er gelehnt hat.

»Er ist immer noch irgendwo da oben«, sage ich. »Für ihn gibt's keine Pause, nur weil es regnet.«

»Wir müssen zurück«, sagt die Frau vom Rettungstrupp. Sie wendet den Hund. Der andere vom Rettungstrupp, Japaner, aber ganz schön groß und so ein Cop-Typ, kehrt auch um und macht sich an den Abstieg.

»Ich schlaf auf dem Scheißtrail«, sage ich, aber ich spreche zu ihren Rücken, alle sind schon auf dem Weg runter. Überlassen meinen Bruder oder seinen Leichnam – nein, meinen Bruder – diesem Sauwetter und dem, was es mit sich bringt.

»Weicheier«, sag ich. Keiner scheint's zu hören.

Als wir schließlich wieder im Basislager ankommen, fällt der Regen grau und ununterbrochen, und aus den Wolken ist alles Sonnenlicht rausgewaschen. Die Zelte stehen alle dicht beieinander unter Bäumen, und dahinter sind der See und dichte Büsche.

Dad beredet mit Onkel Kimo und den anderen, ob sie mit dem Zodiac rüber ins Waipi'o Valley fahren, noch mehr Ausrüstung holen, und das Rettungsteam ist bei seinen Zelten und bespricht sich auch, also steh ich allein unter den Eisenholzbäumen, wo es weniger stark regnet.

Zum ersten Mal denk ich wirklich, dass Noa tot sein könnte. Ich hab schon die ganze Zeit über all die Sachen nachgedacht, für die ich mich bei ihm entschuldigen möchte, all die Male, die ich ihm ein Bein gestellt oder ihn geschubst hab oder irgendwas im Haus als Waffe gegen ihn benutzt hab, als wir klein waren. All die Male, die ich ihn zwingen wollte zu glauben, dass ich der mit dem ganzen *mana* wär, obwohl wir beide wussten, dass das nicht stimmte. An der Uni war ich in so einem Philosophiekurs, wo der Dozent über Gewalt sprach. Er sagte, viele Leute halten Gewalt und Stärke für ein und dasselbe, aber in Wahrheit ist Gewalt das, was Leute anwenden, wenn sie nicht stark sind. Ich denk über mich und Noa nach und frage mich: Ich hab mein ganzes Leben lang Gewalt angewendet, was sagt das über mich?

Der Hubschrauber vom Such- und Rettungsdienst kommt seine Leute holen. Als er landet, peitschen seine Rotorblätter durch die Luft, und jedes Mal trifft's mich voll in die Brust, geht durch mich durch und zu meinen Ohren wieder raus, obwohl ich vielleicht hundert Meter weit weg stehe. Der Hubschrauber ist gelb-rot gestreift, und es ist kein Blackhawk oder so wie in Filmen, er ist kleiner, ein Käfer ohne Flügel. Er ist laut. Jede Rotorumdrehung zerhackt die Luft, und darunter ist so ein silbriges Jaulen. Das Gras wird weggedrückt und flattert am Rand. Das Rettungsteam und der Hund rennen mit eingezogenem Kopf hin, die Jacken knattern im Wind und Regen, und die Frau, die mit dem Hund vorneweg läuft, die, die gesagt hat, wir müssten aufhören, meinen Bruder zu suchen, presst sich das Cap auf den Kopf, und sie und der Typ rennen so komisch geduckt wie Cartoon-Räuber und klettern rein, und der Rotor dreht sich schneller und peitscht noch stärker, und das ganze Gras wellt sich weg, als das Rettungsteam aufsteigt und aus dem Tal rausschwenkt.

20

MALIA, 2008
Kalihi

Augie und ich mussten vor einer Woche nach Kalihi zurück. Wir verließen Big Island, um in unsere Alltagsmühle zurückzukehren, nicht freiwillig, denn ich weiß, mein Sohn ist noch am Leben, irgendwo in diesen Valleys, und ich will da sein, wenn er wieder rauskommt. Aber wir hätten alles verloren – unsere Jobs, unsere armselige Rostbude von Haus, unser Schrottauto –, wenn wir noch einen Tag länger auf Big Island geblieben wären. Also hatten wir unser Zeug wieder zusammengepackt und standen auf dem Schotter vor Onkel Kimos Haus, im Morgengezwitscher der Vögel, unter dem kühlen vanillefarbenen Himmel.

»Wir finden ihn«, sagte Kimo, und das Weiße seiner Augen war bräunlich von all den schlaflosen Nächten in den Valleys und all den Tagen, die er sich mit Augie durch das Buschwerk und den Matsch gearbeitet hatte.

»Yeah«, sagte Augie. »So oder so.«

»Nah, sag das nicht, Mann«, sagte Kimo und legte Augie seine fleischige Pranke auf die Schulter.

»Na ja«, sagte Augie, »vielleicht ja auch nicht. Vielleicht ist er verschwunden. Vielleicht hat ihn ja eins von den Valleys einfach verschluckt.«

»Augie«, sagte Kimo, »red nicht so.«

»Aber«, sagte Augie, und ich sah, dass er sein Gesicht mühsam unter Kontrolle hielt, »wenn er für immer weg ist, können wir's ja vielleicht noch mal probieren.« Er grinste und kniff mich in den Hintern. »Wir können einen neuen Nainoa machen, yeah, Babe?«

Und dann lachte er los.

»Du jiepernder alter Hund«, sagte ich und lachte mit. »Denkst immer nur dran, deinen nächsten Knochen zu verbuddeln.«

»Kann nichts dagegen machen«, sagte Augie kichernd. »Lass uns noch mal für eine kurze Runde reingehen, Malia. Kimo, kannst du noch fünf Minuten warten?«

»Augie!«, sagte ich, aber wir schüttelten uns alle aus vor Lachen.

Das Lachen trug uns auf der Fahrt durch die Hügel mit den grünen Weiden und schiefen Bäumen, dann auf der Rückseite der Valleys durch Waimea und vorbei an den fingernagelförmigen Stränden und blättrigen, schwarzen Lavafeldern von South Kohala. Aber irgendwann waren wir natürlich am Flughafen mit seinem Beton und seinen heulenden Triebwerken, wo wir dem Gefühl gar nicht entgehen konnten, unser Kind im Stich zu lassen. Das Flugzeug hob ab, und wir stiegen in den Himmel hinauf und landeten in einem Honolulu, das auf einmal leer und gefährlich wirkte. Alles und jeder konnte uns jetzt was nehmen, wir hatten nur noch so wenig.

Ich bin noch da, machte ich mir klar. Ich bin noch da, und mein Sohn auch, ganz sicher.

Tage sind vergangen, ohne dass wir etwas gehört haben, außer dass Dean und Kimo und ein paar andere immer noch suchen, und ich habe wieder mal meine Schicht hinter mir und fahre meinen Bus zurück zum Busbahnhof. Groß und leer und bebend schießt er die nächtlichen Straßen entlang. Die friedlichste Zeit meines Tages. Ich mache dann gern die ganze Innenbeleuchtung aus, so dass nur noch die Instrumentenlichter am Armaturenbrett leuchten. Es hat was Beruhigendes, die schiere Masse, die ich steuere.

Ich bin jetzt halb den Pali Highway runter, kurz vor der Abfahrt nach Nuʻuanu, und durch die Bäume kommt, unten am Fuß der sanft abfallenden grünen Koʻolaus um mich herum, Honolulu in Sicht, der gelb-rote Schein der Lichter im Dunkeln.

Die Busscheinwerfer leuchten hell vor mir her, zeigen Asphalt und noch mehr Asphalt, dann Leitplanke und dann plötzlich eine Gestalt auf dem Highway. Es ist ein Mann, gebeugt, barfuß und nackt bis auf einen Lendenschurz um Hüften und *boto*, mit sehr dunkler Haut. Er trägt einen *lei poʻo* auf dem Kopf, die Blätter wie die Zacken einer Krone, aber sein Kopf ist komisch zur Seite geneigt, die Augen total im Schatten.

Ich bremse, hupe. Der Mann bleibt einfach stehen. Sein ganzer Körper wabert, flimmert wie ein Fernsehbild, wenn der Empfang durch schlechtes Wetter gestört ist, dann macht er einen Sprung vorwärts, drei Meter vor den Bus. Ich sehe seine salzverkrustete Brust, sehe auf seinen Handflächen lila Striemen, die Art Narben, die von der Arbeit am Seil kommt und die man heute nicht mehr findet. Ich trete voll auf die Bremse, es gibt ein schreckliches Quietschen und einen Ruck, und ich werde in den Gurt geworfen. Der Bus kommt jäh zum Stehen.

Ich habe nichts gefühlt ich habe nichts erwischt ich habe nichts gefühlt. Die Scheinwerfer zeigen leere Straße.

Heilige Scheiße.

Ich fahre rechts ran und setze den Warnblinker. Höre das *Tick-Tock*. Das *Zisch* der Bremsen. Ich betätige den Türöffner, die Vordertür öffnet sich quietschend. Ich steige die Stahlstufen runter in die schwüle Nachtluft. Nichts vorn am Bus, keine Delle, kein Blut, kein zerplatzter Körper.

Ich schaue hinterm Bus nach, wo die Überreste des Mannes sein müssten, wenn ich ihn überfahren hätte. Aber er steht immer noch da, eine harte, schwarze Silhouette vor dem bleichen Mondlicht auf dem Asphalt. Dann flimmert er wieder, bebt und zuckt, und im nächsten Moment ist da nur ein Schwein, hüfthoch, mit schlammverkrustetem Fell, und es brüllt und quiekt und grunzt und trollt sich vom Highway in den Farn und die Bäume am Straßenrand.

Scheinwerfer nahen. Ein Wagen rast an mir und dem geparkten Bus vorbei. Ich stehe eine ganze Weile einfach nur da, hoffe, dass das Eis aus meinem Rückenmark verschwindet, dass mein rasender Puls sich beruhigt. Ich muss an die Nacht vor so langer Zeit denken, als Augie und ich uns im Valley liebten und dann die Nachtmarschierer sahen. Dieser Mann war kein Nachtmarschierer, aber ich weiß, er kam daher, wo auch sie herkamen, von den Rändern der natürlichen Welt, wo Menschen nie hingelangen. Ich fühle den Druck des Schlafmangels in meinem Schädel, fühle, dass ich vor Übermüdung und von der Eintönigkeit der Busroute kurz vor dem Delirium bin. So bleibe ich, ich weiß nicht wie viele Minuten, da stehen.

Der Heimweg dauert. Ich bin wie vor den Kopf geschlagen. Wenn es wieder so was war wie damals, warum dann jetzt, so viele Jahre nachdem wir das letzte Mal Geister gesehen haben, zweihundert Meilen entfernt auf Big Island? Ich frage mich, was Augie sagen wird, was ich ihm erzählen soll, er glaubt viel weniger an das alles als ich, so wie anscheinend jeder. Und mir wird klar, dass ich hoffe, wenn ich es erzähle, wird es irgendwie realer, mehr als nur ein wirrer Traum.

Als ich den Bus schließlich ins Depot gebracht habe und mit unserem klapprigen Jeep Cherokee zu unserem Haus in Kalihi fahre, ist es stockdunkle Nacht. Ich parke in unserer Einfahrt und stürme durch die Vordertür ins Haus. Alle Lichter sind an, aber ich merke schnell, dass Augie nicht da ist.

Natürlich. Es fing an, kurz nachdem wir von Honoka'a und der Suche nach Noa zurückkehrten. Seither steht Augie um zwei, drei Uhr in der Früh auf und geht dann aus dem Haus. Wohin, weiß ich nicht. Er geht weg und kommt Stunden später zurück, knarzt durchs Haus in unser Schlafzimmer und bringt den Trail mit: Blätter im Flur, der dumpfige Geruch von Erde und Farn auf seiner Haut. Seine Knie knacken, wenn er sich langsam auf die Bettkante runterlässt, und oft bleibt er da erst mal sitzen, und ich spüre, wie die Matratze von seinem lautlosen Weinen bebt.

Ich hab es noch nicht angesprochen. Weiß nicht, warum.

Dieses Geheimnis seiner Wanderungen fühlt sich wie etwas sehr Heikles an, als ob die ganze Frage, wie es mit uns weitergeht, an ein paar dünnen Fäden der Nichteinmischung hängt. Aber klar, er glaubt ja, dass Nainoa tot ist; ich weiß, dass unser Sohn noch lebt. Wir reden indirekt darüber, aber nie gerade heraus. Also wandert er umher und trauert allein. Diesen Teil von sich hat Augie mich noch nie sehen lassen. Da ist immer sein Lachen oder seine von Sorgen und Schufterei zerfurchte Stirn, aber nie die Grimasse des Schmerzes.

Der Gedanke kommt mir ganz plötzlich: *Gott, diese Männer*. Warum fressen sie ihr Leid immer in sich hinein, schlucken es runter in die stillen Winkel ihrer Seele, wo es sich dann zusammenballt? Nainoa tat es – tut es – mit seiner einsamen Wanderung im Valley, aber schon vorher hat er am Telefon immer zugemacht, tonlose Stimme und leicht dahingesagte Worte, *Alles bestens hier in Portland, nur wieder so ein Tag voller Autounfälle und häuslicher Gewalt*, aber wenn man ihn auf seiner Uke spielen sah, wusste man, sein Herz war kurz vor dem Zerspringen. Und Dean tut es auch, mit seiner coolen Art, zu reden und sich über alle lustig zu machen, toughe Fassade und simple Antworten, aber in seinen Augen glitzert immer die Erinnerung an seine Basketballzeit. Er hat mich nach diesem einen Mal nie wieder geschlagen – ist im Haus überhaupt nie wieder aggressiv geworden –, aber ich muss trotzdem immer dran denken, dass er jemand geworden ist, der die Beherrschung verlieren kann. Und jetzt ist da mein Mann. Natürlich macht er die ganze Zeit Witze. Am Anfang, als wir zusammen waren, habe ich das an ihm am meisten geliebt. Er witzelte und kicherte, und das Kichern steckte mich an, bis wir beide Tränen lachten. Inzwischen weiß ich, dass Lachen die erste Mauer ist, die er gegen das Leid des Lebens errichtet. Das Umherwandern jetzt ist das, was kommt, wenn diese Mauer zertrümmert wird.

Aber jetzt bin ich hier, und er steht da in der Tür, lässt sie langsam hinter sich zufallen. Seine Lider sind schwer, seine Augen rotgeädert, aber seine Wangen sind immer noch kräftig und rund. Er trägt ein enganliegendes Shirt, und es spannt sich über seinem festen Bauch, dem Teil seines Körpers, der langsam, aber stetig gewachsen ist, seit wir verheiratet sind, und seine verschossenen alten Jeans sind an den Knien fast durchgewetzt. Seine dunkelbraune Haut strahlt Sonnenhitze ab, selbst jetzt, mitten in der Nacht. Er streift seine Schlappen ab und wischt mit der Hand über den dünnen Schnurrbart, den er sich wachsen lässt.

»Wo warst du?«, frage ich.

»Draußen«, sagt er. »Draußen draußen draußen. Draußen…« Seine Stimme verliert sich. Er geht an mir vorbei in die Küche. Ich fühle, wie mir Hitze ins Gesicht steigt, als ich ihm folge.

»Kannst du *ein* Mal mit mir reden?«, sage ich. »Du redest nie mehr mit mir.«

Er hat den Kopf im Kühlschrank. Es ist, als ob er mich gar nicht hört, seine Finger trommeln oben auf die Kühlschranktür.

Ich weiß nicht, wie viele Sekunden er so in den Kühlschrank starrt. Ungelogen, ich fühle die Kälte durch die ganze Küche wehen. Aber er steht da und trommelt mit den Fingern, länger, als irgendjemand brauchen würde, um den ganzen Kühlschrank zu inspizieren. »Da ist nichts drin«, sage ich. Ein Kanister Milch, immer – immer – nur drittelvoll, schlaffer Salat, den wir uns schon über eine Woche einteilen, eine Plastikschale mit angekohltem *huli-huli*-Hähnchen, an dem Augie schon mindestens zwei Tage herumknibbelt, ein halber Beutel Karotten, die letzte Dose Bier von einem Sixpack, die mit den herunterhängenden Plastikringen wie frischgefangen aussieht, dann Ketchup und Majo und vier Eier und noch ein paar Kleinigkeiten, nichts davon unangebrochen.

»Yeah, da ist nie was drin«, sagt er schließlich. »Nur diese Hühnerleiche«, sagt er und zeigt auf den Rest *huli-huli*. »Hühnerleiche Hühnerleiche Hühnerscheiße Hühnerscheiße.« Ich höre ihn flüstern, *Hühnerscheiße, Hühnerscheiße*, kaum hörbar. Sein Gesicht ist ernst, als ob er auf die erste Seite eines Tests guckt und bereut, dass er nicht besser dafür gelernt hat.

Er kratzt sich am Bauch, die Hand unterm Shirt. Das knistrige Geräusch seines Fingernagels auf seinen Bauchhaaren, und er guckt auf die Küchenwand. Ich warte. Augie kommt manchmal nur auf Umwegen zu dem, was er sagen will, redet über Sport und einen Angeltrip und die Farbe der scheußlichen Hemden bei Hilo Hattie oder die vielen Touristen auf der Kalakaua Avenue, als er alte Freunde treffen wollte, die in der Nähe von Waikiki Beach wohnen, und dann plötzlich spricht er davon, wie sehr er mich liebt und dass er's vermisst hat, wie mein Haar sich auf unseren beiden Kopfkissen ausbreitet.

Aber es kommt nichts. Augie schüttelt den Kopf, denkt

an etwas, was er nicht sagen will. Da wird mir klar: Er zerbricht innerlich, ich bin dabei, ihn zu verlieren.

»Hörst du das?«, fragt er. Er dreht sich zum Gang, am anderen Ende ist ein helles Rechteck, unser Schlafzimmer, wo der Deckenventilator in einem regelmäßigen Rhythmus quietscht. »Wie ein Lied.« Und als er das sagt, erkenne ich plötzlich etwas wieder. Der Geruch, der gleiche Geruch, den der Mann auf der Straße am *pali* hinterlassen hat: nasser Farn, Erde, fruchtbar, braun und würzig, Rasen nach dem Regen, ein Acker, der abgeerntet wird. Der Geruch geht von Augie aus.

»Hey«, sage ich.

Augie geht den Gang entlang, sagt nur über seine Schulter: »Mmm?«

»Bleib stehen, Augie.«

Er verschwindet im Schlafzimmer, und ich folge ihm, bleibe in der Tür stehen. Augie sitzt im Dunkeln auf dem Bett.

»Wo bist du gewesen?«, frage ich, so sanft ich kann.

Er fängt an, sich das Shirt auszuziehen.

»Bin rumgelaufen«, sagt er, und seine Lippen bewegen sich unter dem dünngewetzten Shirt. »Rauf, am Wasser lang. Immer rauf. Richtung Wolken, Richtung *pali*. Je weiter man kommt, umso größer werden die Häuser, okay? Wir beide haben immer gesagt, wir kriegen mal ein zweistöckiges Haus, mit einem großen *lanai* oben drauf, wo man den Sonnenaufgang gucken kann. Den Sonnenaufgang gucken. Weißt du noch? Die Sonne geht auf, und wir gucken dann von unserem *lanai* aus zu?«

Es war ein Traum, den wir hatten, ein Urlaubsort, an den wir gingen, so wie die Leute hier auf die Inseln kommen, damit sie davon zehren können in ihrem bitterkalten Großstadtwinter. Die blau-goldene, tröstliche Schönheit von etwas, das bald sein wird: wir auf dem *lanai* von unserem eigenen Haus, hoch droben in den Hügeln, mit Blick auf die grünen Hügelausläufer, das Meer dahinter.

»Wir werden dieses Haus nie kriegen«, sagt er. »Nein nein nein, Hühnerscheiße, wir kriegen nur diese Hühnerscheiße« – er hat das Shirt jetzt ausgezogen und schmeißt es zur geschlossenen Schranktür hin –, »Schrank, winziges Bett, diese stinkende, schäbige alte Hühnerscheiße von Haus. So wird's sein, bis wir sterben.«

Seit er zur Tür reingekommen ist, war seine Stimme nicht so klar wie jetzt. Er findet wieder zu sich. Der Geruch, der da eben noch war, verschwindet. Die Hand auf seinem Knie zittert. Ich knie mich hin und nehme sie in meine Hand. Er schaut mich nicht an. Ich rutsche auf den Knien an ihn ran und umarme ihn, meine Schulter unter seinem Kinn, und da kommt ein Schluchzen aus seiner Brust. Noch eins. Sofort will ich ihm erzählen, was ich auf der Heimfahrt mit dem Bus gesehen habe, wie es mir so viel Hoffnung gemacht hat. Auch jetzt noch fühle ich, dass beides zusammenhängt. Wohin wollte er mitten in der Nacht, zu wem oder was? Was ist es, das uns zu erreichen versucht?

»Bleib bei mir«, sage ich zu Augie. »Bitte, Augie, bitte. Bleib bei mir. Bleib da.« Ich sage es immer wieder, als wären meine Worte die Musik, die er gehört hat, als wären sie das, was die ganze Zeit in seinem Kopf war.

21

DEAN, 2008
Waipi'o Valley

Vier Wochen sind's jetzt, was heißt, kein Job mehr in Spokane und bald nicht mehr genug Geld für meinen Mietanteil, aber das ist mir egal, ich geh runter und auf der anderen Seite vom Waipi'o wieder rauf, ins Waimanu und noch weiter. Ungelogen, ich kann jetzt den ganzen Trail im Lauftempo machen, und heute war ich im Morgengrauen draußen und jetzt, wo die ersten Surfer am Ausgang des Tals durchs Meer schneiden, bin ich schon fast die andere Seite rauf, auf dem Z-Trail, und meine Beine arbeiten wie Kolben. Unter mir ist das ganze grüne Tal, und ich seh die Linien der Wellen, die eine nach der anderen anrollen, über den Sand und Stein krachen und wieder zurückschrappen.

Ich such immer noch nach Noa, allein jetzt, nachdem das Rettungsteam, die Familienmitglieder und Freunde aufhören mussten. Manchmal kommen Onkel Kimo und ein paar Freunde von ihm mit, aber ich bin so viel schneller, dass ich sie bald um Stunden abhänge.

Die meiste Zeit, seit ich aus Hawaii weggegangen bin, war's für mich egal, was Noa war oder nicht war, weil mein Leben nur aus Basketball bestand. Aber nachdem ich das in den Sand gesetzt hatte, wofür war ich da noch gut? Ein paar lausige Kröten bei einem Paketzustelldienst zu machen und rumzuhängen und zu warten? Worauf denn? Aber als Mom und Dad nach Oʻahu zurückmussten, wenn sie ihre Jobs nicht verlieren wollten, und wir Noa immer noch nicht gefunden hatten – sie saßen auf dem hinteren *lanai* von Kimos Haus, beide mit verquollenen Gesichtern und roten Schlaflose-Nächte-Augen und schweigend, weil sie, sobald einer von ihnen was sagte, nur anfangen würden zu weinen –, also, scheiß auf meinen miesen Job und mein schäbiges kleines Zimmer in Spokane, sie brauchen mich wieder. Hier bin ich. Das kann ich immerhin tun, und wer weiß, wohin es mich bringt.

Ich laufe immer weiter. Über den Kamm der Waipiʻo-Flanke und durch die dreizehn Schluchten, die dann kommen, wo die Kälte von den Bächen abstrahlt. Bei jeder, die ich durchquere, fühle ich die runden Flusskiesel gegen meine Fußsohlen drücken, und danach kommt der Schlamm, der an meinen Füßen saugt und stinkt wie Sau, aber ich laufe immer weiter. Ich lege sogar noch an Tempo zu. Muss auf die andere Seite vom Waimanu und dort weitersuchen.

Meilenweit steil, am Vorderende runter ins Waimanu, wo es so gut wie leer ist, bis auf ein paar Touristen, die so blöd sind, im Winter hier rumzuwandern. Hala-Bäume und grauer Sand und eiförmige schwarze Steine, kühlschrankgroß. Und diese Haoles, die am Meer campen oder weiter hinten an dem dreckigen See oder dem arschkalten Wasserfall. Da kann ich immer nur den Kopf schütteln. Willkommen in Hawaii, ihr Idioten, nichts als nasse Steine und beschissener Campingfraß in einem leeren Valley.

Ich lege die nächsten Meilen zurück. Die andere Seite vom Waimanu rauf, genau in der Zeit. Ich schiebe mir einen Energieriegel in den Mund, und mein Kiefer knackt. Diese Teile des Trails hab ich alle schon abgesucht, also lauf ich die meiste Zeit einfach nur weiter. Die Machete klatscht auf meinen Rucksack, und der Stoff meiner Jeans macht *rrrtsch rrrtsch rrrtsch*. Meine Fußgelenke sind immer noch kräftig vom Basketball. Ein Vorteil. Außerdem hab ich wohl ordentlich abgenommen, von dem ganzen Laufen und Marschieren und wenig Essen, seit ich hier suche. Keine koreanischen Rippchen, kein weißer Reis mehr. Ich fühle mich total leicht, bewege mich wie eine Manguste, könnte locker wieder Basketball spielen.

Aber dann mach ich langsamer. Jetzt kommt der Teil des Trails, wo ich noch nicht war. Ich hab den hinteren Teil des Valleys abgesucht, in der Nähe der Wasserfälle. Ich hab unsere alten Zeltplätze gecheckt und alles die Küste entlang. Ich bin tagelang kleinen Seitenpfaden nachgegangen, die er hätte nehmen können, hab mich durch den neuen Bewuchs gehackt, bin über steifes Unkraut und schweres Gras getrampelt. Gestern bin ich auf diese halbverfallene alte Hütte gestoßen. War wohl mal für Ranger oder was. Löcher in den Wänden und in der Decke und durchhängender Fußboden. Er war nicht dort, überhaupt keine Spur von irgendjemand, aber dort war der Punkt, an dem ich wieder umkehren musste.

Als ich diesmal bei der Hütte ankomme, zieht etwas an mir. Ich fühle mich im Flow, fast wie in meinen besten Zeiten beim Spiel. Alles um mich rum weicht aus meinem Gesichtsfeld, und da ist nur noch dieses eine, aber diesmal bewegt sich mein Körper nicht zwischen Spielern hindurch, sondern zwischen Bäumen. Die Blätter weichen aus, der Boden saugt mich nicht ein und lässt mich nicht umknicken, er trägt mich, verstärkt jeden Schritt, und ich schwör, die Ranken und das Gras ziehen sich zurück, und es öffnet sich ein richtiger neuer Pfad durch den Dreck und das Getier und den Pflanzenwuchs.

Dort endet der Wald. Die Bäume und das Gras gehen bis ganz an den Rand, als ob sie dort nicht immer schon von Natur aus aufgehört hätten, und am Rand sind große, rissige Platten von Erde und Lehm und sogar Stein, die wie abgebissen aussehen, als ob da vor kurzem was weggebrochen wär, und da ist ein steiler Abhang von vielleicht zehn Metern, bevor dann ein senkrechter Absturz von ein paar hundert Metern kommt, runter in die krachende Brandung.

Und auf dem Abhang, vor dem Steilabsturz, seh ich diesen komischen Klumpen, der aus der Erde guckt. Es dauert ein bisschen, aber dann weiß ich, was es ist: ein Treckingstiefel. Ich komm so nicht dran, zu steil, ich würd garantiert ins Meer stürzen. Aber da ist ein Baum, klein genug, dass ich die Beine drumschlingen kann, als ob ich falsch rum auf einem Pferd reite. Ich klammere mich fest und lasse mich runterhängen, und das Blut schießt mir in den Kopf wie Sirup, und mir wird schwindelig. Aber ich häng über dem Abhang und kann den Stiefel erreichen, und unterhalb vom Stiefel gehen die aufgewühlte Erde und die losen Pflanzen weiter, über die Kliffkante. Ich greife den Stiefel mit einer Hand und zieh mich wieder hoch. Ich setz mich hin, ein Stück vom Rand weg. In dem Stiefel sind Pflanzen und Dreck und, yeah, als wär's nichts weiter, braune Flecken von altem Blut am Knöchel und innen die Hacke runter.

Ich knie mich hin. Ich seh, was ich da in der Hand halte, die Antwort. Ich guck noch mal genau den Abhang runter. Da ist so was Farbiges, irgendein Stoff, guckt da raus, wo ich den Stiefel rausgezogen habe. Ich stell den Stiefel behutsam hin, hake dann meine Beine um den Baum und lass mich wieder kopfüber runter, greife nach dem Stoff. Zuerst kommt er nicht raus, also zieh ich und grabe und zieh und zerre, und ganze Erdplacken lösen sich und rutschen runter und über die Kliffkante, ich hör es knacken und knistern. Ich zieh noch mal, und heraus kommt ein Rucksack. Orange und rot und genau wie der, den Mom und Dad dem Rettungsteam beschrieben haben, als wir das erste Mal los sind. Ich zieh ihn an mich, meine Arme sind Stränge von Hitze und Schmerz vom Ziehen, und dann hiev ich mich wieder hoch. Ich seh Sternchen vom Kopfüberhängen.

Ich setz mich im Schneidersitz hin und nehm den Rucksack auf den Schoß. Er ist an zwei, drei Stellen aufgerissen, und als ich die Hauptklappe aufmache, blitzt eine Folienverpackung von einem Energieriegel oder so wie eine Messerklinge auf und fliegt davon. Im Rucksack sind ein paar schlammverdreckte Kleidungsstücke, dann ein Teil von einem Campingkocher und ein paar Nylonbeutel mit Seil und Zeug, und als ich die rausnehme, ist da seine Ukulele. Sie ist in einem Softcase, aber als ich es aufmache, liegt die Ukulele heil und sauber drin.

Ich leg sie so vorsichtig auf den Boden wie ein Baby,

neben den Stiefel mit dem rostbraunen Blut dran, und dahinter, tief drunten, kracht die Brandung gegen das Kliff.

»Wieder da?«, fragt Onkel Kimo, als ich am nächsten Morgen aus dem Zimmer in seinem Haus komme.

Ich kann nichts sagen. Ich bring meine Stimme nicht zustande. Ich schüttle den Kopf.

»Ey«, sagt Onkel Kimo. Er sieht mich ernst an. »Ey, Dean, was ist los, Brah?«

Ich zittere. Ich kann nichts dagegen machen, es ist wie dieser Stromstoß, der manchmal nach einer ordentlichen Session im Kraftraum durch einen durchgeht, den ich oft nach einem Spiel mit doppelter Overtime gespürt habe, wenn man einfach nur vibriert vor Licht und Energie, sprungbereit. Nur dass das jetzt anders ist, irgendwie düsterer, als ob ich weiß, es wird kommen und gehen und mich fertigmachen, wie es will, und ich halte mich an der Arbeitsplatte fest und will sagen: *Ich glaub, ich weiß jetzt, was mit Noa passiert ist*, aber die Wörter kommen nicht raus.

Warum zittre ich so?

Ich geh wieder ins Zimmer, hol den Stiefel, den Rucksack und die Ukulele, leg alles auf den Tisch. Getrockneter Matsch bröselt ab.

»Okay«, sagt Onkel Kimo und atmet tief aus. »Okay.«

Eine Weile denkt Onkel Kimo nach oder was, dann sagt er: »Wir müssen ein paar Leute holen, müssen den Leichnam bergen. Deine Eltern müssen auch kommen.«

»Nein.«

»Nein?«

»Es gibt keinen Leichnam. Gibt nur eine Stelle, wo ein Erdrutsch war, runter über die Klippe. Sonst ist da nichts.«

»Was soll das heißen«, sagt Onkel Kimo, »nichts? Etwas muss da doch sein. Bist du weiter runter oder was? Bis ans Ende vom Erdrutsch?«

»Da ist nichts«, sage ich. »Nach der Stelle, wo der Stiefel und der Rucksack gesteckt haben.«

»Du musst…«

Ich sag ihm, dass ich nichts mehr tun werde, gar nichts. Einen Dreck muss ich. Ich bin jetzt schon so lange hier. Bevor und nachdem die anderen zu ihrem Kram zurück sind, war ich fast jeden Tag im Valley, bin durch den Matsch und Dreck und die Hundertfüßer gestapft und dann wieder zurück, die lange, nasse Asphaltstraße aus dem Waipiʻo rauf, wo ich die verbogenen Leitplanken gesehen hab und die ausgebrannten Autowracks unten im Wald, von Besoffenen, die von der Straße abgekommen und als Kometen geendet sind und deren Überreste jetzt in den Bäumen verrotten, nur ich allein war noch dort draußen und hab gesucht. Und alles umsonst.

Damals, als die Haie uns Noa zurückbrachten, war ich auf dem Boot als Erster bei ihm. Ich rede nicht viel drüber. Es war abartig still, als die Haie auf uns zukamen. Die Crewleute waren über die Reling gebeugt und sahen, wie der vorderste Hai Noa zur Bootswand hinschubste, er biss nicht und peitschte nicht das Wasser auf, sondern beförderte Noa nur so nah an uns heran, wie er konnte. Dann fischten der Käpt'n und die Crewleute meinen Bruder mit ihren Seilen und Schlingen raus, und die Haie ließen sich zurückfallen, Schatten, die immer dunkler und schließlich eins mit dem Tiefblau wurden. Ich war direkt dabei. Die Crewleute und Dad zogen Noa über die Reling, und ich umarmte meinen Bruder ganz fest, und Mom erschien aus dem Nichts und umklammerte uns beide. Wir drei zerquetschten uns beinah, und da war der Geruch von Senf und Chips und Fruchtpunsch von unserem Mittagessen, und unsere Herzen schlugen dicht beisammen, und unsere Arme und Beine zwängten sich gegenseitig ein, und von uns dreien, Mom und Noa und mir, konnte keiner mehr sagen, wo der eine aufhörte und der andere anfing.

Ich war ja eigentlich der ältere Bruder, aber ab dem Tag war's, als ob er immer schneller groß wurde, bis man das Gefühl hatte, ich wär der jüngere Bruder. Und jetzt bin ich hier und hab diesen Schuh in der Hand, an dem sein Blut ist. Onkel Kimo steht da und schaut mich mit wässrigen Augen an.

»Du musst deine Eltern anrufen«, sagt er.

»Mach ich«, sag ich, und er guckt, als ob er mir nicht glaubt, denn Onkel Kimo ist schlau.

»Lass mich's auf meine Art machen«, sag ich. »Ich hab ihn gefunden, nicht du.«

»Ich weiß«, sagt er.

»Nein, du weißt nichts«, sage ich.

Onkel Kimo will was sagen, tut's dann aber doch nicht. Er lässt mich allein und geht raus auf den *lanai*, dann weiter in den Garten, die Hände auf dem Kopf, als ob er nach einem langen Lauf zu Atem zu kommen versucht. Ich geh an das Tischchen, wo er immer noch ein Festnetztelefon hat, und umklammere das Mobilteil, keine Ahnung wie lange.

Ich fang an, Moms Nummer zu wählen. Leg auf.

Ich fang an, Dads Nummer zu wählen. Leg auf.

Ich wähl wieder Moms Nummer. Ich komm bis zur letzten Zahl, aber dann leg ich wieder auf.

Onkel Kimo ist reingekommen und beobachtet mich jetzt quer durchs Wohnzimmer.

»Keinen erreicht, Onkel«, sag ich. Ich dreh mich von dem Tischchen weg, schnappe mir meine Schuhe und geh zur Haustür.

»Wo willst du hin?«, fragt er.

»Raus«, sag ich.

Er verschränkt die Arme.

»Ich kann sie ja anrufen, wenn ich zurück bin«, sag ich. »Sie sind immer lange auf.«

»Glaub nicht, dass du meinen Truck nehmen kannst«, sagt Onkel Kimo. »Ich muss nach dem Mittagessen wieder zur Arbeit.«

Ich winke über meine Schulter. »Super, vielen Dank für die Hilfe, Onkel«, sag ich. Ich geh zur Haustür raus, die Einfahrt lang, den Hügel rauf und halte am Highway den Daumen raus. Geh los, Richtung Hilo, und nach einer Viertelstunde fährt ein Auto vor mir rechts ran. Der Fahrer, ein alter *hapa*-Japaner, angezogen, als ob er von der Gartenarbeit kommt, fragt mich, wo ich hinwill.

»Nur weg von hier«, sag ich.

»Ein Ziel müssen Sie doch haben«, sagt er.

Nein, hab ich nicht, nicht mehr. Ich will das schon sagen, schluck's aber runter. »Dann Hilo«, sag ich. »Danke.«

In Hilo spazier ich an der Bayfront umher und schaue aufs Meer und den Wellenbrecher. Das Wasser ist grau und trüb, so wie das Wasser im Waipi'o Valley nach einem Unwetter, aber das hier ist eine lange, geschwungene Bucht mit Lastkähnen und Kreuzfahrtschiffen an einem Ende, da, wo der Hafen ist, und dahinter sind Coconut Island und die Hotels. Ich guck in die Palmen über mir, die Wedel, die träge vor sich hin rascheln. Entlang der ganzen Bayfront Road sind diese altmodischen kleinen Geschäfte mit handgeschriebenen Schildern und allem. Ich geh in die erstbeste Bar.

Die Bar ist ziemlich groß und sowieso fast leer. Ich setz mich an die Theke und bestell ein Bier, es geht in ein paar schnellen, kalten Schlucken meine Kehle runter.

Ich bestell noch eins, und der Barmann sagt: »Immer mit der Ruhe, Mann.«

»Yeah yeah yeah«, sag ich. »Ich bin nicht mit dem Auto da, wie wär's also, wenn ich einfach tu, was ich will.«

»Ich sag ja nur, immer mit der Ruhe.«

»Keine Sorge«, sag ich. »Passiert schon nichts. Ich werd wie der Sohn sein, den Sie nie hatten.«

»Ich habe drei Söhne und musste alle drei von zu Hause rausschmeißen«, sagt der Barmann. »Also.«

Ich lache. »Also, ich enttäusch Sie nicht.«

»Das haben sie auch gesagt.«

Ich heb die Hand, so wie reicht jetzt, und der Barmann fängt an, das Chrom an der Bar zu polieren. Da denk ich, dieser billige Schuppen, ich wette, das ist alles Plastik, alles nur gefaktes Chrom. Fast sag ich's auch, aber so dumm bin ich nicht. Ich wette, seine Söhne hätten es gesagt.

Noch ein paar Bier gehen meine Kehle runter, zwei Typen kommen rein und setzen sich ans andere Ende der Bar. Ich denk mir, sie sind vom Straßenbau, weil sie beide so hypergelbe Shirts anhaben, und als der eine den Arm hebt, um dem Barmann zu signalisieren, was er will, sieht man die scharfe Linie, wo seine Sonnenbräune aufhört. Ich trink weiter, und sie beklagen sich über ihre Frauen und wie schwer es ist, zu nah an der Küste gute Fische zu fangen. Nach einer Weile sind sie immer noch dabei: *Sie will dauernd irgendwas an mir ändern, meine Shirts oder meine Frisur oder dass ich sonntags Football schaue.*

Einer von ihnen guckt zu mir rüber. Dann reden sie wieder weiter. Ich steh auf und geh zu ihren Barhockern, leg dem Typ die Hand auf die Schulter. Er hat kleine Ohren und fleischige Wangen mit so Stoppeln, Okinawa-Style.

»Eh, *mahu*«, sag ich. »Warum hast du mich grad so komisch angeguckt?«

Er schüttelt meine Hand mit einem Schulterzucken ab.

»Hast du nicht gehört oder was?«, frag ich.

»Geh nach Hause«, sagt er. Er wendet den Blick nicht von seinem Drink und seinem Freund.

»Ach«, sag ich. »Aber eben hast du mich angeguckt, als ob du meine Telefonnummer willst oder was. Wollt ihr mich auch zur Schwuchtel machen?«

Der eine Typ, der, der zu mir hin sitzt, seufzt wie ein Hund, der auf dem Boden zu schlafen versucht. »Du bist ja schon voll«, sagt er. »Geh heim.«

Dann zum Barmann: »Eh, Jerry, vielleicht solltest du dem Typen hier nichts mehr geben.«

»Eure Frauen scheinen ja ganz schöne Bitchs zu sein«, sag ich. »Überlasst sie mir mal ein paar Minuten. Ich zeig's ihnen. Ich zeig ihnen mal, wo's langgeht.«

Beide lachen, und ich meine, den Barmann auch lachen zu hören, bis er sagt: »Brah, zahl jetzt und dann geh irgendwo an eine Wand pissen.«

Ich hol ein Bündel Scheine aus der Tasche. Ich weiß, es sind alles Ein-Dollar-Scheine und längst nicht genug, also lass ich sie auf die Bar flattern, sag den Typen, sie sollen ein paar Ziegenbockeier lecken gehen, und schieb mich durch die Tür raus in den Nachmittag.

Irgendwas stimmt nicht. Schwer zu sagen, wo ich bin. Die Sonne ist wie Kopfweh, und meine Beine hören nicht richtig auf meinen Kopf. Dort hinten ist der weiße Steinpavillon, der runde, drüben an der Bushaltestelle. Ich versuch, meinen Körper in die Richtung zu drehen, irgendwas zwischen mir und dem Pavillon zu finden, wo ich meine Beine erst mal hinlenken kann. Da ist der Ampelpfahl am Überweg, also visier ich den an, umklammere das Metall und warte, dass die Ampel umspringt. Hab das Gefühl, ich falle vom Planeten, wenn ich loslasse.

Die Ampel springt auf Gehen, aber jemand packt mich an der Schulter und dreht mich um. Es ist der Bauarbeiterarsch von der Bar. Er schwingt die Faust gegen mein Kinn, und in meinen Augen explodiert es weiß, und ich setze mich unsanft auf den Bordstein, falle aber nicht ganz um. Sitze nur da, als ob ich relaxe, und der Arsch guckt auf mich runter.

»Nicht mehr so oberschlau jetzt, hä?«, sagt er.

»Ich bin immer noch …«, setz ich an, aber dann denk ich,

warum weiterreden, steh auf und verpass ihm eins auf den Hals. Er macht dieses *Huuuuh*, das jeder gern von demjenigen hört, dem er grade eins verpasst hat. Der Arsch taumelt rückwärts, und seine Knie wackeln, aber auch er fällt nicht um.

Fühlt sich gut an, das Ganze. Ich will, dass alles in Klump geht. Also lass ich, als der Arsch wieder auf mich losgeht, die Hände sinken und warte auf seinen nächsten Schlag. Der kommt, und da ist ein schwarzes Knirschen, und in meinem Kopf fliegen wieder Funken, und ich kippe und falle und knalle mit den Schulterblättern auf den Bürgersteig. Ich mach die Augen auf und liege am Boden, und da ist Himmel und dann Gras und Zigarettenkippen und Plastikfetzen und die Stiefel des Arschs, die einen Schritt auf mich zumachen. Ich hör Autos auf der Straße vorbeifahren. Er schlägt noch zweimal zu. Es fühlt sich jedes Mal an, als ob mein Schädel auf dem Beton auseinanderbricht, und danach sind da alle möglichen Arten von dumpfem Pochen. Vor meinen Augen tanzen rote Flecken.

Jemand ruft was, und Reifen quietschen. Andere Stimmen sagen Sachen zueinander, und dann sagt der Arsch was zu jemandem auf der Straße. »Steigen Sie wieder in Ihr Auto.« Ich glaub, es ist hinter mir. »Ich rede nur mit meinem Cousin hier«, sagt der Arsch. »Er ist hingefallen.«

Meine Augen sind zum Himmel gerichtet, wo in dem Grau ab und zu Blau durchkommt, aber jetzt ist da ein Schatten über mir. Es ist der Arsch, der sich über mein Gesicht beugt. »Nicht mehr so witzig jetzt, hä?«, sagt er, und ich riech seinen Bieratem.

»Danke«, sag ich. Ich spür jetzt den Schmerz, fühlt sich an, als wär meine Stirn stellenweise zwanzig Zentimeter dick, müssen Beulen sein, die sich bilden. Meine Zunge ist wie ein toter Wal. »Das war perfekt«, sag ich.

»Du kranker Wichser«, sagt er. Dann ist er weg, und da ist wieder nur Himmel.

Ich mach die Augen zu. Jemand fragt, ob ich Hilfe brauche, und jemand anders – eine Frau – sagt: »Wir sind an der Bayfront, Höhe Bushaltestelle. Yeah. Eine Schlägerei. Er blutet stark.«

Die erste Stimme fragt wieder, ob ich Hilfe brauche. Ich lass die Augen geschlossen und hör einfach nur zu.

Ein Rettungswagen kommt, aber sie bringen mich nirgends hin, sind nur Platzwunden und Blutergüsse und Schwellungen. Mein Hirn ist noch okay. Sie klammern all meine Platzwunden gleich da auf dem Bürgersteig, geben mir so ein arschkaltes Gel-Pack, das ich auf die Beulen pressen soll, und ich kann's kaum glauben, aber ich schaff's auf den nächsten Bus. Der Fahrer zuckt mit keiner Wimper, als ich einsteige und er mein zerschlagenes Gesicht sieht. Jede Menge freie Plätze, ich setz mich auf die Seite, wo die Sonne untergeht, und lehn den Kopf an die wacklige Kopfstütze. Riech den Aschenbechergestank, hör das alte Vinyl quietschen, wenn ich mich bewege. Die Innenbeleuchtung dimmt runter, und wir fahren aus Hilo raus.

22

KAUI, 2008

San Diego

Gott, bitte, lass mich diesen Winter vergessen. Zuerst kam der Dezember, scheußliche letzte Semesterwochen. Van und ich wie Fremde in unserem eigenen Wohnheimzimmer. Zwischen uns nur das allernötigste Vokabular, Ein-Wort-Sätze in beide Richtungen. Jede möglichst nur dann im Zimmer, wenn die andere nicht da war. Jedes Mal, wenn wir zusammen in diesen winzigen Raum gepfercht waren, hatte ich das Gefühl, irgendwie stranguliert zu werden. Wir taten unser Bestes, unsere Rhythmen so zu verschieben, dass die eine kam, wenn die andere ging, und ansonsten überhaupt nur da zu sein, wenn das Licht aus war und wir die räumliche Nähe einfach verschlafen konnten. Abschlussklausuren in Vektorrechnen und Physik III und Materialkunde vor mir wie ein Fallbeil, das zitternd über dem blutgetränkten Block hing.

Inmitten dieser Hölle rief Mom an. Es war vorbei. Noa war tot. Dean hatte einen Hangrutsch entdeckt, der an einer senkrechten Klippe endete, und das war Noas Ende gewesen. Wir hatten seinen Rucksack und einen zermatschten Stiefel, und das war's. Ich sprach mit Mom am Telefon und mit Dad und mit Dean. Keiner hatte groß was zu sagen. Die Gespräche waren voller Schweigepausen. Ich glaube, wir waren ganz drauf konzentriert zu atmen. Diesen Atemzug zu tun, dann den nächsten. Jeden Tag versuchte ich, die Wörter und Symbole meiner Aufgaben zu entschlüsseln, das zu tun, was ich mit ganzer Kraft hätte tun sollen, um was aus mir zu machen, während um mich rum alles, was ich für bleibend gehalten hatte, ausgelöscht wurde. Van weg. Noa weg. Semester als Nächstes. Und wenn schon.

Aber ich schaffte es am Ende. Alles.

Jetzt sind Winterferien. Dean ist wieder in Spokane, für wie lange, weiß er nicht. Nach Hause fliegen konnte ich nicht, weil wir das Geld nicht hatten. Das heißt, wir hätten es schon gehabt, wenn ich die Abbuchungsverzögerung meiner Kreditkarte noch für einen Flug genutzt hätte. Aber ich hatte meinen Kreditrahmen schon für Klettertrips und blöde Studiumssachen so gut wie ausgereizt, und Flüge nach Hawaii um die Zeit sind tierisch teuer, sogar von San Diego. Also sind jetzt Scheißwinterferien, und ich hab mir erst mal wieder ein paar Schichten im Romanesque erbettelt, was sich als Glücksfall entpuppt: Am ersten Tag, an dem ich dort bin, dem Tag, bevor ich aus dem Wohnheim geschmissen werde, treffe ich eine Kellnerin namens Christie. Ihr zweiter Job ist an der Rezeption von einem Hostel. Das Hostel hilft kaliforniengeilen Gap-Year-Kids aus Europa, Amerika zu sehen, es ist nicht für arme Studentinnen da, die normalerweise irgendwo in der Nähe wohnen. Aber Christie gibt mir für den Rest der Ferien zu einem Aufpreis ein Bett und wird versichern, dass ich nur auf der Durchreise bin, falls der Hostel-Besitzer nachfragt. Meistens nehme ich mitten am Tag den Bus zum Strand. Fröstle in der kalten Sonne vor mich hin, wenn der Nebel überm Sand weg ist. Oder ich bleibe, wo ich bin, und schnorre billigen Alk von den großzügigen Euro-Kids im Hostel, die fast alle blond sind und total auf Amerika abfahren. Ich esse Saimin und billige Knusperflakes und Zwei-Patties-Dollarmenüs, von denen ich jeweils die Hälfte in den Kühlschrank packe. Einer der Geschirrabräumer im Romanesque hebt mir Reste auf. Schaut mich an, Mom und Dad: Wie man sich durchschlägt, habe ich per Osmose gelernt, in all den Jahren zu Hause, wo ihr immer am finanziellen Abgrund entlangbalanciert seid.

An Weihnachten rufe ich wieder an. Mit meiner Familie zu reden ist jetzt noch schwerer. Jeder von uns hat seine eigene Sprache für Tod und Trauer und keine Übersetzungsmöglichkeit. Das Schrägste ist, dass ich Dad kaum noch ans Telefon kriege – immer, wenn ich anrufe, hat Mom irgendeine Begründung, warum er gerade nicht kann. Echt schräg, oder? Unsere Telefonate werden zu einer Art Brettspiel, bei dem keiner weiß, was man tun muss, um zu gewinnen, aber jeder weiß, wie man verliert: über Noa reden. Also reden wir stattdessen über die abartigsten Sachen. Den Milchpreis. Die neue Route, die Mom jetzt in ihrem Busfahrerjob hat, und wann die Verkehrslage wie ist. Welche Art Schuhe verhindert, dass sich meine Knie nach einer Schicht im Romanesque anfühlen, als wären sie mit Beton ausgegossen. Ich erkläre, was ein Hostel ist.

So läuft es, aber ich rufe trotzdem weiter an. Weihnachten auch wieder.

»Downtown Pizza, was kann ich für Sie tun?«, sagt eine Stimme.

»Hey, Dad.«

»Dad haben wir nicht, aber wir haben noch Truthahn-pizza. Das Tages-Special zu Weihnachten.«

»Ich dachte, ich spreche mit Hawaii«, sage ich. »Könnten Sie Ananas drauftun?«

»Ananas!«, sagt Dad. »Das gehört verboten.«

»Schlechte Witze von Dads auch«, sage ich. Aber ich muss trotzdem lächeln.

Es folgt eine Pause, dann ist Dads Stimme ganz leise, kaum noch ein Flüstern. Er spricht säuselig und schnell, und ich verstehe nicht, was er sagt.

»Was, Dad?«

Seine Stimme ist noch da. Dann verändert sich was in der Leitung, ich fühle es, wie wenn einem durch einen großen Höhenunterschied die Ohren zufallen. Er ist nicht mehr dran.

»Dad ...«

»Hey, Schätzchen.« Moms Stimme jetzt.

»Was ist los, Mom?«

»Nichts.«

»Mit Dad meine ich.«

»Dein Dad ist, äh, da ist jemand an der Haustür, mit dem er reden muss.«

Mein Magen ballt sich zusammen. Ich weiß, sie lügt. »Mom«, sage ich.

»Wie sind die Ferien?«, fragt sie. »Läuft es gut da drüben?«

Das kenne ich schon, und heute ist nicht der Tag, da ein Ding draus zu machen, also lass ich's so stehen. »Klar«, sag ich. »Schon. Bin froh, dass ich wieder eine Schicht geschafft hab, ohne in jemands Essen zu spucken.«

Sie lacht. »Glaub mir, ich weiß, wie das ist«, sagt sie. »Aber du musst ein Stück von dir selbst weggehen. Wenn du zur Arbeit kommst, stell dir vor, es ist Kaui, die du in den Spind sperrst, nicht nur dein Rucksack, deine Kleidung. Das bist du, weggeschlossen, bis deine Schicht zu Ende ist.«

»Aufs Überleben versteh ich mich«, sage ich.

»Gut«, sagt Mom. »Ich hab lange gebraucht. *Sehr* lange.«

»Na ja«, sage ich, »sind ja nur noch ein paar Wochen, dann fängt die Uni wieder an.«

»Du Glückliche«, sagt sie.

O Gott, denke ich, *jetzt geht's wieder los.*

»Können wir das an Weihnachten mal sein lassen?«, sage ich. »Ich bin – hier ist niemand, Mom. Nur ich.«

»Du hast recht«, sagt sie. »Es wird nie leichter, Kaui.«

»Ich weiß«, sage ich.

Pause. Unser gewohntes Muster wäre jetzt, dass sie nach Noa fragt. Sonst wäre das jetzt immer dran gewesen, aber es gibt nichts zu fragen. Jetzt wissen wir beide alles, was es über ihn zu wissen gibt.

Das Telefongespräch endet. Bald schon wird alles in meinem Kopf von einem weiteren Stapel San-Diego-Tage erdrückt. Hostel, Romanesque-Doppelschicht. Hostel. Scheißneblige Vormittage und Kellnern. Hostel. Meine gesamte Zeit ist so aufgeteilt, dass beides zu überleben ist: die Jobschichten und der Abgrund von Stille und Einsamkeit, der danach kommt.

Der Festlandsweihnachts- und -nachweihnachtsbullshit

bricht als eine einzige Flut von *Haben! Haben! Haben!* herein, und dann ist plötzlich Silvester. Ich arbeite, bis das Romanesque zumacht, und nehme den letzten Bus nach Hause. Auf der Straße sind Leute: zerknitterte schwarze Cocktailkleider und wehende Schlipse. Alle auf der Suche nach einem Lokal, wo's noch was zu trinken gibt. Geil oder albern oder ekstatisch. Bunte Lichter und Feuerwerk und Jahresrückblick im Fernsehen, als ich ins Hostel zurückkomme. Ich frage mich: Was tue ich? Ist Van oder Noa schuld, oder bin ich es selbst? Vor gar nicht so langer Zeit hatte ich das Gefühl, ich hätte die Schale des Lebens geknackt und darin einen leuchtenden Kern von Glück gefunden. Aber jetzt scheint er schon zerbröselt zu sein.

Gott, bitte lass mich diesen Winter vergessen. Bitte, lass mich diesen Winter vergessen. Bitte, lass mich diesen Winter vergessen. Und die Zeit vergeht. Gut, okay. Das neue Semester fängt an. Van kommt zurück.

Am ersten Abend, als wir wieder im Wohnheim sind, ist es still, Van und ich haben Kopfhörer auf und starren auf unsere Laptops. Es ist genau wie am Ende des letzten Semesters, okay? Wir sitzen mit dem Rücken zueinander an unseren Schreibtischen beim Fenster, und jede versucht, so zu tun, als wäre die andere nicht da. Der Geruch von einer ihrer Kerzen, teerig und aromatisch. Plötzlich fühle ich, wie ihre Hand leicht auf meine Schulter klopft, als ob sie will, dass ich mich umdrehe. Ich frage mich, was das jetzt ist, ob ich hoffen soll. Es fühlt sich an, als ob etwas zwischen uns schmilzt, und mein Herz sagt *Okay, okay, okay.* Dann setze ich den Kopfhörer ab und drehe mich um.

Sie sieht mir in die Augen; ihre Wimpern sind lang und natürlich. Sie scheint in letzter Zeit mehr geschlafen zu haben, ihr Gesicht ist total entknittert. Fuck, sie macht mich jetzt schon fertig. Ich drehe mich auf meinem Stuhl ganz zur Seite.

»Was ist?«, frage ich.

»Ist er tot?«, fragt sie.

Ich bin selbst überrascht, wie schnell ich antworte. »Ja«, sage ich. »Ist er.«

Die Worte schweben in der Luft.

»Okay«, sagt sie. Dann zeigt sie auf den Kopfhörer um ihren Hals. Das Geräusch, das da rauskommt, hat was von Kolibris in Sirup. »Schon mal gehört, den Song? Gefällt dir garantiert.« Ich schüttle den Kopf, und sie nimmt ihren Kopfhörer ganz ab. Setzt ihn mir auf.

»Drivin' Me Wild« von Common. Ich hab's schon gehört, aber das sag ich ihr nicht, ich lasse die Snare schnarren und Lilys hohe, leichte Stimme den Gegenpart zu Commons Rap machen. Ich fange an mitzunicken, beuge mich in meinem Stuhl so seitwärts, dass ich jetzt in Vans Atmosphäre bin. Ich mache die Augen zu, brauche sie nicht. Da sind Vans Geruch und der Kopfhörer mit der Musik auf meinem Kopf. Das reicht. Als es vorbei ist, sage ich: »Toller Song.«

»Ich hab das ganze Album«, sagt sie. »Erinnerst du dich ans letzte?«

»Ja.«

Wir machen uns wieder an die Arbeit, kritzeln und tippen und blättern. Keine hat die Kopfhörer wieder aufgesetzt. Als ich fertig bin, stehe ich auf und gehe an den Minikühlschrank unter meinem Hochbett. Nehme die Milch raus, die ich in der Cafeteria habe mitgehen lassen, gieße sie über den letzten Rest meiner Knusperflakes und setze mich im Schneidersitz mitten auf den Teppich.

Als ich anfange, meine Flakes zu kauen, steht Van vom Schreibtisch auf und setzt sich zu mir auf den Boden. Sie deutet mit dem Kinn auf das Schälchen. Ich geb's ihr. Sie nimmt einen Löffel Flakes und gibt mir das Schälchen zurück, und dabei streifen sich unsere Finger. Ich löffle und kaue und schlucke und gebe ihr das Schälchen wieder. Sie nimmt es mit beiden Händen, steckt sich wieder einen Löffel Flakes in den Mund, gibt mir das Schälchen zurück. Der Löffel klappert an dem Keramikzeug. Als ich ihn wieder fülle und in den Mund stecke, schmecke ich ihren Geschmack. Ihre Wärme. Ihren Duft. Ich schlucke alles runter, die Milch, die Flakes und sie. Es ist, als ob wir beten.

»Okay?«, sagt sie.

»Okay«, sage ich.

Ich habe nicht wirklich gefühlt, dass Noa tot ist. Nicht so, wie ich dachte, dass es sich anfühlen müsste, schwer und dramatisch. Bis zu diesem Moment. Jetzt bricht es über mich herein wie eine Welle, die sich zu voller Höhe aufgetürmt hat, und ich bin die Küste. Gott, er ist weg. Ganz und für immer weg. Keine Telefonate mehr, nie mehr sein hyperintelligentes Gerede, das mich so auf die Palme gebracht hat. Keine lebendige Verbindung mehr zu unseren *hanabata*-Tagen, als wir lesend und kichernd und raufend zusammen auf dem Sofa saßen. Kein Festhalten mehr an der Vorstellung, wir könnten das irgendwann wieder herstellen oder vielleicht so was Ähnliches, tiefer und reichhaltiger. Kein glühender Stolz unserer Eltern mehr – wenn er schon nicht mir galt, bekam ich doch etwas von der Wärme ab. Nie mehr nie mehr nie mehr. Nichts. Eines Tages werde auch ich das sein, und alle, die ich geliebt habe: nichts.

Es trifft mich mit voller Wucht. Als ich fast das Schälchen fallen lasse, greift Van danach, und ihre Hand berührt meine. Hält sie fest.

»Oh«, höre ich mich sagen. Ich weiß nicht, ob Van es auch hört. Ich will nicht, dass sie die Hand wieder wegzieht.

Und sie tut es auch nicht.

Das Gefühl pegelt sich ein. Der Verlust wird Teil von mir. Dafür, dass er mich überwältigen könnte, ist keine Zeit da. Ich stecke wieder in der Mühle meines Studiums: aus dem Loch des letzten Semesters klettern, in Thermodynamik die beste Klausur schreiben, dazwischen ein paar Indoor-Klettersessions mit Hao und Katarina und Van. Ein paar Wochen später sind wir am Samstagabend alle auf Beach Bikes unterwegs. Nebel klebt auf unseren Wangen und in unseren Augenbrauen. Die Straße pulst durch die Lenkergriffe. Wir lachen und johlen und rasen dahin, als wären wir gerade von der Leine gelassen worden. Was wohl auch so ist: ein Briefchen Koks, das Van dabeihatte, ein paar Vorglühbierchen bei Katarina und dann die Idee, mit dem Rad zu der Party zu fahren, von der wir gehört hatten. Wir schlängeln uns durch das Partytreiben, dröhnende Musik und heiser lachende Stimmen in den übervollen Ecken und Winkeln des Hauses, Stunden, in denen ich mich von mir selbst lösen kann.

Das Haus ist voller Leute, die wir nicht kennen, aber viele kennen wir auch. Wenigstens die Gesichter. Aber selbst wenn es Gesichter sind, die wir kennen, sind doch die Leute, denen sie gehören – ich weiß nicht, so viele Leute auf diesen Partys sind irgendwie gleich, es geht ihnen nur drum, die richtige Pose hinzukriegen, die richtigen Klamotten zu tragen, das richtige Bild abzugeben. Sie haben diese Vorstellung von einem perfekten Abend, kriegen sie aber nie realisiert, also versuchen sie's wieder, okay? Immer und immer wieder.

Wir wühlen uns durch all diese Leute und finden unser Plätzchen, im Haus und draußen. Wir tanzen und puffen uns mit den Ellbogen und mit den Hüften an und trinken, was wir im Rucksack mitgebracht haben, und stolpern dann alle auf einmal zur Hintertür raus.

Irgendwie kam die Idee auf, wieder zu Katarina zu gehen, alle zusammen, und uns dort den Rest zu geben, mit noch mehr Bier und Videos. Aber die anderen beiden sind ohne uns weg, als ein nüchtern gebliebener Fahrer auftauchte. Jetzt sind da wieder nur wir zwei, Van und ich, ganz schön beschickert. Das, was damals war, nach dem Weinfest, nach der Sache auf dem Klo, als sie gesagt hat, sie würde für mich nicht so empfinden wie ich für sie, das fühlt sich jetzt wie ein Irrtum an, als ob das, was jetzt ist, die Wirklichkeit ist. Ja, ich glaube, ich komme langsam raus, ein bisschen. Aus dem, was durch den Tod meines Bruders über mich hereingebrochen ist.

Ich fasse Vans Hand. Verblüffenderweise hält sie meine fest.

»Deine Hand ist warm«, sagt sie in ihrem betrunkenen Schwebezustand. Und ich weiß nicht, ob es von mir kommt oder von ihr oder von uns beiden, aber wir gehen wieder zurück auf die Party, zusammen.

Drinnen die Gerüche: Pfefferminz und volle Aschenbecher. Frischgeschnittene Limette und Bierdunst. Die Gänge sind voll, und vielleicht starren uns die Leute an, als ob sie wissen, was wir sind, was unser Händchenhalten wirklich bedeutet, aber das ist mir egal, okay? Wir sind wieder auf dem Dancefloor, eng umarmt. Dann sind wir in der Küche, wo ein aufgerissener Beutel Tortillachips in einer Pfütze auf der Arbeitsplatte liegt. Wir angeln uns zwei Schnapsgläser vom Rand der Spüle und kippen uns je einen Wodka rein. Ich schmecke ihn nicht – es gab vorhin Koks. Von einer Ablagefläche im Bad. Wir tanzen wieder, jede mit einem Schenkel zwischen den Beinen der anderen. Dann sind wir auf einer knarrenden Treppe, die uns an die Wand, ans Geländer kippt. Drei, vier Leute kommen uns entgegen, aber wir zwängen uns einfach an ihnen vorbei. Oben ein Flur, an dem wir ein leeres Schlafzimmer finden, das Bettzeug ist halb von der Matratze gerutscht. In der Mitte ein unübersehbarer nasser Fleck.

Wir stehen da und sehen uns im Zimmer um, drehen uns nach allen Seiten, als wäre es eine Aussichtsplattform.

»Dieser letzte Shot«, sagt Van. »Ich fühl nichts. Ihn nicht, mich nicht.« Sie kichert. Stippt mit dem Zeigefinger auf ihre Wangen, ihre Lippen, und als sie ihre Lippen befühlt, verziehen sie sich, und ich sehe die Linien und Kurven und wie pink sie sind. Ich lache und stippe auch mit dem Finger auf ihre Wange. Im Schummerlicht sehe ich meine braune Hand vor ihrer helleren Haut. Dann beuge ich mich zu ihr und lecke ihre Lippen. Sie sind aufgesprungen und salzig, sie sind geschwungen, sie stinken. Aber sie öffnet den Mund ein bisschen und lässt mich ein. Mein Mund ist nass von ihrem und umgekehrt. Ich halte den Geschmack fest und sage mir, das wird deine Erinnerung sein.

»Mmm«, sagt sie.

Mein Kopf ist schwer. Schwer von allem, was ich ihm zugeführt habe. Ich lehne mich an sie, die genauso unsicher auf den Beinen ist wie ich, und sie lehnt sich an die Wand. Ich fühle all die Stellen, an denen wir verbunden sind, identisch, eins.

Sie erwidert kurz meine Bewegungen, aber dann versteift sie sich und entzieht sich. »Nein«, sagt sie.

Ich weiche zurück. »Was?«

»Das ist eklig, Kaui«, sagt sie. Ihre Augenlider sind halb geschlossen, aber da ist was in diesen Augen, etwas Hartes, Gemeines. Ich rede mir ein, dass ich es nicht erkenne. »Ich hab's dir doch gesagt.« Sie lacht. Ihre Hand hebt sich und stößt mein Gesicht weg. »Du bist so eklig.«

Alles in mir stürzt eine Steilwand hinab. Ich rühre mich nicht. Versuche, irgendwas zu finden, was ich sagen kann. Van bewegt sich zum Bett, als ob es sie größte Konzentration kostet, ihren Körper zu bedienen. Sie fällt rücklings auf die Matratze.

»Van«, sage ich.

Ich weiche rückwärts zur Tür zurück und haue mir den Musikantenknochen an der Klinke an. Ein metallisches Sirren fährt durch meine Armnerven. Ich fummle die Tür auf, trete hinaus in den Gang und in grelles Kopfschmerzlicht. Ich fühle schon heiße Scham in meine Augen schießen.

»Hey«, sagt eine männliche Stimme, als ich die Tür zumachen will. Ein bleicher, dicker Arm langt von hinten über meine Schulter, stemmt die Handfläche gegen die Tür, um sie offen zu halten. Ich drehe mich um. Es ist Connor. Vans Date auf dem Weinfest. Hinter ihm sind noch zwei Typen, sie lehnen an der Wand. Bequemen sich nicht mal, mich anzusehen.

»Unten wart ihr beide ja voll in Stimmung«, sagt er. »Seid ihr's noch?« Er legt mir eine Hand um die Taille, wie um mich irgendwohin zu dirigieren. Sein Körper stinkt nach Bier und Mentholzigaretten.

Ich hüstle und schlage seine Hand weg. Die anderen beiden Typen lösen sich von der Wand. Einer hat die Hand in der Hosentasche, rückt seinen Schwanz zurecht.

»Haut ab, verdammt«, sage ich. »Alle miteinander.« Ich sage es laut und langsam. Und noch mal. Damit es alle hören. Vor allem Van. Da drin im Zimmer, total weggetreten auf dem Bett. Einen Moment tut niemand was, ich nicht, die Typen nicht. Dann walzen sie an mir vorbei wie die Waggons eines Expresszugs, die so schnell nichts stoppen kann. Als sie an mir vorbei sind, renne ich los, runter und aus dem Haus, immer zwei Stufen auf einmal, ohne zu fallen. Ohne langsamer zu werden.

Die Drogen schwirren und pochen in meinen Adern, und mein Magen ist wie eine pumpende Faust, während ich über Van und mich nachdenke. Ich hab sie praktisch angebettelt.

Und was von ihr zurückkam, diese harte Boshaftigkeit – ich frage mich, ob es andere Nächte gab, in denen sie und Katarina und Hao allein unterwegs waren und über mich Witze rissen und lachten.

Fünf oder zehn oder eine Million Blocks weiter macht die kalte Luft meinen Kopf klar, und es wird mir bewusst: Großer Gott, sie war allein in diesem Zimmer. Kaum bei sich. Und die Typen zu dritt.

Ich renne los, und der Gehweg schlingert und wackelt unter jedem Schritt, den ich mache. Ich weiß nicht genau, was meine Beine tun, und plötzlich bleibt mein Fuß an irgendwas hängen. Ich falle in nasses Gras, krache voll aufs Knie. Ich stehe auf und halte mich an einem Zaun fest, um mich vorwärts zu hangeln, ohne das Gleichgewicht zu verlieren. Ein paar Blocks weiter knalle ich wieder auf den Gehweg. Als ich aufzustehen versuche, sind da zwei Recyclingtonnen. Ich will mich daran abstützen, Glas klirrt, und eine Lawine von Pappe ergießt sich, als wir alle drei zu Boden gehen. Ich sortiere mich wieder und laufe los. Die Straße gähnt endlos vor mir. Aber ich schaffe es zur Hintertür des Hauses, wo die Party ist. Leute lachen und grölen besoffenes Zeug, als ich wieder reingehe. Körper und Worte, aber ich zwänge mich durch alles durch und schaffe es: die Treppe, dann die Tür, aber die Tür ist weit offen, und drin ist niemand. Van ist weg. Die Typen sind weg.

Wieder raus und auf die Straße, wo hinter mir niemand ist, den ich kennen will, und vor mir, ein Stück weiter, hier und da Licht aus einem Haus. Der leere, dunkle Gehweg schlängelt sich in die Nacht.

23

MALIA, 2008
Kalihi

Zwei Nächte her jetzt, dass Dean von Big Island rüberkam, mit den letzten Sachen, die dich im Leben berührt haben – deinem Rucksack, deinem Treckingstiefel –, und mir das mit deinem Sturz erzählt hat. Sobald er's mir beschrieb, wusste ich, dass es wahr war. Wenn ich ehrlich bin, hatte ich da schon einige Zeit das Gefühl, dass du tot bist, aber ich hatte mir eingeredet, dass ich mich täusche, dass ich keine Ahnung habe.

Aber natürlich wusste ich es. Du bist tot.

Das kann man nicht erklären, Muttersein. Was es einen kostet, das Blut und die Muskel- und Knochensubstanz, die dir aus dem Leib gesogen werden, um ein neues Leben zu nähren und auf die Welt zu bringen. Die Erschöpfung, die dich im ersten Schwangerschaftsdrittel plattwalzt wie ein Bulldozer, die Übelkeit, die dich morgens packt. Wie alles, was vorher straff oder zart war, schwillt und sich verformt und aufplatzt, bis der eigene Körper nicht mehr man selbst ist, sondern etwas, das man überleben muss. Aber das ist nur das Körperliche. Das, was danach kommt, fordert noch mehr.

Was von meinem Körper in dich hineingeflossen ist, hat uns zu zwei Menschen mit einer gemeinsamen Seele gemacht. Ich glaube das von all meinen Kindern. Väter werden nie verstehen, wie tief wir verbunden sind, so tief, dass ein Teil von mir immer ein Teil von euch bleiben wird, egal, wo ihr seid. Trotz all der Nächte, in denen du uns mit deinem Gequengel nach Milch den Schlaf geraubt hast, trotz all der Autofahrten, auf denen du durchgeschrien hast, trotz der Schrammen und Beulen und Kreischanfälle beim Einkaufen, trotz der Fiebernächte, in denen ich dich an meinem Körper hielt und das Schmetterlingsflattern deiner Lunge fühlte, trotz der vollgekackten Bettwäsche am Weihnachtsmorgen und des gebrochenen Handgelenks an dem Abend, an dem wir unseren Hochzeitstag im Restaurant feiern wollten… trotz alldem war da immer auch etwas unvergleichlich Vollkommenes. Wenn du in meinem Arm wach wurdest und deine Augen, leuchtend und voller Staunen, alles Neue begierig aufnahmen, während deine Finger mit ihrer unglaublich weichen Haut meine Wange betatschten. Wenn wir am Fenster wippten. Der Flaum deiner ersten Haare an meiner Nase, wenn ich dich in den Schlaf schmuste. Dein interessiertes Gesicht, als wir die erste Raupe in der Erde fanden, dein Quietschen, wenn wir auf deinen Bauch pusteten, oder die Tage, an denen wir alle um fünf Uhr morgens unter der Bettdecke lagen und schlummerten und jeder die Träume der anderen einsog. Die ganze Welt war da in deinem Gesicht, strahlte aus deiner perfekten braunen Haut. Alles war immer wieder neu. Es fühlte sich so heilig und vollständig an, dass ich kein Gebet brauchte, um zu wissen, dass Götter mit uns, in uns waren.

Nie hätten wir uns etwas anderes vorstellen können, als dass unser Leben vor eurem enden würde. Nur ihr könntet uns eines Tages das Laken ordentlich hochziehen und uns sagen, dass es okay ist, dass wir jetzt gehen können, dass wir alles Erforderliche getan haben. So sollte das Leben von Eltern enden. Aber das wird es nicht, nicht für uns. Stattdessen geleiten wir dich jetzt zuerst hinüber auf die andere Seite. Das werden wir tun, wenn wir dich in die Erde legen.

Es ist natürlich nicht dein Körper. Den werden wir wahrscheinlich nie finden. Stattdessen ist es ein *lei* aus Pū-Hala-Blüten, leuchtend orange, der größte *lei*, den ich zustande bringen kann, so lang, dass er in meinen Armen so schwer ist wie ein Buch. Um den *lei* herzustellen, durchsteche ich jede Hala-Blüte und ziehe den Faden hindurch, so wie dein Verlust durch mich hindurchgeht. Dazwischen fädle ich Laua'e-Wedel auf, zur Dekoration, aber auch, um den *lei* stachlig und pieksig zu machen, damit er dich schützt. So gehört es sich. Stechen und Ziehen.

Es dauert Stunden, in denen ich allein in unserem Schlafzimmer sitze, aber da sind keine Tränen. Da ist nur die Arbeit meiner Hände. Stechen und Ziehen, immer weiter. Das ist alles.

Als der *lei* fertig ist, schleppen wir uns ins Auto – dein Bruder, dein Vater und ich – und fahren Richtung Osten, zum Kaiwi Trail.

Wir steigen aus und gehen den befestigten Trail entlang, bis dahin, wo das Gras dürr und golden wird und die Bäume klein und windgepeitscht sind. Wir verlassen den befestigten Trail und die Scharen von Hikern, die es gern gemäßigter haben, und wenden uns dahin, wo es wilder ist, Dornen und Disteln und eine sandige Rinne, die runter zum Meer führt und in den bröckelnden Stufen eines kleinen Lava-felds endet. Schwarze Kanten, an die Wellen schlagen, und in unserem Rücken heulender Wind, von dort, wo der Sattel von niedrigen Bergen die Sonne in den Schlaf wiegt.

Wir bleiben an der felsigsten Stelle stehen, da, wo die Gischt gegen das Lavagestein peitscht. Da ist eine Gesteins-säule, die sich vom Wasser nicht kleinkriegen lässt, Peles Thron. Wir stehen am Fuß der Säule und schauen zu, wie die Wellen heranrollen.

Diese Tage ohne dich haben deinem Vater schwer zuge-setzt. Er redet immer weniger mit mir, treibt sich nachts immer länger draußen herum, wandert wie ein bekiffter Mönch in den Wald hinein. Flüstert seine Chants vor sich hin. Wenn er zu Hause ist, liegt immer weniger Freude in seinen Bewegungen. Immer weniger Klarheit. Ich habe Angst, dass er dabei ist, mich zu verlassen.

Aber heute ist er hier, ist mit mir hierhergewandert und Dean auch. Alle drei stehen wir am Fuß von Peles Thron, mit dem *lei* aus Hala-Blüten. Ich wollte, ich würde den richtigen Chant kennen, die Bräuche der *kahuna*, damit wir mehr daraus machen könnten.

»Okay«, sage ich zu Dean und deinem Vater. »Jetzt.«

Wir hören alle kurz auf zu atmen. Atmen dann alle zu-sammen ein und halten den Atem an, so lange wir können. Er entweicht. Dann entfernen wir uns ein paar Schritte von Peles Thron, dahin, wo die Lava in weichen Boden über-geht. Und dort scharren wir, bis in der Erde genug Platz ist, um den *lei* zur Ruhe zu betten. In der Erde ist es warm, dun-kel. Sie wird dich bewahren.

Erinnerst du dich an deine winzigen Fingerchen, die Grübchen auf deinen Handrücken in deinem ersten Lebensjahr? Die totale Kontemplation, die in diesen Fingern war, wenn sie sich um meine schlangen. Die Stunden, in denen du in Froschhaltung an meinem Körper lagst, wir beide in tiefem Schlaf. Deine zarte Wange an meiner.

Jetzt knien wir, dein Vater, dein Bruder und ich, und legen den *lei* in die Grube, und die Erde gleitet darüber wie ein Augenlid, das sich schließt und nie wieder öffnen wird.

Ein paar Tage will keiner von uns irgendwas tun. Stille liegt über dem Haus in Kalihi. Wir kommen, wir gehen. Arbeit, zurück nach Hause. Billige Frühstücksflocken. Saimin und Spiegeleier. Mikrowellenpizza. Kurz duschen. Und Stapel von überfälligen Rechnungen.

Khadeja hat angerufen, wie schon öfter, seit du vermisst wurdest. Ich weiß nicht, wie lange ihr beide zusammen wart, aber es hat so was Intensives. Es tut gut zu wissen, dass du mit jemandem diese Kluft überbrückt hast, bevor du gegangen bist. Es ist schwer, es ihr zu sagen. Aber ich habe das Gefühl, dass sie wie ich die Antwort schon kannte, bevor sie die Frage gestellt hat.

»Kann ich irgendwas tun?«, fragt sie.

»Nichts«, sage ich. »Wir haben für ihn einen *lei* in die Erde gebettet. Tut mir leid, dass Sie nicht dabei waren.«

»Mir auch«, sagt sie. »Aber Rika, mein Job… ich kann nicht mehr so leicht weg wie früher.«

»Ich weiß«, sage ich. »Aber wir sind immer hier, falls Sie je kommen wollen.«

»Verstehe.«

Sie wird wieder anrufen oder ich sie. Wir können diesen Kontakt aufrechterhalten, ihn zu etwas machen, das bleibt.

Dean verschiebt seinen Rückflug, so lange es geht, jongliert mit den Daten, um möglichst wenig zu zahlen, obwohl wir ja sowieso Trauerrabatt kriegen, aber schließlich ist es doch so weit.

»Ich bin hier zu nichts nütze«, sagt Dean. »Ich geh besser zurück nach Spokane.«

»Wofür? Um Pakete in der Gegend herumzuwerfen?«, sage ich.

Er zuckt zusammen. Ich würde es gern zurücknehmen.

»Wird ja nicht ewig so bleiben«, sagt er.

»Hier kannst du mindestens so gut leben.«

»Kann ich nicht. Du weißt doch, wie's ist. Drüben hab ich viele Möglichkeiten, Geld zu machen. Hier nicht.«

»Hier ist dein Zuhause«, sage ich. »Ist Geld denn alles, was zählt?«

»Es ist nun mal, wie's ist«, sagt er.

»Hier ist dein Zuhause«, sage ich noch mal.

Er schaut weg. Schaut aus dem Fenster, auf den Fußboden, überallhin, nur nicht in mein Gesicht.

»Ich muss gehen«, sagt er. Viel hat er nicht in seine Tasche zu tun, aber er packt, was er hat. Wir fahren zum Flughafen.

Weitere Tage vergehen, schwer, starr und lang. Aber dann wache ich eines Morgens auf, es ist Aloha-Freitag, der Passat hat das schlechte Wetter der Nacht weggeweht. Die Blätter sind nass und frisch, und in der Luft ist sauberes Salz, wie wenn gerade eine Welle gebrochen ist.

Wir müssen nicht so weitermachen.

Dein Vater und ich koordinieren unsere Arbeitszeiten und verschaffen uns einen gemeinsamen freien Samstag. Dann rufen wir Crisha und Nahea und Keahi und Mike und Anhang an, Freunde, die wir nicht so oft sehen, wie wir soll- ten, und sagen, sie sollen nach Ala Moana kommen, und wir bringen unseren Hibachi mit, und jeder stiftet was, Makka- ronisalat und gebratenen Reis, und Crisha holt uns Steaks, die wir direkt auf dem Hibachi mit Ingwer einreiben, und Keahi bringt zwei lange blaue Kühltaschen mit Kona- und Maui-Bier, als wäre er der König von Hawaiʻi. Vor uns, wo die Bäume aufhören und der Strand liegt, zerfließen kleine Wellen zischend in sandigem Blau. Leute spielen Fangen mit ihren Hunden, schlafen auf Handtüchern. Hinter uns sieht man die Hochhäuser, funkelndes Glas und leuchtend weißer Beton, Gebäude, in denen wir noch nie drin waren und über die wir spekulieren, während wir grillen und von dem Bier schön beschwipst werden.

Wie viele Geschichten erzählen wir? Wie lange lachen wir, als Keahi kein offenes Klo findet und die Promenade rauf und runter rennt, die Hand im Schritt? Wir wippen zur Musik und fragen uns, wer das ist, da im Radio, drehen es auf. Wir lassen die Sonne auf unsere braunen Körper regnen, kriegen Salz in Haare und Augen, springen von den Steinen ins flammenblaue Meer, als wären wir jung und straff.

Da ist immer noch Aloha, um uns Übrige am Leben zu erhalten.

24

MALIA, 2009
Kalihi

Garkins Properties LTD
5142 Hinkleston Place
Portland, OR 97290

10. Februar 2009

Sehr geehrte Mr und Mrs Flores,

hiermit informieren wir Sie, dass unser Mieter Nainoa Flores mit den Mietzahlungen in Verzug ist; als Mitunterzeichner des Mietvertrags haften Sie nun für die ausstehende Summe.

Aufgrund der Höhe des Mietrückstands ist der Mieter gegenwärtig mietvertragsbrüchig. Dies ist die dritte Mahnung, die wir Ihnen deshalb schicken. Sofern wir die ausstehenden Mietzahlungen nicht unverzüglich in voller Höhe erhalten, hat der Mieter die Mietsache bis spätestens Ende des Monats, also zum 28. Februar 2009, vollständig geräumt zu übergeben. Sollte der Mieter dies nicht tun, werden wir alle nötigen rechtlichen Schritte unternehmen, um eine Zwangsräumung zu erwirken.

Ferner teilen wir Ihnen mit, dass wir den Mieter und Sie als Mitunterzeichner für alle gegenwärtig und zukünftig aus dem Mietvertrag resultierenden Ansprüche haftbar machen werden.

Danke für Ihre Kooperation.

25

KAUI, 2009
San Diego

Der Morgen ist wie ein Eispickel, der mein gefrorenes Gehirn trifft. Ich wache wie immer nach wenigen Stunden Schlaf auf und weiß, ich muss weg. Das Sofa, auf dem ich schlafe, gehört Saad, einem Typen, den ich aus der Kletterhalle kenne und dem ich irgendwann mal bei einer Hausarbeit geholfen habe. Ich habe mich, als es schon dunkel war, mit dem geborgten Schlüssel reingeschlichen. Dann am Morgen mein Wecker, bevor er und seine Mitbewohner aufwachen, damit ich abhauen kann, ohne auf irgendjemanden zu treffen.

Manchmal nehme ich lieber den Fußboden als das Sofa. Wenn ich was Hartes will. Weil es das ist, was ich verdiene oder was ich spüren will, meine Knochen und was Hartes darunter. Dann fühlt es sich an, als ob ich wieder am Indian Creek zelte. Unter den Fingernägeln Chalk und den Dreck der Sandsteinrisse. Van und ich unterm Nylondach des Zelts aneinandergedrängt, während draußen die Bären herumschnuppern.

Ich war beim Wohnheim mülltauchen und habe ein halbleeres Döschen Vicodin aus dem Container gefischt. Konnte mein Glück kaum fassen und habe so viele genommen, wie sie's im Internet empfehlen. War stundenlang in einer warmen, sirupträgen Version von mir zu Gast.

Jetzt aber. Aufstehen. Saads Familie ist meiner eine Million Jahre voraus. Alles hier stinkt nach Reichtum. Die Möbel glänzen, als wären sie mit Butter eingerieben. Die Türen sind schwer; sie bleiben genau in dem Winkel stehen, in dem man sie hinterlässt, und öffnen und schließen sich so, wie ich mir vorstelle, dass es ein Schlossportal tut. Wenn mich je jemand fragen würde, was es bedeutet, Geld zu haben, würde ich antworten: Die Welt fühlt sich an, als würde sie immer unter einem bleiben, egal, was man macht.

Ich checke den Kühlschrank. Als ob da über Nacht irgendwas aufgetaucht sein könnte. Okay. Da sind ein nach Plastik riechender Krug mit gefiltertem Wasser, ein Sixpack Pepsi und neun Bier, Margarine und Sriracha-Sauce, ein milchiges Glas Gürkchen und blitzblanke, leere Gemüseschubladen. Eine an der Ecke aufgeschnittene Packung Backnatron. In den Küchenschränken sind noch dieselben knisternden Beutel mit Käseflips und Graham-Crackern, Schokoglasur und Gemüsechips. Diese Jungs sind kaum besser dran als ich.

Ich bleibe vor einem Spiegel stehen. Ab und zu mal in einen zu gucken ist ja wohl nicht verkehrt. Da bin ich: das naturwellige hawaiianische Haar, das ich sofort hochstecke, die Nase, breit und flach von der Wurzel bis zur Spitze, die Muskeln an Armen und Beinen irgendwie weicher geworden. Während ich die Arme oben habe, sehe ich meinen Bauch, und der ist nicht flach. Und selbst in San Diego ist meine Haut blasser geworden.

Aber ich bin hier. Schätze ich mal. Okay.

Alles ist aus dem Lot seit der Party, seit ich Van dort zurückgelassen habe. Ich bin immer müde, auch wenn ich mal eine ganze Nacht schlafe, und sobald ich irgendwo bin, wo man nicht so leicht wegkann, habe ich Angst, sie zu treffen oder diese Typen oder sonst jemanden, der davon weiß. Ich hab das Gefühl, alle haben es erfahren, und die Leute gucken mich komisch an, selbst Leute, die ich gar nicht kenne.

An den meisten Unitagen schaffe ich es in die Lehrveranstaltungen, ohne jemandem zu begegnen, der es mit Sicherheit weiß, und überhaupt ist es leicht, allen aus dem Weg zu gehen, weil ich mir meistens Lehrveranstaltungen früh am Morgen aussuche. Aber an manchen Tagen nützt das nichts, und ich sehe trotzdem Van oder Katarina oder Hao und muss schnell ins nächste Gebäude abtauchen. Ich bin wie eine Kakerlake, Mann, husche in mein Wohnheimzimmer, wenn das Licht aus ist, und husche wieder raus, wenn es hell wird, und in Saads Haus genauso. In den Lehrveranstaltungen setze ich mich ganz hinten hin, wo ich alle vor mir sehen kann. So geht es jetzt schon drei Wochen. Aber das Problem ist: Ich bin mir gar nicht sicher, wer was weiß, weil wir alle so besoffen und stoned waren.

Aber ich weiß das Wichtigste, ich weiß jetzt, was ich für ein Mensch bin. Ich wollte Van, und als ich sie nicht haben konnte, habe ich sie den Tieren überlassen, Connor und seinen Freunden. Bis dahin war ich mir sicher, dass ich dabei war, über all das rauszukommen – über Nainoa, darüber, dass meine Eltern mich nie verstanden oder auch nur gewollt haben, über die Inseln überhaupt. Jetzt gibt es nur noch eine Richtung: abwärts.

Ich ziehe mir zum ersten Mal seit Tagen was Frisches an, mein Shirt starrt von hellem, salzigem Schmuddel, mit Seen unter den Armen. Mein Kletterrucksack ist vollgestopft mit Unterhosen, Tampons, Zahnpasta, meinem Laptop, einer Taschenflasche mit ein paar letzten Tropfen Whiskey. Aber nichts zum Rasieren. Zuerst dachte ich noch, Mann, ich muss unbedingt alles Haarige an mir abrasieren. Wie ein anständiges Mädchen, okay?

Als ich mir das frische Shirt über den Kopf ziehe, passiert was. Ich bin nicht die da im Spiegel, und ich bin nicht im Bad. Ich habe das Gefühl, ich stehe auf einem Plateau, um mich welliges Gras und warmer Wind und diese Hula-Frauen aus den alten Zeiten. Wir alle in unseren *pa'u*-Röcken aus Rindenbast. Ich fühle das Kratzen in meiner Taille und meinen ansonsten nackten Körper. Den *lei po'o* an meiner Stirn. Mein dickes Haar ist ewig lang, geht mir bis zum Hintern. Meine Haut ist staubig und salzverkrustet und spannt sich über Muskeln und Sehnen. Die Alten, Hula: so lange her, dass ich das auf diese Art gefühlt hab. Wir sind im Freien, ich und zwei Reihen Frauen, und die *pahu*-Trommel bummert wie Peles Faust bei einem Erdbeben. Wir tanzen und chanten. Der Himmel ist eine umgestülpte Schüssel aus heller Hitze, mehr weiß als blau.

Und dann klingelt mein Telefon, und ich bin wieder die Kaui von jetzt. Dean ruft an. Ich drücke wie wild herum, um ihn auf die Mailbox umzuleiten. Dabei sehe ich, dass er schon ein paarmal angerufen hat. Ist mir aber egal. Ich rufe niemanden mehr an. Weder Mom noch Dad noch Dean noch Van noch irgendwen.

Dean ruft wieder an, Mann. Ich kapiere, dass das nicht aufhören wird. Ich nehme ab.

»Sie geht endlich doch noch dran«, sagt Dean.

»Tut sie«, sage ich.

»Ist es so viel verlangt, an dein Telefon zu gehen? Könnte doch sein, dass es bei uns brennt oder was.«

»Brennt's bei dir grade?«, frage ich.

»Fick dich«, sagt er.

»Dean.«

»Was?«

»Ich hab keine Zeit, irgendwen zu ficken. Du rufst doch nur so hartnäckig an, wenn du was willst.«

»Warum muss ich was wollen?«, fragt Dean. »Mann, du bist schon genau wie Mom. Vielleicht will ich ja nur mal reden.«

»Okay, dann lass uns reden, Dean«, sage ich. »Lass uns plaudern. Lass uns einen auf Bruder und Schwester machen. Lass uns brüllen.«

Kurz ist er still. »Bist du betrunken oder was? Und warum flüsterst du?«

»Stoned, wenn du's genau wissen willst. Und ich flüstere, weil ich bei jemandem eingebrochen bin. Stolz auf mich?«

Er lacht. »Shit.«

Ich stelle das Telefon auf Lautsprecher, damit ich mein Haar fertig hochstecken und mich mit den letzten Restchen Make-up, die ich noch habe, wenigstens ein bisschen aufmöbeln kann. »Also, was ist? Du willst was, oder?«

»Wieso hast du Mom und Dad nie angerufen?«, fragt er.

Ich gucke auf den Boden, wo meine Schuhe sind. Da liegt

mein stinkiges Shirt, und das orange Schmerztablettendöschen guckt aus meinem offenen Rucksack. »Hier ist total viel los.«

»Klar.«

»Du hast ja keine Ahnung.«

»Tja«, sagt Dean, »in Portland ist auch viel los.«

»Portland?«

Bevor ich weiterfragen kann, legt Dean los. Er sagt, sie wollen Noas Sachen einkassieren. Er sagt, Noas Miete ist nicht bezahlt worden, und die, die dann mit Zahlen dran sind, sind Mom und Dad.

»Du weißt, was das heißt«, sagt er.

»Man kann nicht einfach jemands Wohnung ausräumen, nur weil er die Miete nicht bezahlt hat«, sage ich. »Da braucht man eine gerichtliche Anordnung und so was. Heutzutage ist es unmöglich, jemanden räumen zu lassen.«

»Sie haben Mom angerufen.« Dean sagt es wie mit einem Achselzucken.

Ordnungsgemäßes Verfahren, sage ich. Mieterrechte. Angemessene Frist, um die ausstehende Miete zu bezahlen, sage ich.

»Wusste gar nicht, dass du plötzlich Anwältin geworden bist«, sagt Dean.

»*Law & Order*-Marathon im Fernsehen, tagelang rund um die Uhr«, sage ich.

»Halt einfach die Klappe«, sagt Dean. »Hör auf mit den Mätzchen, die Sache ist nicht lustig.«

»Okay, okay«, sage ich. »Beruhige dich. Warst du bei einer Rechtsberatung?«

»Ich hab keine Zeit, mich rumzustreiten, Kaui«, sagt Dean. »Ich muss das regeln. Mom hat mich angerufen.«

Wie er diesen letzten Satz sagt: Mom hat *mich* angerufen. So wie, überlass das mir, okay? So wie, endlich darf ich mal der gute Sohn sein. Aber da liegt ein Vorwurf drin, ich weiß es. Weil ich hier weiterstudiert habe, während er allein im Valley war und sich durch die Wildnis geschlagen hat. Ich schaue mich im Bad um: Jungsrasierer mit altem blutigem Schaum dran; die Swimsuit Edition von letztem Jahr im Zeitschriftenständer neben dem Klo, nasser Badvorleger zusammengeknautscht in der Ecke. Ich sehe es alles vor mir: diesen Tag und den nächsten und den danach. Ich, wie ich von Sofa zu Sofa ziehe, nur, um Van und Katarina und Hao aus dem Weg zu gehen. Wie ich aus dem Rucksack lebe, so wie seit Semesteranfang. Wie ich allmählich in eine Rattenexistenz abdrifte, wegen dem, was ich getan oder vielmehr nicht getan habe.

»Ist Noas Adresse noch die gleiche?«, frage ich.

»Die, die er in Portland immer hatte«, sagt Dean. »Warum?«

Ich lege auf. Ich stopfe alles, was auf dem Boden liegt und mir gehört, wieder in meinen Rucksack und binde mir die Schuhe. Saads Schlüssel werfe ich im Rausgehen in den Briefkasten.

26

DEAN, 2009
Portland

Noa hatte es drauf, einem das Gefühl zu geben, dass man dumm ist, ohne es zu sagen. Er redete einfach nur über irgendwas, wie Stahl gemacht wird zum Beispiel oder was das lateinische Blabla für »Nerv« ist, und man selbst brauchte gar nichts zu sagen, und am Ende fühlte es sich trotzdem so an, als hätte er gesagt, dass man strohdumm ist. Und jetzt denk ich schon den ganzen Morgen, was er wohl sagen würde, wenn er hier wäre und mich sehen würde, wie ich durch die Fenster in seine Wohnung gucke und zum fünfzehnten Mal an der Tür rüttle und wieder nur feststelle, dass ich ausgesperrt bin. Hab gar nicht dran gedacht, dass ich Schlüssel brauchen könnte, als der Anruf von Mom kam. Bin einfach nach der Tramperei und den Busfahrten hierhermarschiert, dachte wohl, keine Ahnung, die Tür würde sperrangelweit offen stehen oder der Vermieter wäre am Renovieren oder was. Noa hätte garantiert was dazu zu sagen, wenn er da wäre, aber er ist nicht da, und ich fühl mich trotzdem wie der letzte Idiot. Ich hab nicht mal was, wo ich übernachten kann, wenn ich diese Tür nicht aufkriege.

Ich rüttle wieder an der Tür, fühle, wie der Türrahmen wackelt, und höre das Geräusch von Metall auf Metall. Ich zieh und zerre, und die Tür ächzt und biegt sich sogar. Aber brechen tut nichts. Ich setz mich auf die Eingangsstufen und überlege, wie ich mit Gewalt reinkommen kann und wer wohl alarmiert wird, wenn ich's tu.

Da steht ein Wagen, den ich noch gar nicht bemerkt hatte, drüben auf der anderen Straßenseite. Klein und silbrig und schlicht. Die Fahrertür geht auf, und diese Frau steigt aus, groß und üppig. Stramme Cornrows den Kopf rauf und Afropferdeschwanz hinten. Trägt so ein Schlabbertop, das auf einer Seite so verrutscht, dass man ihre glänzende Schulter sieht. Ihre Schuhe klacken auf dem Beton, als sie herankommt.

Ich kenn sie, obwohl wir noch nie geredet haben. »Du bist das«, sag ich.

Sie guckt mich die ganze Zeit voll an, versteckt sich nicht, das muss ich ihr lassen. »Eure Mutter hat mich angerufen«, sagt sie. Sie bleibt vor den Stufen stehen, wo ich sitze. »Ist das echt wahr?«

»Warum hat sie dich angerufen?«, frage ich.

»Noas Wohnung«, sagt sie. Sie zeigt auf seine Tür. »Hat gesagt, er wird geräumt. Oder jedenfalls« – sie runzelt die Stirn – »seine Sachen.«

»Yeah, aber«, sage ich, »was glaubt sie, was du tun kannst und ich nicht?«

Sie lächelt, als wär daran irgendwas witzig. Ich lass es durchgehen. »Dean«, sag ich und strecke ihr die Hand hin. Sie drückt sie.

»Ich weiß«, sagt sie. »Khadeja.«

»Ich weiß«, sag ich.

Wir beenden den Händedruck.

»Ich habe beim Sheriff's Department angerufen. Die sagen, es gibt keinen Ausweg, außer wir zahlen die viertausendfünfhundert Dollar Mietschulden.«

»Shit«, sage ich. »Meinst du, wenn ich dem Sheriff ein Date anbiete, geht er mit dem Preis runter?«

Sie mustert mich von oben bis unten. »Nicht in den Klamotten.«

»Aber ich mach prima Massagen«, sage ich.

»Ich bin erstaunt, wie falsch Noa dich beschrieben hat«, sagt sie.

»Wieso?«

»Er hat gesagt, du wärst total charmant.« Und sie lacht schallend über ihren eigenen Witz.

»Ey«, sag ich. »Sei nicht…«

Aber in dem Moment kommt dieser Umzugswagen um die Ecke, mit *Branton Transporte* drauf. Er hält an, als ob er überlegt. Dann fährt er weiter und hält wieder an. Bleibt schließlich genau vor Noas Haus am Bordstein stehen. In der Kabine sind dunkel zwei Köpfe zu erkennen. Ich hör die Servolenkung jaulen, die Parkstellung einrasten. Dann steigen zwei Typen in engen Bluejeans und Denimjacken aus. Beide Haoles mit Militärhaarschnitt und Kindergesicht, und ich will schon fast sagen, sucht ihr den Weg zum Schwulenrodeo?

Sie sehen uns vor der Eingangstür, bleiben stehen und reden kurz miteinander, dann kommt der Braunhaarige mit der verbogenen Nase auf uns zu, die Hand mit der Handfläche nach unten vorgestreckt, als wär ich ein frei rumlaufender Hund, den er beruhigen muss.

»Was, Haole?«, sag ich.

Er: »Sorry?«

»Ich sagte, *was*«, sag ich und deute mit dem Kinn auf seine vorgestreckte Hand. »Ich bin sein Bruder. Ich beiß nicht.«

Er bleibt stehen. Verschränkt die Arme. »Wir müssen da Sachen rausholen. Alles, genau gesagt.«

Jetzt kommt noch ein Pick-up und hält bei dem Umzugswagen. Im Pick-up sind Männer, fünf Stück. Ich trete unterm Vordach raus, damit jeder meine vollen eins fünfundneunzig sieht. »Geht nach Hause«, sag ich.

»Jungs«, sagt Khadeja, »wie wär's, wenn wir erst mal kurz reden?«

Das Komische ist, dass das welche von den Typen sein könnten, mit denen ich in Spokane am Packband zusammengearbeitet habe oder bei den Gärtnerarbeiten, die ich nebenbei gemacht hab. Ich glaube, sie denken umgekehrt so was Ähnliches, denn einen Moment lang gucken wir uns alle so an wie, ich kenn dich, sind wir nicht auf derselben Seite? Aber dann ist es vorbei.

»Unser Job ist einfach, die Wohnung auszuräumen«, sagt der andere Typ aus dem Umzugswagen, der mit dem helleren Haar, fast wie um sich zu entschuldigen.

»Habt ihr Pistolen oder Messer?«, frag ich.

»Dean ...«, sagt Khadeja.

»Was?«, fragt jemand.

»Anders kommt ihr da nicht rein.«

Aber sie haben was Besseres als Pistolen und Messer, denn gleich hinter dem zweiten Truck kam der Sheriff, den ich nicht gesehen hab. Jetzt steht er auf Noas schniekem Rasen, der Sheriff, und er hat was von einem Bowlingkegel, samt weißer Gesichtsfarbe und rotem Hals. Die Arme vor der Brust verschränkt und die Pistole an der Hüfte, steht er da, als ob sein Schwanz ihn ins Hohlkreuz zieht. »Machen Sie es nicht unnötig schwer«, sagt er.

Was soll ich machen?

Ich geh aus dem Weg. Khadeja geht direkt auf den Sheriff zu und fängt an, mit ihm zu reden. Die Räumungstypen machen sich dran, Sachen rauszuschleppen. Die ganze Gruppe, als ob das ihre tägliche Routine ist, große Möbel zuerst, ein Zimmer nach dem anderen, immer raus und wieder rein mit ein paar Grunzern und Worten unter sich, als ob ich gar nicht da wär, und der Sheriff ist zurück zu seinem Wagen und sitzt da und kaut Kaugummi.

Ich schau zu, wie die großen Sachen rauskommen, aber dann geht's los. Sie schmeißen Klamotten auf den Gehweg raus, faken Sprungwürfe und Baseballpitchs, hauptsächlich wohl, weil sie gesehen haben, wie ich den Schwanz eingezogen hab, als der Sheriff eingeschritten ist.

»*Let's surf!*«, ruft so ein Räumungsarschloch, und eins von Noas Quiksilver-Shirts kommt aus der Tür geflogen wie ein angeschossener Vogel und landet flatternd im Dreck. Ich seh das Shirt, und ich seh Kalihi und Strände und uns, meinen Bruder Noa und mich. Ich hör uns telefonieren, als ich noch eine Chance an der Uni hatte.

Ich sagte zu ihm, ich geh raus aus diesem Scheißteam.

Das glaubst du doch selbst nicht, sagte er.

Und ich so, das ist hier, als wär ich wieder im Highschoolteam, Mann. Der Coach redet davon, dass er mich auf die Bank setzen wird, als ob er haufenweise Talente in Reserve hätte. Diese Ersatzspieler kannst du vergessen, die können nicht, was ich kann. Wer hat denn das Turnier gedeichselt? Wer hat's fast ganz nach oben geschafft? Ich war im All Conference First-T ...

Ich wusste gar nicht, sagte Noa, dass du so eine Heulsuse geworden bist.

Ich so, was?

Basketball, sagte er. Das hast du doch verfolgt wie ein Hai seine Beute, dein ganzes Leben lang.

Ich voll so, Mann, du nervst genau wie alle anderen.

Dann gib halt auf, sagte er. Tu's. In ein paar Jahren erinnert sich keiner mehr an dich.

Du Arsch, Noa. Ich dachte, du bist mein Bruder.

Du hast nicht zugehört, sagte er.

Was?

Denkst du je an die Haie?

Klar, sagte ich. Jedes Mal, wenn ich dich seh.

Als die Haie mich damals rausgeholt haben, sagte er, vielleicht war's da gar nicht nur ich, den sie retten wollten, verstehst du? Vielleicht geht's ja um unsere ganze Familie.

Und ich hab zwar nie die Götter gefühlt, von denen Mom immer geredet hat, aber etwas hab ich gefühlt, in dem Moment, in dem er das sagte und auch noch eine Zeitlang danach. Ich war so gut drauf. Nach dem Telefonat bin ich zur Tür raus, und alles war hell und strahlend und meins. Ich würd alles hergeben, die Drogen und den Sex und den Basketball, wenn ich nur dieses Gefühl noch mal haben könnte.

Am nächsten Abend hab ich mein letztes gutes Spiel gemacht, hab mich selbst übertroffen, als wär mein ganzer Körper neu.

Das war mein Bruder, der so was fertigbrachte, und niemand hier hat auch nur den blassesten Schimmer.

Also fang ich jetzt an, seine Sachen wieder reinzutragen.

Khadeja kommt wieder her und redet mit mir, als ob sie mich davon abbringen könnte. Sagt sogar, ich soll aufhören und überlegen, was ich tu.

»So löst du doch gar nichts«, sagt sie. »Lass uns einfach mitnehmen, was wir können.«

»Scheiß drauf«, sage ich.

Die Packer kapieren nicht, was ich tu. Von den ersten Runden Zeug, das sie rauswerfen, raffe ich ganze Armvoll zusammen und bring sie wieder rein, und als Khadeja sieht, dass ich überhaupt nicht zuhöre, seufzt sie, guckt mich einen Moment unentschlossen an und geht dann wieder auf den Bürgersteig zurück. Zieht ihr Telefon raus und macht einen Anruf. Ich trag ein Bündel Klamotten und ein paar Stühle rein, während die Packer andere Sachen rausbringen, und wir zwängen uns aneinander vorbei. Schließlich will ich gerade Schreibtischschubladen reinbringen, in jeder Hand eine, und zwei Typen tragen einen Futon raus, und in der Tür treffen wir aufeinander. Der vordere Typ geht mit dem Rücken zu mir, guckt aber über seine Schulter, ob der Futon so durch die Tür passt, und sieht mich. Wir bleiben alle stehen.

»Aus dem Weg«, sagt er, rot im Gesicht vom Schleppen.

»Nah«, sag ich.

Der Packer deutet mit dem Kinn hinter mich und versucht zu grinsen, obwohl es so anstrengend ist, den Futon zu halten. »Da hat wohl jemand anders eine bessere Idee gehabt.«

Ich dreh mich um, und der Sheriff kommt den Gehweg entlang und sagt: »He, junger Mann, überlegen Sie sich mal gut, was Sie da tun.«

In dem Moment seh ich was hinter ihm, draußen auf der Straße, und ich muss grinsen. Der Sheriff denkt, ich grins wegen ihm, und sagt: »Ich wüsste nicht, was hieran komisch ist. Ich meine es ernst.«

Aber ich grins nicht wegen ihm, ich grins wegen dem, was hinter ihm ist – hinter dem Sheriff, hinter Khadeja, draußen an der Straße, kein Witz, steht Kaui auf dem Gehweg, einen Rucksack über ihrem *Notorious B. I. G.-Ready to Die*-Hoodie.

Einer der Packer kommt auf dem Rückweg vom Truck an ihr vorbei, und sie sagt was zu ihm. Der Packer erwidert was über seine Schulter. Khadeja geht auf die beiden zu und sagt: »Alle sollten sich jetzt mal beruhigen, bevor noch was passiert«, aber Kaui hat schon ihren Rucksack abgesetzt und rennt jetzt an Khadeja und dem Packer vorbei auf mich zu, stürmt aber an mir vorbei und auf den Typen los, der in der Tür steht und immer noch sein Ende vom Futon hält. Ich seh ihre Hände, bevor sie sie gegen ihn einsetzt, und der Futon fällt auf den Boden und der Typ auch. Ich hab immer noch die Schubladen in den Händen, und dann weiß ich nicht mehr, wie ich sie abgesetzt hab, um die Fäuste zu ballen, und ich versuch immer noch, mich dran zu erinnern, als ich fünf Minuten später in Handschellen hinten im Auto des Sheriffs sitze.

Kaui ist auch hier drin. Der Wagen riecht nach zu viel Autopflegemittel und Waffenöl. Aus dem Funkgerät krächzen Stimmen. Kaui sitzt rechts von mir, auch in Handschellen, und ihr Atem geht so wütend, dass die Fenster davon beschlagen. Die Autoheizung ist aus, und der arschfeuchte Winter dringt durch die Türen rein.

Langsam kommt mir wieder, was passiert ist, dass der runterknallende Futon wie die Glocke bei einem Boxkampf war und alle froh waren, endlich richtig loslegen zu können. Wir droschen aufeinander ein, bis der Sheriff dazwischenging, den Kampf abbrach und Kaui und mich fesselte und nacheinander hinten in den Wagen verfrachtete. Jetzt steht er auf dem Rasen, und Khadeja redet auf ihn ein. Sie zieht dieses Ding ab, von wegen superhöflich und superrechtschaffen und so, und hält die gefalteten Hände tief vor sich, als ob sie in der Kirche wär und der Sheriff der Prediger.

Die Packer haben sich wieder drangemacht, Noas Leben aus der Wohnung zu tragen: die Klappboxen mit Büchern, die sie auskippen, so dass die Bücher alle im nassen Gras landen, Kompaktpackungen von gutem Saimin und Flaschen mit Shoyu, Bilderrahmen mit Fotos drin, die über den Rasen und den Gehweg kullern und zerbrochen liegen bleiben. Einer der Packer hat Klopapier in der Nase, um das Bluten von meinem Faustschlag zu stoppen, und ein anderer bekommt grad eine dicke Lippe von Kauis Attacke, aber sie machen weiter. Bald schon kommen alle Packer mit leeren Händen aus dem Haus und schieben und kicken Noas Zeug vom Rasen auf den Gehweg. Der letzte Typ, der die Wohnung verlässt, bleibt am Rand vom Rasen stehen und hebt mit spitzen Fingern eine Socke vom Gras auf, als wär's was Totes, Dreckiges, und lässt ihn auf einen der Haufen auf dem Gehweg fallen. Einer von den Räumungstypen hat ein Klemmbrett mit sauberem, hellem Papier. Er geht damit kurz zum Sheriff, dann steigen sie in ihre Umzugswagen und fahren weg.

Als die Räumungstypen weg sind, spaziert der Sheriff zu uns rüber. Macht die Fahrertür vom Wagen auf und redet durch das Gitter zwischen Vorder- und Rücksitz mit uns. »Ich könnte dafür sorgen, dass das hier für Sie sehr unangenehm wird«, sagt er.

Kaui schnaubt verächtlich.

»Ich könnte den Papierkram einleiten, Aussagen von den Möbelpackern einholen, einen Gerichtstermin ansetzen lassen«, fährt er fort. »Ich würde dafür sorgen, dass Sie das alles hier« – er zeigt auf alles, was die Packer rausgeworfen haben – »nicht bekommen, egal, was Sie davon haben wollen.«

»Officer«, sagt Khadeja.

Er sieht sie an. Als ob sie sich irgendwie einig sind, er ihr aber trotzdem noch mal klarmachen will, wer hier die Pistole hat. »Ich weiß«, sagt er. Er dreht sich wieder zu uns und zeigt auf Khadeja. »Sie hat mir erzählt, wer er war.«

»Wer?«, frage ich.

»Ihr Bruder«, sagt der Sheriff. »Das rechtfertigt nichts von dem, was hier gerade passiert ist«, sagt er, »aber.« Er entriegelt unsere Türen. »Raus mit Ihnen«, sagt er. Wir steigen aus, und er macht uns die Handschellen ab. Freude schießt durch meine Handgelenke und direkt danach der Schmerz. Er redet irgendwas von wegen, sorgen Sie dafür, dass ich's nicht bereue. Seine Wagentür klappt zu, dann startet der Challenger-Motor, und der Sheriff verschwindet samt dem Geräusch die Straße runter. Jetzt können wir sehen, was da vor uns ist.

»Hab ganz vergessen, hallo zu sagen«, sagt Kaui zu mir. »Wie läuft's in Spokane?«

»Scheiße«, sag ich. »Wie läuft's in San Diego?«

»Megascheiße«, sagt sie. »Khadeja, stimmt's?«, sagt sie zu Khadeja.

»Ja«, sagt Khadeja.

Aber dann stehen wir immer noch auf dem Gehweg, wo Noas Zeug rumliegt, der Reiskocher und die Kästen, das Quiksilver-Shirt und der Regenbogen von toten Büchern.

»Was zum Teufel«, sag ich, »passiert jetzt mit dem ganzen Zeug?«

Als Antwort fängt es an zu regnen. Es ist, wie wenn angehaltener Atem rausgelassen wird, so sanft und leise, dass man gar nicht weiß, dass da überhaupt angehaltener Atem war. So leicht sprüht das Wasser runter. Es legt sich wie Spinnweben auf Kauis und Khadejas Haar, ist auf meiner Haut kaum zu spüren. Wir hören nicht mal was.

Kaui schaut zum Himmel hoch. Da pisst es plötzlich richtig los: Dicke, harte Tropfen prasseln auf die Dächer. Kaui, Khadeja und ich rennen rum, fluchen und rufen nein und schnappen, was wir können, und versuchen, alles unters Vordach zu bringen, und ich checke die Eingangstür, aber natürlich ist sie abgeschlossen. Kaui hat einen Karton erwischt und versucht, ihn zum Eingang zu ziehen, so einen braunen Aktenkarton mit einem Griffloch auf jeder Seite. Der Deckel ist verrutscht. Ich seh, dass die Fotos und Alben im Karton immer nasser werden. Kaui zerrt am Deckel, um ihn wieder richtig draufzukriegen, und versucht gleichzeitig, den Karton mit einer Hand weiterzuziehen, und jetzt gräbt sich eine Ecke vom Karton tief in den nassen Rasen und pflügt durch den Matsch. Khadeja lässt die Klamotten fallen, die sie grade aufgesammelt hat, und packt am anderen Ende vom Karton mit an. Ich renn hin, und wir kriegen den Deckel wieder richtig drauf und ziehen gemeinsam. Ich fühl Gänsehaut unter meiner Jacke, meinem Shirt, bis in die Knochen.

Noas Zeug vor dem Haus wird total ruiniert. Der graue Futon, die zerknitterten Klamotten, alles schon klatschnass, ein Ganzkörperspiegel kriegt immer mehr Schlammspritzer. Wir sind am Arsch, alles ist am Arsch.

»Mir ist scheißkalt«, schreit Kaui gegen den Regen an, aber es ist nicht an mich gerichtet, sondern an den Vorgarten, den Himmel.

Ich weiß, dass Noa Nachbarn nebenan hat, ich hab ihre Gesichter hinter den Gardinen hervorlinsen sehen, als der Sheriff und die Packer hier waren, aber jetzt sind diese Nachbarn drinnen in ihrem warmen orangefarbenen Lampenlicht und tun so, als wüssten sie nicht, was hier draußen abgeht. Ich teste Noas Frontfensterscheiben mit der Handfläche, bücke mich dann nach einer Lampe, um die Scheibe einzuschlagen, aber Kaui sieht mich und verdreht die Augen.

»Bist du ein Höhlenmensch oder was?«, sagt sie. »Wenn wir hier vorn ein Fenster einschlagen, weiß doch jeder, was los ist. Da sind blitzschnell die Bullen da«, sagt sie. »Warte hier.« Sie verschwindet seitlich um das Doppelhaus.

»Nicht«, sagt Khadeja. Kaui reagiert nicht drauf.

Nach ein paar Minuten tut sich was innen an der Tür, es klickt, und sie geht auf.

»Hereinspaziert«, sagt Kaui.

Khadeja sieht uns an. »Gerade hab ich dem Sheriff ausgeredet, euch festzunehmen, und das ist das Erste, was ihr tut?«

»Wir haben keine andere Wahl«, sagt Kaui.

»Klar habt ihr die«, sagt Khadeja. »Einfach nicht einbrechen.«

»Und dann?«, sagt Kaui. »Noas Sachen verfaulen lassen? Uns da draußen den Arsch abfrieren?«

»Es gibt...«

»Wir haben nichts«, sagt Kaui. »Nichts.« Sie schiebt die Tür weiter auf. Das ist alles, was sie zu sagen hat.

»Ich kann nicht«, sagt Khadeja. »Selbst wenn ich wollte – und ich will's nicht –, ich kann nicht so blöd sein.«

»Ich schon«, sagt Kaui. Sie sieht mich an.

Khadeja sagt nichts, als ich reingehe.

Drinnen ist es dunkel und leer. Im Wohnzimmer nichts als weiße Wände und dunkler Teppichboden. Die Luft ist schon so schal und wattig, als ob die Wohnung seit Jahren leer steht.

»Hier rein«, sagt Kaui und knallt die Tür zu. Sie hockt sich hin und linst über den Rand vom Frontfenster. »Ich

322

glaube, die Nachbarin hat hergeguckt. Sie hat uns garantiert gesehen, schätz ich mal.«

Ich will die Vorhänge zuziehen, aber Kaui sagt nein, dann wär klar, dass wir hier drin sind, weil die Vorhänge nicht zu waren, als wir reingekommen sind. Ich seh Khadeja über die Straße laufen, Afropferdeschwanz triefnass. Sie steigt in ihr Auto und macht die Tür zu.

»Bleib einfach von den Fenstern weg«, sagt Kaui. Sie windet ihr Haar aus, und Wasser klatscht auf den Teppichboden. Sie zittert wie ein Pferd, das aus dem Fluss kommt.

Wir öffnen die Eingangstür noch mal und holen was von den Sachen rein, die wir gerettet haben. Als ich über die Straße gucke, ist Khadeja weg. Bei dem Zeug, das wir unters Vordach gebracht haben, sind eine Sporttasche und ein Müllsack mit Klamotten, die er wohl in die Kleidersammlung tun wollte, und der Karton, den Kaui vorhin hergeschleppt hat, mit Fotos und Alben und so.

Als wir den Müllsack aufreißen und in die Sporttasche gucken, ist klar, dass uns davon wohl kaum was passen wird, aber wir versuchen es trotzdem. Wir verschwinden jeder zwei-, dreimal im Schlafzimmer und probieren Klamotten aus dem Sack und der Tasche an. Kaui landet schließlich bei einer schwarzen Stoffhose – von Khadeja vermutlich –, aus der sie praktisch rausplatzt, und einem von Noas Sweatshirts, einem roten No-Name-Hoodie. Ich frag sie, warum sie nicht noch mehr von Khadejas Sachen anprobiert hat, und sie sagt, obenrum kann ihr gar nichts richtig passen, wegen der Kletterermuskeln, die sie am Rücken hat. Ich hab das gleiche Problem, nur viel schlimmer, aber da ist eine Jogginghose von Noa, die so weit ist, dass sie um meine Taille passt, auch wenn es nur so knackst, als ich sie anziehe. Die Beinbündchen sitzen irgendwo an meinen Waden. Ich nehm eine Regenjacke von Noa, das Ding ist groß genug, dass es an mir ungefähr so sitzt wie ein Hemd.

Ich steh noch vor dem Spiegel und lache, als Kaui sagt: »Guck mal hier.«

Ich geh zu ihr, achte drauf, unterm Frontfenster langzukrabbeln. Sie hat den Karton mit den Fotos aufgemacht und hält mir ein Foto hin, Noa und Khadeja am Strand. Khadeja lehnt auf den Ellbogen im Sand, karamellbraun, mit den gleichen wellenartigen Cornrows bis zum Afropferdeschwanz. Sie lacht über was, was wir nicht sehen können. Lacht mit dieser Art *mana*, als ob sie nie lachen würde, wenn sie nicht will, und auf den kleinen Röllchen ihres Bauchs sind Wassertröpfchen. »Wow«, sag ich ziemlich soft.

Kaui seufzt. Sie schnappt mir das Foto wieder weg. »Mann, Dean.«

»Was?«

»Bestehst du eigentlich jeder Frau gegenüber nur aus Schwanz?« Sie wartet gar keine Antwort ab. Schüttelt den Kopf und schaut weiter die Fotostapel durch. Ein Zettelchen fällt von einem der Fotos ab. *Khadeja*, steht drauf und eine Telefonnummer. Ich steck es ein, bevor Kaui es sieht.

»Du zum Beispiel«, sag ich. »Du bist eine Frau, und dir gegenüber besteh ich gar nicht aus Schwanz.«

Sie blättert weiter Fotos durch. »Als ob das Wunder was bedeutet«, sagt sie schließlich. »Du weißt nichts über mich.«

»Was soll das heißen?«, sag ich.

Sie hört auf, die Fotos durchzublättern, und schaut zum anderen Ende des Zimmers. »Vierundzwanzig Komma vier«, sagt sie, und ich weiß sofort, Punkte pro Spiel, und ich will's sagen, aber sie redet mit dieser müden Stimme weiter. »Vierundzwanzig Komma vier. Eine Mischung aus Kohlehydraten und mehrfach und einfach ungesättigten Fetten, zusammen mit normalen Portionen der Ernährungspyramide, insgesamt bis zu 3000 Kalorien für einen Höchstleistungssportler. Nahea, Reese, Trish, Kalani, Missionars-, Hunde-, Neunundsechzig-, Cowgirlstellung und natürlich die Money Shots. USC- und Arizona-Scouts beim Lincoln Invitational, UT-Austin- und Oregon-Scouts bei deinem Eröffnungsspiel beim State Tournament.« Meine Punkte pro Spiel auf der Highschool, die Ernährung, die mir der Coach verordnete, als klar war, dass ich eine Chance auf Collegebasketball hatte, ein paar von den Mädchen, mit denen ich's auf der Highschool getrieben habe, Scouts bei meinen Highschoolspielen, ich brauch überhaupt nicht zu überlegen. Ich weiß es einfach, als sie's sagt, *Das bin ich*, all diese Fakten umschließen mich wie meine Haut. Sie richtet den Blick auf mich. »Ich könnte so weitermachen.«

»Yeah, okay«, sag ich. »War trotzdem nicht genug.«

»Was soll das heißen?«

In dem Karton, aus dem sie die Fotos hat, seh ich jetzt noch andere Sachen von Noa – das Stanford-Diplom, das er in nicht mal drei Jahren gemacht hat, paar Zeitungsartikel über Forschungs- und Mathematikstipéndien, die er gekriegt hat, Urkunden von Chemiewettbewerben und Erwähnungen im *Stanford Magazine* und all so was, Zeug, das kein Ende nimmt –, und ein Teil von mir will da ansetzen und zu Kaui sagen, es sind doch immer wir beide gegen ihn, vergessen? Aber irgendwas daran hat sich bei uns beiden verändert. Früher war immer klar, dass wir beide total angefressen waren wegen Noa, wegen all dem, was er kriegte und wir nicht, aber irgendwann haben wir aufgehört, so zu reden. Ich will schon fast sagen – jetzt, wo sie so drauf ist, wie sie drauf ist –, dass das doch das Einzige war, was sie und ich hatten. Aber während wir hier sitzen, geht mir plötzlich was auf. Es ist wie in Spokane, wenn ich lange nach den Interviews und dem Duschen noch mal raus aufs Spielfeld bin, wenn da keine Musik mehr war, keine Zuschauermenge, kein Gedränge. Von der Kabine aus ging ich durch den geschwungenen Gang mit dem polierten Betonboden und den Glaskästen mit Trophäen aus den fünfziger Jahren und Schwarzweißfotos von Haoles, die in kurzen Shorts Basketball spielen, und machte die Tür zum arschhellen Court auf, und da waren die Reinigungstrupps, die Müll aus den Sitzen klaubten und den ganzen Zuschauerdreck wegfegten. Wenn man das alles so sieht, kapiert man's: Der Court, die Arena, ist nur ein Gebäude, und das Spiel ist nicht der Nabel der Welt, nicht für alle. Genauso ist es jetzt mit Kaui: Sie war auf der anderen Seite, in einer anderen Welt, die ganze Zeit.

»Verstehe«, sag ich. Ich huste, nur um irgendwas von mir zu geben, nicht still zu sein. »Ich war berühmt. Aber ich hab mich auch für dich interessiert.«

Sie zieht eine Schnute. »Wenn du's sagst.«

»Ich meine«, fange ich an, ohne zu wissen, was rauskommen wird, weil ich eigentlich nicht viel über sie weiß, aber jetzt kann ich nicht mehr zurück, »ich weiß – ich weiß, du stehst auf Mädchen.«

Ihr Gesicht. Kurz sieht ihr Gesicht aus, als hätte ich einen Eimer Eiswasser über sie gekippt. Aber sie kriegt es schnell wieder hin, macht schon wieder auf tough oder was. »Dean, was soll das?«

»Ist ja egal«, sag ich.

»Ich *weiß*, dass es egal ist«, sagt sie. »Das brauchst du mir nicht zu sagen.«

»Nein, so mein ich's nicht«, sag ich. »Was ich sagen will, ist, es gibt bestimmt einen Haufen Leute, denen es nicht egal ist.«

Sie sitzt auf dem Boden, mit gestreckten Beinen, aber jetzt zieht sie sie an und umklammert ihre Knie. »Klar«, sagt sie.

»Mach eine Liste von all diesen Leuten«, sag ich. »Ich bring sie um. Und sogar ihre Hunde. Ey, weißt du was? Die Hunde kille ich gleich zweimal.«

Sie lacht los. »Kriegst du das überhaupt gebacken, bei deinen Mathekünsten?«, sagt sie. Ich weiß, es soll ein Witz sein, fühlt sich aber nicht so an.

»Blöder Witz«, sagt sie, wohl, als sie mein Gesicht sieht. Aber als ich nichts sage, nimmt sie wieder einen Stapel Fotos und fängt an, sie durchzugucken.

Ich trete gegen den Karton, aus dem sie die Fotos genommen hat. »Mach nicht so was«, sag ich. »Ich war der, der im Valley bleiben musste und wochenlang nach ihm suchen, mich zerstechen lassen und nachts im kalten Regen kampieren, während du studiert hast. Ich war der, der sehen musste, wo's passiert war, und es dann Mom und Dad erzählen.«

Sie legt die Fotos hin. »Sorry«, sagt sie.

Sorry sorry sorry, denk ich. Alle denken immer, damit ist es getan. Ihr seid nicht der, der alles vermasselt hat, immer und immer wieder.

»Wie war es?«, fragt sie leise.

»Wie war was?«

»Das mit ihm«, sagt sie. »Wie er gestorben ist.«

Ich lehne den Kopf an die Wand, neben dem Fenster. Es kommt immer noch schwaches Licht rein. »Du meinst…«

»Ich mein die Stelle. Wo du ihn gefunden hast.«

Das Valley. Es wurde immer abwechselnd heiß und kalt und wieder heiß, weil die Wolken so schnell drüber wegzogen, aber ich war total verschwitzt von dem Trail, und der Boden war aufgerissen und verschmiert, als ob jemand angefangen hätte, die ganze Welt über die Kliffkante zu fegen, aber aufgehört hat, bevor er fertig war, und ich geh an die Kante und guck runter, und mein Magen krampft sich zusammen, weil ich irgendeinen Stoff seh, und ich greif danach, und das Blut sprengt mir fast den Schädel, während ich kopfüber dahänge, um länger zu sein. Da ist der Rucksack in meiner Hand, da ist der Stiefel, das Blut.

»Dean«, sagt Kaui wieder. Sie rutscht rüber und berührt meine Schulter. Und da bricht irgendwas in mir auf.

Ich lass einen Laut raus, eher wie ein Ausatmen: Ah. Es setzt was in Gang. Als ich dort hinkam – an die Stelle, wo er abgestürzt ist –, da war es einen Moment lang, als ob das Valley und ich uns berührten. Es war so, wie ich's schon beim Basketball erlebt hatte. So ein Chanten irgendwo. Wie damals, als ich nach Spokane kam, oder wie bei diesem

Hawaiian-Night-Spiel in der Hauptrunde, wo ich auf einmal dieses grüne Gefühl hatte, als ob ich in mir drin all die alten Könige fühlte, wie sie übers Wasser kamen.

»Glaubst du, dass du schon mal so was gefühlt hast, wie es Noa gefühlt hat?«, frag ich.

»Was meinst du?«, fragt Kaui.

»Manchmal hab ich so ein Gefühl«, sag ich. »Oder hatte es jedenfalls. Als ob ich ich bin und dann plötzlich was bin, was größer ist als ich.«

Ich mustere ihr Gesicht, und da ist das Ja, ich seh's. Als ob sie vielleicht nicht das Gleiche gefühlt hat wie ich, aber *etwas*. Verdammt noch mal, nein, Noa war nicht der Einzige. Ich muss regelrecht lächeln.

»Ist komisch«, sag ich. »Noa hat mir mal gesagt, er glaubt nicht, dass das mit den Haien nur seinetwegen war. Ich hab ihm nie richtig geglaubt ...« Ich warte ein Weilchen, versuch, es zu fühlen. Versuch zu *horchen*. Aber da ist nichts.

»Ich glaub, ich hab's vielleicht einfach nicht gecheckt«, sag ich. »Als ob es auch mich gesucht hat, genau wie ihn, und ich nie kapiert hab, wie ich drauf reagieren soll.«

Kaui will was sagen, aber ein Schatten gleitet übers Fenster neben uns. Er ist groß, als ob wir die Person schon im Zimmer fühlen können. Kaui ist aufgesprungen und guckt durch den Türspion. »O nein«, sagt sie.

Ich frag: »Wer ist es?«, aber sie geht schon rückwärts von der Tür weg. Ich hör Schlüssel klappern, dann, wie sich einer im Schloss dreht.

Ich steh auf. Kaui schubst mich, sagt, weg, weg, weg, und dann sagen wir nichts mehr, rennen einfach nur los.

27

KAUI, 2009
Portland

Weg, sage ich, oder ich glaube jedenfalls, dass ich's sage. Hektisch schnappen wir uns, was wir können – unsere Brieftaschen und meinen Rucksack, zwei von den kleineren Fotoalben –, und rennen los. Die Vordertür geht auf. Eine Stimme sagt irgendwas, aber wir bleiben nicht stehen, um zu horchen, was. Wir kommen in das Schlafzimmer, wo ich eingebrochen bin, das Fenster ist noch offen. Ich hieve mich raus. Falle auf den patschnassen Rasen, der sich hinten um das Doppelhaus rumzieht. Mein Rucksack ist auf, deshalb fallen Schmerztabletten und durchweichte Papiertaschentücher, Kaugummistreifen und Tampons raus. Ich sammle ein, was ich kann, und stopfe es wieder in den Rucksack, die Fotoalben auch.

»Um die Ecke«, sag ich zu Dean, und wir rennen um die Ecke, nur dass wir dabei dem Sheriff praktisch in die Arme laufen. Er stolpert rückwärts, und seine Hand fährt an seine Pistole. Er ruft, halt, stehen bleiben. Wir spurten in die andere Richtung davon, über den hinteren Rasen und zu dem schmalen Durchgang zwischen einer Garage und einem anderen Haus. Der Regen setzt sich in meine Wimpern. Ich kann ihn nicht wegblinzeln, alles verschwimmt. Hinter uns brüllt der Sheriff. Wir hören dieses Schlüsselklimpern. Wir rennen weiter, aber ich rechne jeden Moment damit, dass er schießt. Auf Leute wie uns schießen sie immer.

Aber wir schaffen es zu dem Durchgang und auf der anderen Seite raus. Noas Sweatshirt zieht an mir, es ist zu groß und wird immer nasser. Als wir den Sheriff nicht mehr hören, bleibe ich stehen und gucke dahin zurück, wo wir hergekommen sind. Er ist weit weg, rennt zu seinem Wagen. Mein Haar tropft mich voll. Mein Atem dampft in der Kälte.

»Los«, sagt Dean, und wir rennen wieder los. Bloß hab ich nicht kapiert, dass er meinte, in verschiedene Richtungen: Als ich über die nächste Straße spurte, rennt Dean schräg weiter, durch einen Hof, und als ich's merke, ist er schon an einem Zaun, klettert rauf und rüber.

Das Sheriffauto kommt die Straße langgeprescht, die Warnlichter ein grelles Funkeln. Keine Sirenen, deshalb fühlt sich's nicht an wie ein Film. Es ist real, wir sind real. Da ist eine Lücke zwischen zwei Häusern, und ich halte drauf zu. Hundeknurren und -bellen bricht los und fegt über mich weg, prallt zwischen den Hauswänden hin und her, aber ich seh nichts, und nichts springt mich an. Ich bleibe nicht stehen. Reifenquietschen. Ein metallenes Knirschen. Alles hinter mir. Ich sehe nur, was vor mir ist, das freie Gelände hinter den Häusern.

Ich bin draußen. Es ist ein unbebautes Grundstück. So viel Platz und Luft, als ob die Welt Atem holt. Bauholzstapel unter blauen Planen und kleine Holzpfähle im kalten Boden, mit orangefarbenen Bändern dran. Ich biege von dem Grundstück in eine neue Straße, renne einen Block weiter und zwischen Häusern durch nach hinten. Es ist überhaupt nichts zu hören. Ich pumpe Sauerstoff in mich rein. Mein linker Rucksackträger ist locker, und ich ziehe ihn fest.

Rechts neben mir sind Terrassenmöbel. Die Sorte Zeug, die wahrscheinlich die meisten meiner Mitstudenten in San Diego zu Hause haben, modern, minimalistisch und wahnsinnsteuer, okay? Und da sind diese grauen Steinplatten im Boden, bilden einen Weg von der Terrasse durch den Rasen zur Einfahrt. In der Einfahrt steht ein Wagen mit laufendem Motor. Im Wagen ist niemand.

Ich höre die Sirene vom Sheriffauto. Laut jaulend jetzt. Der Teil von mir, der losrennen will, wird von dem Teil von mir festgehalten, der schlau ist und sagt: Da ist, was du brauchst. Geh langsam. Tu so, als ob du hier wohnst. Als ob dieser blitzsaubere weiße Wagen mit Softledersitzen deiner ist.

Und dann ist es meiner. Ich mache die Fahrertür auf, schlüpfe auf den Sitz, lege den Rückwärtsgang ein. Komisch. Man würde doch denken, ein Auto zu klauen wäre was ganz Abgefahrenes, komplizierte Schraubenziehertechnik zum Aufbrechen, dunkler Parkplatz, jagender Puls und so. Aber es ist so leicht, wie einen Schalter zu drücken.

Ich fahre rückwärts aus der Einfahrt, gebe dann Gas und ziehe so schnell um die erste Ecke, dass ich fühle, wie es meine Innereien zur anderen Seite drückt. Aber dann sage ich mir wieder: Mach langsam. Das hier ist deine Wohngegend. Du bist auf dem Weg zum Supermarkt. Ich halte Ausschau nach Dean. Ich biege wieder um eine Ecke, versuche, irgendwas zu finden, was ich wiedererkenne. Umrunde langsam Block für Block. Meinem Gefühl nach fahre ich ungefähr dahin, wo wir uns getrennt haben. Wieder jault die Sheriffsirene. Nicht direkt hier, aber ziemlich nah. Ich muss die ganze Zeit dran denken, wie ich die Polizeilichter gesehen habe und wusste, die sind hinter mir her, okay? Wie mein Herz genauso hektisch geflattert hat wie die Lichter.

Vor mir kommt Dean hinter einer struppigen Hecke hervor. Er humpelt mit gesenktem Kopf, und seine Brust ist da, wo Noas Regenjacke aufklafft, nackt und nass. Mit einer Hand umklammert er den Bund von Noas Sweatpants, die ihm nur halb über den Hintern reichen. Ich halte an, hupe und lasse das Beifahrerfenster runter.

»Was machst du?«, fragt er.

Ich stelle mir vor, wie es aussehen muss. Ich, seine wütende Schwester, übernächtigt und ausgehungert und panisch, in einem weißen Luxusauto mit dem Sticker *109.5 The Prayer* und dem Innenraum voll blumigem Lufterfrischer. »Steig ein«, sage ich.

Er sitzt auf dem Beifahrersitz, und wir fahren den Block runter. Das fühlt sich nicht real an. Ich schaue zu, wie zwei Geschwister zu fliehen versuchen, in die Kriminalität abrutschen, die falschen Entscheidungen treffen. Aber das bin nicht ich, es hat nichts mit mir zu tun, außer dass ich ihnen sagen will: *Nein, tut's nicht.*

»Du hast dieses Auto geklaut?«, sagt Dean. Ich stelle die Scheibenwischer an. Kurz sehe ich total klar.

»Es war da«, sage ich achselzuckend.

Ich halte an einem Stoppschild.

»Willst du mich verarschen?« Er schaut sich um. Er sagt,

jetzt werden wir wirklich festgenommen, wir müssen den Wagen loswerden. Aber ich sage nein. Wir kommen hier raus, wir lassen das hier hinter uns, den ganzen Bundesstaat und den ganzen Kontinent und überhaupt alles, alles seit diesem verdammten Kuss und schon vorher, das Klettern und den Kanal und jedes Fleckchen Erde, auf dem Van und ich je gemeinsam gestanden haben, und die Haie und die Nachrichten und alles in Hawaii, was meinen Bruder umgebracht hat.

Ich fahre immer noch.

»Wir können den Bus nehmen oder trampen. Wir können sogar *laufen*.« Dean kneift sich in den Nasenrücken. »Aber nicht das.«

Ich halte wieder an einer Kreuzung. Die Straße, auf der wir sind, geht geradeaus, und am Ende sieht man eine Straße, auf der was los ist, Geschäfte. Bougie-Klamottenläden mit superleichten Stoffen und peppigen Schaufensterpuppen, schätz ich mal. Ein Coffee-Shop mit Kaffee für sechs Dollar. Die Avenue und die Häuser und der Himmel sind alle gleich grau.

»Geh doch, wenn du willst«, sag ich. »Ich finde den Weg.«

Dean sagt nichts. Er kaut auf seiner Unterlippe und setzt sich so hin, dass wir uns anschauen können. Irgendwas Komisches ist jetzt in seinen Augen. Angst, aber dann was total Ruhiges, fast schon Relaxtes. Er stürzt sich auf mich, dann Dunkel, irgendwas rammt sich in meine Brust, er zieht an mir, sein Knie kracht an meinen Kopf, und Gurtschließen oder was schrappen über meine Rippen und Hüften. Alles an mir haut irgendwo dran, aber mein Bruder zerrt, schiebt.

Ich werde zusammengefaltet. Seine Füße und Hände, als er mich unter sich einklemmt und auf den Fahrersitz krabbelt. Ich erwarte, dass mein Rücken gleich gegen die Beifahrertür kracht, aber da ist nur Luft. Meine Schulter knallt auf Asphalt. Wasser und Licht, und mein Rucksack plumpst neben mich. Ich bin draußen, auf der Straße. Als ich mich schließlich aufrapple, sitzt Dean am Steuer und fährt vorwärts, immer noch mit offener Beifahrertür. Und da ist der Sheriffwagen, kommt direkt auf ihn zu, mit Lichtern und Sirene. Der Sheriffwagen macht eine Schleuderbremsung und kommt quer über beide Fahrbahnen zum Stehen. Dean ist der Weg versperrt.

Während ich hinstarre, donnert ein zweiter Streifenwagen an mir vorbei, nimmt Dean jede Fluchtmöglichkeit in die andere Richtung. Die Bremslichter leuchten auf, als der Officer sieht, dass sie ihn haben.

VIERTER TEIL

WIEDERERWECKUNG

28

MALIA, 2009
Kalihi

Stell dir vor, wie die Eltern immer noch leben, nachdem sie dich verloren haben. Jeder Tag wie Nebel: kein Weg vorwärts, kein Weg zurück, keine Ahnung, was was ist, überall nur das kalte, schwere, farblose Gefühl, allein mitten im Nichts zu driften. Stell dir vor, wie sie trotzdem arbeiten, wie der Vater das Gepäck von den Bändern auf die Shuttles und von da in den Bauch der Flugzeuge hievt, blinkender Stahl im Neonlicht, grelle Sonne, der Geruch von verbrennendem Flugzeugtreibstoff, das Grollen der startenden und landenden Maschinen. Wie die Mutter mit schmerzendem Rücken vom stundenlangen Kurbeln den City-Bus von salzigen Strandstraßen in die kühlen, grünen, ordentlichen Wohnviertel und wieder zurück lenkt. Die Glashochhäuser in Downtown, die blitzen wie Messerklingen, die Erschütterung, das Rumpeln und die Stöße von der Straße. Stell dir vor, wie der Anruf kommt, es ist immer ein Anruf, diesmal wegen des anderen Sohns, der im County-Gewahrsam sitzt und auf die Anklageerhebung wartet, die ganzen Bestimmungen und Verfahrensweisen so fremd wie das Terrain – Oregon –, auf dem sie angewandt werden. Stell dir vor, wie die Eltern wegen des Gelds und der Arbeit und der Entfernung nichts weiter tun können, als zuzuhören, wie die Tochter ihnen erklärt, was jetzt kommt.

Stell dir vor, wie der Verstand des Vaters, der sowieso schon so erschöpft ist wie ein Wasserreservoir bei einer Dürre, jetzt noch einen Verlust fassen muss – der andere Sohn, der vielleicht weiter weg war, als der Vater je gedacht hat, weiter als eine Telefonverbindung, weiter als eine Flugstrecke, und sich immer noch weiter entfernt. Stell dir einen gesunden Verstand vor, wie er arbeitet, lebhaft, funkelnd, und dann denselben Verstand – den des Vaters –, wie er stottert, aussetzt. Abschaltet.

Bekommt es die Ehefrau mit? Sie bekommt den Anfang mit, die langen Wanderungen in der Nacht, das Flüstern mit Geistern, die sie nicht kennt. Aber sie bekommt nicht alles mit, kann nicht wissen, was genau passiert, wenn der Wahnsinn ihren Mann an seinem Arbeitsplatz packt. Vielleicht wankt er vom Gepäckband raus auf die gestreiften Flächen des Vorfelds, auf die Rollwege, und gefährdet ganze Crews und Passagierladungen und sich selbst. Vielleicht wandert er aber auch zum Maschendrahtzaun, will unbedingt zu dem Mitternachtsgebetsgarten, den er sich am Berg gebaut hat. Oder vielleicht sitzt er einfach nur da, sitzt endlos im Pausenraum und murmelt vor sich hin, während sich an einem unterbesetzten Tag das Gepäck staut und überquillt und die anderen Gepäckarbeiter nach ihm rufen, fordern, dass er kommt und weitermacht. Das sieht die Frau nicht, sie sieht nur, dass seine Uniform im Schrank bleibt, dass das Auto am Bordstein vor dem Haus bleibt und das Bankkonto verhungert.

Stell dir vor, wie die Mutter zur Fluggesellschaft geht und bettelt, was sie immer für ganz und gar ausgeschlossen gehalten hat, und wie der Mann von der Fluggesellschaft sagt: *Tut uns leid, aber das geht nicht. Er war für die Arbeit hier einfach nicht mehr geeignet.*

Stell dir vor, wie die Mutter, die Ehefrau, jetzt der letzte Pfeiler der Familie ist, hart und alt und kalt, das, was noch alles aufrechterhält. Nennen wir's nicht Hoffnung, es ist einfach nur das, was getan werden muss, weiter nichts. Stell dir vor, wie ihr klar wird, dass sie nicht mehr arbeiten gehen kann, wegen des Vaters, weil er jetzt ständig Aufsicht braucht, und wie ihre Arbeit fast so schnell weg ist wie seine. Kein Geld von ihm, kein Geld von ihr. Das heißt, in der Stadt sind sie tot.

Es gibt nur einen Ort, wo sie hinkönnen, Big Island, wo du zur Welt gekommen bist, wo immer noch Familie lebt, der Bruder deines Vaters mit seinem erfolgreichen Geschäft, mit Extragebäuden auf seinem Extraland, die uns kärglichen Rest aufnehmen können.

Wenn die Mutter auch nicht regelrecht bettelt, ist da doch ihre stille Resignation. Ist es trotzdem, als ob sie kniet und die geöffneten Hände vor sich hält und darum bittet, dass etwas hineingelegt wird. Hände, die es gewohnt waren, zuzupacken und sich selbst durch die Welt zu hangeln.

Stell dir vor, was wir ohne dich geworden sind, mein Sohn.

Siehst du's?

29

KAUI, 2009
Portland

Weil er geschnappt wurde. Weil er hinten in dem zweiten kalten Polizeiwagen saß. Weil ich nicht in die Polizeiwache reinkonnte, nichts tun konnte, als mich versteckt zu halten, ab und zu auf die weißen Wände rüberzuspähen, das permanente Knallen des Stempels zu hören, Fall abgeschlossen, Fall abgeschlossen. Weil ich Dean noch ein letztes Mal gesehen habe, nach der Anklageerhebung, wo er mich nicht verpfiffen hatte, und bevor ich mich wieder auf den Weg nach Süden machen musste – auf diesen kreuzunbequemen Plastikstühlen am Tisch, was sollten wir da sagen? Weil unsere Augen vollliefen von einer langen Geschichte und wir wussten, er würde keinen Besuch mehr kriegen vor seiner Entlassung, wenn überhaupt. Weil die Armut wieder zuschlug, kein Geld für eine Kaution, wir als Familie nicht in der Lage, was zu tun, immer und immer wieder. Weil ich mitansehen musste, wie die Wärter ihn wieder in seine Zelle trieben, durch die schweren, blau-weißen Türen mit den Schlössern und Gittern. Weil ich im regennassen Portland herumlief. Weil in dieser Nacht die Kälte sich durch mich hindurchfraß, weil der einzig trockene Eingang der zu einer Tiefgarage war, weil der Rucksack, in dem die letzten greifbaren

Überbleibsel von Nainoas Leben steckten, mein Kopfkissen wurde, weil ich immer nur kurz in den Schlaf abtauchte und wieder hochkam. Weil mir die ganze Seite wehtat: Hüfte, Rippen, Schulter. Weil es wieder ans Mülltauchen ging, diesmal nach Essen, nicht nach weggeworfenen Schmerztabletten, okay? Weil das, was dann kam, die Obdachlosenunterkunft war, die dampfenden Reihen von Stockbetten, das Gemurmel in den dunklen Ecken, das Jagdmesser, das ich im Spindraum stahl, der mit Isolierband umwickelte Griff, den ich unterm Kopfkissen umklammert hielt. Weil Morgen bedeutete: Schlangestehen, schmuddlige Porzellanwaschbecken, wässriger Haferbrei, kleines, springendes Fernsehbild, Zeichentrickfilm. Weil die Maus die Katze mit Dynamit versengte, sie mit einem Vorschlaghammer wie einen Pflock in den Boden trieb, ihr mit Schrot die Zähne ausschoss, die klimperten wie Klaviertasten. Weil meine Mutter am Telefon sagte, sie habe an Dean versagt, habe an uns allen versagt, wenn das aus uns geworden sei, und weil sie dann sagte, ich müsse wieder an die Uni zurück – »Du bist jetzt die Einzige«, sagte sie, »du bist alles, was wir noch haben.« »Aber ich kann nicht zurück«, sagte ich. »Mom, ich will einfach nur nach Hause. Kannst du mir helfen, nach Hause zu kommen? Ich will nur nach Hause.« Weil sie das Geld auftrieb, irgendwie, irgendwo, ihre persönliche Form von Zauberei. Deshalb bin ich zurück nach Hawaii.

Drunten schlägt das gasflammenblaue Meer Welle für Welle gegen die krustigen schwarzen Lavaplatten der Kona-Küste. Kleine Buchten mit zuckerweißem Sand und Kokospalmen. Die Sonne ist golden und überall und heiß, selbst vom Flugzeug aus. Wir sinken und sinken. Im Ozean gibt es eine Wasserexplosion, und ein Buckelwal hievt sich senkrecht aus dem Meer, dreht sich im Spritzwasser, zwei blaugraue Rückenflossen und das lächelnde Maul. Seepocken und knotige, schuppige Hautstellen. Er dreht sich und reckt sich, als könnte er immer höher steigen, in den Himmel und noch weiter. Aber stattdessen spritzt das Wasser in alle Richtungen, und der Sprung des Wals endet damit, dass er ins Meer klatscht und eine Riesengischtwolke aufwirbelt.

Es prickelt auf meinen Armen und Beinen, Gänsehaut: Das ist es. Das ist Hawaii.

Sie kommen mich draußen vor dem Flughafen abholen, Mom und Dad in einem Pick-up, den ich nicht kenne, ein weißer, höhergelegter Tacoma mit einem Ladeflächenträger und Stollenreifen. Ich sitze auf einer Lavasteinmauer im Schatten eines Baums, in der Nähe von einem der *lei*-Läden. Der Duft von Plumeria und Orchideen. Rosa-, Lila- und Gelbtöne. Mom springt aus dem Truck und kommt herum, mustert mich von oben bis unten. Als ob sie checken muss, ob ich beschädigte Ware bin. Ich frage sie nicht nach dem Ergebnis. Schließlich umarmt sie mich, hält mich fest, länger, als ich erwartet habe. Und ich umarme sie auch, länger, als ich erwartet habe. Als ich mich losmache, sitzt Dad immer noch im Wagen.

Mom hebt meinen Rucksack hoch. »Nicht viel drin«, sagt sie.

»Was ist mit Dad?«, frage ich.

»Er...« Mom verstummt. Wir blicken beide zu ihm rüber. Er schaut nicht her. Guckt stattdessen in den Vulkansmoghimmel. »Du siehst ihn ja«, sagt Mom. »Ich weiß nicht.«

Als ich ans Truckfenster trete, um hinten einzusteigen, sieht mich Dad. In seinen Augen ist ein Funke des Erkennens, der aber gleich wieder erlischt. Dad lächelt nicht, sagt nicht hi und steigt nicht aus. Seine Lippen bewegen sich, flüstern irgendwas Endloses.

»Fuck, Mom«, sag ich. »Warum hast du mir nichts gesagt?«

Ihre Lippen pressen sich aufeinander. »Meinst du, du hättest irgendwas tun können?«

»Vielleicht«, sag ich. »Was hast *du* denn getan? Irgendwas?«

Sie setzt meinen Rucksack ab, da, wo sie steht, drei Meter vom Truck. »Auf dem Rücksitz ist Platz für dich«, sagt sie und geht auf ihre Seite herum.

Der Truck fährt vom Flughafen weg, die Straße nach Hualālai entlang. Der ferne Vulkan ist grün und braun bis rauf zur Spitze, um die Wolkenfetzen treiben. Dann biegen wir nach Nordwesten ab, und die Straße führt die Küste entlang, um uns herum die Tafel aus alten Lavaströmen. Dahinter das gekräuselte Meer. In den Hügeln die Dornenstacheln von Kiawe-Bäumen, und als wir weit genug gefahren sind, beginnt das Wüstengras von Waikoloa. Und die ganze Zeit sitzt Dad nur da, flüstert oder ist still, blickt blinzelnd auf die Insel hinaus. Die Haut um seine Augen ist von einer müden Art von Unruhe gezeichnet.

»Ist er jetzt immer so?«, frage ich.

»Ab und zu bricht er immer noch durch.«

»Warst du mit ihm beim Arzt?«

»Gute Idee«, sagt Mom. »Ich habe drei Kinder großgezogen und die meiste Zeit ein Erwachsenenleben gelebt, aber darauf bin ich nicht gekommen. Arzt.« Sie sagt: »Das muss ich mir aufschreiben.«

»Ich wollte ja nur ...«

»Sie konnten nichts für ihn tun, Kaui«, sagte sie. »Nur Tests. Das war alles, was ihnen eingefallen ist. Irgendein Medikament ein paar Monate lang, dann wiederkommen für weitere Tests. Nachdem ich die Rechnung für den ersten Arztbesuch gekriegt hatte, bin ich nicht mehr hin.«

Wir kommen durch Waimea, und es ist jetzt zwanzig Grad kälter, Nebel und schräg heranwehender Regen, okay? So dass die Leute ihre Caps festhalten und sich in die Böen lehnen, wenn sie aus ihren Autos steigen.

»Wer kümmert sich um ihn, wenn du arbeiten bist?«

»Ich arbeite nachts«, sagt sie. »Wenn ich weg bin, guckt Kimo ab und zu nach ihm.«

»Du lässt ihn *allein*?«

Sie wirft mir einen grimmigen Blick zu, schaut dann wieder auf die Straße. Okay, die Scheibenwischer flappen und quietschen. »Meistens schläft er die ganze Zeit«, sagt sie. »Es geht nicht anders. Sonst kommt gar kein Geld rein.«

Als sie das sagt, muss ich dran denken, wie ich in der Obdachlosenunterkunft war. Nachdem sie Dean eingesperrt hatten, okay? Wie ich telefoniert habe, in dem schäbigen Eingangsflur mit den handgeschriebenen Schildern und dem säuerlichen Schweiß- und Schimmelmief unter dem Putzmittelgeruch. *Ich will einfach nur nach Hause.* Und von ihr kein Zögern, als es um das Geld für das Ticket ging. Jetzt ist klar, dass da eine Million Rechenoperationen in ihrem Hinterkopf abgelaufen sein müssen. Eine endlose Kalkulation, was das bedeuten würde.

Wir kommen von der Höhe von Waimea runter, Eukalyptus- und Banyan-Bäume, und ich lasse das Fenster runter, um die Luft von Hāmākua zu atmen. Das Rauschen der Zuckerrohrfelder zu hören. Als wir bei Onkel Kimo ankommen, sehe ich dieses riesige, eingezäunte Grasgrundstück, das frischgestrichene Holz des Dachvorsprungs und saubere Panoramafenster, die auf sein Land rausgehen, hin zu den Hügeln, die in Küstenklippen enden.

Am anderen Ende des Grundstücks steht ein kleineres Haus, mit einem kleinen *lanai* ebenfalls zum Meer hin. Nichts dran ist so schick wie an dem großen Haus. Aber na ja, es gammelt auch nicht vor sich hin wie unser Haus in Kalihi. Mom fährt den Weg zum Hintereingang des kleinen Hauses entlang.

Ich ertappe sie dabei, wie sie mich beobachtet. Wissen will, wie ich reagiere. »Was?«, sag ich.

»Ich musste unseren Computer verkaufen, um hierher zurückzukommen«, sagt sie. Legt den Parkgang ein. »Bevor du irgendwas sagst.«

»Wollte ich gar nicht«, sag ich.

»Bring ihn rein und nimm deinen Rucksack mit. Ich stell den Truck wieder drüben bei Kimo ab.«

Als ich mit Dad in das kleine Haus gehe, erschrecke ich regelrecht. Hauptsächlich, weil es so kahl ist. An den Wänden ist nichts. Die Einbauschränke sind nicht gestrichen, die Wände nur grundiert. Ein verschossener Papasansessel aus Rattan in der Ecke, zwei nicht zusammenpassende kleine Korbsofas. Ein wackliger Esstisch aus so einem Laminatzeug. Himmel, will ich sagen. War es immer schon so?

Etwas plätschert auf den Boden. Okay, ich drehe mich um und sehe Dad mit einem heißen Pissestreifen die Hose runter.

»Nicht ...«, sag ich. Aber er kann nicht *nicht*. Also tut er's. Als Mom reinkommt, hab ich grade angefangen, ihm die Gummilatschen abzustreifen.

»Handtuch«, sage ich.

»Nein«, sagt sie. »Zieh ihn aus.«

»Ich?«, sage ich.

»Dich hat er schon bespritzt. Da auf deinen Jeans und deinen Füßen.«

Sie hat recht. Aber trotzdem.

»Wir haben dir jahrelang den Arsch abgewischt«, sagt sie.

»Vergiss es«, sage ich.

Sie macht zwei energische Schritte auf mich zu. Die Bewegung erinnert mich dran, was sie mal war: All-State-Basketballerin mit den entsprechenden Schenkeln und Schultern, okay? Aber es ist keine Drohung. Sie will nur so dicht vor mir stehen, dass ich ihre Worte fühlen kann.

»Kaui«, sagt sie, »so ist das Leben hier. Was heißt, so ist auch dein Leben, solange du hier bist. Hilf mir verdammt noch mal.«

Ich fange mit dem Shirt an. Stellt sich raus, dass er mithelfen kann, es ist ein Muster, das sein Körper kennt. Er zieht selbst die Arme aus den Ärmeln. Jetzt sehe ich seinen Rücken und seine Brust. Seine Arme. Übersät mit kleinen Mückenstichen und alten Narben, lila Kratzer im braunen Baumstamm seines Körpers. Als ich ihm die Hose ausgezogen habe, sehe ich Stellen, wo die Haare abgewetzt sind. Auf der Wölbung seiner Waden. Vorn auf den Oberschenkeln, von reibenden Jeans und Shorts.

»Den Rest mach ich«, sagt Mom. »Ich stell ihn unter die Dusche. Du brauchst nicht alles an einem Tag zu lernen.«

Ich bin froh und widerspreche nicht. Ich sehe zu, wie sie ihn ins Bad bringt. Bewegen kann er sich im Großen und Ganzen selbst, aber das ist es auch schon so ziemlich. Als ob er seinen Körper lenkt und den Rest uns überlässt. Ich muss dran denken, wie er mal war, ein Mann, der mit zwei, drei anderen ein Klavier heben konnte. Der früher mal Ironman-Football gespielt hat. Dann Zuckerrohr geschnitten. Teile von unserem alten Garten mit der Machete gerodet. Das Shirt spannte sich über seinem Brustkorb, wenn er Steine wegschaffte und Unkraut abschlug. Wenn er unseren rostigen Autos ein weiteres Jahr abrang. Das alles sehe ich vor mir, und ich bin mir nicht sicher, ob ich das kann, hier sein.

An dem Abend gibt es ein einfaches Essen. Dosenfleisch und Reis mit Furikake. Hinterher löffeln wir ein bisschen frische Papaya. Wir reden – will heißen, ich weiß, dass sich Moms Mund bewegt und meiner auch –, aber ich bin nicht da. Ich bin dreitausend Meilen weit weg. Zuvor habe ich Van eine Textnachricht geschickt. *Hey.*

Die Antwort hat eine ganze Weile gebraucht. *Leute von der Uni waren da, haben gesagt, sie müssen deine Sachen zu dir nach Hause schicken.*

Yeah, schrieb ich. *Bin erst mal eine Weile hier.*

Schwer zu Hause?, fragte sie.

Überall schwer, schrieb ich.

Minuten vergingen. Ein Symbol auf dem Display zeigte an, dass sie schrieb. Dann nicht mehr. Dann weiterschrieb. Dann wieder aufhörte.

Wie viel weißt du noch von dieser Party?, fragte ich.

Wieder schrieb sie, hörte auf. Schrieb, hörte wieder auf.

Du hast mich alleingelassen, schrieb sie zurück.

Ich bin zurückgekommen, schrieb ich.

Erst nach Katarina und Hao, schrieb sie. *Connor das Arschloch hat versucht, sich über mich herzumachen. Ich er-innere mich kaum, aber ich weiß, wer da war, als ich jemand gebraucht hab.*

Ich quetschte das Telefon so fest, dass ich's in den Schul-tern spürte. Ich war auch betrunken, wollte ich schreiben, tat's dann aber nicht. Ich schrieb: *Tut mir leid,* löschte es aber wieder. Ich schrieb: *Weißt du noch, dass du mich eklig genannt hast, und hast du das ernst gemeint,* aber ich löschte alles wieder.

Danach habe ich mein Telefon abgestellt.

Nachts geht Mom arbeiten. Büros putzen in Waimea und Waikoloa. Ich schlafe auf einem der kleinen Korbsofas im Wohnzimmer oder auch auf dem Fußboden, ein paar Hand-tücher zwischen mir und dem harten Holz, und in dieser

Nacht sinke ich gerade langsam weg, als ich ein Geräusch höre, eine Tür geht zu, dann schleift und klappert die Fliegentür. Ich setze mich auf, mache Licht an und sehe Dad in den Garten gehen. Okay, ich zieh mir also was an und gehe raus auf den *lanai*, um ihm hinterherzulaufen. Aber er ist nicht weit gegangen. Er sitzt da, im Schneidersitz. Gleich auf der anderen Seite der Lichtrechtecke, die durch die Fenster aufs dunkle Gras fallen. Wie ein Mönch sitzt er da im Dunkeln, okay? Ich sage nichts; er läuft ja nicht weg und tut keinem was. Ich sehe, wie er sich vorbeugt und das Ohr auf den Boden presst. In dieser Stellung bleibt er, so lange, dass ich schließlich zu ihm gehe, ihn anspreche, sage: »Dad, du musst aufstehen, was machst du denn da? Es ist doch kalt hier draußen.« Aber er bleibt weiter so, auch wenn ich mit ihm rede. Ich sage: »Komm, Dad, wir gehen wieder rein. Ich hol dir ein Glas Wasser.« Aber so leicht bringe ich ihn nicht zum Aufstehen. Er bleibt in dieser unterwürfigen Haltung. Horcht einfach nur. Die Augen zusammengekniffen, den Mund ein kleines bisschen geöffnet. Schließlich höre ich auf zu reden, zu drängen. Ich setze mich selbst ins Gras, ihm gegenüber, das Ohr am Boden.

Ich höre nichts.

Und Dad flüstert: »Horch, horch, horch.«

»Okay, Dad«, sag ich. »Okay.« Ich will ihn an der Schulter berühren.

Er sieht mich böse an, schlägt meinen Arm weg. Setzt sich kerzengerade auf.

»Horch«, sagt er. »Horch, horch, horch. Es ist nicht einfach nur ein Tanz.«

Zum ersten Mal, seit ich hier bin, redet er normal laut. Ich habe darauf nichts parat.

»Es ist nicht einfach nur ein Tanz«, sagt er wieder.

Der Hula. Es überläuft mich eiskalt. »Was ist nicht einfach nur ein Tanz?«

»Wie sehen sie aus, wenn sie zu dir kommen?«, fragt er. »Du musst horchen. Wie ich.«

»Worauf horchen, Dad?«, frag ich.

Aber etwas hat sich verändert, okay? Sein Gesicht wird schlaff, als ob er sieben Bier intus hätte, aber natürlich hat er gar nichts getrunken.

»Dad«, sag ich, »bleib bei mir.«

Aber er tut's nicht.

30

DEAN, 2009

County-Justizvollzugsanstalt, Oregon

Seit dem Urteil bin ich hier drin, und man sollte meinen, es ginge die ganze Zeit um Arschvergewaltigung und Gang-Kriege mit Knastmessern, aber in Wirklichkeit ist das Brutale die Stille. Die meisten Minuten im Knast sehen so aus:

Und dazwischen die hellblau-weißen Wände, und das ist es auch schon. County-JVA, Hellblau und Weiß, Hellblau und Weiß. In den beiden Farben ist hier drin alles. Unter dem Hellblau und Weiß kann man das Zeug sehen, das wir alle an die Wände kritzeln, während wir vor uns hinsterben, während wir uns hier drin selbst Schmerz zufügen, denn das ist es, was man im Knast *wirklich* tut, sich selbst Schmerz zufügen, und auch wenn sie sie überstreichen, die Wörter, eingeritzt mit einem Löffel, den jemand aus dem Essbereich geklaut und scharfgewetzt hat, dann machen wir's einfach wieder, weil der ganze Scheiß einfach aus dem Schädel rausmuss, während man auf seiner dünnen Matratze hockt, und manches davon ist einfach Stuss wie *Yabba dabba doo* und manches ist ernst so wie *Gott gab Noah den Regenbogen zum Zeichen, kein Wasser mehr, sondern nächstes Mal Feuer*.

Man kann sie nicht unten halten, die guten wie die blöden Sachen, sie kommen immer wieder hoch, durch all die Farbschichten, die die Leute drüberstreichen.

Die Zelle misst fünf Schritte von der Tür zu den Betten und vier von Wand zu Wand, und dazwischen sind das kalte, deckellose Stahlklo und das kalte Stahlgehäuse vom Waschbecken und in der Luft die kalten spitzen Stahlklingen meiner Erinnerungen. Mein Bett ist zu kurz, aber es ist das obere, eine an der Wand montierte Pritsche, so angebracht, dass meine Füße eine Wand berühren und mein Kopf die andere, und seitlich über mir ist nichts als dieses schmale Fenster.

An meinem ersten Tag hier drin mussten wir alle in offene Kabinen und uns bücken, und die Beamten so, ich will von hinten deinen Gaumen sehen, Junge, und wir bückten und verrenkten uns und spreizten unsere Arschbacken bis zum Gehtnichtmehr. Sie suchten nach Drogen und checkten uns auf sonst was, Zehen und Füße und Finger und Zähne. Danach kriegten wir unsere Knastkluft, hellblau mit rosa Ärmeln, dünn und schlabbrig, und solche Haole-Schlappen, als wären wir im Altenheim. Nachdem ich meine neue Uniform angezogen hatte, kam ich in meine Zelle, und sie war leer, und ich dachte, das würden leichte hundertachtzig Tage, bis sie Matty direkt nach mir reinbrachten. Ich war grade mal zwei Minuten in der Zelle, da kam er schon, mit seinem Laken für die Matratze, das lockige Blondhaar in alle Richtungen abstehend, als ob er grade aufgewacht wär. Er hatte dicke Fußgelenke voll mit Narben, total sommersprossige Arme mit Dehnungsstreifen und einen runden Rücken, als ob er vielleicht mal in irgendwas stark gewesen wär und es irgendwie vergessen hätte. Er wurde also reingebracht. Ich war total unter Strom und sprungbereit und dachte an all die Filme, die ich gesehen hatte, vor allem die Gefängnisszenen.

Was guckst du, Mann, sagte ich.

Matty blieb stehen. In der Tür. Die Wärter in ihren baumgrünen Uniformen stauten sich hinter ihm und sagten, weitergehen, los, weitergehen, und zu mir sagten sie, zurücktreten, wenn Sie nicht in die Iso wollen. Und Matty stand immer noch da und grinste mich an. Aber es war kein böses Grinsen. Es war total relaxed und mit Falten drum rum, und er sagte, Junge, komm mir nicht mit diesem Gangsta-Rap-Scheiß. Als ob du Fifty Cent wärst, in diesem motherfucking Ghetto.

Und er hatte recht. Und ich musste lachen.

Matty und ich, wir reden nicht viel. Wenn wir in der Zelle sind, sind wir jeder auf seinem Bett und lesen, oder wir machen Liegestütze auf dem Boden, wo die Kälte aus dem Zement durch die Hände in die Armmuskeln steigt, oder wir versuchen, nicht hinzugucken, während der andere scheißt.

Vorsicht, sagte Matty einmal im Stockdunkeln lange nach Lichtaus, als er raschelnd aufstand und zum Klo ging, heute Abend gab's Tacos.

Hundertachtzig Tage minus dem, was ich schon abgesessen hatte. Das hab ich gekriegt. Festnahme am 26. Februar und Anklageerhebung schon am nächsten Tag, ratzfatz. Ich hatte gedacht, sie bringen einen auf die Polizei, und dann wird man freigelassen und kommt irgendwann zum Gerichtstermin wieder, aber denkste – zwischen dem Einbruch und dem Autodiebstahl und dem Einfahren in den Knast durfte ich nirgends hin. Heute ist der 15. April, also hab ich noch hundertzweiunddreißig Tage abzubrummen. So gut war ich in Mathe noch nie, ich subtrahiere wie ein Weltmeister. Hier drin lernt man alles Mögliche.

26. Februar, nachdem ich Kaui aus dem Auto geworfen hatte und direkt zum Sheriff hingefahren war, als wollte ich ihm was zustellen. Der Sheriff und dann auch der Verstärkungsbulle, der hinterherkam, marschierten langsam um mein Auto rum, beide in ihren engen, abgewetzten schwarzen Jacken, und die blitzenden blauen und roten Lichter ihrer Autos blendeten mich. Es knisterte aus ihren Funkgeräten, und sie sprachen beide vorn in ihre Jacken, während sie um den Wagen gingen und zu mir reinguckten. Ich ließ einfach nur die Hände auf dem Lenkrad und versuchte, langsam zu atmen. Ich dachte an alles, was ich je drüber gehört hatte, wie man es machen muss, um nicht erschossen zu werden.

Kaui und ich hatten keine Zeit zum Reden. Wir hätten wieder flüchten können, yeah, den Wagen stehen lassen und losrennen. Aber, keine Ahnung, ich war einfach an dem Punkt, wo ich dachte, fuck, scheiß drauf, ich renn nicht mehr weg. Sie und ich hatten vorher geredet, über Noa und die Haie, wie es für ihn gewesen war und wie es für uns gewesen war, und ob etwas von dem, was in ihm war, auch in uns war. Ob vielleicht, nur weil er nicht mehr da war, nicht alles vorbei sein musste. Aber wenn man sich anguckt, was sie so zustande bringt und was ich zustande gebracht hab?

Leicht zu beantworten. Also hab ich getan, was für uns alle nötig war.

Kaui hat das Ganze mitangesehen, und sie tat mir leid, aber es ging nur so. Sie hat dieses ganze Zeug gelernt, in ihrem Studium, wie man Sachen baut. Wie man Sachen konstruiert. Wär nicht recht gewesen, wenn sie den ganzen anderen Scheiß abgekriegt hätte, das mit der Polizei und dem *pakalolo* und dem Diebstahl und der Flucht.

Ich schwör's. Ich und diese Cops. Das war der schlimmste Teil, das Warten, nachdem sie mich gestoppt hatten. Ich hatte das Gefühl, dass sie tun konnten, was sie wollten, und niemand was dagegen unternehmen würde. Ich guckte einfach nur zu, wie sie das Auto auscheckten. Ich wusste, dem Sheriff war gleich klar, dass das Auto geklaut war, er hatte Sachen in sein Notizbuch geschrieben und auf das Funkgerät an seiner Schulter gedrückt. Ich hatte immer noch Noas Sweatpants an, die kaum über meinen Arsch reichten, weil sie so klein waren. Sie zwickten überall.

Der Sheriff machte eine Handbewegung, so wie, Fenster runterlassen. Ich ließ es runter.

Er so, Hände auf dem Lenkrad lassen.

Tu ich ja, sagte ich.

Wo meine Schwester sei, fragte der Sheriff.

Sie hat die ganze Zeit mit mir gestritten, sagte ich. Musste sie rausschmeißen. Weiß nicht, wo sie hin ist.

Er so, ich dachte, es würde gut ausgehen, als ich euch habe laufen lassen.

Tja, na ja, sagte ich, Sie kennen mich eben nicht.

Das Waschbecken in dieser Zelle hat an der Seite so eine Kante. Irgendwo hab ich gelesen, wenn Thaiboxer trainieren, rollen sie Stöcke über ihre Schienbeine oder hauen damit auf den Knochen, um ihn stark zu machen und die Nerven abzutöten, damit sie danach keinen Schmerz mehr fühlen. Damit ihnen nichts mehr wehtut. Also schwinge ich, wenn ich die dreieinhalb Schritte von der Tür zu den Betten gehe, mein Schienbein gegen die Kante vom Waschbecken. Kicke nur leicht dagegen. Um diese Nerven abzutöten. Dreieinhalb Schritte, Kick. Dreieinhalb Schritte, Kick. Die ersten Male fühl ich den Schlag bis in die Zähne, diese Konfettibombe von Schmerz, als ob ich im Kopf meine sämtlichen Adern seh, knallrot, als ob sich Nadeln in meinen Knochen bohren. Aber wenn ich's oft genug gemacht hab (drei Schritte, Kick, drei Schritte, Kick), wird der Schmerz schwächer.

»Hey, du«, sagt Matty von seinem Bett aus. »Rocky.« Seine Stimme ist so ruhig und gleichmäßig wie die von einem Radiosprecher. »Kannst du dein Training vielleicht auf morgen früh verschieben? Ist grad Nachtruhe in diesem Luxushotel.«

»Ich dachte, du schläfst«, sag ich. Ich steh immer noch mit dem Gesicht zu der Tür mit dem Guckfenster und dem Schummerlicht, das von draußen reinfällt. Kälte steigt mir von den Fußsohlen in die Füße, aber meine Schienbeine sind ganz heiß, und eine Million kleine Schmerzlinien pulsen mit meinem Herzschlag.

»Ich *versuch* grade, mir einen runterzuholen.« Er sagt es, als ob es was wär, was er auf einer Liste abhaken muss. »Ist schwer, wenn jemand dauernd gegen das verdammte Waschbecken tritt.«

Ich lächle im Dunkeln. Ich dreh Matty und den Betten immer noch den Rücken zu, aber ich lächle trotzdem. »Okay«, sag ich. »Mach weiter, Ladykiller.« Immerhin ist er zugedeckt. Ich geh rüber und steig in mein oberes Bett, und sofort kommt von unten ein leises, stetiges Quietschen und Ruckeln. Das ist nicht dein Ernst, Matty, aber ich kann ja nichts tun, als dazuliegen, bis er fertig ist, also starre ich gradeaus auf die Wand und denk, wenn ich lang genug hingucke, kann ich vielleicht noch mehr von dem lesen, was da steht, auch ohne Licht.

»Du kannst mir wahrscheinlich gar nicht erzählen, wie es da drin wirklich ist«, sagt Mom am Telefon. Noch zwölf Minuten Zeit, da ich zuerst mit Kaui geredet hab.

»Es ist langweilig, Mom, ich schwör's«, sag ich. »Es passiert nichts. Wir sitzen einfach nur rum.«

»Fernsehen?«

»Ja, jede Menge. Aber das Komische ist« – ich lache beinah –, »vorher, als ich im Lager gearbeitet hab und so, da hab ich am Wochenende manchmal gar nichts gemacht als fernsehen. Aber jetzt stinkt's mir.«

»Müsst ihr denn nicht arbeiten? Ich glaube, ich hab mal irgendwo gelesen, dass sie die Gefängnisse als kostenlose Arbeitslager benutzen.«

»Yeah, das haben wir hier auch. Aber es gibt so ein richtiges System, um in die Außenteams zu kommen, also die, die Waldarbeit und so was machen. Dafür muss man zuerst einen Teil der Haftzeit abgesessen haben, das dürfen nur die Leute, die schon eine Zeitlang hier sind, bei guter Führung und so. Vielleicht bin ich auch bald dran. Aber die Wärter sind da echt Arschlöcher, und es ist mit das Erste, was sie einem wegnehmen, wenn sie können.«

»Oh.«

»Yeah, also will ich's vielleicht gar nicht. Weiß nicht.«

»Verstehe.« Sie hüstelt. Nur um die Zeit rumzubringen. Im Hintergrund hör ich ein paar dumpfe Geräusche, das Knistern einer Papiertüte, und ich muss an Supermärkte denken und an das viele Licht und den vielen Platz dort und wie es früher war, im J. Yamamoto.

»Man darf keinem ein Druckmittel in die Hand geben«, sag ich, »nicht, solang man hier drin ist. Verstehst du? Sobald jemand ein Druckmittel gegen dich hat, ist es aus, dann hast du verloren.«

»Du kommst ja bald wieder heim«, sagt Mom. Das sagt sie jedes Mal, als ob ihr sonst nichts einfällt.

»Wie geht's Dad?«, frag ich. »Kaui sagt, er ist … keine Ahnung, es gibt Probleme.«

»Dein Vater«, sagt Mom.

»Ja, Mom«, sag ich. »Wer sonst?«

»Ihm geht's gut.«

»Mom.«

»Wir überleben«, sagt sie. »Es ist für uns hier draußen genauso wie für dich da drin, Dean.«

»Genauso«, sag ich. »Einen Scheiß ist es das.«

»Nein, nein«, sagt Mom, »so hab ich's nicht gemeint. Gemeint hab ich … ich weiß, du sagst mir nicht, wie es dort drin wirklich ist.«

»Vielleicht nicht alles«, sag ich. Ich lächle sogar dabei.

»Also schminken wir's beide ein bisschen zurecht«, sagt Mom. »Das wollte ich sagen.«

»Okay«, sag ich. »Yeah, okay.«

»Wenn ich gewusst hätte, dass es mit dir mal dahin kommt, Dean«, fängt Mom wieder mit dem Üblichen an.

»Mom.«

»Hätte ich's anders gemacht, als du noch auf der Schule warst …«

Sie redet noch eine Minute so weiter, immer das Gleiche, jedes Mal, wenn ich mit ihr telefonier, also hör ich gar nicht mehr hin. Noch acht Minuten jetzt. Ein Teil von mir will ihr sagen, ist schon okay, aber ein anderer Teil will es nicht. Wie schräg ist das denn? Als ob ich will, dass sie weiß, ja, vielleicht hätt sie's anders machen sollen, damals in meiner Highschoolzeit, vielleicht hätt sie nicht so fest an Noa und die ʻaumakua glauben sollen. Vielleicht hätt sie ein bisschen fester an *uns alle* glauben sollen.

»Da lässt sich jetzt nichts mehr dran ändern«, sag ich. »Es war, wie's war.«

Sie sagt was ins Off zu Kaui, und dann ist da dieser komische Roboter-Glitch-Sound, wenn das Handysignal an ihrem Ende weggeht. Als sie wieder da ist, sag ich: »Hey, Mom.«

»Yeah?«

»Ich glaub, ich mach das hier drin lieber allein.«

»Dean.«

»Wenn wir reden, kommt mir das ganze Zeug von draußen wieder«, sag ich. »Das kann ich im Moment nicht brauchen. Es macht's schwerer, okay? Außerdem ist es, als ob's die Leute hier riechen, wenn man Sachen von draußen vermisst, wenn man schwach ist.«

»Es ist keine gute Idee«, sagt sie, »uns nicht bei dir da drin haben zu wollen.«

»Nah«, sag ich. »Beste Idee, die ich je hatte.«

»Dean.«

Als ob sie jetzt noch mit mir schimpfen kann.

»Lass mich's auf meine Art machen«, sag ich. »Bleibt dir eh nichts anderes übrig.«

Und das war's.

Aber etwas von draußen kriegt mich doch: Da ist der Hof, okay, mit den Zäunen und dem Betonsportplatz. Laufbahn drum rum, da und dort ein paar Halme gelbes Sommergras. Das Basketballfeld – klar, was auch sonst – und der Knast selbst sind zwar in beschissenem Zustand, aber die Backboards sind stabil und die Ringe auch, und es gibt sogar Netze. Ich hab das Kussgeräusch gehört, jedes Mal, wenn der Ball durchrutscht, jeden Tag, seit ich das erste Mal Hofgang hatte. Die Bälle sind neu und aufgepumpt, und nach etwa sechzig Tagen geb ich dann doch der Versuchung nach und betrete das Feld. An jedem Ende stehen zwei Wärter, direkt neben dem Korb.

Einige von den Typen tragen zerrissene Shorts oder Denimstyle, machen total auf Gangster mit Headbands und Zeug, ist schon zum Brüllen, der Hood-Look. Ich hab beobachtet, wie sie umeinander rumstolpern und sich durchfoulen und so tun, als wären sie Jordan, aber meilenweit davon entfernt sind. Da bin ich eine andere Liga.

»Hab doch gewusst, dass dieser lange Motherfucker irgendwann mal hier rauskommt«, sagt Roscoe. Ich kenn ihn nicht besonders gut. Er hat einen dicken Mexi-Schnurrbart und ist bei einer der Gangs hier drin.

Ich lass den Kopf unten, guck ihn nicht an. Darin sind die Typen hier wie Hunde.

»Brians Knie ist sowieso im Arsch«, sagt einer der Haole-Typen vom anderen Team.

»Einen Scheiß ist es.« Das ist Brian.

»Du springst nicht höher wie ein trächtiges Nilpferd«, sagt der Typ.

»Hört mal, wer da plötzlich das Reden erfunden hat«, sagt Roscoe wieder. Er deutet mit dem Kinn auf den Typen, der grade gesprochen hat. »In der Bibliothek gesessen und gelesen? Machst wohl demnächst deinen Highschoolabschluss nach, eh, Toni Tone?«

»Klar«, sagt dieser Toni oder wie er heißt. »Hab nachgelesen, wie ich dir mal ʼne ordentliche Lektion erteilen kann.«

Und so geht es hin und her, mit Witzeleien, wer was studiert und wie überhaupt, wo sie doch nicht mal in der Lage sind, dieses Team zu schlagen oder die Anzeigetafel zu lesen, der ganze Scheiß.

»Willst du nicht mal Pause machen, Brian?«, sag ich.

»Gleich, wenn du mir die Eier geleckt hast«, sagt er.

»Vorsicht, Weston«, ruft einer von den Wärtern. »Klingt, als ob du gleich ʼn paar Freizeitprivilegien verlierst.«

Vom Court kommen *Oooohs*, und alle stehen ein bisschen strammer, als wär das hier Kasernenhofdrill. Wir sind alle supercoole Sprüchemacher, yeah, bis die Wärter was sagen.

Brian geht vom Feld, die Hände vor der Hose gefaltet wie ein braver kleiner Schuljunge. Jemand prellt mir den Ball zu.

Allein schon ihn zu berühren. Fühlt sich an, als wär's ewig her. Die ganze Zeit in Spokane, nachdem ich aus dem Team geflogen war: Ohne das Teamtrikot hab ich kein einziges Mal mehr einen Basketball angefasst. Ich dachte, das war's, ich bin raus aus dem Basketball, und dann, als es abwärtsging – paar Bier auf dem Parkplatz, kiffen bis spät in die Nacht, stundenlang vor dem Fernseher hocken, nicht mehr joggen –, da wollte ich nicht wissen, wie's sich anfühlte, ich so lahm und schwerfällig auf dem Spielfeld.

Aber jetzt hab ich einfach so den Basketball in den Händen. Und sofort fühl ich den Flow. Als ob all meine Muskeln sprungbereit sind, alles an mir. Wie ein Löwe oder was. Ich bin wieder König, im Boot übers Wasser. Nur dass ich mich diesmal frag, ob ich hinhören kann, ob ich meine Antennen von hier nach dort ausstrecken kann.

»Du wirfst nicht ein, und du bringst den Ball nicht nach vorn«, sag Toni zu mir. Toni, der Haole-Typ mit dem Gorillabrusthaar und dem Möchtegern-Schönlingsgesicht. »Du spielst Center, Langer. Pass ihn hierher, ich leite den Angriff ein.«

Ich lächle. »Lauf du da vor«, sag ich und wedle das Spielfeld rauf. »Ich bring ihn.«

»Gib mir den Ball«, sagt er.

»Lauf da nach vorn, Mann«, sag ich, und da sind ein paar Jungs im Team, Brothers, und ich weiß, sie sehen was und grinsen, denn sie sagen ihm auch, geh nach vorn, lass den

Mann machen, mal sehen, wie's läuft. Du kannst eh nicht passen, sagt jemand zu ihm.

Ich leg los.

Vielleicht bin ich ja irgendwo immer noch langsam, aber nicht auf diesem Feld, nicht jetzt. Ich bin nicht zu stoppen, nah. Wir spielen noch zwanzig Minuten, und ich bin überall auf dem Feld, als hätt ich keinen Tag Training verpasst, Wahnsinnsgefühl. Ich krieg den Ball und schneide zwischen zwei Jungs zum Korb, wehre ihre Hack-Fouls mit der Schulter ab, haue den Ball mit einem Tomahawk so fest rein, dass er mir fast wieder ins Gesicht springt, und hänge am Ring. Ich fädle tiefe Pässe zu den Brothers durch und sogar zu Toni, spiel sie durch die Beine der anderen Typen, schaff sogar ein Crossover. Die Jungs hier drin sind langsam, zu viele Drogen, zu viel Starkbier, zu viel Kraft- und zu wenig Lauftraining, und jetzt steck ich sie alle in die Tasche. Ich bring ihn mit einem Fadeaway vom Backboard ins Netz. Ich finde meinen Dreier wieder und mach sie damit alle, sooft mir danach ist. Automatisch. Yeah, okay, ein paar gehen auch daneben, mehr als ein paar, und bald schon brennt's und zieht's in meinen Knien und meinem Rücken, als ob ich zum ersten Mal ein alter Mann wär, aber egal, macht nichts. Ich bin hier. Ich bin jetzt.

Als ich von diesem Feld geh, wissen alle, wer ich bin.

Danach sind die Tage etwas leichter. Beim Essen und bei der Arbeit nicken mir die Jungs zu, lassen mir meinen Raum, und weil ich keine große Klappe hab und keine Angebernummern abzieh, mir nicht aggromäßig auf die Brust trommle und niemandem dumm komme, ist da Respekt. Er ist einfach nur da, wortlos, und manchmal klingt er auch wie das Gegenteil von Respekt, wenn Typen mir besserwisserische Vorträge über irgendwas halten, was auf dem Spielfeld war. Aber selbst dann weiß ich, sie sagen es nur, weil ich jetzt der bin, den man kennt. Yeah, sogar mit manchen von den Wärtern ist es so. Es gibt zwei, die öfter im Hof Dienst machen als andere. Trujillo, der eine, nickt immer und sagt leise was zu seinem Kollegen, wenn ich blitzartig zum Korb schneide und einen Fadeaway versenke. Dann seh ich ihn nicken und so.

Was mich wohl auch mit auf die andere Idee gebracht hat. Nach dem Court bin ich wieder in der Zelle und hab wieder nur die dreieinhalb Schritte, und all die Erinnerungen verfolgen mich wie *obake*, und ich härte wieder meine Schienbeine am Waschbecken ab. Dreieinhalb Schritte, Kick. Dreieinhalb Schritte, und ich bring meine Knochen am Stahl zum Singen.

Matty sagt: »Was du brauchst, ist OC, Mann. Da kannst du die ganze Nacht gegen das Waschbecken kicken und fühlst gar nichts.«

Ich hör auf zu kicken. »Fühl auch so schon bald nichts mehr. Oder es ist, als ob mein Hirn den Schmerz kommen sieht und ihm eins aufs Maul gibt.« Ich spüre aber meine Kiefermuskeln, vom Zähne Zusammenbeißen, das sag ich Matty nicht.

»Ist aber nichts gegen OC, Mann«, sagt Matty. »Mal probiert?«

»Das ist diese TV-Serie mit lauter Haole-Boys und -Girls, yeah? Reiche Kids oder was in Hollywood?«

Matty lacht. Als ob er das, was ich gesagt hab, *zum Schießen* findet.

»Oxy, Mann«, sagt Matty. »Ich würd mein linkes Ei dafür geben, hier drin welches zu haben. Nur um mich einmal damit abzuschießen, Mann, ich schwör. Es würd den ganzen Scheiß hier zu einem glatten Rutsch machen, den ich einfach verpennen kann. Ich vermiss es mehr als meine Mom.«

»Willst du sagen, du kannst es hier drin nicht kriegen?«, sag ich. »Hast du rumgefragt?«

»Als Allererstes, wenn ich jemand getroffen hab«, sagt Matty.

»Früher, auf der Highschool? Da hätt ich's dir locker beschaffen können«, sag ich. »Und ich weiß noch nicht mal, was es ist. Aber ich hätt's dir trotzdem beschafft.«

Er schnaubt. »Da träumt jemand, er wär der Weihnachtsmann.«

»Ich hätt's gekriegt«, sag ich. »Ich schwör's.«

Und plötzlich ist er da, der ganze Plan. Trujillo, der mir nach dem Spiel zunickt, Matty, der unbedingt Pillen braucht. Die ganze Idee fällt mir einfach den Schoß.

Als wir das nächste Mal im Hof sind und Wärter Trujillo derjenige ist, der am Ende des Hofgangs dafür sorgt, dass das Spiel beendet wird, hab ich den Ball, um ihn ihm zurückzugeben. Ich hab so was wie zehn von zwölf Dreiern gemacht, dazu diesen krassen Reverse kurz vor Schluss, bei dem es ein allgemeines *Oooooooh* gab. Trujillo steht da und sagt: »Zeit zum Ballabgeben, Flores.«

Er in seiner Khakiuniform, mit dem Schnauzer und dem

Goatee, und es ist, als ob jedes Haar genau da wär, wo er's haben will, samt Augenbrauen und Marines-Haarschnitt. Alles, was ich brauch, ist ein bisschen Freundlichkeit. Früher konnt ich mal jeden dazu bringen, freundlich zu sein.

»Ihr Wärter habt echt einen harten Job hier drin«, sag ich.

»Den Ball«, sagt Trujillo.

»Ich mein, die Arbeitstage sind doch bestimmt lang, und die ganze Zeit mit Typen wie uns«, sag ich. »Ich hab ja nur 'n bisschen was von dem ganzen verrückten Zeug gesehen, Typen, die auf den Boden scheißen und pissen und so, und die Schlägereien und alles. Hab gehört, Crazy Eddie hat versucht, einem von euch Hep C anzuhängen, indem er ihn bespuckt hat.«

»Sie wissen ja nicht mal die Hälfte«, sagt Trujillo.

»Ich bin aus Hawaii«, sag ich.

»Den Ball«, sagt Trujillo und streckt die Hand aus.

»Ich bin aus Hawaii«, sag ich.

»Ich will's nicht noch mal sagen müssen«, sagt Trujillo.

»Ich mein ja nur, wann sind Sie das letzte Mal im Urlaub gewesen? Ich weiß, wie das mit Urlaub ist, was es kostet und alles.«

»Flores«, sagt Trujillo, als ob er müde ist und ich ihn davon abhalte, ins Bett zu gehen, aber er ist nicht ärgerlich, und er hört zu, und das heißt, ich hab's richtig gemacht. Okay, ich hab in Spokane nie eine Trophäe gewonnen. Keine Collegemeisterschaft, nach all den Jahren. All den vielen Stunden, der ganzen Schinderei und dem Schweiß und Schmerz. Ich und Mom und Noa und der Streit in der Küche und all die stummen Kämpfe danach. Meine Übersiedlung in diesen verdammten Eissturm von einem Bundesstaat, alles für den Basketball. Alles, um der Größte zu werden. Am Ende ist nicht viel dabei rausgekommen. Lange Zeit hier drin war ich zerknirscht – sorry Mom sorry Dad sorry Noa. Das hab ich jeden Tag im Kopf vor mich hingesagt, bis jetzt, und jetzt ist Schluss damit. Ich kann's anders zu was bringen.

Glaubst du an Schicksal, das hat Noa mich bei dem einen Telefonat gefragt. Es ging drum, ob das, was wir sein sollen, von Anfang an vorherbestimmt ist.

Ob das, was er auf den Inseln fühlte, und das, was ich auf dem Spielfeld fühlte, vielleicht dasselbe war, und ich sein könnte, wie er war.

Jetzt ist es dafür zu spät, Noa. Aber ich kann immer noch das sein, was wir brauchen. Wenn nicht mehr Basketball, dann eben das hier. Beides gut, um viel Geld zu machen.

»Hören Sie«, sag ich zu Trujillo. »Wie wär's, wenn ich Ihnen helfen kann, das mit dem Urlaub hinzukriegen?«

Ab da war es leicht. Früher in Hawaii kannte ich Typen, die Sachen erledigten, Sachen organisierten, ohne groß drüber nachzudenken. So konnte ich auf der Highschool immer kriegen, was ich brauchte, diese Typen hatten schon kapiert, dass es da draußen so ziemlich alles gab und dass man es haben konnte, wenn man nur stark genug war, es sich zu nehmen. Ich kenn immer noch solche Leute. Das ist der Ausgangspunkt. Und dann kommt Trujillo ins Spiel.

Bald schon schleusen Trujillo und vermutlich noch ein, zwei andere Typen Sachen hier rein, braucht gar nicht mal eine hohe Provision, damit's funktioniert, und sie haben sogar ein Plätzchen in der Einkaufsstelle, um was zu lagern, denn sie können ja nicht einfach mit Kartons voller getragener Höschen von irgendjemands Freundin und mit Koks und so was in ihr Dienstzimmer marschieren. Von der Sache mit der Einkaufsstelle wissen nur ich und Trujillo und seine Leute. Aber das hier ist ja sowieso kein Hochsicherheitsgefängnis voller Typen mit Gesichtstattoos und lebenslangem Gefolgschaftsschwur bei der MS-13 oder was, hier drin sind eine Menge Blödmänner wie ich, die ein paar idiotische Entscheidungen getroffen haben, und andere, die einfach nichts auf die Reihe kriegen.

Sollte man jedenfalls meinen. Aber dann, eines Tages, setzt sich Rashad beim Essen neben mich.

»'n paar von uns dachten, wir sagen dir Bescheid«, sagt er. »Die Wild Eights reden drüber, dass du vielleicht deinen Laden dichtmachen solltest.«

»Die Wild Eights«, sag ich.

Rashad lacht. »Genau.«

»Also die beiden fetten Typen, die beim Hofgang immer an der Laufbahn rumhängen? Und dieser eine Typ mit den großen Ohren…«

»Es sind fast immer ein paar von denen gleichzeitig hier drin. Meistens sind's die Neuen, weil es alles Kleinscheiß ist. Aber trotzdem.«

»Und ich soll dir glauben, weil…«

Rashad hat von mir und Trujillo Hustensirup bezogen, auch ein zufriedener Kunde. Er hatte so ein Rezept, um davon stoned zu werden wie ein Rap-Star. Also nehm ich an, es geht darum.

»Hör zu, Mann«, sagt er. »Ich kenn da jemand.«

»Jeder kennt jemand«, sag ich. »Jeder hat jemand, der ...«

»*Hör zu*«, sagt Rashad. »Er heißt Justice. Ist cool, okay? Mit Anzug, sauberen Fingernägeln und allem.«

»Und?«

»Er kommt nicht selbst hierher«, fährt Rashad fort. »Aber er hat Leute, die du anrufen kannst und die wissen, wie man mit Typen wie den Eights redet. Bevor der Scheiß ernst wird.« Er reibt sich den Nacken. »Wobei – der Scheiß ist schon ernst, du weißt es nur noch nicht.«

»Soll heißen, hier geht plötzlich so was ab wie *Blood In Blood Out*«, sag ich.

»Sag ja nur«, sagt Rashad. »Würd wahrscheinlich gar nicht so weit kommen hier drin, Knastmesser aus Löffeln und Überfälle unter der Dusche. Ist nicht Justice' Stil. Außerdem wollen die Negroes hier drin sowieso nur wieder raus, okay? Ist schließlich nicht der Todestrakt hier.«

»Und warum«, sag ich, »erzählst du mir das?«

»Diese Wild-Eights-Motherfucker haben ihre eigenen Leute, denen sie mit Sachen aushelfen, und Punkt«, sagt er. »Die wollen nicht teilen. Nicht so wie du.«

Ich atme durch die Zähne aus. Yeah, ich fühl, wie das ganze Ding kippt. »Ich bin nicht kriminell«, sag ich.

Rashad lacht. Seine scharfgeschnittene Nase und die guten Zähne, der Typ könnte Model sein, wenn er nicht hier drin wäre. »Ich weiß«, sagt er. »Ich auch nicht. Nicht mal Kevin. Ey, Kevin, warum bist du hier?« Diese letzten Worte ruft Rashad lauter.

»Konnten mir nichts beweisen«, sagt Kevin. Der Typ

könnte in einer Heavy-Metal-Band sein: Haole mit einem langen spitzen Bart und total aufgeputschten Augen. »Nigger konnt nicht beweisen, dass ich ihm die Kehle zugedrückt hab.«

»Ich lieb dich auch«, ruft Rashad. Dreht sich wieder zu mir. »Siehst du? Keine Kriminellen hier drin. Alles perfekte Gentlemen.«

Ich sitz eine gefühlte Ewigkeit lang einfach nur da.

»Willst du anrufen?«, fragt Rashad.

Das ist einer von diesen Momenten, okay? Wie in dem Auto, Kaui und ich. Wo's die eine Seite gibt und die andere Seite, und man schnappt sich das Steuer oder nicht.

»Leute brauchten Sachen«, sag ich. »Ich hab ihnen Sachen beschafft. Mehr als das sollte es nie sein.«

»Tja« – Rashad hebt die Hände, legt sie dann wieder auf den Tisch –, »jetzt ist es mehr als das. Deine Entscheidung.«

31

MALIA, 2009
Honokaʻa

Es gibt etwas, was ich keinem erzähle, etwas, was ich jeden Tag mache, allein. Mich an dich erinnern, und zwar so: Im Schlafzimmer versteckt, vergrabe ich meine Nase in den letzten Kleidungsstücken, die du bei uns gelassen hast, bevor du ins Valley gegangen bist. Am liebsten nehme ich das Shirt, weil es am weitesten hinten in der Schublade war und in der Baumwolle noch so viel von deinem Geruch drinhängt.

Niemand kann mir das nehmen. Dir auf diese Art nah zu sein, deinen Duft in der Nase zu haben und an dich zu denken, an dich, meinen Sohn, und an das Loch, das du in mich gerissen hast und das sich nicht anfühlt, als würde sich's schließen, sondern ganz im Gegenteil. Schrei, will ich dem Loch sagen. Heul. Verschluck die ganze Welt und mich auch.

Aber für die kurze Zeit, die ich hier drin bin, mit deinen Kleidern, wenn ich nicht zu genau rieche und die Augen nicht offen lasse, ist es fast, als ob du wieder da bist und wir in Honokaʻa sind, vor dieser Bootsfahrt und den Haien, als dein Vater noch den Zuckerrohrjob hatte. Wir haben so viel gelacht! Dreck und Schulnoten und Rechnungen, spielte alles keine Rolle. Die Nachrichten spielten keine Rolle …

»Was machst du?«

Kauis Stimme. Du verschwindest, und ich drehe mich zu deiner Schwester um, die Augen jetzt offen. Wir stehen beide reglos da. Ich lasse die Hände mit deinem Shirt sinken.

»Ich könnte was erfinden«, sage ich, »aber du siehst ja wohl, was ich mache.«

Ihr Mund öffnet sich, aber sie macht ihn wieder zu und verschränkt die Arme.

»Du verurteilst mich«, sage ich. »Hör auf, mich…«

»Nein«, sagt sie.

»Du musst erst mal Mutter sein, bevor du so was verstehen kannst«, sage ich. »Bis dahin –«

»Mom! Das ist es doch gar nicht.«

»Wenn das eigene Kind…«

»Du hörst mir nicht zu«, unterbricht sie mich wieder.

Ich frage sie, was es dann ist. Was sie gesehen hat.

»Es ist doch in Ordnung, dass du ihn vermisst, Mom«, sagt sie.

»Sah aber nicht so aus, als du gerade zur Tür reinkamst«, sage ich.

»Da war nichts«, sagt sie. »Ich war nur überrascht.«

»Ich glaub dir nicht«, sage ich. »Ich seh doch, wie du mich anguckst.« Und meine Stimme wird lauter.

»Gar nicht«, sagt sie. Sie kratzt sich am Arm und schaut weg.

»Du bist reingekommen und hast mich an seinen Sachen riechen sehen«, sage ich. »Und dann hast du mich so angeguckt.«

»Du würdest das nie tun, wenn ich's wäre«, sagt sie. »Das ist alles.«

»Du meinst ...«

»Ich meine, wenn ich nicht mehr da wäre«, sagt sie. »Wenn ich tot wäre.«

»Was glaubst du?«, frage ich sie.

»Ich glaube nicht, dass du dann so was tun würdest«, sagt sie.

Traurigkeit klingt in mir auf, jäh und klar. Ich frage sie, ob sie das wirklich glaubt, und sie sagt, ja, natürlich glaubt sie das, immer schon, seit sie ein Schulmädchen war, auf der Kahena, unsichtbar, sagt sie.

»Oh, Kaui«, sage ich. »Das stimmt doch gar nicht. Natürlich würden wir dich vermissen.«

Sie schaut immer noch weg, auf den Boden oder an die Wand. Einen Arm so vor der Brust, dass die Hand die andere Schulter umfasst. Sie macht leise mm-hmmm.

»Hast du je gedacht«, fragt sie, »dass er vielleicht nicht das war, wofür ihr ihn gehalten habt?«

Ich halte immer noch dein Shirt in den Händen. Ich erinnere mich immer noch genau an dich, an alles, die Haie, die Neujahrsnacht, die Nachbarn, den Friedhof, an das Gefühl, das damit verbunden war. Dieses helle Gefühl, das ich nicht mehr gehabt habe, seit du nicht mehr da bist.

Ich zucke mit den Schultern. »Er war was Besonderes«, sage ich. »Meinst du nicht?«

Sie antwortet nicht. Schweigt ein paar Atemzüge lang und geht dann raus.

Deine Schwester. Da ist vieles an ihr, was ich nicht verstehe. Diese ganze Kritik an mir. Ich seh's in ihren Augen, wenn sie von der Farm heimkommt und ich gerade Stunden mit deinem Vater zusammen war, sein Geflüster gehört und auf dem kleinen Apparat ferngesehen habe, was ich immer öfter tue, nur um irgendwie die Zeit rumzubringen, bis ich los kann, zu all den Büros, die geputzt werden müssen. So sieht sie mich dann, und ich merke, sie denkt, ich bin faul, körperlich, seelisch und geistig.

Vielleicht hat sie ja recht. An meinen besseren Tagen glaube ich das nicht, aber heute ist keiner von meinen besseren Tagen.

Im anderen Zimmer höre ich sie einfache Sätze zu deinem Vater sagen, dass sein Bad fertig ist und dass sie ihm hilft.

32

KAUI, 2009
Honoka'a

Ich fange meine Tage jetzt anders an. Dad und ich joggen allein an der Straße von Honoka'a nach Waipi'o entlang. Das ist eine Form, wie ich mich um ihn kümmern kann, okay? Es scheint ihm gutzutun. *Ich* scheine ihm gutzutun. Aber das sage ich keinem, okay, die meiste Zeit wohl nicht mal mir selbst. Ich hasse so vieles an dem Ganzen hier – zu Hause zu wohnen, so eine Art Kindermädchen oder Krankenschwester zu sein. Das ist nicht das, was aus mir werden sollte. Es ist nicht das, was ich mal sein werde, eines Tages. Aber es ist das, was ich jetzt bin.

Die ersten Wochen waren scheiße zwischen Mom und mir. Jede Menge kalte Blicke und Dinge, die ich tun sollte – putzen helfen, kochen helfen, billig einkaufen von dem bisschen Geld, das sie von der Putzerei heimbringt. Ich machte meine Arbeit schlecht, knallte wütend mit Sachen rum, beschwerte mich. Sie fragte dann, was ich denn von ihr erwarte – *ich* hätte doch unbedingt wieder herkommen wollen, sie habe gewollt, dass ich auf dem Festland bleibe, wo ich immer noch eine Chance hätte.

Und das stimmt ja, aber in San Diego habe ich nichts mehr zu suchen. Es ist jetzt bald März, bald sind dort Frühjahrsferien. Ich habe Van so viele Textnachrichten geschickt. Und einmal sogar angerufen, wobei mir das Herz so im Hals pochte, dass ich dachte, ich müsste kotzen. Aber sie hat nie reagiert. Inzwischen hat sie meine Nummer wahrscheinlich geblockt. Das hab ich auch verdient.

Fakt ist also: Ich bin hier, als gottverdammte Haushaltshilfe und Krankenpflegerin. Wir joggen. Unsere Laufschuhe patschen auf den Asphalt, immer an der Leitplanke lang, wo unten drunter Grün durchguckt und dahinter das Meer und der Horizont sind. Im Kopf ist mein Vater irgendwo in seiner Jugend, so wie er läuft. Er blickt geradeaus, und seine Augen und seine Wangen sind erfüllt von der Erinnerung an einen Körper, der so was konnte. Jetzt ist er braun und gealtert – voller Muttermale, Falten, Narben – und dicker, als er sein sollte. Er trägt sein altes Highschoolfootballtrikot, grau mit *Dragons* in Grün drauf, und Shorts, und die sind definitiv zu kurz, okay? Unterm Trikot sieht man, wie sein Bauch bei jedem Schritt leise wabbelt. Aber trotzdem, der alte Augie ist irgendwo immer noch da, und wir haben uns echt ausgepowert, er und ich. Auf der Brust hat er Schweißflecken wie eine dritte Trikotfarbe. Sein Haar ist verklebt von der Morgenhitze und von seinen Händen, die er dran abgewischt hat. Er hat immer noch den adretten Oberlippenbart. Jetzt wird der meistens von Mom oder mir getrimmt.

Er joggt, und ich jogge, und ich seh seine Augen in die Ferne blicken. Nicht voraus, sondern zurück, okay? Er denkt dran, wie er der Held der Freitagabendspiele war.

Ironman-Football. Tight End und Linebacker in einem. Wir laufen die Hügelstraße runter und das lange, flache Stück Richtung Waipi'o mit dem raschelnden Zuckerrohr. Lange Schatten von den Eukalyptusplantagen auf der *mauka*-Seite. Unser Atemrhythmus und unser Schweiß. Der dunkle Geruch der Erde. Rosa-blauer Sonnenaufgang.

»Es wird nicht besser mit ihm«, sagt Mom zu mir, als wir wieder zu Hause sind und Dad auf der Veranda sitzt und über die Hügel und die Hāmākua-Kliffs aufs Meer hinausstarrt. Onkel Kimo ist schon zur Arbeit gefahren. Ich weiß nicht mal, welcher Wochentag ist. »Ich glaube, es wird sogar schlimmer.«

Mom und ich stehen in der Küche, die Hände um Kaffeebecher. Der Dampf steigt auf und verliert sich, genau wie unsere Gedanken. Okay, es gibt zwei Versionen von Dad, das weiß ich. Die eine, die wir jetzt gerade sehen, ist so was wie ein Traum, gefangen in einem Körper. Und dann der Augie, der mal Zuckerrohr-Trucks gefahren ist, der mal Ehemann war, Gepäckabfertiger, Vater. Ich habe sie beide gesehen, seit ich wieder daheim bin, sag ich ihr.

Sie lächelt. Es ist ein trauriges Lächeln. »Kimo und ich haben das auch eine Zeitlang gedacht. An manchen Tagen blitzte in deinem Vater plötzlich wieder der auf, der er mal war. Als ob jemand einen Schalter umgelegt hätte, zack, war er fast wieder normal. Aber dann fiel er wieder zurück. Nach einiger Zeit hörte es auf, so zu wechseln.«

»Mit *euch* war er auch nicht laufen, oder?«, sage ich. »Er ist noch da drin, Mom.«

»Vielleicht«, sagt sie.

»Was sollen wir denn sonst machen?«, frage ich. »Wir können ihn doch nicht einfach in irgendein Heim stecken.«

»Willst du mich beleidigen?«, sagt sie. Aber es kommt halbherzig raus. Shit, vielleicht hat sie ja wirklich dran gedacht, ihn einfach irgendwo abzuladen. Sie guckt auf ihre Handfläche. Als ob da was geschrieben stünde. Schließlich stützt sie das Kinn in die Hand, umfasst es mit Daumen und Fingern.

»Jetzt geht's ihm besser«, sage ich. »Mit mir geht's ihm besser.«

Sie schüttelt den Kopf. »Denk, was du denken willst. Ich werde nicht mehr versuchen, dir was auszureden.«

»Hör dir doch mal zu«, sage ich. »Du redest, als ob du aufgibst.«

Sie inspiziert ihren Kaffee. Der süße Dampf aus unseren Bechern steigt uns ins Gesicht. Das Sonnenlicht fällt jetzt voll auf den *lanai*. Der Passat und die nächtlichen Schauer haben die Pflanzen feucht zurückgelassen. Jetzt sind sie so grün wie nur irgendwas. Okay, will ich zu meiner Mutter sagen, ich werd's weiter versuchen. Ich will ihr sagen, dass sie's auch tun soll. Aber dieses Gespräch haben wir schon eine Million Mal geführt, und alles, was von ihrer Seite kommt, ist, dass wir nicht noch mal ein Wunder erleben werden. Ich will schreien: Wo sind denn die ganzen Inselgötter jetzt?

Aber sie würde mich nicht hören. Sie hört mich nie.

Heute ist Dienstag, was heißt, heute bin ich auf Hokus Farm. Hoku mit dem sonnenverbrannten Hängebackengesicht und dem breitkrempigen Strohhut. Hoku mit den farbfleckigen, verdreckten, an den Knien geflickten Jeans und der Sorte Bauch, die man kriegt, wenn man zu viel *pau hana*-Bier trinkt. Ich arbeite für ihn seit dem Tag, als er mich im Supermarkt entdeckt hat.

An dem Tag stand ich da und starrte auf die unglaublich vielen Sorten Küchenrolle, als er mich ansprach. »Du bist doch die Tochter von Malia und Augie?«, fragte er.

»Yeah«, sagte ich.

»Dann war das dein Bruder, der von dem Kliff gefallen ist.«

»Ja«, sagte ich. »Aber sie haben ihn nie gefunden.«

Er nickte. »Mein Beileid.«

Ich zuckte mit den Schultern.

»Ich habe gehört, du suchst einen Job«, sagte er.

Vor Scham und Misstrauen kribbelten meine Ohren. Ich hatte vergessen, wie die Leute reden, wenn sie sich alle kennen. Honoka'a. »Vielleicht«, sagte ich.

»Wow, kein Lächeln oder was?«, fragte er.

»Ich bin nicht Ihr Augenschmaus«, sagte ich. »Mein Gesicht gehört mir.«

»Okay, okay«, sagte er. »Immer mit der Ruhe, reg dich ab. Ich habe eine Farm, die ich grade zum Laufen bringen will. Bisschen Aquaponik vielleicht, aber auch normale Sachen, Salat, Papayas und so was.«

»Okay«, sagte ich.

»Ich brauche Leute.«

»Wie viel?«

»Wie viel was?«

»Wie viel zahlen Sie?«

Er hüstelte. Rieb sich den Nacken. »Das ist das Problem. Ich fange ja grade erst an.«

Ich hätte ihn beinah geohrfeigt. »Sie suchen Leute, die umsonst arbeiten, also fragen Sie mal das Mädchen, dessen Bruder umgekommen ist?«

»Die Sache ist die«, sagte Hoku, »ich mache Tauschgeschäfte mit ein paar anderen Farmen, sie geben mir ihre überschüssigen Erzeugnisse und so was.«

Ich geb's ungern zu, aber jetzt war ich ganz Ohr. Wenn wir für etwas einen Arsch voll Geld ausgeben, dann sind es Lebensmittel. Ich hörte schon Mom: Wir schicken dich aufs College, und du kommst zurück und arbeitest *für was?* Aber es geht mir nicht nur um die Lebensmittel, die wir kriegen können. Es ist auch das andere. Die Arbeit. Meine Hände, mein Kopf. Wieder was zu schaffen, noch was anderes vor mir zu sehen als Bettlaken und Handtücher und Waschlappen für Dad. Manchmal machen mir Leute Schuldgefühle, weil ich mehr will, so wie damals schon, als ich hier aufgewachsen bin. Aber an dem Tag im Supermarkt war mir das scheißegal. »Wie viele Gratislebensmittel?«, fragte ich.

Er zuckte mit den Schultern. »Mehr, als ich essen kann.«

»Wie's aussieht, haben Sie ja ausprobiert, wie viel das ist.« Ich machte eine Handbewegung in Richtung seines Bauchs.

Er lachte doch tatsächlich. »Du gefällst mir«, sagte er. »Ganz schön bissig, das Mädel.«

Also geh ich jetzt arbeiten. Morgens erscheine ich auf Hokus Farm. Ich grabe um, pflüge und pflanze. Ich hebe Gräben aus, hieve Zeug hoch, karre es herum und werfe es wohin. Ich kriege Hühnerkacke und Hundertfüßer in die Schuhe, und dieser warme Gestank setzt sich in meinem Haar fest. Er ist so schwer rauszukriegen, dass ich ihn einfach drinlasse. Er sagt ja eh nur klar und deutlich, was ich jetzt bin.

Am Spätnachmittag gehe ich nach Hause. An den meisten Tagen heißt das, den Hügel zur Straße raufzutrotten und dann zu trampen. Ich nehme meine Machete immer mit, auf dem Hin- und auf dem Rückweg. Nicht, als wär's dort draußen besonders gefährlich. Hundsgewöhnliche, langsame Tage mit hundsgewöhnlichen, langsamen Menschen auf der Landstraße. Wenn überhaupt, bin ich die Gefährliche.

An den ersten Tagen, wenn ich heimkomme, steht Mom in der Tür und sieht mich in meinen verdreckten Sachen und mit leeren Händen. Kein Scheck, kein Geld, nichts fürs Bankkonto. Und dann seufzt sie so, wie ich früher immer dachte, dass es nur für Dean reserviert war: wieder ein schriftlicher Tadel oder Pflichtlernstunden, okay? Aber jetzt ist es ihre Tochter und wieder ein unbezahlter Tag auf dem Feld, darum dieses lange, langsame Ausatmen durch die Nase, und die Luft, die sie dabei ausbläst, scheint durchs ganze Haus zu wehen und allen Raum zwischen unseren Sätzen zu füllen. Aber schließlich bringe ich den ersten Wochenlohn heim: zwei Rucksäcke und einen Reissack voller Überbleibsel, Salat, Tomaten, Kalo, Papayas. Ich packe jedes Stück so auf den Tisch, dass sie hören kann, was es wiegt. Dass sie hören kann, wie real es ist. Es klingt wie eine Antwort, auch wenn mir das stinkt.

33

DEAN, 2009
County-Justizvollzugsanstalt,
Oregon

Als ich das letzte Mal mit Noa telefoniert hab und er mich gefragt hat, was ich glaube, was er ist, bin ich gar nicht auf die Idee gekommen, mich zu fragen, was ich bin. Jetzt weiß ich die Antwort: Ich bin gut drin, der Bad Guy zu sein. Komisch, dass ich so lang gebraucht hab, um draufzukommen, denn wenn man mal zurückguckt, ist es eigentlich keine Überraschung.

Es ist so: Leute hier drin brauchen Sachen, und ich weiß, wie ich den Leuten beschaffen kann, was sie brauchen. Hier gibt's eine Menge Typen, die für alles zu haben sind. Ich bin jetzt jemand, also geb ich Bescheid, und meine neuen Freunde tun, was nötig ist – Drohen und Muskelnzeigen, Bestechung, Toyboy-Spielchen, was weiß ich –, um mir die Crazy Eights vom Hals zu halten. Ich geb meinen Leuten ihren Anteil. Also hab ich meine Freunde und Justice' Leute draußen, die Trujillo und seinen Leuten Zeug bringen, das die dann zu mir reinschleusen. Ich bin fast so eine Art Amazon dot com. Manchmal krieg ich immer noch Ärger mit den Eights, aber je mehr Trujillo von unserem Arrangement hat, desto weniger Sorgen brauch ich mir zu machen.

Es gibt jetzt einen neuen Normalzustand, und der besteht aus zwei Parteien, den Eights mit ihren Leuten und mir mit allen anderen.

Es gibt Tage, da denk ich an Mom und Dad und Kaui dort draußen und daran, was sie alles brauchen, und dass Noa nicht mehr da ist. Lang hab ich mir gesagt, dass alles anders werden würde. Vielleicht war das ja von Anfang an ein idiotischer Traum. Vielleicht sollte es ja nie anders werden, als es jetzt ist.

Und auf einmal weiß ich, dass das stimmt. Und ich weiß auch, was ich zu tun hab. Als wir Aufschluss haben, geh ich zum Telefon und ruf einen von Justice' Männern an, seinen richtigen Namen kenn ich nicht. Am Telefon nennt er sich Paul.

»Hey, Kumpel!«, sagt Paul. Er klingt so total nach Haole, mehr geht gar nicht. »Ich hoffe, du … kommst klar da drin. Du hast ja noch 'ne Weile abzusitzen, oder?«

»Yeah, wo wir's grad davon haben«, sag ich. Ich muss mir was ausdenken, wie ich meine Idee rüberbringe. »Ich hab das Gefühl, es könnt länger werden, als ich dachte. Manchmal denk ich, ich mach vielleicht irgendwas Blödes, bring mich in Schwierigkeiten, nur um noch eine Weile hier drin zu bleiben.«

Er schweigt. Denkt nach. »Okay, immer mit der Ruhe«, sagt er. »Tu, was du tun musst. Ich bin nicht dort drin, also kann ich das nicht so genau beurteilen. Aber denk an alle hier draußen, okay?«

Womit er sagt: *Wir wissen deine Dienste zu schätzen, aber bleib nicht zu lange dort drin.* Das ist gut, denk ich mal.

Heißt doch, sie meinen, dass ich draußen größer einsteigen könnte.

»Yeah, stimmt«, sag ich. »Ich denk nur auch an meine Familie, okay? Ich will, dass sie stolz auf mich sind, wenn ich rauskomme.«

Womit ich sag: *Ich muss meiner Familie Geld zukommen lassen.*

Mein Geld.

Unser Geld.

»Yeah, verstehe«, sagt Paul.

Sobald richtig was auf dem Konto ist, geht es direkt nach Hawaii. Ich weiß, Justice und seine Leute können das deichseln.

Nach dem Telefonat fang ich an zu überlegen, wie ich es hinkriege, bisschen länger hier drin zu bleiben. Es gibt alle möglichen Regeln, die man brechen kann, und wenn ich in etwas gut bin, dann darin.

Yeah. Das kann ich.

34

KAUI, 2009

Honoka'a

Jetzt sind da nur meine Hände, die Erde, der süßliche Gestank von dampfender Hühnerkacke. Der Geruch von ge-
mähtem Gras, die Wärme von Wachsen und Gedeihen, die
aus dem Boden kommt. Fünf Wochen mache ich das jetzt
schon, okay? Bin in aller Früh auf Hokus Farm zur Stelle,
bleib abends und nachts zu Hause bei meinem Dad, während Mom putzen geht. Okay, früher hab ich's gehasst, so
früh aufzustehen. Aber inzwischen gefallen mir diese Morgenstunden am besten. Die Luft ist frisch von nicht geat-
metem Sauerstoff, und meine Ohren sind voll reiner Stille.
Hellgelbes Leuchten am Himmelsrand. Kühle, in der ich die
Härchen in meinem Nacken spüre, unter meinem hochge-
steckten Haar.

Nur Hoku und ich arbeiten hier auf seiner kleinen Farm.
Wir jäten. Wir graben um und bringen Mist aus. Anderen
Naturdünger. Wir machen Steine weg, schlagen Zuckerrohr.
Ich mag es, wie die Machete sich anfühlt. Wie die Stängel
unter den Hieben krachen und dann fallen. Ich mag das
Rascheln und Klappern, wenn man ein Bündel Stängel weg-
schafft. Ich mag's, wie was Ordentlicheres und Gewöhnli-
cheres zum Vorschein kommt, wenn das Zuckerrohr weg

ist, wie der Boden dann einfach nur Boden ist. Der darauf wartet, umgepflügt zu werden. Hoku hat hier draußen ein langes, schmales Stück Land. An einem Ende hat er einen Wellblechschuppen gebaut und eine Plane über sechs Pfähle gespannt, als Garage und Werkstatt. Am anderen Ende stößt das Land, das wir vorbereiten, auf einen Zaun und die Zuckerrohrstängel und Büsche, die drüberhängen. Okay, Hoku will diese Felder so schnell wie möglich so weit haben, dass sie Ernte bringen – ob zum Verkaufen oder damit er wieder was zu essen hat, weiß ich nicht. Ich seh ihn nie mit was zu essen. Das Einzige, was er trinkt, ist irgendein Bier, das im Supermarkt grade im Angebot ist. Wir reden nicht viel. Er gibt mir nur Anweisungen, und ich bin selbst überrascht, dass ich sie meistens wortlos befolge. Wir pflügen. Wir jäten. Wir säen. Wir hämmern. Wir schwitzen. Wir sind kaputt. Wir arbeiten.

Ich bediene die Ackerfräse und bin in einer Trance aus Benzingestank und Grasgeruch, dem Knattern des Motors und dem Bockeln der Fräse, die sich durch die Erde frisst. Ich schlafe fast, bis ich plötzlich ein Stück vor mir ihre Zehen sehe – gleich werden sie unter die Fräsmesser kommen.

Ich schrecke auf und stoppe die Fräse. Da steht sie. Ein Besen von krausem, schwarzem Haar, sonnendunkle Haut und das flache Gesicht einer hawaiianischen Ureinwohnerin. Nackte dicke Brüste und breiter Bauch, glitzernd vom Schweiß des Tagwerks. Sie steht mir gegenüber und verzieht keine Miene. Die totale Statue, okay? Ohne zu atmen.

Dann macht sie einen Schritt auf mich zu.

Hula-Traum, denke ich. Das bist du.

Sie macht noch einen Schritt. Ein Gewicht zieht meine Innereien abwärts. Ich habe das deutliche Gefühl, dass sie mir etwas tun will.

»Stopp«, sage ich.

Sie macht noch einen Schritt auf mich zu.

»Stopp«, sage ich wieder und will einen Schritt zurück machen. Aber ich halte immer noch die Fräsengriffe, und der Motor *pockpockpockt* und dröhnt immer noch vor sich hin. Die Luft regt sich nicht mehr. Da ist ein Geruch, der vorher nie da war, es riecht total nach dem Rauch von Kiawe-Holz. Als ob da plötzlich aus dem Nichts hinter mir ein Waldbrand tobt. Aber es ist nur die Frau, und in dem Moment, den ich gebraucht habe, um das zu kapieren, ist sie schon wieder auf mich zugekommen. Sie geht einfach durch die Fräse hindurch, steht jetzt zwischen den Griffen. Und damit genau zwischen meinen Armen.

Ich lasse die Griffe los, fahre zurück und will sagen – aber plötzlich habe ich das Gefühl, ich bin dünn und stark und alt, wie ein Vogel aus Leder. Ich bin eine Million Meilen zu Fuß gegangen. Da ist ein Kind auf meinem Rücken, eingewickelt in Tapa-Stoff und Rindenbastschnur. Es ist keine Last – ich habe ganze Generationen auf diese Art getragen. Ich gehe bergauf, im kalten, mineralischen Geruch eines Bachs, auf schlammigen Trails dem Nebel und dem schroffen Kamm einer Bergkette entgegen. Vielleicht die Koʻolaus oder die Waiheʻe Ridge oder sonst irgendwas in Hawaii. Ich ziehe büschelweise Kalo aus der Erde, und haarige Wurzeln kitzeln meine Haut. Als ich umherblicke, sehe ich, dass hier kein Zuckerrohr ist, nie welches war. Pflanzen, so groß wie

Dinosaurier und in wilden Farben. Ihre kräftigen Wurzeln, die sich durch den fruchtbaren Boden winden – aber plötzlich geht so etwas wie ein Schlag durch meinen Körper, und Hokus Stimme ruft: *Hey, hey, hey*.

Blau. Ich schaue in den Himmel. Kühler, körniger Boden unter meinem Rücken. Mein Bewusstsein weitet sich, ich wache auf. Und da ist Hoku über mir, vor den Wolken, und das Shirt schlackert an seiner Brust, als er sich runterbeugt. Er kniet sich neben mich, guckt an mir rauf und runter. »Was ist, Drogen oder was?«, fragt er. Ich rieche die saure Mischung von Kaffee und Hot Dogs in seinem Atem.

»Dachte nur, ich leg mich kurz hin«, sag ich. »Bisschen in die Wolken gucken.« Ich drehe mich um, stemme mich auf die Knie hoch, stehe auf. Vor meinen Augen dreht sich alles. »Schinden Sie Ihre Sklaven immer tot oder was?«

»Du arbeitest erst eine Stunde«, sagt er. »Ist immer noch Morgen.«

»Ich weiß, wie spät es ist«, sag ich. Ist aber gelogen, okay? Ich weiß noch nicht mal genau, wo ich bin.

»Nicht ich schinde dich«, sagt Hoku. »Du schindest dich.«

Ich stehe auf dem flachen Boden, fühle aber, wie er schwankt. Die Sonne ist weiß und überall. »Alles bestens«, sage ich. »Kann weitergehen.« Und ich mache weiter, okay? Aber die Ackerfräse und der Boden und mein Skelett fühlen sich nicht so an, als wären sie auch nur in derselben Realität.

Als ich denke, dass einigermaßen genug Zeit vergangen ist, setze ich mich auf einen Metallklappstuhl, auf dem

Eigentum der Honoka'a Highschool steht und trinke im Schatten ein Glas Leitungswasser.

»Schauen Sie mich nicht so an«, sage ich zu Hoku. Ich trinke noch einen Schluck Wasser.

Hoku hört auf mit dem, was er macht, und kommt rüber. Lehnt sich an eine Werkbank. Verschränkt die Arme und will wissen, ob ich Krebs habe.

»Mir fehlt nichts«, sag ich. »Alles bestens.«

»Du arbeitest nicht für mich, wenn du am Ende auf meinem Feld stirbst«, sagt er. Ich frage ihn, wo er denn sonst so eine billige Arbeitskraft herkriegen will. Er lacht. »In Honoka'a? Wenn ich niese, trifft es jemand, der keinen Job hat.«

Ich schnaube, aber er hat recht.

Und er fängt an, mich zu verhören. Fragt nach allen Krankheiten, die ihm einfallen. Krebs? Herzprobleme? AIDS? Sichelzellanämie? Tripper? Asthma? Tumor? Chronische Müdigkeit? Und obwohl ich auf alles mit nein antworte, nützt es nichts. Irgendwas an seinen Augenbrauen. Seinem Kinn. Entweder ich sage die Wahrheit, oder ich komme nie wieder her.

»Ich brauch mir das nicht reinzuziehen«, sag ich.

»Dann geh«, sagt er.

Wir stehen schweigend da. Er legt die Hände auf die Werkbank und beugt sich mit gestreckten Armen vor.

»Ich geh zum Arzt«, sag ich und zucke mit den Schultern.

Hoku zerrt an der breiten Krempe seines Strohhuts, aber der sitzt schon so tief, wie's nur geht. Er tritt ein Stück zurück.

»Geh nach Hause«, sagt er.

»Ich kann nicht«, sag ich.

»Warum nicht?«

Ich kann ihm nicht sagen, was ich gesehen habe. Sie sind da. Finden mich, wenn ich die Augen zumache. Frauen, die nur *kānaka maoli* sein können, die Haut herrlich dunkel und robust vom Arbeiten, die Wangen stolz, der Blick erfüllt vom alten Geist der Inseln. Der salzige, fruchtige Geruch von ihrem Schweiß überwältigt meine Nase. Sie tanzen auf einem Hügel. Sie tanzen in einem Valley. *Kaholo, 'ami kāhela, lele, 'uwehe*. Sie ernten reichlich, indem sie die Hände in dunkelbraune Erde stecken, die gibt und gibt und gibt. Etwas ist jetzt in meinem ganzen Körper lebendig geworden. Etwas wie ein Hula, der nie aufhört.

»Hier ist was«, sage ich. »Ich fühl's. Was Großes.«

35

DEAN, 2009
Portland

Als ich aus dem Gefängnis ins Freie komme, ist es überhaupt nicht so, wie ich gedacht habe. Der Himmel ist matt und papierfarben, und es ist hell genug, dass die nassen Stellen auf den Bürgersteigen glänzen, aber doch so trüb, dass es sich anfühlt, als wär ich immer noch drin. Kommt mir vor wie in Spokane, wo man Oktober nicht von März unterscheiden kann und einfach weiß, dass einem jeden Tag was von dem Braun aus der Haut gewaschen wird. Ich bin auf der Treppe vor der Vollzugsanstalt und hab wieder Noas Sachen an, seine Sweatpants, die so arschklein sind, dass sie an meinen Waden enden und der Bund mir in die Hüften schneidet und es bei jedem Schritt knackst, und den Hoodie, den ich offen lassen muss, weil zumachen gar nicht geht. Ich hab das Gefühl, dass gleich alles an mir reißt.

Ich bin draußen. Niemand, der mich eskortiert, kein Sheriff oder Sozialarbeiter oder sonst wer, der mich auf dem Weg von hier woandershin beaufsichtigt. Ich hab eine dicke Plastiktüte mit dem, was ich bei mir hatte, als ich reinkam: Brieftasche, ein Cent, zwei Vierteldollar, Quittung von einem 7-Eleven, Kreditkarte, Handy. Ich frag mich, wer meine Joints geraucht hat, bestimmt einer von den Scheißcops und seine Frau oder so jemand. Jetzt sind da vor mir beige, kieselige Stufen und unten auf der Straße Leute mit ihren Aktenmappen und Kids, die auf den Bus warten, und an der nächsten Ecke Bauarbeiter mit irgendeiner brummenden Teermaschine.

Aber mein Handy ist tot, und Justice schickt seine Leute nie her, um jemand abzuholen, das war das Einzige, was er mir über die Entlassung gesagt hat. Ich muss es selbst irgendwie zu ihm schaffen. Fühlt sich fast wie ein Test an. Und ich hasse Scheißtests, hab keine Ahnung, was ich jetzt tun soll. Ich stecke eine Hand in die Tasche der Sweatpants. Fühl ein kratziges Stück Papier, und als ich's rauszieh, steht da, wie eine Antwort von Gott, *Khadeja* und eine Telefonnummer. Scheiße, nee, denk ich.

Aber es ist kalt, und ich steh eine ganze Weile da, und aus dem Nee wird ein Doch. Scheißidee. Aber ich tu's trotzdem.

Ich geh wieder rein und frag, ob ich bitte das Telefon benutzen darf, und die Frau hinter dem kugelsicheren Glas knallt mit ihrem Kaugummi und schaut mich ausdruckslos an.

»Bestimmt fragt Sie das andauernd jemand«, sag ich.

Sie so: »Jeder von euch, der da rausgeht. Plus Leute, die von der Straße reinkommen. Und Angehörige auch noch ...« Sie schüttelt den Kopf.

»Tolle Braids«, sag ich. »Flechten Sie die selbst?«

Sie lacht einmal kurz, ha, grinst spöttisch. »Hab ich vielleicht drei Arme und Augen im Hinterkopf, dass ich sehen kann, was ich da mache?«

»Oh«, sag ich. »Ich mein ja nur, sieht toll aus, diese roten Braids und Ihre dunkle Haut, ehrlich.«

Sie knallt wieder mit ihrem Kaugummi und schaut mich wieder so ausdruckslos an.

»Irgendwie sehen Sie aus wie Oprah«, sag ich. »Hat Ihnen das schon mal jemand gesagt? Der gleiche energische Blick, yeah. Wann schmeißen Sie diesen Job hin und machen was Besseres?«

Sie lacht wieder dieses Einmallachen, ha, verdreht die Augen. Streicht über ihre Braids. »Wenn Sie wüssten, wie schnell ich machen werd, dass ich hier wegkomme.« Sie schiebt das Telefon an die Scheibe. »Also, Sie können einen Anruf machen«, sagt sie. »Zwei Minuten.«

»Was machen Sie später?«, frag ich, während ich mir das Telefon greif, aber ich muss dabei selbst fast lachen, und sie lacht auch und sagt: »Als ob ich drauf wär, einen frischentlassenen Knacki in die Cheesecake Factory oder so wohin auszuführen.« Sie zeigt aufs Telefon und streckt zwei Finger in die Höhe. »Zwei Minuten.«

Als Khadeja abnimmt, sag ich: »Hier ist Dean, leg nicht auf.«

»Wer?«

»Nainoas Bruder.«

Stille am anderen Ende.

»Nicht auflegen, hab ich gesagt.«

Danach, als ich draußen auf der Treppe steh, denk ich, Khadeja kommt nicht, obwohl sie gesagt hat, sie würde kommen. Aber dann ist sie da, hält mit ihrem kleinen Viertürer. Sie trägt jetzt einen vollen Afro, nicht mehr die Cornrows und den Afropferdeschwanz wie beim letzten Mal, als ich sie gesehen hab. Ich will einen Schritt auf sie zugehen, aber da passiert was.

Ich muss andauernd Noas Sweatpants hochziehen, weil sie einfach nicht oben bleiben, aber es ist nicht nur das. Es ist fast, als ob ich nicht vom Gefängnis wegwill, als ob es mir Angst macht. Ich bleib stehen und dreh mich um, und da ist dieses Gefängnis, und ich bin voll traurig, wie verrückt ist das denn? Fühlt sich an, als ob ich von meinem Zuhause weg soll oder jedenfalls von einem Ort, der mehr Sinn gemacht hat als die meisten anderen Orte, wo ich war, was ja wohl heißt, er *ist* ein Zuhause. Um mich rum ist so viel Platz und Lärm und Licht, und alles, was nach Noa kommt, wartet gleich um die Ecke.

Aber ich atme tief durch und mache einen Schritt, dann noch einen. Unten wartet Khadeja im Auto. Sie hat das Fenster runtergelassen und guckt besorgt.

»Du gehst so langsam, haben sie dir da drin was getan?«

Ich schnaube. »Ist ein Gefängnis. Was denkst du denn?«

Und sie spielt mit ihrem Schlüsselanhänger, lässt ihn kreiseln und baumeln. Hört dann auf. »Ich bin nur wegen Nainoa hier«, sagt sie. »Also spiel dich nicht auf.«

Die Wut packt mich blitzartig. »Oh, die tolle, treue Freundin«, sag ich, »jetzt ist sie für ihn da, nicht so wie damals, als es ihm richtig schlecht ging und er jemanden brauchte und du ihn alleingelassen hast. Hat der ein Glück.«

Sie mustert mich. Von oben bis unten und wieder zurück. Dann gibt sie Gas, der Wagen fährt mit einem Ruck an, und sie fährt weiter, die Straße runter. Ich steh mit verschränkten Armen da, so wie, yeah, okay, dann fährt sie eben ohne mich weg. Aber als sie fast an der nächsten Ecke ist, renn ich

los, und die Scheißsweatpants knackst und reißt noch weiter, und ich halt sie mit einer Hand fest, und die Plastiktüte
mit allem, was ich hab, schwingt und klatscht gegen mich
und ich ruf, *hey hey hey*, und ihre Bremslichter leuchten auf.

Als ich bei ihr ankomme, lässt sie das Fenster wieder runter. »Ich bringe dich an *einen* Ort, wo du hinmusst, und das
war's dann.«

Es regnet schon die ganze Zeit mit Pausen, aber ich lass
mich nassregnen. Ich will die Tropfen auf der Haut spüren.
Es ist das Gefängnis, will ich ihr sagen, das Gefängnis hat
diesen Streit angefangen, nicht ich, es ist das Eingesperrtsein.
Aber dann denk ich, ich kann ihr nicht erklären, wie es dort
drin ist, kann's ihr nicht verständlich machen, und wahrscheinlich wird das jetzt mit allen anderen auch so sein, und
als mir das aufgeht, während mir der Regen ins Gesicht fällt,
will ich sagen, weißt du, es gibt einen Dean, der im Gefängnis
war und den mein Leben lang niemand kennen wird.

»Mein Angebot ist zeitlich befristet«, sagt Khadeja.

Ich mach die Tür auf und steig ein.

Der eine Ort, wo ich hinmuss, ist ein Big-and-Tall-Klamot-
tendiscount am MLK Boulevard. Auf dem Weg hierher
haben wir nichts gesagt, nur Musik im Radio gehört, und
ich so, abgefahrener Beat, oder, hat die eine hohe Stimme,
und Khadeja sagt dann, der Song läuft schon seit Monaten
im Radio. Aber ich benehm mich, als ob ich ihn das erste
Mal hör, was ja auch stimmt, und nach einer Weile sag ich
gar nichts mehr über die Songs. Von Portland hab ich das
meiste auch noch nie gesehen, also sind die Straßen und

Viertel für mich alle neu, aber es ist einfach nur eine Großstadt. Glänzende Glashochhäuser und Anzüge und Kra-
watten und dann ein Block, wo rundhüftige äthiopische
Mamas weiße Babys im Kinderwagen spazieren schieben,
und dann Abrissviertel, lauter alte Backsteinmauern und
vernagelte Fenster, Bürgersteige, wo überall China-Imbiss-
Verpackungen und aufgerissene Müllsäcke rumliegen, und
jede Menge Stellen – unter Hochstraßen, an den Zäunen und
in den Parks –, wo Leute neben Einkaufswagen schlafen, die
so mit Klamotten und Kartons und Milchkanistern vollge-
häuft sind, als hätte ein Dollar-Store in sie reingekotzt.

Ich steig aus. Regnet nicht mehr, also lässt Khadeja das
Fenster runter, und ich beug mich noch mal rein und sag:
»Ich weiß, du hättst das nicht tun müssen, also danke.« Obwohl ich eigentlich sagen will, du hast uns vor seiner Wohnung sitzenlassen, und dann sind wir *festgenommen* worden. Ich glaub, sie sieht, wie ich wieder an den Tag damals
denk, und sie sagt: »Das war also der *eine* Ort?«

Ich halt die Arme vom Körper weg, zeig ihr, was ich an-
habe, als ob ich sag, was soll ich denn machen, und als ich das
tu, rutschen Noas zerrissene Sweatpants runter und stauen
sich um meine Fußknöchel. Sie lacht über meine nackten
Schenkel und schlägt sich dann die Hand vor den Mund.
»So kann ich doch nirgends hin«, sag ich. Ich bück mich,
um die Hose wieder hochzuziehen, und während ich unten
bin, hör ich, wie das Fenster wieder zugeht und die Tür sich
verriegelt, und dann steht Khadeja neben mir auf der Straße.

»Ich möchte dich was fragen«, sagt sie.

Mir quetscht es die Kehle zusammen, weil ich denk, sie

will mich fragen, wie's drinnen war, die Jungs, die sich mitten in der Nacht vor Angst und Wut heiser brüllen, die Arschvergewaltigungen und das Arschlecken und Schwanzlutschen, das manchen Jungs aufgezwungen wurde, und wie ich manchmal Angst hatte, ich wär der Nächste, aber auch weil außerhalb von Khadejas Auto viel zu viel Platz ist und Lärm und Zeug, das von allen Seiten auf mich einstürmt, alles gleichzeitig, während ich hier steh. Und weil ich das Gefühl hab, ich brauch einen kleinen Raum, in den ich mich zurückziehen kann, damit ich nur noch seh, was von vorn kommt. Da muss irgendwas in meinem Gesicht sein, das ich nicht unter Kontrolle bring, denn Khadeja macht den Mund zu.

Sie reibt sich ein Auge mit dem Daumen. »Weißt du was? Lass uns nicht hier reden. Wir können ja einfach ein Stück fahren.«

Ich weiß nicht, ob ich das will. Ich hab schon diese Liste im Kopf, was ich jetzt tun muss: neue Klamotten kaufen, ein Wegwerfhandy oder ein Kartenhandy oder sonst irgendwas, um Justice zu erreichen und zu gucken, was er tun kann oder wen er kennt, der mir helfen kann, irgendwo unterzukommen.

»Ich bring dich wieder hierher«, sagt sie.

Wie ich da steh und Khadeja anschaue, merk ich, wie müde ich bin und wie sicher es in ihrem Auto ist, also steig ich ein und lehn mich im Sitz zurück und lass den Wagen vor sich hinkurven, während die Wolken über die Scheibe gleiten und die Stadt immer weiter und weiter geht, bis wir bei Noas Wohnung sind.

Wir parken gegenüber. Der Rasen ist ordentlich gemäht,

und an dem großen Fenster vorne raus sind die Vorhänge zugezogen. Dahinter brennt kein Licht. Wir sitzen im Auto und schauen auf die Wohnung und sagen nichts, und ich fühl, dass mein Bruder nicht mehr da ist, fühl's am Gewicht von all dem, was er getragen hat und was jetzt auf mich runterbricht: Mom und Dad praktisch pleite in Hawaii, alles, was sie auf sich genommen haben, damit wir dort raus und hierher kommen konnten, eine Chance hatten, alles, was wir ihnen schon schuldig waren, bevor wir überhaupt loslegen konnten. Ich dreh das Radio ein bisschen auf, wippe mit den Beats mit, auf keinen Fall werd ich vor Khadeja weinen, obwohl meine Augen brennen.

Sie will wissen, warum Noa fortgegangen ist, das fragt sie mich jetzt. Ich weiß nicht, wie ich anfangen soll, also erzähl ich ihr einfach alles, was ich über Noa weiß, in einem einzigen, langen Schwall, die Haie und er als Junge so eine Art Legende, und dann die Zeit, als er auf dem College war und danach, aber darüber kann ich nur das sagen, was Noa mir am Telefon erzählt hat oder was ich mir später aus Gesprächen mit Kaui und Mom und so zusammengereimt hab. Und wie er die ganze Zeit damit zugange war rauszukriegen, was es mit seinen Fähigkeiten auf sich hatte und ob's die Götter waren und was sie wollten oder so. Welcher Weg ihm bestimmt war. Je mehr ich drüber rede, desto klarer wird mir, dass er sehr wahrscheinlich einsam war. Auf eine Art einsam, wie ich's mir nie vorstellen konnte, bevor ich im Knast war.

»Wenn dir das, was dich ausmacht, genommen wird«, sag ich – ich denk beim Reden gar nicht groß nach, die Wörter kommen einfach raus, als wären sie immer schon da gewesen –, »wenn das, was du bist, der Teil, den du immer für deinen besten gehalten hast, wenn dir das genommen wird, dann …« Ich zuck mit den Schultern. »Dann ist es am nächsten Tag, als ob du deine Zukunft mit dir rumschleppst wie eine Leiche auf deinem Rücken. Da hinten, zwischen den Schultern. Nichts fühlt sich mehr richtig an, wenn's dir so geht. Und Noa? Nach der Sache im Rettungswagen, der schwangeren Frau, die ihm unter den Händen gestorben ist?«

Ich presse meine Faust mit der Seite an die Fensterscheibe. Kalt und glatt. Ich sag: »Er muss total gelitten haben, tief drin.«

»Hat er dir das gesagt?«

»Nah«, sag ich. »Ich sag's mal so, wir hatten ein paar Sachen gemeinsam, Noa und ich.«

Wir gucken rüber zu seiner Wohnung. Als ob er jeden Moment aus der Tür kommen muss oder was.

»Ich kannte ihn ja gar nicht so lange«, sagt Khadeja. »Das sage ich mir immer. Aber ich weiß jetzt schon, dass er immer irgendwo in mir sein wird, solange ich lebe.«

»Na ja«, sah ich, »ich fand schon oft, dass er ein Arschloch war.« Sie guckt mich an, total schockiert. Ich so: »Ach, komm, hat er das mit dir nie gemacht, dass du grad am Reden warst und er dazwischengefahren ist und dir erst mal alles erklärt hat wie so ein Lexikon? Als ob er ein Online-Assistent wär und all die Fakten und Zahlen parat hat, die du nicht kennst, weil du zu dumm bist?«

Sie lacht. »Ein-, zweimal vielleicht schon.«

Das tut gut. Nimmt was von dem Schmerz. Und außerdem ist es wahr.

»Ein-, zweimal am Arsch!«, sag ich. »So ging's die ganze Zeit, als wir auf der Highschool waren.« Ich spiel mit dem Schalter fürs Seitenfenster, kipple ihn grade so hin und her, dass das Fenster nicht rauf- und nicht runtergeht.

»Ich will dich ja nicht ärgern«, sagt sie, »und ich weiß, ich gehöre nicht zu eurer Familie, und wie eine Familie im Inneren funktioniert, durchblickt von draußen keiner wirklich. Aber ich hab doch das Gefühl, dass von ihm ganz schön viel erwartet wurde. Zu viel vielleicht.«

Und ich innerlich so, was, sie glaubt, sie ist besser als wir? Mann, vielleicht waren sie und Noa ja echt füreinander gemacht. »Stimmt«, sag ich, »du weißt nichts über meine Familie.«

»Das hab ich auch nicht gesagt, ich hab nur …«

»Ich hab gehört, was du gesagt hast«, sag ich. Ich bin kurz davor zu explodieren, ein Teil von mir will was kaputtschlagen, will einen richtigen Streit. *Immer das Gleiche mit dir, Dean*, sagte Mom. Aber diesmal tu ich's nicht. Ich krieg mich ein.

»Früher hab ich das auch gedacht«, sag ich. »Dass Mom und Dad Noa immer zu viel abverlangt haben und dass ihn das umgebracht hat. Dann hab ich eine Weile gedacht, dass niemand Noa so viel abverlangt hat wie er selbst, und dass wahrscheinlich grad seine Selbstüberschätzung der Grund dafür war, dass er dort im Rettungswagen Scheiße gebaut hat. Aber inzwischen« – ich schüttle den Kopf –, »vielleicht war's ja alles zusammen. Von allem ein bisschen. Aber hauptsächlich war's einfach Scheißpech.«

»Entschuldige«, sagt sie.

Ich grunze, damit sie weiß, ich hab's gehört, aber das ist auch alles. Ein Auto fährt an uns vorbei, eine Haole mit einer Frisur wie eine verschnörkelte Vase und einem kläffenden Schoßhündchen. Die Schleife vom Hündchen ist genauso abartig knallrosa wie die Jacke der Frau. Als der Wagen weg ist, frag ich Khadeja, ob sie das gesehen hat. Sie kichert.

»Die wohnt *nicht* hier«, sagt sie. Die Straße ist kurz leer, dann kommt ein Typ angefahren, der vielleicht Klempner oder so was ist, und parkt und geht in die Wohnung neben Noas.

»Ich hab mir lange gewünscht, ich hätte, was Noa hatte«, sag ich. »Man wusste ja nie, was am Ende mal aus ihm werden würde, okay? Vielleicht wär er so eine Art Superheld geworden. Wer will das nicht?«

Sie sagt nichts. Ich rede weiter. »Aber er ist tot«, sag ich. »Und wir anderen sind noch da und müssen damit fertigwerden. Und das heißt, wir müssen tun, was nötig ist, um weiterzuleben.«

Sie fragt, was ich damit meine, was ich tun will. Ich sag ihr nicht, was ich getan hab, während ich im Gefängnis war, dass das ganze Geld, das ich gemacht hab, heim auf die Inseln geflossen ist, direkt auf Moms und Dads Bankkonto. Und das war nur, während ich drinnen war. Jetzt, wo ich draußen bin und richtig für Justice arbeiten kann? »Ich muss mir ein Telefon besorgen«, sag ich.

»Du kannst meins nehmen.« Sie kramt ihr Handy aus ihrer Handtasche und hält es mir hin. Ich guck's eine ganze Weile an. Sobald dieses Telefon ein anderes anruft, ist das irgendwo registriert. »Lieber nicht«, sag ich.

»Oh«, sagt sie und steckt es wieder weg. Sie guckt auf die Uhr. Räuspert sich. »Ich muss Rika abholen.«

»Yeah«, sag ich. »Lass mich jetzt einfach in die Gänge kommen.«

Sie fährt zurück zu dem Klamottendiscount, hält davor am Bordstein.

»Bist du zu erreichen?«, frag ich sie.

»Wofür?«, fragt sie.

»Falls ich dir je was geben will. Geld für Rikas Studium oder was. Wie's Noa gewollt hätte.«

Sie überlegt, guckt auf die Straße vor uns. Dann sagt sie, sie ist hier, ich werd sie schon finden, wenn ich's will. Sie lässt es dabei und ich auch.

»Okay«, sag ich. »Das war's dann wohl erst mal.«

Ich hab auch überlegt. Meine Kreditkarten funktionieren bestimmt nicht mehr. Ich bin niemand, heißt das. Ich weiß nicht, was ich jetzt tun soll, aber klar ist, in diesem Auto kann ich nicht mehr bleiben.

Ich steig aus, mach die Tür zu. Als sie zufällt, gibt's plötzlich einen Wolkenbruch, ich glaub, ich spinne, es gießt wie aus Kübeln. Ich heb die Hände und gucke zum Himmel rauf.

Khadeja macht das Fenster einen Spalt auf.

»Immer dieser Scheißregen«, sag ich zu ihr. »Wann hört das mal auf?«

»Manchmal denkt man, es hört nie auf«, sagt sie und legt den Fahrgang ein. »Aber dann, auf einmal, ist Sommer. Wart's ab, du wirst schon sehen.«

36

KAUI, 2009

Honoka'a

Es ist eine von den Nächten, in denen ich einfach nicht schlafen kann, und ich sage mir: Ich denke nicht an San Diego, an Van, was ist es dann, was mich wach hält? Da ist so ein Gefühl in meinem Bauch, kalt und massiv, als hätt ich Beton verschluckt. Die Last des Scheiterns, das war's, als ob man den Gipfel erklettert hat und sieht, jetzt geht es nur noch abwärts. Kleine Farm. Verarmte Eltern. Single und lesbisch oder auch nicht, nicht mal das ist klar. Abgebrochenes Studium.

Im Haus ist es dunkel. Aber okay, das mag ich an der Gegend hier. Keine Lichtverschmutzung, die die Muster und das Gefunkel der Sterne erstickt, das natürliche, wohltuende Schwarz der späten Nacht. Ich gehe leise durch den kleinen Flur vor meinem Zimmer. Fühle, wie die Sandkörner auf dem Boden an meinen Füßen kleben bleiben. Der Herdtimer leuchtet minzblau.

Die Fliegentür zum *lanai* ist weit offen, was sie sonst nie ist. Der schwere, würzige Geruch von *pakalolo* zieht herein, dringt mir in die Nase. Da ist Mom. Sitzt mit angezogenen Beinen auf einem Stuhl, ihren kräftigen Körper zusammengefaltet, die Unterarme auf den Knien. In einer Hand hält sie lässig einen Joint. Rauch kringelt sich von der Glut in die Luft.

»Kannst nicht schlafen?«, frage ich.

Sie hebt den Kopf. »Dieses Haus ist so verdammt klein, und du überraschst mich trotzdem immer«, sagt sie. »Bin grade von der Arbeit gekommen.«

Ich mache die Fliegentür hinter mir zu. »Man kann ja hier nirgends hin, wenn man heimkommt«, sag ich.

»Allerdings.«

Ich setze mich genauso hin wie sie, die Arme um die Knie. »Gib mir mal einen Zug.«

Mom guckt zu mir rüber. Sie öffnet den Mund ganz sachte, und ein Rauchschleier steigt langsam auf. Schwebt über ihre Nase und ihre geröteten Augen. »Nein«, sagt sie. »Ich bin noch nicht stoned genug.«

Okay, ich will ihr schon den Joint aus der Hand reißen und ihn mir in den Mund stopfen, samt Glut und allem, als sie plötzlich lacht. Sie reicht ihn mir. »Hättst mal dein Gesicht sehen sollen«, sagt sie. »Als ob du gleich mit einem Messer auf mich losgehst und mich ausraubst.«

Ich sauge das *pakalolo* ein, lasse es langsam meine Luftröhre runterkriechen. Meine Lungenflügel erwärmen und alles weit machen. Leicht. Locker.

»Du warst immer schon eine, die sich nichts gefallen lässt«, sagt Mom und nimmt den Joint wieder. »Wenigstens eins, was ich richtig gemacht hab.«

Sie tut einen tiefen Zug, okay? Das Ende des Joints pulst orange weiß orange, das Feuer atmet selbsttätig. Im Grün draußen pfeifen Coqui-Frösche weiter ihr nerviges Lied.

»Komisch«, sage ich, »ich wusste gar nicht, dass du kiffst.«

Sie lacht vergnügt. »Gibt viel, was du nicht über mich weißt«, sagt Mom. Rauch kommt aus ihrer Nase wie Stoßzähne.

»Gilt andersrum genauso«, sage ich.

»Echt?«, sagt Mom gespielt-schockiert. Sie gibt mir den Joint wieder. »Meine Tochter hat Geheimnisse?«

»Was hat dich dazu gebracht?«, frag ich.

»Was hat mich wozu gebracht, Geheimnisse zu haben?«

Ich deute mit dem Kinn auf den Joint in meiner Hand. »Dazu.«

»Jungs.« Sie lacht. »Ich war fünfzehn, bei einem Football-spiel. Auf dem Parkplatz mit meinen beiden Freundinnen und ihren Freunden und noch anderen. Ich glaube, ich war die Einzige, die noch nie gekifft hatte.« Sie lässt ihre Hände auf ihren Kopf fallen, okay? Lehnt sich mit dem Stuhl zurück, so dass er kippelt. »Gott, da war dieser Surfer-Boy, der den Joint rumgehen ließ. Man brauchte ihn nur von hinten zu sehen, und schon war man total scharf auf ihn. Dieser Arsch.«

»Mann, Mom«, sag ich. »Nicht, was dich dazu gebracht hat, *das erste Mal* zu kiffen, obwohl, auch toll, ich stell mir dich gern beim Teenage-Sex vor. Ich hab gemeint, was dich *heute Nacht* dazu gebracht hat.« Aber ich brauche eigentlich gar nicht zu fragen. Ich sehe Noas Ukulele zu ihren Füßen. Ich nehme noch einen tiefen Zug von dem Joint, und meine Finger werden heiß von der Glut. Ich gebe ihn ihr wieder.

»Dein Bruder hat uns Geld geschickt«, sagt sie.

»Dean?«, sag ich. »Geld? Aber er ...«

»Du bist doch gescheit, Kaui«, sagt sie. »Denk mal kurz drüber nach.«

Mom lässt die Stuhlbeine wieder runter. Guckt über die Seite vom *lanai*, den Hang rauf ins Dunkel und zu den Scheinwerferstrahlen, die ab und zu in der Ferne vorbeigleiten, wobei die Reifen auf dem Asphalt rauschen. Bäume in unserer Nähe biegen sich und klappern.

»Wir haben an euch Kindern versagt«, sagt Mom. »Und wie.«

»Nein«, sag ich.

»Doch«, sagt sie. »Ich dachte, wenn wir euch alle aufs College kriegen. Wenn wir euch alle aufs Festland kriegen.« Sie wedelt mit der linken Hand zu dem, was hinter uns ist. Die andere Hand hält den Joint. »Aber schau, was jetzt ist.«

»Vielleicht lag's ja gar nicht an euch«, sag ich. »Schon mal auf den Gedanken gekommen?«

Sie schnaubt. »So stoned bin nicht mal ich. Alles, was jetzt mit euch ist, ist unsere Schuld.«

»Glaubst du?«

»Ja«, sagt sie. »Dean war immer nur Basketballer. Wir waren nicht genug dahinter her, dass er noch was anderes macht. Noa ist tot, weil« – sie räuspert sich – »wir nicht verstanden haben, was er brauchte. Als er nach Hause kam … Vielleicht haben wir's nie verstanden.«

Der Joint brennt in ihren Fingern runter. Sie beachtet es nicht.

»Und ich?«, frage ich.

»Du bist hier«, sagt sie, als wär's doch offensichtlich. »Kümmerst dich um deine Eltern.«

»Nur, bis die Lage besser ist«, sag ich.

»Ich glaube«, sagt sie, »die Lage ist besser.«

Ich lache. »Was? Auf einmal?«

»Es ist ein Haufen Geld, was Dean geschickt hat«, sagt sie. »Nicht genug für ein eigenes Haus oder was, aber die Rechnungen können wir eine Weile bezahlen. Wann fängt das nächste Semester an? Du kannst doch ein paar Sommernachholkurse machen …«

»Ich geh nie mehr zurück«, sag ich.

Sie denkt kurz nach. Der Joint muss ihre Fingernägel schmelzen. »Sollte mich wohl nicht überraschen«, sagte sie. »Das Gleiche hat dein Bruder auch gesagt.«

»Als ob du's deswegen verstehst«, fauche ich.

»Na ja«, sagt sie, »erklär's mir.«

»Vielleicht will ich's dir nicht erklären.«

»Es ist nicht leicht«, sagt Mom, »dich hier zu Hause zu haben. Es hat uns alles gekostet, was wir hatten, dich aufs Festland zu schicken.«

Ich sage nichts, okay? Eine ganze Weile. Da ist kein Punkt, wo ich anfangen könnte. Selbst wenn die Erinnerung mir nicht die Kiefer festfrieren würde, was sie aber tut. »Ich hab eine Freundin im Stich gelassen«, bringe ich heraus. »Hab sie in einer schlimmen Situation alleingelassen.«

Mom nickt. Sie sagt okay. Sagt, das versteht sie. Ich sitze da und versuche, das Schluchzen zu unterdrücken. Ich erzähle ihr von der Party. Von Van. Aber als ich einmal angefangen habe, als ich mich einmal geöffnet habe, kann ich nicht mehr aufhören: Ich erzähle ihr von dem Kanal, von den Schlafhaufen, die wir in Wohnheimzimmern gebildet haben. Von den tollen Nächten mit Alkohol und Drogen und Tanzen und Grölen. Wie sich unsere Outdoor-Trips angefühlt haben, die spröde, kalte Härte der Berggipfel in der Morgendämmerung. Der zeitlose heiße Staub der Canyons, golden von gefangenem Sonnenlicht. Was wir durch Van alles erlebt haben. Mutproben, Geschwindigkeit, Klettern, Risiko, der ganze Scheiß. Aber in meinem Kopf führt es immer wieder zu der Party zurück, also erzähl ich ihr davon. Von der Party, dem Zimmer.

»Ich wollte sie alleinlassen«, sage ich. Ich sage es noch mal. Ich wollte sie alleinlassen. Ich wollte ihr wehtun.

»Diese Typen«, sage ich. Ich wische mir mit der Hand Tränen von den Wangen. »Diese Typen waren wie Scheißwölfe, und ich hab sie alleingelassen.«

Das Haus knackt und knarrt um uns herum. Draußen ist es blau und dunkel. Ich frage Mom, ob Liebe bei ihr schon mal dazu geführt hat, dass sie sich ganz allein gefühlt hat. Dass sie sich gefühlt hat, als ob sie in einem Raum voller Essen verhungert.

Sie lacht. »Nur tagtäglich.« Sie beugt sich zu mir rüber, so dass ihre Schläfe meine berührt. Okay, ich fühl den Knochen, das Kratzen von Haar an Haar. Wir lehnen uns immer fester aneinander. Ich flenne jetzt wohl richtig. Die Tränen laufen mir runter. Sie flüstert was, aber ich versteh nicht, was.

»Ich hätte nie gedacht, dass ich jemand bin, der einem anderen Menschen so was antun kann«, sag ich. »Jetzt bin ich genau das. Für alle Zeit.«

Mom nickt. »So ist es immer.«

»Wie meinst du das?«, frag ich.

»Jedes Mal, wenn ich in meinem Leben eine Entscheidung getroffen habe, eine echte Entscheidung...« Sie zieht ihren Kopf zurück. Berührt kurz meine Schulter. »Danach fühl ich immer, wie etwas anders geworden ist. Wie eine bessere Version von mir so weit weggerückt ist, dass ich nicht mehr drankomme.«

Genauso geht's mir auch. Also gibt es nichts mehr zu sagen. Ich fahre mit dem Handgelenk unter meiner Nase hin und her. Wische mir noch mehr Tränen aus den Augen.

»Ich verliere immerzu bessere Versionen von mir«, sagt sie. »Ich weiß nicht. Man muss es wohl einfach weiter versuchen.«

Jetzt weint sie. Ein paar Minuten weinen wir beide. »*Gott*, mir reicht's mit dem Weinen«, sagt sie schließlich. Sie steht auf und streckt den Kopf Richtung Küche. »Willst du ein Bier?«

»Ich will fünfzehn Stück«, sage ich und lache. Und wische mir wieder das Gesicht ab. »Wir könnten uns eins teilen.« Sie geht. Ich höre den Kühlschrank auf- und wieder zugehen. Sie kommt zurück, stellt eine Flasche Bier neben meinen Fuß und hebt dann behutsam die Uke auf ihren Schoß.

Sie fragt, ob ich je übers Sterben nachdenke. Darüber, was da ist, auf der anderen Seite.

»Klar«, sag ich. »Vor allem seit Noa.«

»Und?«

Die Antwort kommt nicht so schnell, wie ich dachte. »Meistens hab ich das Gefühl, dass da nichts ist, nach dem hier«, sag ich.

»Der Teil ist mir egal«, sagt Mom. »Oder macht mir jedenfalls keine Angst. Ob da auf der anderen Seite was ist oder nicht. Dorthin zu kommen, das ist es, verstehst du? Der letzte Moment, wenn man geht, wenn man noch in dieser Welt ist, obwohl sie sich schon vor einem schließt. Den Teil muss man allein machen.«

Darauf hab ich nichts zu sagen.

»Ich hab dran gedacht, es zu tun, weißt du«, sagt sie. »Als es mit Augie am schlimmsten war, gleich nach Noa.«

»Shit, Mom«, sag ich.

»Ist so«, sagt sie. »Rasierklingen, Tabletten. Kimos Jagdgewehr. Ein Strick von der Decke.«

Es klingt, als ob sie alte Freunde aufzählt, Leute, mit denen sie viel Zeit verbracht hat. Ein Teil von mir will wissen, wie weit sie gegangen ist. Ob sie die Sachen schon in der Hand hatte. »Ich bin froh, dass du's nicht gemacht hast«, sage ich.

Sie lacht. »Oh, danke.« Sie setzt sich anders hin, und dabei fällt fast die Uke runter. Sie kann sie gerade noch festhalten.

Ich zeige mit dem Kinn auf die Uke. »Spielst du je?«

Sie guckt auf das, was sie in der Hand hält. Als ob ihr der Gedanke gar nie gekommen wär.

»Ich kann nur ein, zwei Lieder«, sagt sie. »Eher dein Vater.«

»Er schläft«, sag ich. »Und außerdem glaub ich nicht, dass eine von uns hören will, was er jetzt spielen würde.«

Mom denkt nach. Ich wette, sie fühlt, was ich fühle. Dass in uns irgendwas umschlägt. Unser Verhältnis zueinander. Auch wenn ich so lange weg war, kann die Insel für mich doch nie was anderes sein als mein Zuhause, und ich kann nie was anderes sein als Moms Tochter.

Sie fängt an zu spielen.

Der Song hat ein Schlag-und-Chuck-Muster. Bisschen schief klingende Akkorde. Er ist traurig und langsam. Oder fühlt sich jedenfalls so an. Aber sie spielt weiter, und es fährt mir in die Kehle, die Finger, die Hüften. Ich stehe auf, und es geht los: ein Hula. Ich verstehe nicht, was passiert. Mein Körper fühlt sich nicht an, als ob er mir gehört, es ist, als wäre ich nur ein Passagier darin. Der Song, den Mom spielt, ist nicht für den Hula gemacht, er ist zu langsam und zu abgehackt. Ich komme immer aus dem Takt, finde ihn wieder, komme wieder draus. Aber etwas macht, dass ich mich weiterbewege. Stopp, will ich zu Mom sagen, aber etwas lässt mich nicht. Meine Hände fließen und wogen und erstarren. Meine Hüften rollen mit meinen gebeugten Knien. Die Uke chuckt. Moms Finger werden schneller, verbinden Melodietöne mit den Akkorden zu etwas Vollem, Kompliziertem.

Ich versteh nicht, will ich wieder sagen, aber ich kann immer noch nicht sprechen, okay? Etwas saugt mir immer den Ton aus der Kehle.

Mom geht zu einem anderen Song über. Sie fängt an, einen Rhythmus auf dem Körper der Ukulele zu schlagen. Schlägt mit der flachen Hand und rollt mit den Fingerknöcheln über den Körper, als wäre er eine *ipu*. Dann schlägt sie wieder ein paar Akkorde auf den Saiten. So fest, dass ich Angst habe, die Saiten reißen. Und während die Akkorde noch nachklingen, schlägt sie wieder den Körper der Ukulele, klopft und klatscht und rollt mit den Knöcheln übers Holz.

Der Song ist jetzt ein *kahiko*. Die uralte Form des Hula.

Und der Song fragt: Was tun wir hier? In diesem Land.

Im Geist sehe ich: Wasser, das sich seinen Weg durch regenübersättigte Bergschluchten sucht, zu dem grünen Kalo im Tal. Zu der durstigen Erde. Ich sehe Fische und Pflanzenbeete und Symbiose. Meine Hände in dieser Erde, wie sie dieses Gleichgewicht minimal justieren, und das Grün, das mit Macht zurückkehrt.

Der Song fragt wieder: Was tun wir hier? Das Gleichgewicht, das wir auf der Farm herstellen, sage ich. Sage es mit meinen Händen und Hüften im Hula. Der Song fragt, und ich antworte. Presse die flachen Hände durch die Luft nach unten, während ich die Hüften schwinge und langsame Schritte mache, mich dann drehe. Ich mache keine schwere Arbeit, aber mir ist schwindelig, ich fühle mich bewegungskrank. Etwas ist in mir. Mom spielt schneller und intensiver, bearbeitet den Körper der Ukulele mit Handfläche und Knöcheln. Sie schlägt Akkorde und Töne über die gesamten Saiten an. Es ist die Farm, antworte ich. Es ist das Land, das, was wir sein können und was die Inseln werden können. Im Hula ziehe ich etwas aus der Luft, als ob ich Kalo aus der Erde ziehe. Ich führe die Hände vor meinem Körper abwärts, wie Regen, der durch die Erde und in die Flüsse fließt. Die alte Art und Weise, das Land nähren, vom Land genährt werden. Dieser uralte Kreislauf. Ich drehe mich auf den Fersen. Mom spielt weiter, der Song schwillt an, ein Regensturm aus Tönen und ein wirbelnder Beat. Ich habe sie noch nie so spielen sehen, so schnell und präzise, es hat nichts Trauriges mehr. Ich sehe meine Hände, während ich mit ihnen mitschwinge. Meine Hände. Wieder bis in die Poren verfärbt, aber diesmal von Erde statt von Magnesia wie beim Klettern in San Diego. Ich rolle mit den Hüften, lasse die Füße im Rhythmus vor- und zurückschnellen. Ich falle auf die Knie und bewege die Arme in alle Richtungen, bevor ich sie runternehme. Ich verbeuge mich. Mom spielt die letzten Töne, viel schneller als am Anfang.

Eine Flut von Stille bricht herein. Ich falle wieder in den Stuhl, so schwer, dass er fast kaputtgeht, fast umkippt. Langsam nehme ich wieder wahr, wo ich bin. Die Coqui-Frösche pfeifen.

»Mom?«, frag ich. »Was war das grade?«

Ihre Augen sind größer und weißer als vorher. »Ich weiß nicht«, sagt sie. »Ich habe das im Leben noch nie gespielt.« Sie legt die Ukulele auf ihren Schoß. Öffnet die Hände und wackelt mit den Fingern. Wie um sich zu vergewissern, dass sie noch da sind.

Ich frage sie, ob sie es auch gesehen hat, auch gefühlt hat.

»Ja«, sagt sie.

Ich denke an die anderen Male, als der Hula in mir war. Von jenem ersten Abend in der Cafeteria übers College und Van bis gerade eben. *Am Leben am Leben am Leben*, macht mein Herz.

»Kaui«, sagt Mom langsam, »was geht auf dieser Farm vor sich?«

37

MALIA, 2009

Honoka'a

Meistens versuche ich, mir nicht zu viel zu erhoffen. Eigentlich glaube ich inzwischen, dass Götter, egal welche, nicht über unsere Zukunft bestimmen, so wenig wie über unsere Gegenwart und unsere Vergangenheit. Götter bedeuten mir nichts mehr, ohne Nainoa. Und ist es nicht sowieso idiotisch, irgendwas zu erwarten, egal was? Ist es nicht genau das, woran die Leute immer schon zerbrochen sind? Und doch hoffe ich jetzt wieder, bin ganz fickerig vor Hoffnung, wegen dem, was letzte Nacht bei der Musik passiert ist. Etwas geht dort auf der Farm vor sich, ich weiß nicht, was, etwas, was mit den Göttern zu tun hat und mit Nainoa und mit uns. Also sitze ich jetzt hier auf der harten Ladefläche von Kimos Pickup, mit meiner Tochter, mit Blick auf die Straße hinter uns an die Kabine gelehnt, und wir teilen uns einen Thermosbecher mit Kaffee. Der leichte Plastikgeschmack, wie wenn man einen alten Kühlschrank aufmacht, und darunter der Geschmack der Kona-Bohnen, während der Truck durch die Schlaglöcher der geschotterten Farmstraße holpert. Wir haben Bandanas über Nase und Mund, gegen den Staub, und sehen aus wie Banditen oder wie die Bloods und die Crips auf Kauis Rap-Alben. Durch die Bandana riecht alles nach alter Baumwolle und Kaffee, und wir lüpfen das Tuch immer nur gerade genug, um einen Schluck zu nehmen, lassen es dann wieder runter und geben den Becher der anderen. Staubwolken wirbeln hinter uns her. Der Truck hüpft und bockt. Wir biegen ein bisschen zu schnell um eine Ecke, Kaui fällt fast um, und Kaffee schwappt auf ihre Finger und ihre Jeans. »Verdammter Arsch«, brüllt sie.

»Du meinst deinen Onkel?«, frage ich.

»Yeah«, sagt sie. »Der und seine Scheißfahrerei. Er bringt uns noch um.«

»Gib mir den Kaffee, wenn du ihn nicht trinkst«, sag ich. Gerade, als ich trinke, kommen wir auf ein glattes Stück, und ich nehme einen langen Schluck, lecke mir dann die Lippen und mache *Ah.* »War doch nicht so schwer. Weiß gar nicht, worüber du dich beklagst.«

Kaui knurrt nur.

»Wie weit noch bis zur Farm?«

»Gleich da.«

Und dann sind wir da. Als wir um die letzte Biegung kommen, sehe ich, dass das hohe Gras und das alte Zuckerrohr und die Eukalyptusbäume gestutzt und gerodet sind und da ein großes, sauberes Stück Hügel ist, mit dem Kuppelgewächshaus mitten drauf, und überall sind Rohre, die aus dem Boden hervorkommen und wieder drin verschwinden wie ein halbvergrabenes Skelett, und auf der einen Seite steht ein kleinerer Schuppen. Um das Gewächshaus herum seh ich lauter erhöhte Plattformen und auf jeder Plattform einen Dschungel von elefantenohrigem Taro. Ein Mann mit einem breitkrempigen, hohen Strohhut im traditionellen hawaiianischen Farmerstil, sandfarbenen Stiefeln, schmuddeligen Jeans und dünngewetztem Shirt kommt auf den Truck zu.

»Du bist spät dran.« Er macht eine Kopfbewegung zu Kaui hin.

»Tut mir leid«, sagt Kaui in dem Ton, in dem sie das auch zu mir sagt, wenn ich merken soll, dass es ihr nicht leidtut.

»Wer's glaubt«, sagt der Mann. Er hat einen Schnurrbart, der sich bis zum Kinn runterzieht, dunkle Wangen, dicke Augenbrauen und einen ernsten Blick: halb Hawaiianer, halb Okinawer, würde ich sagen.

»Du bist doch wahrscheinlich eh grade erst mit Scheißen fertig«, sagt Kaui. Sie reicht ihm die Thermoskanne. »War's heute mehr wie Softeis oder wie Bratwurst?« Sie springt mit ihrem Rucksack vom Pick-up und nimmt ihm die Thermoskanne wieder ab. Ich steige über die Heckklappe und dann von der Stoßstange auf den Boden.

»Das ist also die ʻohana«, sagt der Mann zu mir und zu Augie. Augie steigt aus der Kabine. Kaui schwatzt noch kurz mit Kimo, dann fährt der Pick-up los. Kimo streckt den Arm raus und macht noch ein Shaka-Zeichen, bevor der Truck um die erste staubige Kurve verschwindet.

Der Mann ist Hoku, und er zeigt mir die Farm, das, was er und Kaui gemacht haben. Es geht alles um Aquaponik und Biogas, und jetzt fangen sie gerade an, eine Solaranlage zu bauen und Mikrowindräder, die aussehen wie Palmblätter und sich im leisesten Wind drehen. Er erklärt alles, und ich hör nur teilweise zu, weil es mich so sehr nicht interessiert. Es ist eine Farm, was gibt's da groß zu verstehen? Die ganze Zeit, während er uns herumführt, ist Kaui schon an der Arbeit, schaufelt Kuhmist in eine große schwarze Trommel, die sie mit einer beidhändigen Kurbel dreht, oder beschneidet Pflanzen und kämpft mit Rohren. Sie hat ihr Haar auf dem Kopf zusammengezurrt, ihr Körper spannt sich bei jedem Spatenstich, ihre zusammengekniffenen Augen mustern das Rohrgewinde, ihr schwarzes T-Shirt ist hinten schon ganz scheckig von Schweiß.

Hoku lacht. »Sie kapieren es nicht, was?«

»Sieht für mich wie eine kleine Farm aus«, sag ich und befingere dabei die Blätter einer Taro-Pflanze. Kalo ist der andere Name dafür, der, den ich lieber mag, weil ich dabei an Nachtmarschierer denke und an Pele und *'aumakua*, und da bist du wieder, wartest in dem Teil meines Herzens, der Ruhe gibt, bis alles still ist, und dann plötzlich wild wird.

»Alles muss irgendwo anfangen«, sagt Hoku. »Alles Große fängt klein an.«

»Arbeiten Sie eigentlich auch mal selbst?«, frage ich. »Oder machen Sie hauptsächlich den Fremdenführer?« Ich lächle ihn säuerlich an. Kaui schraubt ein Rohr fest, ihre Arme arbeiten wie das Innere eines Motors, sind kräftig und sonnenbraun wie in ihren *keiki*-Tagen. Erinnern mich dran. Augie steht neben ihr, das Haar vom Wind zerzaust.

»Sie sind genauso charmant wie Ihre Tochter«, sagt Hoku. »Immer langsam. Ich hab Sie ja nur einmal kurz rumgeführt.«

»Klar«, sag ich.

»Sie kapieren es echt nicht, oder?«

»Was gibt's da zu kapieren?«

»Ihre Tochter. Ich sag's ja ungern«, sagt Hoku, »aber sie hat das ausgetüftelt.«

»Was?«

»Das Ganze«, sagt Hoku. »Wie man alles miteinander verbinden muss, und noch die neuen Sachen, die sie jetzt baut. Die ganzen Konstruktionen.« Er redet wieder von Aquaponik und von Biogas, wie der Kalo sich von den Ausscheidungen der Fische nährt, die sich von den Pflanzen nähren und so weiter und so fort. Ein Kreislauf, sagt er und lässt den Zeigefinger kreisen. Es ist alles gleichzeitig, das ganze System erhält sich selbst, ohne Eingriff von außen.

»Hier auf dieser Anlage«, sagt er. »Es ist perfekt.« Er steigt von der erhöhten Plattform im Schatten des Materialschuppens. »Aber das Mädel, also, sie wird alle dazu bringen. Das hier wird die ganze Landwirtschaft verändern, ich sag's Ihnen. Muss nur im größeren Stil gemacht werden. Sie hat jede Menge Ideen.« Hoku macht ein paar Schritte dorthin, wo Kaui arbeitet, dreht sich dann um. »Wollen Sie nicht mitkommen?«

Es ist fast, als hätte jemand einen Schalter umgelegt: Warme Freude und Schuldgefühl durchströmen mich gleichzeitig. Sie ist nicht über Nacht so tüchtig geworden. Diese Fähigkeiten – sie hat die ganze Zeit tolle Sachen gemacht, all die Jahre, die wir immer nur auf Noa geguckt haben. Hat sich immer mehr entwickelt. Still und wütend. Wir haben dich nie richtig beachtet, was? Und jetzt schau dich an, Kaui.

»Ich bleibe hier«, sage ich. »Nur kurz. Nur einen Moment.«

»Yeah, okay«, sagt Hoku. »Bleiben Sie im Schatten, nehmen Sie sich was zu trinken aus der Kühlbox, wenn Sie wollen.«

»Okay«, sag ich und beschirme meine Augen mit der Hand, damit ich Kaui besser sehen kann.

Er geht zu meiner Tochter, und zusammen machen sie weiter, schneiden Öffnungen in einen großen schwarzen Behälter – einen Wassertank oder so was –, bringen Gummiteile daran an, passen Rohre ein, schleppen Metallschrott heran, und dann reden sie drüber, was sie daraus machen können, und Kauis entschlossener Blick heftet sich auf einen Motor auf einem Brett, das auf zwei Sägeböcken liegt. Ich habe Kaui noch nie so gesehen, noch nie so *empfunden*: Die ganze Farm, die ganze Situation ist wie eine Erweiterung der Muskeln und Sehnen ihres Körpers.

Aber dann fällt mein Blick auf Augie. Er steht nicht mehr bei ihr, sie lässt ihm seinen Freiraum, und jetzt steht er weiter weg bei der Aquaponik-Anlage, den dicht an dicht angeordneten, riesigen Behältern, in denen Kalo wächst. Und er macht jetzt etwas Seltsames: Er beugt sich vor, presst die Stirn sachte auf eins der Elefantenohrenblätter und beugt sich immer tiefer in die Pflanze rein, bis sein Gesicht zwischen den Stängeln verschwunden ist.

Da ist so ein Gefühl, ein tiefgrünes Gefühl, und Musik. Ich fühle mich leicht, schwebend, fast, als wäre ich gleichzeitig in meinem Körper und außerhalb. Etwas geschieht.

»Augie«, sag ich und will auf ihn zugehen, obwohl ich weiß, er wird nicht antworten, es ist sinnlos. »Was ist?«

Augie hebt die Hand, den Kopf noch immer tief zwischen den Stängeln. Die Blätter liegen auf seinen Schultern, als wollten sie ihn trösten. Doch als er die Hand hebt, ist da was an dieser Geste – zwei Finger leicht gespreizt, zwei zur Handfläche hin gekrümmt –, das geschickter wirkt, als er seit langem war. Kontrolliert lässig, so wirkt es. Geistig wach. Er zieht den Kopf wieder hervor.

»Babe«, sagt er.

Ich falle fast um. *Babe*, das hat er schon so lange nicht mehr gesagt, dass ich fast vergessen habe, was es bedeutet. Wir hatten uns immer gegenseitig, Augie und ich, und unser Zusammensein hat sich immer angefühlt, als wären wir miteinander verflochten, unsere Seelen, immer enger verflochten, egal, was um uns herum in die Brüche ging. Was ich in all diesen Monaten am allermeisten vermisst habe, war dieses Gefühl, und mir ist bewusst geworden, dass es das Gefühl war, zu Hause zu sein.

»Babe«, sagt er wieder. Als hätten wir einander nie vermisst. »Ich muss dir was zeigen.«

Ich will etwas sagen, tu's aber nicht. Ich trete näher zu ihm. Seine Hand fasst meinen Arm gleich überm Ellbogen und zieht mich runter in den Kalo – und als meine Stirn die Blätter berührt, fühle ich es.

Es ist das Gleiche, was letzte Nacht da war, in dem Song mit Kaui, das, was als ein Summen durch mich hindurchgegangen ist, als ich auf der Uke gespielt habe. Da, wo ich die Blätter und Stängel berühre, fühle ich tausend Stimmen. Sie chanten. Ja. Ich umfasse Stängel, ich senke mein Gesicht in den Kalo, so wie Augie. Das Chanten und Singen. Ich kenne die Sprache, auch wenn ich sie zum ersten Mal auf diese Weise höre, eine Sprache von Gerechtigkeit und von Zyklen, von Geben und Nehmen, Aloha in seiner ursprünglichsten Form. Reine Liebe. Der Chant wird immer vielstimmiger, so wie auf einer großen Versammlung von Menschen die einzelnen Gespräche zu einem einzigen summenden Stimmengewirr werden, und das, was ich jetzt berühre, ist mehr als nur Stimmen, mehr als ein Chant, es ist ein Summen von Energie, und ich fühle, wie dieses Summen sich auf alles ausweitet, was um uns herum ist: den Kalo auf dem ganzen Feld. Ich fühle seinen grünen Hunger nach Sonne und das Arbeiten seines Körpers im feuchten Boden, fühle, wie er feine Wasserrinnsale trinkt, die ihren Weg von den Fischen zu ihm finden, und fühle die Fische, das Schlagen ihrer Schwänze, ein stetes Hin- und Herschwingen, während ihre Körper ihren Tanz durchs Wasser vollführen, und dann den Schlamm am Rand des Tanks und dahinter das Gras und wie es aufwärtsstrebt, sich an der Sonne labt, der Wärme, dem Regen. Es dringt alles auf mich ein, bis es fast zu viel ist, um es zu ertragen, zu viel, um in einen Kopf zu passen. Ich fange an, mich darin zu verlieren, in diesem Tosen um mich herum, das alles übertönt, was ich über mich zu wissen glaube, wo ich bin, wie ich heiße...

Augies raue Hände ziehen mich von den Blättern weg. Da ist er, mustert mich, seine Augen sanft und wach, so wie sie früher waren. Er ist *ganz* da. »Hast du's gefühlt?«, fragt er, und ich sage, ja, ja, klar hab ich's gefühlt.

»War die ganze Zeit da«, sagt er. »Du hast's nur nicht gewusst.«

»Was war da?«, frage ich.

»Das alles«, sagt er. »Alles.«

Jetzt endlich wird mir klar, wie es die ganze Zeit in seinem Kopf zuging. Wie, wenn es das war, was dort drinnen toste, in seiner lautesten, dichtesten Form, und sein ganzes Denken übertönte… wie es ihn auflösen musste. Wie es allmählich begann und immer stärker wurde. Mir wird klar, dass er es auf Oʻahu gefühlt hat, als ich es nicht gefühlt habe. Dass da etwas ist, was auch Kaui gefühlt hat, etwas, was sie auf dem *lanai* zum Leben erweckt hat, sie und Noas Ukulele, und jetzt sind wir hier. Sie hat es freigesetzt. Dieser Ort hier, dieses Land, hat es freigesetzt. Eine Welle von Chanting-Klängen, die über alles andere hinwegtost, eine Forderung der Insel, auf diese Weise erkannt – nein, erlöst – zu werden. Das hier ist nur der Anfang, ja, aber es ist alles, von Anfang an alles. Es sticht mir ins Herz wie ein Speer, als ich jetzt Nainoa zum ersten Mal verstehe. Es muss so einsam gewesen sein, sein ganzes Leben, mit alldem.

»Augie«, flüstere ich.

»Was?«

»Jetzt gerade«, sage ich. »Bist du's?«

»Versteh ich nicht«, sagt er, aber er braucht mir nicht zu antworten. Ich sehe es. Oh, mein Augie, ich küsse ihn. Dränge mich an ihn und fühle seine Brust, fühle, wie der Muskel ein flacher Teller über Knochenriefen geworden ist, aber drinnen pochen immer noch Blut und Atem – ich drücke mich an ihn, und unsere Zähne klicken, als mein Mund seinen findet und wir zusammen atmen. Er ist jetzt, in diesem Moment, ganz da, und das ist genug. Etwas löst sich.

»O mein Gott«, sage ich, nehme den Kopf ein Stück zurück und lache. »Du stinkst aus dem Mund.«

38

KAUI, 2009

Honoka'a

Unsere Füße hämmern auf den Asphalt, und der Asphalt hämmert zurück. Das *Tack-tack-tack* unserer Laufschuhe, Dad und ich auf der achten Meile, und bei jedem Schritt der Stoß des Bodens durch unsere Knochen und Muskeln. Zuckerrohr und Eukalyptus rollen vorbei, und ab und zu sind da weiter draußen auf den Feldern rostzerfressene Mühlenhäuser und Wellblechlagerschuppen, halb von Grün verschluckt. Struppiges ungenutztes Farmland zieht sich zu den fernen Klippen runter. Und dahinter flimmert das blaue Meer von kleinen weißen Wellen, die der Passat macht. Wir laufen immer weiter und leiden immer weiter, okay? Durch die Zehenknochen geht der Schmerz. Durch die harten Waden und steifen Oberschenkel. Bis rauf in den Bauch. *Tff, tff, tff.* Bei jedem Schritt kommt jetzt so eine Art Keuchen aus unseren Kehlen. Es ist garantiert falsch, so zu laufen, auf die Art Luft zu vergeuden. Aber es ist mir egal, ob es falsch ist. Ob ich Luft vergeude. Ich will einfach nur weitermachen.

Okay, wir gehen also immer noch laufen, Dad und ich, so wie am Anfang, als ich wieder daheim war. Als mir die Idee kam, dass es ihm dann vielleicht besser gehen würde, einfach nur vom Laufen. Wenn man lange genug schnell genug läuft, verstummt alles in einem unter dem tosenden Strom von Blut und Sauerstoff im Körper, und der Kopf wird leer. Damals, als ich frisch wieder zurück war, war ich bereit, mich zusammen mit Dad selbst zu verlieren. Und das tat ich auch an manchen Tagen. Und in manchen Nächten.

Dann löste sich der Schmerz: Dad und das fruchtbare Land. Jetzt gibt es ganze Tage, an denen er so ist wie früher. Kein Gemurmel mehr, okay? Kein stierer Blick, so leer wie die rostigen Schuppen, an denen wir vorbeilaufen. Er scheißt sich nicht mehr voll und wandert nicht mehr ins Dunkel davon. Nein. Wir haben ihn jetzt wieder, ganz: *Zieh an meinem Finger*, befahl er am Samstag beim Essen. Und als wir gestern Morgen vom Laufen zurück waren, sagte er: *Nach* diesem *Lauf – deine Mom muss sich in Acht nehmen*.

Wo wir's gerade von Mom haben: Seit meinen *hanabata*-Tagen hab ich sie nicht mehr so gesehen. Eine Zeitlang hatte ein Teil von ihr aufgegeben. Sie hatte alles verloren und stand überhaupt nur noch auf, weil sie's immer getan hatte. Oder vielleicht dachte sie auch, dass da in Dean und mir was wäre, wofür sie leben könnte. Weiß ich nicht. Aber ich weiß, dass Noa immer ihr Liebling sein wird. Dabei ging's gar nicht wirklich um Noa oder jedenfalls nicht nur um ihn als Person. Für Mom war Noa ein Sohn, aber er war auch die Legenden, die sich an ihm festmachten. Die allem, worunter wir litten – den Jahren ohne Geld, dem Umzug in die Stadt, den Scheißjobs, die sie und Dad hatten –, einen Sinn und Zweck gaben. Und dieser Sinn und Zweck war so gewaltig, dass sie ihn gar nicht zu verstehen brauchte, um zu wissen, dass sie dabei eine wichtige Rolle spielte. Eine große Bestimmung ist was Berauschendes.

Tff, tff, tff. Dad und ich laufen immer noch weiter die Landstraße lang. Etwas wackelt und knackt im Gebüsch, als wir vorbeijoggen, dort, wo die Äste stachlig und dicht überm Boden sind. Schweiß hängt in meinen Augenwimpern und kitzelt auf meinen Nackenmuskeln, und die Straße krümmt sich zum Buckel und fällt wieder ab und kurvt davon. Orangefarbenes Abendlicht. Wir rennen weiter.

Okay, jetzt ist alles anders, wenn wir laufen. Jetzt will ich mich nicht mehr verlieren. Ich will das, was ich geschaffen habe, ausweiten. Ich nenne es ein neues *ahupua'a*: die Wiederbelebung des alten Systems. Als das Land von den *ali'i* in Streifen aufgeteilt wurde, die von den Bergen bis ans Meer gingen, und alles miteinander im Austausch stand: als Fische aus dem Meer gegen Süßkartoffeln aus der Ebene getauscht wurden, die vom Wasser aus der Höhe gediehen. Nur dass Hoku und ich jetzt das alles auf kleinerem Raum angelegt haben, plus Photovoltaik und Wasserrückgewinnung. Es nährt sich alles gegenseitig, okay? Der Kalo und die Fische und die Blumen. Viel Ertrag von wenig Land. Es wird diese Inseln verändern, ich schwör's. Als wir anfingen, drüber zu reden, als die Artikel in der Zeitung und den Bordmagazinen der Insel-Airline erschienen, da ging es los, dass Leute kamen. *Tita*-Erdmamas mit Zehennägeln wie rissige Dachschindeln und *vana*-Haar unter den Achseln und Koi-Tattoos und mit Farmen, die sie aufbauten, so wie wir. Typen mit welligem Haar bis auf den Rücken und dunkelhäutiger Brust, die nur aus Muskeln besteht. Aber nicht die Information führte sie her. Sie waren auch gerufen worden, sagten sie. Diese Stimme, die zu mir kam wie ein Hula, die durch Dad toste wie ein Fluss, all die Leute, die zu uns kamen, hatten sie gehört. Sie hatte sie dazu gebracht, das zu erschaffen, was sie erschaffen hatten. Immer mehr von uns *kānaka maoli* kamen, und es verbreitete sich immer weiter, okay? Also kommen jetzt sogar wichtige Leute: *Nun ja*, sagte die Kreisrätin achselzuckend, *etwas müssen wir ja mit dem ganzen Land machen*. Ich spreche auf Anhörungen, an Universitäten, zusammen mit anderen Farmern und Fischern und Leuten, die sich für die alten Methoden einsetzen.

»Siehst du«, sagte Dean gestern Abend am Telefon. Als entdeckte ich grade was, was er immer schon wusste.

»Herrgott, Dean«, sagte ich. »Seh ich was?«

»Noa hatte recht«, sagte Dean. »Ging nicht nur um ihn. Noch vom Grab aus ist er der große Alleswisser.«

Ich konnte nicht anders, ich musste lachen.

Aber was ist mit dir, hab ich ihn gefragt. Ruft es dich jetzt auch?

»Pass mal auf«, sagte er. »Du sprichst von rufen? Dann hör dir das mal an.« Und von seiner Seite kamen dumpfe Geräusche, die klangen wie unter Wasser. Ich wusste, es bedeutete, dass er das Telefon bewegte und sich selbst auch. Dann kam plötzlich ein Schwall von Stadtgeräuschen, so laut, dass es fast schon wie ein einziges Regenrauschen war: Autohupen, Sirenen, das Knallen von Holzpaletten und von Türen. Das Donnern von schwerem Zeug, das in einen Müllcontainer fällt. Das Mahlen und Dröhnen von einem City-Bus. Zischen und Klappern. Stimmen. Dann verklangen diese

Geräusche, und das Telefon machte wieder das dumpfe Geräusch, wurde wieder bewegt. Eine Fernsehstimme war zu hören, sagte irgendwas über Märkte und erwartetes Quartalswachstum und Bewertungsvorhersagen, und dann war er wieder dran, okay? Sein Atmen. »Hast du's gehört?«

»Ich hab Krach gehört«, sagte ich. »Das hab ich nicht gemeint.«

»Krach«, sagte er. »Das ist *Geld*«, sagte er. »Das bin ich, wie ich Wege finde, welches zu machen.«

Er hatte immer wieder Geld geschickt, es gab regelmäßige Eingänge auf Moms und Dads Konto. Mom fragte nie, wie er das Geld verdiente, und ich auch nicht. Ich wette, die Antwort war nicht so schlimm, wie wir dachten. Aber wir fragten nicht, weil sie ja vielleicht auch schlimmer war.

An seinem Ende knarzte Leder, irgendwas fiel zu. Die ganze Zeit, während wir redeten, war er in Bewegung. Er ist immer in Bewegung. Ich frage mich, ob das für ihn das Schlimmste am Gefängnis war, dass ihm die Bewegungsfreiheit genommen wurde.

»Wie geht's Mom und Dad?«, fragte er.

»Jeden Tag besser«, sagte ich. »Uns allen.«

»Schau an, was du alles fertigbringst«, sagte er. »Vielleicht war Noa ja doch nicht der einzige Superheld.«

»Er war nie ein Superheld, Dean«, sagte ich. »Das war das Problem. Keine Retter und Erlöser mehr, okay? Das hier ist einfach nur das Leben.«

»Ach«, sagte er. Und dann: »Weißt du, ich denk immer noch ans Waipi'o.« Ich hörte ihn regelrecht den Kopf schütteln. »Ich war noch dort, als alle längst wieder daheim waren.

Die Hubschrauber und die Hunde waren weg, und ich bin einfach immer weiter rumgewandert, um Noa zu finden. All die Trails rauf und runter. Ich hatte immer dieses Gefühl, dass er gleich hinter der nächsten Biegung wär. Gleich da vor mir. So wie früher, als wir Kinder waren, immer war er mir ein Stück voraus. Selbst zuletzt war's, als ob er nur abgestürzt wär, weil er so weit von da weg war, wo alle anderen rumlaufen. Ein Teil von mir wird immer dort im Valley sein. Hinter ihm herjagen. Ein Teil von mir wird da nie wieder rauskommen, verstehst du?«

Während er redete, ging ich durch das kleine Haus, das wir jetzt auf Onkel Kimos Land haben. Ich ging durch die Seitentür raus auf den *lanai*. Ich fühlte, wie der Hapuʻu-Farn und die Bananenpflanzen und Eisenholzbäume irgendwie ihre eigene Atmosphäre erzeugten. Und es war anders als in San Diego. Aber auf einmal war ich wieder dort. Van und die ganzen Partys, die Klettertrips. Die Autofahrten und das Klettern und die Kanäle. Und Van. Und Van.

»Ja«, sagte ich. »Ich weiß genau, was du meinst.«

Er sagte nichts.

»Du kommst nicht heim, oder?«, fragte ich.

»Heim«, sagte er. Als wär das ein Wort, das er schon mal gehört hatte, aber trotzdem nicht kannte. »Als ich wieder in Hawaii war«, sagte er, »bin ich dauernd Leuten begegnet, und dann ging's immer nur: ›Hey, ich weiß noch, wie du fünfunddreißig Punkte gegen Villanova gemacht hast, den Last-Minute-Banker‹, oder: ›Damals, als du für die Lincoln gespielt hast, war ich bei all deinen Spielen.‹ Das ist alles, was Hawaii jetzt für mich ist, okay? Ich bin dort der, der ich mal war. Und dann ist da das Valley und überall Noa. Ich komm nicht dagegen an, Sis. So sieht's aus, das ist Hawaii. Ich kann nichts dagegen machen.«

Gib Hawaii noch eine Chance, hab ich gesagt. »Du wirst überrascht sein, was dieses Land mit dir machen kann.«

»Mich überrascht nichts mehr«, sagte er.

Oh, Dean. So ein Arschloch, immer noch. Früher hätte es mich wütend gemacht, okay? Aber jetzt sagte ich mir, was er brauchte, war einfach nur ein bisschen Anerkennung. Einfach nur mal der Beste sein.

»Hey, Dean«, sagte ich. »Das Geld, das du uns geschickt hast, das erste Mal. Es kam grade, als Mom es am meisten gebraucht hat. Sie war total am Ende, wusstest du das?«

Er atmete scharf ein. Seine Stimme war ein bisschen brüchig, als er sagte: »Ah. Okay.«

»Und damals in Portland«, sagte ich. »Ich vergess nicht, wer das Steuer übernommen hat. Im letzten Moment. Aber du musst das, was du jetzt machst, nicht weitermachen«, sagte ich. »Uns geht's gut.«

»Ach ja?«, sagte er. »Und was ist mit dem Farmbetrieb, den du dort aufgezogen hast? Wird nicht billig, da was Großes draus zu machen.«

Okay, er hatte ja recht, selbst mit Finanzhilfe vom County oder vom Bundesstaat, richtig Kohle hatten die doch für Leute wie uns nie. Ich sagte so was in der Art. Und fühlte schon sein Geld durchs Seekabel strömen.

»Yeah«, sagte er. »Siehst du? Sag ich ja. Uns geht's nicht gut genug. Noch nicht.«

Mir wurde klar, dass das immer der Unterschied zwischen

Dean und mir sein würde. Nach allem, was dieser Familie passiert war. Nach allem, was wir an Noa gesehen und gefühlt hatten. Dem Echo in uns selbst... ich wollte es letztlich nur verstehen. Das mit dem Geld würde sich schon irgendwie regeln, okay? Aber Dean konnte da nicht lockerlassen. Für ihn musste es *seine* Hand sein, die so viel heranschaffte, wie seiner Meinung nach nötig war, um alles wegzuwischen, was uns vorher widerfahren war. Um sicherzustellen, dass es endgültig vorbei war. Aber dafür reichte alles Geld der Welt nicht.

»Ich kann noch mehr Geld machen, so viel, dass es uns zum *okole* rauskommt«, sagte er. »Was meinst du dazu?«

»Ich meine, Mom will ihren einzig lebenden Sohn wiederhaben«, sagte ich.

Er schwieg eine ganze Weile. Aber er war da. Das wusste ich.

»Ich werd drüber nachdenken«, sagte er. »Vorerst schick ich euch weiter Geld. Noch viel mehr. Muss jetzt Schluss machen.«

Ich wollte ihm wieder sagen, nein. Wir bräuchten kein Geld mehr, nur ihn. Und dass wir hier sein würden, wenn er so weit war. Aber er hatte schon aufgelegt.

39

AUGIE, 2009

Waipi'o Valley

Ah. Ha.

Ich fühle den Atem des Lebens im Valley.

Ah.

Ha.

Vier Tage und vier Nächte sind wir jetzt hier wo es angefangen hat. Und warten. Malia weiß nicht worauf aber ich.
Da ist das Rauschen im Kalo ringsum und in den Eisenholzbäumen und in dem Kalo weiter hinten im Tal den der Regen hervorgebracht hat der jede Nacht aus den Wolken fällt
die anderen Regen an andere Stellen dieser Inseln getragen
haben. Heute Nacht kommt kein Regen und ich fühle den
klaren Mond wie eine Mutter die mich von einem Haus aus
beobachtet in das ich eines Tages zurückkehren muss.

Ich kehre jetzt zurück.

Malia ist hier und Kaui auch und wir sind auf der anderen
Seite vom Waipi'o wo ganz in der Nähe der Trail beginnt
der meinen Sohn in den Tod hinaufgeführt hat. Unser Zelt
steht ein Stück vom Strand weg und der Kunststoff pfeift
und flappt im Wind und ich bin draußen in der schwarzen
Luft und wandere herum wie ich es jetzt immer tue wegen
der Stimmen. Sie sind stärker in diesem Teil vom Valley. Sie

werden in mir jeden Tag lauter diese Stimmen all die Tage schon seit Nainoa weggegangen ist. Sie geben mir die Farben und Gerüche ein Farben die ich fühle und kenne für die ich aber keine Worte habe. Aber ich weiß dass wir warten. Malia und Kaui wissen nicht worauf aber ich weiß es.

Es passiert heute Nacht. So wie vor all den Jahren. Wir waren nie wieder dieselben wie vorher nachdem wir diesen Ort hier verlassen hatten um in diesen Maschinen übers Wasser zu fliegen nach O'ahu mit seinem Beton und seinen viel zu vielen Menschen. Einst waren wir hier und sind auf Pferden übers Land geritten und wenn sie rannten sind wir gerannt und wenn sie Schritttempo gingen sind wir Schritttempo gegangen und wenn sie schnauften und stanken und schwitzten haben wir es auch getan und jeder von uns war so satt oder hungrig wie das Pferd. Einst war ich das Zuckerrohr. Ich war die Halme und das Klackern und der zuckersüße Rauch wenn Ernte war und es nach der Asche von vorn losging.

Jetzt bin ich auf dem Sand im Valley. Der graue Strandsand eine offene Hand zwischen Bäumen und Meer. Das Wasser tanzt im Schwarz und stürzt als Welle auf mich zu zieht sich dann zurück und stürzt wieder heran. Das Meer ist nicht kalt. Am Himmel kreisen andere Sonnen andere Geschichten die schon vorbei sind. Meine Füße sind im Sand und der Sand ist in meinen Füßen. Links von mir ist die Talwand mit dem Z-Trail der hinaufführt dunkelgrün und schwarz und die Bäume und Büsche schimmern vom Mondlicht. Der Trail zickzackt über die Talwand bis ganz nach oben.

Dort oben sind die Stimmen am stärksten das fühle ich.

»Kannst nicht schlafen, Babe?«

Da ist meine Malia. Sie steht da in ihrer Sweatjacke mit der hochgeschlagenen Kapuze und ihren Jeans und Schuhen. Ihre stumpfe Nase guckt unter der Kapuze hervor und ihr Haar ist ein langer dicker Lockenstrang bis auf ihre Brust. Ihre Augen sind alt und schauen mich besorgt an.

Ich versuche zu sagen was ich sehe. Was aus mir herauskommt klingt wie der Kalo der in den Teichen wächst klingt wie das Tosen des Wasserfalls klingt wie Lava die ins Meer gleitet. Malia guckt mich an die Stirn sorgenvoll gerunzelt und sagt: »Langsam. Du machst wieder dieses Ding, wo du wirres Zeug redest.«

Ich versuche wieder zu sagen wie es mit den Stimmen ist wie sie summen. Malia streckt die Hand aus und berührt mich und ich mache die Augen zu und versuche es noch mal aber ich kriege meinen Mund nicht dazu.

»Babe«, sagt sie. Ihre Finger sind auf meiner Wange und ich fühle jeden Finger fühle sie alle ihren ganzen Arm entlang über den Ellbogen und die Knochen und das Blut geradewegs ins heiße Zentrum ihres Lebens. »Was ist los?«, fragt sie.

Ich versuche ihr zu sagen wo ich jetzt hinmuss. Sie sagt nichts mehr steht still. Dann dreht sie sich zu dem Trail hin der die Talwand raufführt erinnert sie sich noch an die Nacht in der wir Nainoa gemacht haben als wir im Truck drüben auf der anderen Seite waren und die Fackeln haben hinaufziehen sehen erinnert sie sich an die Nachtmarschierer?

»Da rauf?«, fragt sie.

Ich nicke. Sie kommen.

Meinetwegen.

Sie schaut auf den Trail und den Mond und ich berühre ihre Hand die immer noch auf meiner Wange ist und versuche wieder es ihr zu sagen aber nicht mit dem Mund und jetzt sieht sie es. Ich drücke ihre Hand und sie meine und dann geht sie zum Zelt zurück und ich höre sie mit meiner Tochter reden und dann kommt sie wieder. Und die ganze Zeit der Atem des Valleys.

Wir steigen im Dunkeln den Trail hinauf. Malia hat eine Taschenlampe aber als wir aus den Bäumen rauskommen ist der Mond voll und weiß und ich kann alles sehen. Sie weiß es offenbar denn sie knipst die Taschenlampe aus. Wir gehen den Weg den Nainoa gegangen ist. Ich bin der Hundertfüßer der sich tief unter den Steinen windet. Ich bin der Vogel der im Baum verborgen schläft. Ich bin die Bewegung der Bäume. Hand in Hand steigen und steigen wir aufwärts.

Schneller.

»Nicht so schnell«, sagt Malia und sie fällt zurück. Ihr Atem. Der Atem des Valleys.

Aber ich weiß sie kommen. Wir müssen sie treffen ich muss mich beeilen. Sie werden nicht extra meinetwegen warten und dann muss ich wieder herkommen. Ich muss immer wiederkommen bis ich sie treffe also beeile ich mich.

Schneller. Malia keucht und wir rennen aber sie bleibt zurück. Ich drehe mich um und fasse sie und wir heben ab und gleiten über den Trail wie Luft. Ich bin die Luft. Wir sind nicht mehr auf dem Boden wir schweben darüber. Gleiten darüber hin wie ein Gedanke ans obere Ende der Talwand und ich führe uns an den Bäumen vorbei führe uns über ihre Schatten hinweg führe uns ganz nach oben. Malia hält sich an mir fest und sagt: »Heilige Scheiße, wir sind geflogen, wir sind geflogen, Augie, was ist passiert, wir sind ganz oben«, und sie fragt ob ich gesehen habe was sie gesehen hat aber als ich es sagen will sind meine Worte jetzt die Moskitos die im Wald sirren sind die Blätter die sich aus den Zweigen hervorschieben.

Wir sind ganz oben. Unter uns ist das ganze Tal und weit weg auf der anderen Seite sind der Aussichtspunkt und die Straße und die gelben Lichter der Häuser und alles was wir hinter uns gelassen haben. In unserem Rücken das grüne nächtliche Valley und Wind der dorther kommt wo die Talwände sich treffen.

Aber der Wind hört plötzlich auf.

Die Bäume schweigen.

Wenn man alle Geräusche aus der Welt entfernt ist es das was übrig bleibt. Der Klang des Jetzt. In dem stehen wir Malia und ich oben auf dem Kamm des Waipiʻo.

Und dann erscheinen sie.

Malias Hand krallt sich in mein Shirt. Ich fühle wie meine Haut direkt darunter heiß wird vom Blut. Ich versuche zu sagen dass es das ist weshalb wir hier sind. Ich versuche zu sagen dass es wunderbar ist.

Vor uns ist die Marschreihe von *kānaka maoli* jeder von ihnen schon lange tot. Sie sind männlich und weiblich und beides und weder noch. Sie sind dunkelbraun und fast nackt die Haut mit Narben überzogen. Ihr Haar ist kinnlang oder länger und gewellt wie unseres und ihre Nasen sind breit wie unsere und ihre Gesichter streng und stolz. Um die Schultern haben sie gelb-rote Federumhänge. Manche tragen Lendenschurze aus Rindenbaststoff. Manche tragen ausgehöhlte Kürbisse als Helm mit großen Sehlöchern. Ihre Augen sind nur weißes Licht ein Licht das verfliegt wie Rauch.

Nachtmarschierer.

Malia sagt: »O Gott«, sagt es immer und immer wieder und ihre Stimme ist gepresst und jetzt hat sie keine Worte mehr und ihre Stimme ist ganz weg aber sie versucht immer noch was zu sagen und klammert sich an mich und ihr Herz ist wie ein Tier das nicht schwimmen kann in einem See also halte ich sie fest. Ich halte sie fest und starre die Nachtmarschierer an und sie starren zurück. Jeder von ihnen hält ein Bündel Zweige in der Hand. Auf einmal entzünden sich all diese Zweigbündel mit einem Donnerknall und die Flammen knistern und knacken und saugen Luft an und beruhigen sich. Die Fackeln brennen jetzt hellweiß und spucken Funken die nichts in Brand stecken.

Ich küsse Malia auf die Stirn sie zittert vom Anblick der Nachtmarschierer. Ich weiß nicht ob sie sich noch erinnert wie wir sie das erste Mal gesehen haben in der Nacht als wir Nainoa gemacht haben aber jetzt ist es Zeit. Ich drücke ihre Hand und lasse sie los. Ich nehme meinen Platz am Ende der Marschreihe ein und die Marschierer wenden ihre traurigen Gesichter und das unendliche Licht ihrer Augen dem hinteren Talende zu.

»Wo willst du hin?«, fragt Malia. Ich versuche es ihr zu sagen aber es ist das Geräusch von Haien die gebären das

Geräusch von herabschießenden Raubvögeln. Ich weiß dass ich wiederkomme. Ich berühre ihren Kopf berühre ihren Hals berühre ihre Schulter und da ist etwas in mir das sie vom oberen Ende der Talwand hochhebt und sie wie Luft wieder runter in unser Zelt auf dem Talgrund bringt. Sie wird warten. Ich werde wiederkommen und ich werde der Einzige sein.

Der Marsch beginnt. Alle vor mir mit hocherhobener Fackel und ihre Augen nichts als rauchende Lichter die auf die Kammlinie gerichtet sind. Sie marschieren und ich marschiere mit ihnen. Im Gehen sammle ich Zweige auf. Der Himmel ist eine Explosion von Sternen und das Valley ist immer noch lautlos und vor mir hält jeder Marschierer seine Fackel hoch. Als ich genügend Zweige gesammelt habe denke ich wieder an Nainoa der jetzt schon so viele Tage nicht mehr bei uns ist *mein Sohn mein Sohn* und als ich an ihn denke und dass er nicht mehr auf dieser Welt ist und an all das denke was er uns gegeben hat da fahren die Gedanken aus meinem Kopf hinab in mein heißes Herz und durch meinen Arm in meine Hand und plötzlich entzünden sich die Zweige die ich halte.

Und da sehe ich was all die Nachtmarschierer sehen.

Ich bin der Mann namens Augie und ich bin das pulsende Blut im Körper und ich bin der Sand der vom Atem all unserer Götter zum Leben erweckt wurde und ich bin der Schlamm des Valleys und ich bin das Grün das daraus wächst. Ich bin das Meeresufer die Strömung unter Wasser und ich bin die Trümmer die die Welle vor sich herwirbelt. Ich bin die warme Luft die die Gewitterwolken bildet und ich bin der kühle Regen den der durstige Boden zurückverlangt. Ich bin die Muskelkraft im Arm des Wegfinders des Pflanzers des Holzschnitzers. Ich bin der Rhythmus der die Hüften beim Hula treibt. Ich bin der Funke der das Herz des Kindes in Gang setzt und ich bin der letzte Herzschlag des alten Menschen.

Und so ist es auch mit Nainoa.

Da ist er.

Er hat uns nie verlassen.

DANK

Duvall Osteen, die von Anfang an an meiner Seite war. Intelligent, charmant, energisch, unkompliziert. Und der gesamten Aragi Agency, einer Truppe von Frauen, klein, aber stark, dazu gehört auch Gracie Dietshe. Alles Gute, was diesem Roman widerfahren ist, verdankt sich der Arbeit von Team A.

Sean McDonald, Daniel Vazquez und allen anderen bei MCD/FSG für mehr Enthusiasmus und Engagement, als ich mir je erträumt hätte.

Meiner Frau Christina, in Dankbarkeit für unser ganzes gemeinsames Leben. Ich saß gerade an der Überarbeitung, Christina, als bei dir die Wehen einsetzten und du nur noch am Atmen warst. Seither sind wir die ganze Zeit am Atmen.

Benjamin Percy, der als Erster an dieses Buch geglaubt hat.

Elizabeth Stork, die als Zweite daran geglaubt hat.

Parul Seghal für die meisterhafte Leitung des ersten Workshops, an dem ich teilgenommen habe, und für die erste bezahlte Arbeit als Autor, die sie mir zugeschanzt hat. Und dafür, dass ich mit ihr und Adam abhängen durfte, auch nachdem sie mich kennengelernt hatten.

Kathryn Savage: tolle Fiction, tolle Lyrik, noch tollere Freundschaft. Für sie würde ich mich in die Schussbahn werfen.

Emily Flamm, Carlea Holl-Jensen, Tom Earles, der Max-Plateau-Gang. Für die besten Sonntagabende, die ich in Washington verbracht habe. Danke, Em, dass du mich die Party hast crashen lassen.

Lance Cleland und der ganzen Tin-House-Familie. Ich bin so froh, dass ich durch die Tür gegangen bin, als ihr sie geöffnet habt.

Michael Collier und der Bread Loaf Writers' Conference für die Unterstützung und die Würdigung. Meine erste »Kellner«-Lesung im Little Theatre war eine unvergessliche Freude.

Dad, der zu mir gesagt hat: »Wenn mir, als ich zwanzig war, jemand gesagt hätte, eine halbe Stunde Üben jeden Morgen, und du kannst alles erreichen, hätte ich viel Zeit gespart.« Ich habe auf ihn gehört.

Carolyn Kuebler von der *New England Review*, die mir den nettesten Ablehnungsbrief schrieb, den ich je bekommen habe: Ich sehe Sie, ich höre Sie, beinah, versuchen Sie's weiter.

Katrin Tschirgi, Gabrielle Hovendon und Catherine Carberry, die mich eines Sommers in ihre unheilige Dreieinigkeit des »Cool« aufgenommen haben. Ich werde ewig dankbar sein für die kurze Zeit mit euch Bad Bosses.

Den Vorbildern: Lois Ann-Yamanaka, Kiana Davenport, Kaui Hart Hemmings, Kristiana Kahakauwila, Mary Kawena Pukui, Brandy Nālani McDougall und all den anderen Künstlerinnen und Künstlern von den Inseln, die die Wahrheit unserer Heimat bewahren und verbreiten.

Und falls ich jemanden nicht erwähnt habe: Dass etwas

hier nicht steht, liegt nicht daran, dass es mir nichts bedeutet, es liegt nur daran, dass ich Vater und Ehemann bin und
noch zwei Fulltime-Jobs habe. Manchmal fällt da etwas
kurzzeitig durch die Maschen.

GLOSSAR

Ahi – Gelbflossen-Thunfisch

ahupua'a – Nachhaltigkeit

'aina – Land

ali'i – die alten Herrscher von Hawaii

'ami – Hula-Element

'ami kāhela – Hula-Element

'aumakua – Seelentiere

batu – Methamphetamin

bocha – Baden

Boroboro-Klamotten – geerbte, geflickte Kleidung

boto – Penis

Chee-chees – Slang für Brüste, Titten

hālau – Hula-Schule

hanabata-Tage – Kindheit

hānai – Adoptiv-

Haole – Weiße/r

hapa – Halb-, Teil-

hela – Hula-Element

Hibachi – Feuerkasten, Grill

huli-huli – Dreh-Dreh (Zubereitungsart auf dem Grill)

ipu – Kürbistrommel

kahiko – alte Hulatänze

kaholo – Hula-Element

kahuna – Heiler, Weiser, Zauberer

Kalo – auch: Taro, Nutzpflanze (Wurzelgemüse)

Kalua-Schwein – Schwein im Erdofen gegart

kānaka maoli – indigene polynesische Bevölkerung von
Hawaii; traditioneller Name für Hawaiianer

kanikapila – improvisiertes gemeinsames Musikmachen

keiki – Kind

kumu – Lehrerin

lanai – Veranda

Laua'e – Farnart

lauhala – Flechtarbeit aus Blättern des Schraubenbaums

lei – Blumenkette

lei po'o – Blütenkranz

lele – Hula-Element

lo'i – Nassfeld, überflutetes Feld für Kalo-Anbau

mahu – Person des 3. Geschlechts, oft auch
umgangssprachlich für Schwuler

Maina – Hirtenstar

makai – zur Meerseite hin, auf der Meerseite

mana – transzendentale Kraft/Energie

mauka – zur Bergseite hin, auf der Bergseite

obake – Geister

'ohana – Familie

okole – Hintern

pahu-Trommel – Röhrentrommel

pakalolo – Marihuana

pali – Klippe

pau hana – Feierabend, Zeit nach der Arbeit

pa'u-Röcke – lange, bunte Röcke

pilau – schmutzig

Poi – Brei aus Kalo-Knollen

Poi-Hund – heute: Mischling, Straßenhund

Pōke – Fischsalat

Pū-Hala – Hala-Baum

Saimin – Nudelsuppengericht

tita – hier: toughes Mädchen

urumut – umgangssprachlich für Schamhaar

'*uwehe* – Hula-Element

vana – Seeigel